MAIKEN NIELSEN

Das Haus des Kapitäns

Roman

Knaur Taschenbuch Verlag

Bitte besuchen Sie uns im Internet
www.knaur.de

Vollständige Taschenbuchausgabe 2004. Knaur Taschenbuch.
Ein Unternehmen der Droemerschen Verlagsanstalt
Th. Knaur Nachf., GmbH & Co. KG, München

Umschlaggestaltung: ZERO Werbeagentur, München
Umschlagabbildung: FinePic
Satz: Ventura Publisher im Verlag
Druck und Bindung: Clausen & Bosse, Leck
Printed in Germany
ISBN 978-3-426-62679-5

4 5 3

Der Anfang

Es schneite, als die Hebamme den Schulberg nach Oevelgönne hinunterstieg. Das letzte Stück war so vereist, dass sie das Gleichgewicht verlor und stürzte. Sie überschlug sich, rollte, den Lederkoffer in ihrer Rechten immer noch fest umklammert, den Hang hinab und landete unsanft im Gebüsch. »Herrgott noch mal!«, fluchte sie. »Werden die hier wohl mal anständige Treppen bauen?« Ein lang gezogenes Schiffstuten von der Elbe her war die Antwort. Ein Dampfschiff, beflaggt mit Farben, die die Hebamme im Dunkeln nicht erkennen konnte, zog über den Strom. Vor dem fast runden Mond quoll der Rauch zinkfarben aus dem Schornstein, die Hebamme seufzte. Matrose müsste man sein und ganz weit wegfahren können, das wär schön. Sie wandte sich nach rechts. Die Straße lag still und verlassen da.

Im Schein der Gaslaterne entzifferte sie den Namen: Jacoby, hier war sie richtig. Ein Hausmädchen öffnete ihr die Tür, führte sie durch einen verglasten Vorbau in einen mit Ölgemälden behangenen Flur und von dort die Treppe hinauf in einen Wohnraum, der, ganz Rosentapete, Goldrahmen und tondämpfende Teppiche, in zuckendes Licht getaucht war. »Das Gas«, entschuldigte sich das Hausmädchen. »Um diese Uhrzeit fließt es nicht, wie soll ich sagen, es ballt sich. Wir sind alle ratlos deswegen.«

Die Hebamme wedelte mit der Hand durch die Luft. »Seh ich wie ein Handwerker aus? Nee? Dann kann ich da auch nichts bei machen. Wo ist die gnädige Frau?«

»Madame befindet sich in ihrem Schlafzimmer. Aber sollte nicht Doktor Sandstein ...?«

»Doktor Sandstein ist nicht zu Hause, und keiner weiß, wo er sonst sein könnte. Also, heißes Wasser, saubere Tücher und wo es langgeht, bitte.«

Madeleine Jacoby lag in einem Bett, das so breit war, dass selbst ein Nilpferd es gemütlich gefunden hätte. Sie sah schön aus und ein bisschen verrückt. Wie eigentlich alle Gebärenden, dachte die Hebamme. Die Wangen leuchteten feuerrot. »Ich habe den Namen meiner Ahnen verloren«, wisperte sie. »Und wissen Sie, wie das kam?«

Au weia, das kann heiter werden, dachte die Hebamme. Vorgeburtliches Wundfieber, ein ganz neuer Fall. Sie setzte ihr tröstlichstes Lächeln auf.

»Wird wohl bei der Hochzeit passiert sein, gnädige Frau. Erst geht der Name flöten, dann das Hymen. Im Lauf der Jahre verlieren Sie noch ein paar andere Dinge, aber das werden Sie dann schon sehen.« Die Hebamme war seit fast zwanzig Jahren verheiratet, Kommentare zum Eheleben lieferte sie stets gratis ans Wochenbett.

»Wo ist Doktor Sandstein?« Madeleine fühlte die nächste Schmerzwelle ihr Becken fluten. Es tat so weh, so schrecklich weh. Und dann, zusammenhanglos: »Es war dieser Schreiber. Er hat den Namen falsch kopiert. Einfach den Apostroph vergessen.«

»Nanu«, murmelte die Hebamme mitfühlend, ohne dass sie im Entferntesten begriff, worum es ging. »Das war bestimmt nicht schön für Sie.« Mit Schwangeren immer schön geduldig sein, ihre Standarddevise.

Dann betrat das Hausmädchen den Raum, die Tücher in der einen, die Schüssel mit dem heißen Wasser in der anderen Hand. In diesem Moment verlosch das Licht. Madeleine schrie auf, die Hebamme stieß einen Fluch aus, und dann ging das Licht wieder an.

»Warum ist eigentlich der werte Gatte nicht zugegen?« Die Hebamme rieb sich das Schienbein, das sie sich im Dunkeln gestoßen hatte. Madeleine stöhnte auf. »Ich glaube, er ist jetzt in Buenos Aires.«

»Mein tiefstes Mitgefühl. Ist er als Ehemann … flüchtig?«

Die Wehen schienen in immer kürzeren Abständen zu kommen. Madeleine biss die Zähne zusammen.

»Er ist Kapitän einer Dampfschifffahrtsgesellschaft«, meldete das Hausmädchen.

»Na, denn man noch viel Spaß damit! Oha, ich glaube, es geht los!«

Und so kam es, dass Madeleine Jacoby als erste Bürgerliche im preußischen Oevelgönne mit Hilfe einer Hebamme in der Rolle eines Arztes und eines Hausmädchens in der Rolle einer Hebamme entband. Nach wiederholten Streikversuchen sowohl seitens des Kaminfeuers als auch des »sich ballenden Gases« wurde zur Verstärkung noch Bertha, die Köchin, hinzugerufen. Bertha war es dann auch, die das kleine, frisch geborene Bündel in den Armen hielt und mit ihrem mächtigen Organ in die Welt hinausbrüllte: »Mein Gott, die sieht ja aus wie der Kaiser persönlich«, eine Äußerung, die für ein neugeborenes Mädchen vielleicht nicht gerade schmeichelhaft war, aber von dem guten Willen der Köchin zeugte, die Kleine für etwas Besonderes zu halten. Nachdem sie die Nabelschnur durchtrennt hatten, legten sie das Mädchen der Mutter an die Brust. »Sie soll Aline heißen«, flüsterte Madeleine. »Wie meine verstorbene Urgroßmutter, die mit dem französischen Offizier.«

Die Hebamme nickte verständnisvoll. Nach einer erfolgreichen Geburt stand ihr nicht der Sinn nach Widerworten.

Es war der 17. Januar 1900. Dr. Sandstein tauchte in dieser Nacht nicht mehr auf. Er tauchte auch in den folgenden Tagen nicht auf, Wochen später fand man ihn erhängt auf dem Dachboden seiner Villa an der Flottbeker Chaussee. Die Gründe für seinen Selbstmord wurden nie aufgeklärt.

Als Kapitän Christian Jacoby elf Monate später von der Nordsee kommend den Hamburger Hafen anlief, fand er eine stolze Gattin und eine Köchin vor, die unter allerlei Vorwänden immer wieder die Nähe seiner Tochter suchte, einem entzückenden Geschöpf mit blauen Augen, dunkelbraunen Locken und einem ausgeprägten Bedürfnis nach Schlaf. Bertha war vernarrt in Aline. Sie, die selbst nie Kinder gehabt hatte, liebte dieses Kind so abgöttisch, als sei sie an seiner Entstehung beteiligt gewesen – was zumindest für den Geburtsvorgang ja zutraf. Ihr ganzer Stolz war Alines Fähigkeit, sich noch vor ihrem ersten Geburtstag mit deutlichen Worten zu äußern. Alines erster Satz lautete: »Bertha, ich möchte Brei!«, gefolgt von einem entzückten Auflachen, denn Bertha schlug jedes Mal vor Rührung die Hände vor dem Gesicht zusammen, wenn das Kind diese Worte sprach. »Sie ist sehr klug«, vertraute Bertha dem Kapitän am Tag seiner Ankunft an. »Aus der wird noch mal was ganz Besonderes. Vielleicht entdeckt sie eines Tages, warum die Erde rund ist!«

»Das haben die Menschen schon vor 400 Jahren entdeckt, Bertha«, grinste Christian Jacoby freundlich, wobei er seiner Köchin auf die Schulter klopfte.

»*Dass* sie rund ist, vielleicht!«, schrie Bertha mit ihrer gewaltigen Stimme dem Hausherrn hinterher. »Aber *warum*, das ist doch die Frage! Und das wird das Mäuschen eines Tages schon noch herausfinden!« Bertha nannte Aline nie anders als »das Mäuschen«, und das sollte auch die nächsten Jahre über so bleiben.

Der Kapitän liebte es, abends mit seiner kleinen Tochter in der Bibliothek zu sitzen. Er lauschte Madeleines Klavierspiel, das sich mit dem Knistern des Kaminfeuers mischte. Dabei versenkte er von Zeit zu Zeit seine Nase in Alines dichtem Haar. Er war der Überzeugung, das bestriechende kleine Mädchen zu haben, das auf der Welt je geboren wurde, denn er wusste nicht, dass alle Babys gut riechen. Als es draußen wärmer wurde, setzte er sich mit ihr in den Garten, der jenseits des Weges am Strand lag, und beobachtete ihre zaghaften Gehversuche. Aline, die nun schon fünfzehn Monate alt war, tat sich mit dem Gehen immer noch schwer. Wieder und wieder trug Christian seine Tochter unter die Linde, die am oberen Ende der abschüssigen Wiese stand, begab sich dann ans untere Ende, den Strand im Rücken, und breitete die Arme aus. »Komm, Mäuschen«, säuselte er, indem er Berthas Tonfall nachahmte. Aline zögerte, sie verstand die Worte wohl, allein die Beine wollten ihr nicht gehorchen. Nach ihren Laufversuchen wurde sie müde und fühlte sich bleischwer, und noch im Gehen schlief sie ein, für Stunden zumeist, oft so lang, dass die Eltern sie schließlich wecken mussten. Dr. Marquardt, der Hausarzt, zerstreute ihre Sorgen. »Sie ist eben ein Kind, das viel schläft«, sagte er. »Das gibt es.«

Christian Jacoby hatte bei seiner Reederei einige Monate Urlaub beantragt. Er nutzte sie, als wären sie die letzten seines Lebens. Bis sein neues Schiff in den Hafen einlief, verbrachte er die Tage damit, Aline durch Haus und Garten zu tragen und all jene Dinge ausfindig zu machen, die ihr Auge beleidigen konnten. Er beendete das unwürdige Geflacker in den Lampen des Hauses, indem er Stromleitungen legen ließ. Und er versorgte das Wohnzimmer und die Bibliothek mit tausendfach funkelnden Kronleuchtern, deren Glanz sich in den Bilderpaneelen spiegelte.

Madeleine war sehr stolz, als sie das Ergebnis sah, aber Bertha vertraute dem modernen Teufelszeug nicht. Vor allem geriet sie in Panik bei dem Gedanken, Aline könne mit ihren Fingerchen so einen Schalter betätigen. Sie selbst fasste die Schalter im ersten halben Jahr übrigens auch nie anders als mit einem Holzstöckchen an, sicher war sicher.

Und dann kam der Sommer, der wunderbar heiße Sommer 1901, in dessen Verlauf die Flottbeker Chaussee so leer gefegt war, dass die Jugend auf dem Kopfsteinpflaster Reifentrudeln spielen konnte. Die Einzigen, die diese Idylle störten, waren die Hamburger, die mit der Droschke und Koffern voller Gepäck in die Sommerfrische zwischen Neumühlen und Blankenese fuhren. Madeleine suchte täglich die Badeanstalt am Neumühlener Strand auf, an dem sie einen eigenen Badekarren besaß. Begleitet wurde sie von einer mächtigen, schwitzenden Bertha, der die Wacht über das »Mäuschen« in ihrem Kinderwagen oblag, und einem ebenso mächtigen Picknickkorb. Etwa zu jener Zeit geschah es, dass ein Dampfschiff aus New Orleans dreizehn Krokodile karibischer Herkunft in die Elbe verlor. Die Hamburger Polizeibehörde warnte daraufhin die Bevölkerung. Was Madeleine dazu veranlasste, beim nächsten Badegang den Gärtner mitzunehmen. Knietief im Elbwasser neben Madeleines Badekarren stehend und mit einer langen Harke bewaffnet, sollte er die Krokodile bei etwaigem Auftauchen in die Flucht schlagen. Doch die Krokodile waren an den badenden Waden zwischen Hamburger Freihafen und preußischer Provinz nicht besonders interessiert, was vermutlich am Klimaschock lag. Elf von ihnen erfroren, eines endete ausgestopft in einer Kneipe am Fischmarkt, das andere wurde nach Hagenbecks Tierpark verbracht, wo es erfolgreich eine neue Krokodildynastie begründete.

Aline liebte es, im Fluss zu baden. Innerhalb weniger Wochen lernte sie, den Kopf über Wasser zu halten, wenn sie keinen Boden mehr unter den Füßen hatte, ein Umstand, der Bertha zu neuen Lobarien über das »Mäuschen, das Wunderkind« veranlasste, denn Bertha hatte ihr Lebtag nicht schwimmen gelernt.

Zu dieser Zeit musste wohl Madeleines Wunsch entstanden sein, sich anregendere und weniger wasserscheue Gesellschaft zu suchen. Im Sommer darauf ersetzte sie Bertha bei ihren Spaziergängen durch eine »Gouvernante«, wie Madeleine sie zu nennen pflegte, in Wahrheit eine junge Dame ohne praktische Erfahrung, deren einziger Vorzug darin bestand, aus demselben Ort zu kommen wie Madeleines Urgroßvater und denselben französischen Dialekt zu sprechen wie sie, ein raues, bäurisches Südfranzösisch, das anzunehmen Aline leider nicht umhinkam. In der Tat war Alines Gedächtnis für Wörter und die Fähigkeit, sie zu kombinieren, einzigartig. In ihrem dritten Lebensjahr beherrschte sie das Hamburger Idiom und die Sprache des Midi gleichermaßen gut.

Chantal, die »Gouvernante«, lebte fortan mit im Haushalt der Jacobys. Die bunten Schilderungen von ihrer Heimatstadt Marseille mit ihren Palmenstränden, katholischen Kirchen, arabischen Marktplätzen und dem riesigen bunten Hafen mit Fregatten aus aller Welt verschafften ihr allabendlich einen Platz auf dem Canapé im Wohnraum, den sie, eine Art Scheherazade des 20. Jahrhunderts, erfolgreich verteidigte. Von Zeit zu Zeit steuerte Madeleine ihrerseits Aspekte des urgroßväterlichen Lebens bei, seine Kindheit in einem Schloss bei Marseille, seine Begeisterung für das napoleonische Kaiserreich, die Feldzüge, die Zeit der Besatzung in Hamburg, seine Begegnung mit Hanna, sein Entschluss, sie zu heiraten, und dann die schreckliche Zeit, als die Kosaken dem herrlichen *bon-vivre à Hambourg* ein Ende machten, und so weiter, bis spät in die Nacht. Es lag etwas Perfides darin, wie sich die zwei jungen Frauen, eine blühender, geschmückter und gestelzter als die andere, sich Abend für Abend in der Trauer um das untergegangene französische Kaiserreich suhlten. Den Höhepunkt des Abends bildete Madeleines Schilderung von dem unfähigen Hamburger Schreiber, der den ursprünglichen Familiennamen d'Arlon ohne den aristokratisierenden Apostroph kopiert hatte, wodurch die Darlons in die Niederungen der bürgerlichen Gefilde gerieten. Aber es war wohl vor allem Madeleines Einsamkeit, die sie so kindisch machte. Von den Kapitäns- und Reederfamilien zwischen Flottbeker und Elbchaussee wurde sie während Christians Abwesenheit gemieden, da sie bei gesellschaftlichen Anlässen als Frau schlecht allein eingeladen werden konnte. Madeleine war sicher: Wäre Hamburg französisch geblieben, sie hätte derlei Schmach nicht erleben müssen. »Das französische Kaiserreich«, erklärte sie Bertha, ob die es nun hören wollte oder nicht, »war ein kosmopolitischer Staat, die Heimstatt der Vernunft, nicht wahr, denken wir an Descartes oder selbst Robespierre. Und kein Stadtstaat, in dem die Bürger gerade mal so weit blicken können wie ihre Wälle. Und was *Preußen* anbelangt«, Madeleine hatte die Gabe, das Wort so auszusprechen, als handele es sich dabei um ein Schimpfwort, »so kann ich nur sagen: Die Bartmode seiner Staatsmänner spricht Bände, was ihren Grad an Zivilisiertheit anbelangt.« Madeleine in ihrem hochgeknöpften Samtkleid, in ihrem großbürgerlichen Wohnraum mit Kronleuchter und Bilderpaneel war eine Revolutionärin geworden. Jedoch nur, bis Christian wieder da war. Er verbannte Chantal von seinem Canapé und schließlich ganz aus seinem Haus, besuchte mit Madeleine alle Bälle der Saison und verbrachte fröhlich verspielte Nachmittage mit Aline. Er überlegte gemeinsam mit dem Gärtner, wie sich der Lustgarten des Etatrates Donner oben am Elbhang auf seine eigene Grünfläche von knapp 25 Quadratmetern kopieren ließe, veranlasste den Bau einer kleinen Laube, begutachtete das Haus, ordnete Reparaturen und Anstriche an, prüfte die Fassade und kaufte neue Möbel.

Im Dezember 1904, kurz vor Weihnachten, beschloss er zweierlei: zum einen, Aline Ostern einzuschulen, weil sie bereits lesen konnte. Und zum anderen, dass das Haus eine Zentralheizung benötigen würde, die er hinter einer dekorativen Holzverkleidung zu verstecken gedachte. Als endlich die Handwerker da waren, wanderte er von Raum zu Raum, eine merkwürdige Erregung im Gesicht, hier ein Detail anordnend, dort eine Arbeit beaufsichtigend. Am Ende, nachdem alles zu seiner Zufriedenheit erledigt war, bat er Madeleine, eine Polka zu spielen, und so tanzte er, seine kleine Tochter an den Händen, im Musikzimmer herum.

Madeleine blühte auf, wenn ihr Mann zu Hause war. Ihre Haare glänzten, sie lachte viel, und ihr Schritt federte. Weihnachten wurde im großen Stil gefeiert, mit einem Tannenbaum im Wohnzimmer, das Bertha und das Hausmädchen in tagelanger Kleinarbeit herrichteten, mit einer riesigen Fischplatte am Abend des 24. und mehreren Flaschen Champagner. Doch vorher würden sie zur Andacht in der Christianskirche gehen.

Wie immer hatte all die Aufregung Aline ungeheuer schläfrig werden lassen. Sie war am späten Nachmittag des 23. eingenickt und musste nun, am späten Vormittag des 24., geweckt werden. Gewöhnlich verbrachte Aline die Zeit nach dem Wecken in einer Art Dämmerzustand, der es ihr unmöglich machte, zwischen Traum und Wirklichkeit zu unterscheiden. So auch diesmal. Sie saß auf der Kirchenbank zwischen Vater und Mutter und betrachtete voller Ehrfurcht Pastor Weidemann, von dem sie annahm, er sei Gott.

Unter dem Weihnachtsbaum fand sie ein paar Schlittschuhe. Sie wusste nicht recht, ob sie sich darüber freuen sollte, als sie sie anprobierte. Zum Gehen schienen sie ihr überhaupt nicht dienlich. Am nächsten Tag nahmen die Eltern sie mit auf die zugefrorene Alster im nachbarlichen Hamburg. Vor allem die Mutter war herrlich anzusehen. Sie drehte Pirouetten, wagte kleine Sprünge und sang dabei. Ihre Wangen leuchteten feuerrot, ihr Haar löste sich von der Bewegung, und ihr langer, dunkler Rock umwehte ihre Beine. Christian sah ihr zu, stumm und berührt. Aline aber erwies sich beim Schlittschuhlaufen als weit weniger geschickt. Es war wie damals, als sie laufen lernte. Der Vater stellte sich einige Meter entfernt von ihr auf, breitete die Arme aus und hieß sie, zu ihm zu kommen. Und wie damals fiel sie hin, immer und immer wieder. Schließlich stellte sie sich an den Rand und sah den Eltern zu, wie sie einander umkreisten. Da hörte sie eine Stimme neben sich: »Du kannst es wohl auch nicht ...?«

Die Stimme gehörte einem Mädchen mit hellblonden Zöpfen, milchweißer Haut und so hellen Augen, dass sie wie rosafarbenes Sahneeis aussahen. Sie kam Aline bekannt vor, als wären sie einander schon einmal begegnet, und doch erschrak sie nun bei ihrem Anblick. Am Abend fragte sie Bertha in der Küche, die in einem kleinen Anbau hinter dem Haus untergebracht war, warum Gott manchen Menschen keine Farben mitgebe. Bertha reichte ihr die Kuchenschüssel zum Ausschlecken. Und dann tischte sie ihr eine ihre fantastischen Geschichten auf. »Es sind keine richtigen Menschen«, erklärte sie. »Sie kommen von einem anderen Stern. Als sie durch den Himmel geflogen sind, wurde ihnen so kalt, dass alle Farben in ihnen erfroren sind. Sie können genauso sprechen wie Menschen. Aber du darfst ihnen nie wehtun, denn sie merken den Schmerz viel mehr als wir.« In dieser Nacht träumte Aline von einer unendlichen Eisfläche, über die sie dahinglitt, Hand in Hand mit dem Mädchen ohne Farben.

Bei der Einschulung Ostern 1905 in der kleinen Dorfschule am Schulberg erkannte Aline das Mädchen sofort wieder, und das Mädchen erkannte sie. Im Unterricht saßen sie nebeneinander. Das Mädchen hieß Käthe und wohnte in Neumühlen. Ihr Vater war Lotse, und in späteren Jahren stellten Aline und Käthe fest, dass ihre Väter so manch eine Stunde gemeinsam auf der Kommandobrücke verbracht hatten, während ihr Schiff über die Elbe tutete, mit zinkfarbenem Dampf in mondhellen Nächten.

Oft wünschte sich Aline, ihr Zuhause in all seinen Ecken und Winkeln durchstreifen zu können, doch eine Art unausgesprochenes Verbot hinderte sie daran. Vom Dachboden kannte sie lediglich die knarzenden Schritte des Vaters. Auch der große Speiseraum blieb weitgehend verschlossen: Er war für besondere Gelegenheiten reserviert. Allein Bertha machte sich dort hin und wieder zu schaffen. Einmal gelang es Aline, die Köchin durch einen Türspalt zu beobachten, wie sie das Fenster öffnete und die weißen Laken von den Möbeln nahm, um sie auszuschütteln. Später bettelte sie Bertha darum an, mit ihren Puppen in diesem geheimnisvollen Raum spielen zu dürfen, aber Bertha blieb ausnahmsweise einmal hart.

Doch dann kam der Tag, an dem die Laken fortgeräumt wurden. Es war der zehnte Hochzeitstag der Eltern, und Aline war ein bisschen enttäuscht: Der Raum sah nicht viel anders aus als das Wohnzimmer, in dem sie Weihnachten feierten. Doch an den bewundernden Mienen der Tanten erkannte sie, dass es in diesem Raum etwas Besonderes gab. Allein Onkel Jean-Baptiste blickte sauertöpfisch drein, doch das war, wie sie ihre Mutter sagen hörte, Veranlagung. Ihre Freundin Käthe mutmaßte, dass in dem Raum Engelwesen lebten, die man einschließen und beschützen musste. Von da an nannte Aline den Speiseraum »Engelsraum«. Erst später erfuhr sie vom Vater, dass der Raum wegen seines gemeißelten Marmorkamins, der bestickten Seidentapeten und der Möbel im Stil des zweiten Empire so kostbar war, dass man ihn vor Staub und Licht schützen musste. Trotzdem glaubte Aline weiterhin an die Anwesenheit von Engeln in diesem Teil des Hauses.

Jedes Jahr wurde an Alines Volkschule, wie überall im deutschen Kaiserreich, das Sedanfest gefeiert. Es war der Tag, an dem Madeleine sich in ihr Schlafzimmer einschloss und über die ungebildeten hanseatischen, preußischen und sonstwie unfranzösischen Pfeffersäcke schimpfte, denn das Sedanfest wurde in Erinnerung an das Jahr 1871 begangen, dem Jahr nach dem Sieg über die Franzosen und der wilhelminischen Proklamation. Die Schulkinder zogen blumengeschmückt und singend die Kai-Straße hinauf, an den stämmigen Gäulen vorbei, die wie jeden Tag ihre Lastwagen voller Schnittholz und Kohle vom Neumühlener Hafen nach Altona zogen. In der Palmaille, vor den säulengeschmückten Häusern des berühmten dänischen Architekten Hansen, blieb Alines Lehrer Jahr für Jahr stehen. Er war ein uraltes Männlein, dem die Schlacht auf den Düppeler Schanzen noch deutlich vor Augen stand und der nie ein Wort über Christian Frederik Hansen verlauten ließ, sondern stattdessen den Sieg über die Franzosen und zugleich über die Dänen lobpries, in irrer Verquickung der Ereignisse und der Völker.

Dass Aline mit ihrer Mutter Französisch sprach, war den meisten Familien an der Flottbeker Chaussee, in Neumühlen und Oevelgönne bekannt. Und so geschah es, dass Aline am Sedantag 1908 auf dem Nachhauseweg von einer Gruppe Jungen gestellt wurde. »Da ist ja die kleine Franzmännin«, höhnte einer der Jungen. »Wie ist es denn so, als Besiegte?« Aline stapfte weiter, den Blick unbeirrt zu Boden geheftet. Plötzlich bekam sie einen so heftigen Schubs, dass ihr der Ranzen von der Schulter rutschte. Der Verschluss öffnete sich, und die Tafel mit dem Griffel und dem Schwämmchen fiel heraus. Da bekam sie es mit der Angst zu tun. Sie bückte sich, um die Sachen wieder einzusammeln, aber es wollte ihr nicht so recht gelingen, so sehr zitterten ihr die Hände. Ein großer schaumiger Spuckefleck platschte auf ihre Tafel, und sie hörte die Jungen in Gelächter ausbrechen. »Bitte, lasst das«, sagte sie, und ihre Stimme klang hoch und fremd. Die Jungen äfften sie nach. »Bitte lasst das, bitte lasst das – man könnte fast meinen, das Franzosenmädchen hat Angst bekommen!« – »Ich bin kein Franzosenmädchen!«, protestierte Aline. »Ich bin Preußin wie ihr.« Sie wollte sich aufrichten, aber die Jungen waren stärker als sie. Einer von ihnen stürzte sich auf sie und setzte sich rittlings auf ihren Bauch, dass ihr die Luft wegblieb, während ein anderer sie an den Armen festhielt, so fest, dass sie die Steine unter ihrem Körper fühlte.

»Lasst sofort das Mädchen los!«, brüllte es in diesem Augenblick über ihren Köpfen. Es war kein Erwachsener, es war ein anderer Junge, einer, den Aline nie zuvor gesehen hatte. Er war groß und dunkel, und er sah sehr wütend aus. Die Jungen sprangen auf. »Haut ab, ehe ich mich daranmache, eure Eltern zu benachrichtigen! Was fällt euch eigentlich ein, ein Mädchen so zu behandeln!« Er versetzte dem Jungen, der sich auf Alines Bauch gesetzt hatte, einen Tritt. Die Jungen stoben davon. »Tut dir etwas weh?«, fragte er leise die noch immer am Boden liegende Aline.

»Nein, ist schon gut. Danke, dass du sie vertrieben hast!«

Der Junge bückte sich, um ihr die Sachen einsammeln zu helfen. »Ich bringe dich jetzt nach Hause«, sagte er ernst. »Dass dir das nicht noch einmal passiert.« Und dann, mit gerunzelter Stirn: »Ich hätte sie ordentlich verdreschen sollen!« Aline musterte ihn von der Seite. Er war wohl nicht viel älter als sie, elf, höchstens zwölf. Doch er erschien ihr riesengroß.

Als sie vor ihrem Haus angelangt waren, drehte sie sich um. »Danke schön«, sagte sie. »Das werde ich dir nicht vergessen.«

In ihrer Küche im Hinterhof des Hauses erzählte sie Bertha, was geschehen war. »Sag es lieber nicht deiner Mutter«, riet die. »Sie liegt sowieso im Bett und hat Kopfschmerzen. Ich mach dir am besten erst mal 'n paar Eierkuchen.« Aber dazu sollte es nicht mehr kommen, denn Aline schlief augenblicklich ein, umgeben von zimtduftenden Äpfeln und Schwaden von gutem, heißem Essen. Gemeinsam mit dem Küchenmädchen schleppte Bertha sie die Treppen in ihr Zimmer hinauf, öffnete die Knöpfe ihres Kleides und zog die schweren Vorhänge zu. »Fabelhaft«, brummte sie abschließend, »nun haben wir schon zwei in der Familie, die an diesem sonnigen Tag den Aufenthalt im Bett bevorzugen. Vornehm müsste man sein!«

Aline durchschlief den Nachmittag, den Abend und die Nacht. Im Traum lief sie mit dem dunklen Jungen Schlittschuh, zog glücklich ihre Kreise um ihn, umtanzte ihn. Als Bertha sie am Morgen weckte, fiel ihr ein, dass sie ihn nicht mal nach seinem Namen gefragt hatte.

Zu ihren schönsten Kindheitserinnerungen zählten neben den Sommernachmittagen mit der Mutter am Badestrand oder dem Spielen mit dem Vater im Garten die Sonnabendvormittage mit Bertha auf dem Ottensener Markt vor der Christianskirche. Hier gab es so viel zu sehen: Vogelverkäufer mit prächtig Gefiedertem in reich verzierten Käfigen, Max, den zwergenhaften Straßenverkäufer mit seinen Schachteln voller Knöpfe und anderer Schätze, die Bäuerinnen in ihren kurzen, abstehenden Röcken, die Körbe voller Obst und Gemüse anpriesen. Manchmal begegneten sie einer hünenhaften, mürrisch blickenden Frau, über die Bertha sagte, sie habe Aline auf die Welt verholfen, was Aline als eine von Berthas aberwitzigen Geschichten abtat. Eines Tages hatte sich der Platz in einen Jahrmarkt mit Gassen voller Buden verwandelt. An diesem Tag hatte sich Bertha bereit erklärt, Käthe mitzunehmen, und da geschah es, dass ein Mann aus einer der Buden um Erlaubnis bat, die beiden Mädchen fotografieren zu dürfen. Später erinnerte sich Aline an ihre Angst in der leeren Bude, mit dem

Mann, der unter ein schwarzes Tuch gekrochen war und dann mit dumpfer, erstickter Stimme rief: »Der Vogel kommt! Der Vogel kommt!« Er rief es so aufgeregt, dass Käthe und Aline ihre Hände ineinander krampften, bis ihnen die Finger wehtaten.

Der Vater schenkte Aline einen goldverzierten Bilderrahmen und hängte ihr das Bild an die Wand: zwei Mädchen wie Praline und Sahne, die sich an den Händen halten, die Augen aufgerissen, die Lippen fest zusammengepresst.

An einem sonnigen Maitag im Jahre 1912 besuchte sie zum ersten Mal den Vater im Hafen. Wohin sie auch blickte, sah sie hoffnungsfrohe Gesichter, Auswanderer, wie ihr der Vater erklärte, Juden und Osteuropäer, die in Amerika zu leben gedachten. Aline und Madeleine bestiegen, von einem Polizisten mit Pickelhaube beobachtet, eine wackelige Gangway aus Holz. »Was ist der Unterschied zwischen Juden und Osteuropäern?«, wollte Aline wissen, als sie in der Kajüte des Vaters angelangt waren. »Meine wissbegierige kleine Tochter«, scherzte der Vater und sah sehr stattlich aus in seiner Uniform. Später erklärte ihr die Mutter, dass der Vater einer sehr gefährlichen Krankheit entronnen war, der Schlafkrankheit, die er sich beim Stich einer Tse-Tse-Fliege in Obervolta zugezogen habe. Drei Männer seiner Mannschaft habe es dahingerafft, nur der Papa sei genesen.

So gingen die Jahre dahin, mal war die Elbe erquickendes Badewasser, dann wieder ein schillerndes Gebirge aus Eis. Alines Leistungen in der Schule waren tadellos, und so wurde ihr der Besuch einer Höheren Mädchenschule gestattet. Hierhin fuhr sie nun in Begleitung von Käthe jeden Morgen mit der Centralbahn. Der Krieg war nur fernes Donnergrollen, wie Gewitter am Horizont, ohne Folgen für ihr Leben in Oevelgönne und Neumühlen. Der Vater fuhr jetzt keine Passagier- oder Frachtschiffe mehr, er wurde in die Kriegsmarine versetzt, was in Alines Augen dazu führte, dass er noch tollere Abenteuer erlebte als zuvor. Unbestrittener Höhepunkt seiner Eskapaden und wochenlanger Gesprächsstoff in der Küche hinten bei Bertha war der Untergang seiner Viermastbark während einer Seeschlacht im Skagerrak, bei dem der Vater sich den Kiefer gebrochen hatte. Von der Mannschaft hatte außer ihm nur ein anderer Mann überlebt, und das war der Koch, der ihm den Kiefer auf offener See, an eine Planke geklammert, mit Treibholz schiente.

Die darauf folgende Nachricht traf sie völlig unvorbereitet. Eines Abends fand Aline die Mutter auf dem Teppich im Salon, verweint. In der Hand hielt sie einen Brief. Schweigend überreichte sie ihn Aline. »Geliebte Madeleine«, stand da. »Ich habe meinen rechten Arm verloren und komme bald nach Hause. Dein Christian.«

Das war kurz vor Alines achtzehntem Geburtstag. Auf der Elbe bahnte sich ein Dampfschiff seinen Weg. Als wäre das Leben wie immer.

1. Kapitel

Aline hockte auf einem Schemel in der Küche und sah Bertha beim Kartoffelschälen zu. »Ich will aber Medizin studieren«, beharrte sie. »Das Land braucht jetzt Ärzte, und zwar mehr denn je!«

»Ja, mach das man schön deinen Eltern klar!«, brummte Bertha. »Und Hauptsache, du schläfst da nicht gleich bei ein, nur weil das etwas unangenehm werden könnte.«

»Wieso?«, rief Aline. »Was ist daran falsch, Ärztin zu werden? Wir sind dabei, eine große gesellschaftliche Veränderung zu erfahren! Es gibt keinen Kaiser mehr, es gibt keine …«

»Jetzt halt mal die Luft an, Deern!«, donnerte Bertha, das Kartoffelschälmesser in die Luft gereckt. »Es gibt sehr wohl noch einen Kaiser! Er darf im Moment vielleicht nicht bestimmen, aber ich, Bertha Homann, werde ihm die Treue halten! Und wenn ich die Letzte sein sollte!«

Aline legte ihr den Arm um die Schulter. »Ist ja gut, Bertha«, lächelte sie. »Aber du musst auch zu *mir* halten. Immerhin seh ich dem Kaiser doch ähnlich, hast du bei der Geburt gesagt!«

Bertha musterte sie: die ansprechende Gestalt, die langen braunen Locken, die jugendliche Haut, die ganze knospende Weiblichkeit, und musste plötzlich grinsen. »Den Eindruck muss ich radieren.«

»Revidieren«, lachte Aline und fiel der Köchin um den Hals. »Also: Was muss ich tun, damit sie mich studieren lassen?«

»Denk dir Gründe aus. Und zwar gute.«

Im Wohnraum im ersten Stock war es dunkel, obwohl draußen die Sonne schien. Christian Jacoby hatte nach seiner Rückkehr verfügt, die großen Fenster gegen bleiverglaste mit buntem Mosaik auszutauschen. »Ich bin kein Anblick für die Nachbarn«, hatte er seine Entscheidung begründet. Nun saß er auf dem Canapé, ein Buch von Sören Kierkegaard, »Der Begriff Angst«, auf den angezogenen Knien, und versuchte unbeholfen mit der linken Hand umzublättern. »Aber Papa, du verdirbst dir ja die Augen«, sagte Aline und schob den Samtvorhang beiseite. Ein Schimmer Tageslicht fiel durch die bunten Gläser. Christian bedeckte sein Gesicht. »Nicht, lass das!«

»Ich wollte deinen Verband wechseln«, sagte Aline.

»Er ist schon in Ordnung, mein Verband«, entgegnete Christian und vergrub sich wieder in sein Buch.

»Dr. Marquardt hat gesagt, er soll alle fünf Stunden gewechselt werden«, bemerkte Aline. »Und jetzt ist es wieder so weit, Papa.« Sie wusste, dass es dem Vater peinlich war, von ihr behandelt zu werden. Alles war ihm peinlich geworden. Einst ein Mann, nach dem sich die Frauen umgedreht hatten, war er nun kaum mehr wiederzuerkennen: Mit 42 Jahren war sein Haar schlohweiß geworden. Er schämte sich seines verkrüppelten Körpers.

»Wo ist Maman?«, fragte Aline. Christian machte eine schwache Bewegung mit dem gesunden Arm. »Draußen. Ich weiß nicht, was sie tut.« Madeleine konnte den Anblick ihres Gatten nicht ertragen. Jeder Vorwand war ihr recht, um nicht mit ansehen zu müssen, wie sehr er litt. Sie machte sich noch nicht mal einen Vorwurf daraus, schließlich war er nicht mehr der Mann, den sie kennen gelernt hatte. Aline wusste das und wünschte, ihre Mutter würde ihre Gefühle weniger deutlich zeigen. Es war für ihren Vater schon schwer genug.

Die Wunde eiterte immer noch. Dr. Marquardt hatte Madeleine angehalten, sie regelmäßig zu desinfizieren, um die Entzündung einzudämmen. Nicht mal der Schulterknochen war ihm geblieben. Wenn Aline ihm den Verband abnahm, konnte sie das, was vom Schulterblatt übrig geblieben war, als grobe Zacken erkennen. Ihr schauderte dabei, aber nicht vor Ekel, sondern vor Mitgefühl. Sie hätte ihrem Vater gern gesagt, dass sie ihn liebte, so wie er war, aber sie schaffte es nicht. Er sollte nicht denken, sie habe Mitleid mit ihm.

»Aber warum liest du denn schon wieder den ollen Kierkegaard«, tadelte sie sanft. »Der macht doch depressiv.«

Aber der Vater schien sie nicht zu hören. Er starrte versunken auf das Ölgemälde mit den Segelschiffen an der Wand gegenüber. »Auf meinem letzten Schiff war ein sehr netter Offizier an Bord«, murmelte er.

»Hast du dich mit ihm angefreundet?«, lächelte Aline.

»Ja. Wir haben über viele Dinge die gleiche Meinung. Und er hat eine Art, die mir sehr gut gefällt. Ruhig. Ausgeglichen. Souverän. Er war bei mir an dem Tag, an dem ich meinen Arm verlor. Und weißt du, was er zu mir gesagt hat?«

Aline nahm die Hand ihres Vaters zwischen ihre Hände. Seine Finger waren kalt. »Nein.«

»Er hat gesagt, dass ich ab jetzt nur noch echte Freunde haben werde. Die unechten würden gehen … Verzeih, ich vergesse manchmal, dass ich mit meiner Tochter spreche.«

Aline schüttelte den Kopf, sie wusste nicht, was sie sagen sollte.

»Manchmal glaube ich«, fuhr der Vater fort, »dass deine Mutter …« Sein Blick wanderte zum Fenster, zwischen den gelben, grünen und blauen Mosaikstückchen umherirrend, als wisse er nicht, auf welcher Farbe er verweilen solle.

»Maman muss sich um die Rosen kümmern. Sie müssen um diese Zeit geschnitten werden, sonst kommen sie nicht wieder«, sagte Aline. Ihre Stimme klang lauter, als sie es beabsichtigt hatte.

»Was ist?«, fragte der Vater. »Warum machst du nicht weiter? Bist du fertig mit der Salbe? Warum wickelst du den Verband nicht einfach wieder um?«

Er darf das über Maman nicht sagen, dachte Aline. Gesprochene Gedanken sind die unumstößlichsten.

Der Vater fuhr auf, drehte sich heftig zu ihr um. »Weißt du, dass ich Angst um dich habe? Du bist nicht wie andere Mädchen. Du bist frühreif. Haben wir dich eigentlich überfordert?«

»Aber womit denn?«, fragte Aline sanft. Sie befestigte den Verband mit einer kleinen Nadel und fühlte, wie sie auf einmal sehr schläfrig wurde. Sie stand auf. »Ihr seid die besten Eltern, die man sich nur wünschen kann.«

»Geh noch nicht«, bat der Vater. »Ich denke über so vieles nach im Moment. Ich frage mich zum Beispiel, ob es gut war, dich das Abitur machen zu lassen. Ob es dich auch nicht auf dumme Gedanken bringt.«

Aline lachte, ein helles, glockenreines Lachen, das an die Decke perlte. »Aber Papa, nun ist mal gut. Seit wann macht Abitur denn dumm?«

Der Vater strich ihr über die Wange. »Sag mir bitte die Wahrheit, Aline. Du trägst dich doch nicht mit dem Gedanken zu studieren?«

»Doch«, sagte Aline. »Ich möchte Medizin studieren.« Jetzt war es heraus. Endlich. Ein erhabenes Gefühl.

»Ach, Mäuschen«, seufzte der Vater. »Wie soll ich es dir sagen? Ich bin sehr stolz auf dich, schon immer, und wenn du ein Junge wärst, dich würde vermutlich eine akademische Laufbahn erwarten, eine Laudatio, wenn nicht gar eine Venia Legendi. Ich meine, wir sind uns einig darüber, dass dein Gedächtnis eine Gottesgabe ist. Aber du wirst unglücklich sein, das prophezeie ich dir. Ich gehöre nicht zu den Männern, die behaupten, Frauen seien unfähig, logische Zusammenhänge zu erkennen, aber leider stehe ich mit meiner Meinung recht allein. Ich habe auf meinen Reisen Wissenschaftlerinnen kennen gelernt, die in der Schweiz studiert haben oder in Bologna, aber ich habe auch Frauen getroffen, die das Unglück hatten, an einer deutschen Universität zu studieren, und glaube mir: Diese Frauen haben mir Zustände geschildert, von denen ich dich verschont sehen möchte. Kommilitonen, die über Jahre hinweg nicht ein einziges Wort an sie gerichtet haben, Intrigen, Spott und Hohn. Und warum das alles: weil sie Frauen sind.«

»Aber irgendjemand muss doch damit anfangen!«, rief Aline. »In der Schweiz oder in Bologna hat ja auch jemand damit angefangen! Wir können uns doch nicht in der Gegenwart mit Dingen zufrieden geben, nur weil sie in der Vergangenheit auf diese eine bestimmte Weise so erledigt wurden! Dann würden wir ja noch im Mittelalter leben! Dann wärest du, als Angehöriger der bürgerlichen Schicht, niemals Kapitän geworden! Zum Beispiel.«

Der Vater lächelte. »Was habe ich da nur aufgezogen? Eine Frauenrechtlerin! Aline, Mäuschen …« Er versuchte, sie zu sich heranzuziehen, aber Aline machte sich wütend frei. »Ich bin achtzehn, Vater, und ich bin schon längst kein Mäuschen mehr!« Sie rannte hinaus, und dabei schlug sie die Tür hinter sich zu.

»Bravo«, grunzte Bertha ironisch draußen im Flur. »Das nenn ich Diplomatie! Schreien und die Tür knallen, führt ja sicher zum Erfolg.«

»Hast du etwa gelauscht?«, zischte Aline. »In diesem Haus kann man ja nicht mal atmen, ohne dass es jemand kommentiert! Ich geh zu Käthe. Sag Maman und Papa, sie sollen mit dem Essen nicht auf mich warten.«

Draußen auf der Straße kniff sie die Augen zusammen. Blödsinnige Vorrichtung, diese Buntglasfenster! Wie idiotisch und eitel vom Vater, sich verstecken zu wollen, als sei er nun der einzige Mann hierzulande mit fehlendem Arm. Acht Väter ihrer Klassenkameradinnen waren vom Krieg überhaupt nicht heimgekehrt, also was sollte das dumme Selbstmitleid eines immerhin noch Lebenden? Der Straßenkehrer hatte das bunte Laub zusammengekehrt, und Aline stapfte wütend mitten hindurch. Der alte Sievert an der Schankwirtschaft »Zum Bäcker« grüßte sie, aber sie bemerkte ihn nicht einmal. Mit ihren Stiefeletten wirbelte sie das Laub zurück auf den Gehweg, als handele es sich dabei um eine wichtige, ärgerliche Aufgabe. Aber je länger sie das tat, umso mehr verrauchte ihre Wut. Als sie endlich vor Käthes Haus angelangt war, tat ihr der Streit schon wieder Leid. Natürlich hatte sie das Thema Studium zur Sprache bringen müssen, aber ein bisschen mehr Sanftmut und scheinbare Einsicht hätten der Sache schon ganz gut getan.

»Ich bin der ungeschickteste Mensch von der Welt, und jetzt habe ich ihn, glaube ich, auch noch traurig gemacht, was ich ja nun auf jeden Fall vermeiden wollte!«, sprudelte sie hervor, sobald Käthe ihr die Tür öffnete. Käthe legte den Kopf schief und kniff die Augen zusammen. »Wenn du mich bitte aufklären würdest? Du wärst von meiner schnellen Auffassungsgabe überrascht. Lass uns dafür aber lieber spazieren gehen. Meine Mutter hat in den vergangenen Monaten ein fantastisches Gehör entwickelt.« Sie hakte die Freundin unter und machte Anstalten, mit ihr die Stufen hinabzugehen.

»Nimm dir einen Mantel mit!«, warnte Aline. »Wir haben Mitte November!«

»Aber mir ist heiß!«, jubelte Käthe und legte Alines Hand auf ihre Wange. »Fühl mal, wie ich glühe!«

»Hast du getanzt?«

»Ja, und ob! Wenn wir im Park sind, führe ich es dir vor!«

Als Kinder hatten Aline und Käthe gemeinsam Ballettstunden genommen, aber Aline hatte schnell wieder aufgehört. Von jeher war ihr selbst schnelles Gehen wie eine Disziplin der Spitzensportler erschienen, da durfte man von ihr nicht auch noch irgendwelche Verrenkungen erwarten. »Mens sana in corpore malsano«, hatte sie stets auf die Frage erwidert, warum sie keine Tanzstunden nahm oder sich im Freien bewegte, wie es neuerdings modern war. Aber Käthe! Käthe war das Lieblingskind all ihrer Ballettlehrer gewesen. Und darum beneidete Aline sie ein bisschen. Käthe hatte ein wunderbares Gefühl für Rhythmus. Sie beherrschte ihren Körper so, dass er all ihren Befehlen nach wundersamen Biegungen widerspruchslos nachkam. Vor fünf

Jahren, kurz vor Ausbruch des Krieges, hatte Käthe die Amerikanerin Isadora Duncan in Berlin gesehen und sie seither zu ihrem Idol erkoren. Zu einer Zeit, in der die Mädchen noch mit langen Röcken und teilweise sogar noch Korsetts in die Schule gingen, hatte Käthe ihr Vorbild schon so weit verinnerlicht, dass sie nie anders als in tunikaähnlichen Gewändern gekleidet ging, unter denen in späteren Jahren ihre aufblühende Weiblichkeit wogte. Auch jetzt ging ein eigentümliches Strahlen von ihr aus, wie sie in ihrem geraden, hellen Kleid neben Aline einherhüpfte, die weißblonden Haare im Wind flatternd, die Augen eisfarben auf die Freundin gerichtet. »So«, sagte sie. »Und nun erzählst du mir alles.«

Natürlich fror Käthe, als sie den Fischers Park erreichten, und Aline lieh ihr ihren dicken, warmen Wollmantel. Aber dann fror sie selbst, und schließlich zwängten sie sich zu zweit hinein, Aline in den linken Ärmel, Käthe in den rechten. So saßen sie eng aneinander gedrückt auf einer der Bänke, und Aline musste immer wieder kichern, weil sie so kitzelig war. »Sitz endlich ruhig!«, mahnte sie. »Und nimm vor allem deinen Ellbogen aus meiner Taille.«

»Ich wusste gar nicht, dass deine Taille ein Ort ist, aus dem man irgendetwas herausnehmen kann«, grinste Käthe. »Die Natur scheint da sehr erfinderisch mit dir umgegangen zu sein!«

»Ist sie, ist sie«, bestätigte Aline. »Ich entdecke in der Tat jeden Tag etwas Neues.«

»Und was hast du heute entdeckt?«

»Dass ich trotz meiner Bewegungsarmut so schlank bin, dass ich jederzeit eine dicke Käthe in meinen Mantel mit aufnehmen kann.« Sie schrie auf. »Hallo! Das war nicht so gemeint!«

Käthe lachte entzückt. »Ich liebe es, dich zu kitzeln. Es ist so einfach. Und überhaupt: Meinst du nicht auch, dass unsere Zeit eine ganz besonders gute ist?«

»Klar. Kein frühes Aufstehen mehr, kein Herr Wiedenthal, der uns lateinische Nomen beugen lässt, Faulheit pur …«

»Nein, ich meine das hier.« Käthe machte mit dem freien Arm eine Bewegung, die die Bäume, das Gras, den Himmel und Aline mit einschloss. »Unsere Zeit. Wir haben alle Möglichkeiten, die wir brauchen. Wären wir zehn Jahre eher geboren, wir hätten ja nicht mal Abitur machen können! Die Zukunft ist weiblich, so viel ist mal sicher. Du wirst die Universität im Sturm erobern, ich die Bühnen. Wir sind komplett frei!«

»Ja«, seufzte Aline. »Nur wissen unsere Eltern noch nichts davon.« Sie stupste Käthe mit dem Ellbogen an. »Aber jetzt ist es Zeit für meine kleine Tanzvorführung! Hab ich Recht?«

Was dann folgte, war so eigenartig, so anrührend, dass Aline noch Jahre später daran denken musste. Später hätte sie nicht sagen können, warum sie in diesem Augenblick so glücklich war, warum es immer diese kleinen Dinge waren, die in ihr prickelten, Augenblicke und Stimmungen, die sie nie willentlich herbeiführen konnte.

Sie beobachtete Käthe, die in ihrem hellen Kleid auf dem Rasen stand und plötzlich hoch in die Luft sprang, so plötzlich, dass Aline überrascht zusammenfuhr. Auf einmal kam ein kleiner Wind auf, und die Blätter umwirbelten Käthes weiße Beine, sie streckte die Hände nach Aline aus wie in komischem Verlangen, und während sie sprang, bewegte sie Po und Schultern aufeinander zu, dass sie sich fast berührten, und dann warf sie die Hände nach hinten, so dass sie sich rückwärts überschlug. Als sie aufkam, blickte sie in gespieltem Erstaunen um sich, um dann voranzuschreiten, in gestrecktem, völlig übertriebenem Stechschritt, die Arme wie bei einer mechanischen Puppe auf und ab bewegend, den Unterkiefer vorgestreckt, den Rücken gekrümmt. Eins-zwo-eins-zwo, so marschierte sie, und das aufgewirbelte Laub umflatterte sie wie Konfetti, als sie sich plötzlich um sich selber drehte und in endlosen Pirouetten, das rechte Bein angewinkelt, die Arme wie eine Ballerina über den Kopf gehalten, den Park durchpflügte, weiter und weiter, bis sie als weißer Kreisel hinter einer Gruppe von Bäumen verschwand. Inzwischen war die Sonne untergegangen, und Aline zitterte. Sie stand auf, um der Freundin hinterherzueilen, und als sie sie fand, schluckte sie ihre Rührung herunter und sagte: »Mensch, wenn ich mir vorstelle, dass du mal Mühe hattest, Schlittschuh laufen zu lernen!« Im Schein der Gaslaterne sah Käthe orange aus im Gesicht, gelb vom Licht und rot von der Anstrengung, und dann warf sie den Kopf in den Nacken und lachte so laut und so lang, dass der Schutzpolizist, der an der Fischers Allee gestanden hatte, zu ihnen herüberlief und fragte, ob die Fräuleins Hilfe bräuchten.

Die Mutter war schon zu Bett gegangen, als Aline nach Hause kam. Aber dafür war Bertha noch voll in Fahrt. Aufgeregt und mit Verschwörermiene reckte sie ihr Staubtuch in die Luft. »Ich säubere den großen Speiseraum«, erklärte sie.

»Den Engelsraum? Was ist passiert?«

»Der Herr will ein großes Essen geben. Am besten, du fragst ihn selbst. Er sitzt noch in der Wohnstube.«

»Papa?«, fragte Aline. Im Kamin brannte ein Feuer, davor saß der Vater in seinem Lehnstuhl, ein Buch in der Hand, in dem er aber nicht las. »Papa, es tut mir Leid, das vorhin.«

Der Vater hob seinen Arm in die Höhe. »Komm zu mir, mein Liebling«, sagte er. »Ich habe eine Überraschung für dich. Friedrich von Alvesloh, du weißt, dieser Offizier, von dem ich dir erzählt habe. Ich habe ihn zum Essen eingeladen.«

Aline lächelte. »Das ist eine gute Idee, Papa. Es hat ja doch keinen Zweck, sich von allen fern zu halten. Ich finde es richtig, dass du dich wieder um deine Freunde kümmerst.«

»Du verstehst mich vielleicht nicht ganz richtig, Schatz.« Er nahm ihre Hand. »Ich tue es für dich. Ich habe Friedrich für dich eingeladen. Ich glaube, ihr würdet euch gut miteinander verstehen. Und vielleicht löst sich die Frage nach dem Studium dann ganz von selbst.«

Friedrich von Alvesloh war unruhig. Die erzwungene Untätigkeit trieb ihn in den Wahnsinn. Immer wenn er auf die Uhr blickte, war er überzeugt, dass mindestens eine Stunde vergangen sein musste, stattdessen waren es nie mehr als ein paar Minuten. Er beschloss, einen Spaziergang zum Strand hinunter zu machen.

Ein heftiger Wind blies von Nordwesten. Friedrich musste seinen Hut festhalten. Zum Glück hatte es in der vergangenen Nacht geregnet, so dass ihm nun wenigstens keine Sandkörner ins Gesicht wirbelten. Normalerweise liebte er diesen Ort: die Häuser wie Muscheln auf dem Berg zusammengewürfelt, die Segelschiffe auf der Elbe, elegante Damen, am Strand flanierend. Was hatte er als kleiner Junge hier gespielt! Aber nun war die vertraute Blankeneser Welt eine andere geworden. Etliche Gesichter fehlten. Die verbliebenen wirkten verzweifelt, fanatisch, einige gleichgültig. Was Friedrich am meisten verbitterte, war der Umstand, dass all die Kämpfe umsonst gewesen waren. Die Monate auf dem Meer, die Stürme, die Stahlgewitter und Kanonenschüsse, Kameraden, die ihr Leben gelassen hatten, und wofür das alles? Dafür, dass ein amerikanischer Präsident die kaiserliche Familie »monarchische Autokraten« schimpfen durfte, dafür, dass ein paar hergelaufene Sozialdemokraten Wilhelms Abdankung ausrufen konnten, und dafür, dass, nicht weit vom preußischen Blankenese entfernt, in Hamburg, diese Kröte Laufenberg die rote Fahne am Rathaus gehisst und die Bürgerschaft nach Hause geschickt hatte? Friedrich stöhnte auf. Dabei gab es nichts, rein gar nichts, was er tun konnte. Vielleicht würde das Essen heute Abend mit diesem tapferen Kapitän ein wenig Licht in das Dunkel seiner Gedanken bringen.

Um halb sieben setzte sich Friedrich seine Schutzbrille und Staubkappe auf, streifte sich die fellgefütterten Handschuhe über und stieg in seine heiß geliebte Benzindroschke, einen Rolls-Royce »Silver Ghost«. Es war das Geschenk seines Vaters zu seinem 20. Geburtstag, ein Modell von 1911, dem man seine sieben Jahre dank hervorragender Pflege nicht ansah. Ein paar Nachbarn traten auf die Straße, als Friedrich die schimmernde Aluminiumkarosse aus der Garage schob. »Kleiner Ausflug, Friedrich?«, fragte der alte Lassen, ein greisenhafter ehemaliger Fischer, der Friedrich offenbar immer noch für einen kleinen Jungen hielt. »Sieht ja man ganz nüddelich aus, din Stinktier, aber das ischa man ja auch nich ganz ungefährlich, nä, min Bengel?«

Friedrich winkte dem Nachbarn lachend zu. Er war der Einzige in der Familie, der sich nicht chauffieren ließ. Das Fahren machte ihm zu große Freude, und er wäre dumm gewesen, es jemand anderem zu überlassen. Während er die Elbchaussee entlangschnurrte, stieg seine Stimmung langsam wieder an. Der Mond war aufgegangen, und sein Licht spiegelte sich im ruhigen Wasser des Flusses zu seiner Rechten. Er spürte, dass er Hunger hatte, nicht gerade unangenehm Schwindel erregenden Hunger, aber doch gerade so viel, dass er sich auf ein gepflegtes Abendessen freuen konnte.

Als er an der Elbschlossbrauerei vorbeilenkte, jagte er einem Pferd so große Angst ein, dass es sich aufbäumte und mit seinen Hufen um ein Haar die »Spirit-of-ecstasy«-Figur vom Kühler gehauen hätte. »Idiot!«, schimpfte Friedrich dem Reiter nach. »Können Sie Ihren Gaul nicht ruhig halten? Dies ist immerhin eine öffentliche Straße!« Aber der Reiter antwortete nicht. Sein Gesicht konnte Friedrich nicht erkennen, denn es war verhüllt. »Komischer Vogel«, murmelte Friedrich vor sich hin. Und dann sah er schon die Windmühlenflügel der Rolandsmühle am Philosophenweg aufragen, und kurz darauf war er an »Hartens Elbterrassen« angelangt. Hier stellte er sein Automobil ab, um den Oevelgönner Mühlenweg hinabzusteigen.

Es war ein charmantes Haus, das musste Friedrich anerkennen. Es mochte wohl schon an die vierzig Jahre alt sein, aber die Fassade schien erst jüngst gemacht worden zu sein, und der Glasvorbau war handwerkliche Feinarbeit, fein geschliffenes Holz, in mehreren Schichten dünn lackiert.

Auf sein Läuten hin öffnete ein Hausmädchen die Tür, das artig vor ihm knickste. »Ich führe Sie zu den Herrschaften«, sagte sie und bat ihn, ihr zu folgen. Aus einem Raum im oberen Stock wehten die Töne eines Klavierstücks. Es war der »Karneval der Pest«. Friedrich musste lächeln. »Wer ist denn der Pianist hier im Haus?«, fragte er.

»Das Fräulein Aline«, entgegnete das Hausmädchen. »Die Tochter des Kapitäns.« Friedrichs Lächeln wurde breiter. Welch ganz und gar entzückende Art, Kritik an der bevorstehenden Soiree auszudrücken. Das Fräulein Aline schien ein Trotzkopf zu sein.

»Mein lieber Friedrich!« Kapitän Jacoby kam ihm mit einem ausgebreiteten Arm entgegen. »Wie freue ich mich, dass Sie meiner Einladung Folge leisten konnten!«

»Aber die Freude ist ganz meinerseits«, gab Friedrich lächelnd zurück. Er ließ sich vom Kapitän in die Bibliothek führen. Der Raum war strahlend hell erleuchtet. »Ich sehe, Sie haben Stromanschluss«, bemerkte Friedrich anerkennend.

»Noch vor dem Krieg legen lassen«, schmunzelte der Kapitän. »Meine Tochter wird dies alles hier erben. Ich wollte, dass es den modernen Anforderungen Genüge tut.«

»Aber Sie reden ja so, als wäre es schon demnächst so weit!« In Friedrichs Stimme schwang leiser Tadel. »Sie werden darüber hinwegkommen, glauben Sie mir. Tausenden von Männern im Deutschen Reich geht es zur Zeit wie Ihnen. Sie sind nicht allein. Und Sie sollten Ihr Eigentum genießen. Verläuft der Heilungsprozess zu Ihrer Zufriedenheit?«

»Der Arzt schließt Komplikationen derzeit aus. Aber lassen Sie uns von anderen Dingen sprechen. Trinken Sie einen Cognac mit mir?«

»Mit Vergnügen.«

»Was gibt es für Neuigkeiten?«, fragte der Kapitän nach einem Moment der Stille, die durchaus nicht unangenehm für die beiden war, die Füße dem prasselnden Feuer entgegengestreckt, das Glas in der Hand.

»Ich habe mich entschieden, in die Politik zu gehen. Die Rätediktatur wird nur von kurzer Dauer sein. Das Reich befindet sich in einer Umbruchphase. Wir müssen all unsere Kräfte mobilisieren, um es in die richtige Richtung zu lenken.«

»Da pflichte ich Ihnen natürlich bei«, bemerkte der Kapitän. »Aber: Rätediktatur? Sehen Sie da nicht ein bisschen schwarz? In Hamburg zumindest sind Senat und Bürgerschaft gerade wieder eingesetzt worden …«

»Aber nur als unpolitische Organe! Unter der Aufsicht eines Arbeiter- und Soldatenrates, ich bitte Sie!«

»Was schlagen Sie vor?«

»Das politische Gegengewicht auszubauen! Wir dürfen der SPD keinen freien Spielraum lassen, und vor allem müssen wir den Anhängern von USPD und Spartakusbund entgegentreten …«

»Ich teile Ihre Meinung durchaus.«

»… und wir müssen uns um die Ruhe auf den Straßen kümmern. Sehen Sie, bald werden die Friedensverhandlungen beginnen, es gärt im Volk, das werden die Linken für sich auszunutzen wissen!«

»Sie sind sehr leidenschaftlich, junger Mann«, strahlte der Kapitän. »Ihr Eifer gefällt mir. Wir wollen uns nun zu Tisch begeben. Gehen Sie ruhig vor. Meine Frau, die ich Ihnen nachlässigerweise noch nicht vorgestellt habe, wird Sie an Ihren Platz geleiten.«

Doch auf dem Flur prallte Friedrich mit einem erhitzten, atemlosen Wesen zusammen, das für eine Ehefrau eindeutig zu jung war. »Ent… Entschuldigung«, stammelte die Erscheinung. »Ich dachte, Sie wären bei meinem Vater.«

»Und da haben Sie die Zeit für ein paar Turnübungen genutzt, nicht wahr? Nachdem Sie sich auf dem Karneval der Pest ausgetobt hatten!«

Es war dieses Lächeln, das ihn ein bisschen irritierte. Kein Lächeln mit geschlossenen Lippen, wie die höheren Töchter es gewöhnlich trugen, sondern ein Lächeln, das sich fast von einem Ohr zum anderen erstreckte und von der Nase bis zum Kinn, ein Lächeln, das nahezu alle Zähne freilegte, makellose Zähne, das schon, aber nichtsdestotrotz unangebracht in seiner Mutwilligkeit. »Sie sind Chopin-Kenner«, stellte das Mädchen immer noch breit lächelnd fest.

»Aber Aline, du versperrst unserem Gast ja den Weg«, hörte er den Kapitän hinter sich sagen. »Hast du dich überhaupt vorgestellt?«

»Ich weiß auch so, wer Sie sind«, lächelte Friedrich. »Ihr Vater hat mir auf dem Schiff eine Fotografie von Ihnen gezeigt. Aline – freut mich sehr, Sie kennen zu lernen.« Da war es wieder, dieses Lächeln. Sie ist hübsch, dachte Friedrich. Sehr hübsch sogar. Aber sie hat keine Manieren.

Und doch hatte sie etwas, das ihn immer wieder zu ihr hinüberblicken ließ. War es der Wein, ein hervorragender Pfälzer Jahrgang 1913, das köstliche Wildbret, die schimmernde Tapete oder die Hitze im Raum (Friedrich wusste Zentralheizungen normalerweise zu würdigen), oder war es, dass er begann, sich in dieses Mächen zu verlieben, das geistreich und gebildet erschien und mit ihrem überschäumenden Gelächter Raum und Zeit ausfüllte? Auch die Dame des Hauses erschien ihm recht sympathisch, ein bisschen kokett vielleicht, aber dabei aufgeschlossen und charmant. Sie fragte ihn nach seiner Herkunft und Kindheit aus, und Friedrich antwortete ihr gern. Er fühlte sich entspannt wie schon lange nicht mehr, und so erzählte er von seinen Vorfahren aus der Mark Brandenburg und dem heldenhaften Großvater, der bei der Schlacht auf den Düppeler Schanzen geholfen hatte, die verhassten Dänen zu vertreiben, und zum Dank dafür ein Grundstück in Blankenese erhalten hatte, auf dem die Familie heute noch lebte. Die Kapitänsgattin schlug entzückt die Hände zusammen. »Wie romantisch!«, rief sie aus. »Mein Urgroßvater hat sich in den Wirren des Krieges auch eine neue Heimat suchen müssen!«

»War Ihr Urgroßvater ebenfalls Preuße, gnädige Frau?«, erkundigte sich Friedrich interessiert.

»Franzose!«, berichtigte Madeleine, wobei sie das irritierte Zusammenzucken ihres Gastes geflissentlich übersah. »Ein früher Vertreter moderner republikanischer Ideen. Adelig wie Sie, doch leider ...«

An dieser Stelle warf das Mädchen ein paar Brocken in einer Sprache ein, die Friedrich nicht verstand.

»... und von daher ist meine Frau monarchistisch gesonnen wie wir alle«, warf der Kapitän mit einem gequälten Lächeln ein. Das Mädchen nahm den Faden sicher wieder auf. »Tut dir deine Schulter weh, Papa?«, fragte sie.

»Was ist das für eine Sprache, die Sie mit Ihrer Tochter sprechen?«, wollte Friedrich, an die Dame gewandt, wissen.

»Das ist der französische Dialekt, den meine Gattin und Tochter miteinander zu kultivieren pflegen« erklärte der Vater. »Aber ich denke, jetzt ist Zeit für das Dessert. Habe ich Recht, meine Liebe?«

Madeleine blickte unschlüssig von einem zum anderen. »Aber sicher«, sagte sie. »Ich werde nach dem Hausmädchen klingeln.«

Der Mond hatte sich in einen rosafarbenen Ballon verwandelt, als Friedrich am Ende dieses Abends seinen »Silver Ghost« bestieg. Kapitän, Gattin und Tochter standen einträchtig nebeneinander an der Flottbeker Chaussee und winkten ihm zu, während er Brille und Kappe anlegte. Was für eine außergewöhnliche Familie, dachte er. Liebenswürdig und geistreich, aber ganz und gar unkonventionell, vor allem die Tochter. Immer wieder fiel ihm dieses Lächeln ein, das er in der ersten Sekunde nicht gemocht hatte und nach dem er im Lauf der Soiree richtig süchtig geworden war. Ob es wohl möglich war, Aline zu einem Ausflug mit ihm zu überreden? Noch während der Heimfahrt auf der Elbchaussee erwog er die Angelegenheit. An Politik dachte er in dieser Nacht überhaupt nicht mehr.

»Und wie hat er dir gefallen, dieser Knabe von neulich?«, fragte Käthe. Sie saßen in Alines Schlafzimmer im zweiten Stock. Käthe hatte unter der Dachschräge den Toilettentisch beschlagnahmt und war dabei, Alines Kämme und Bürsten zu testen.

»Er war nett.«

»Bist du in ihn verliebt?«

»Keine Ahnung. Woher soll ich das wissen?«

»Mein Gott!« Käthe verdrehte die Augen, während sie an einer silbernen Bürste zerrte. »So was weiß man eben.«

Aline runzelte die Stirn. »Wie denn?«

»Man hat Herzklopfen und kann an nichts anderes mehr denken. So weit jedenfalls die Symptome.«

»Kommen diese Worte aus berufenem Munde?«, spöttelte Aline. »Soweit ich weiß, warst du auch noch nie verliebt! Im Übrigen wäre ich dir dankbar, wenn du mir ein paar Borsten auf meiner Lieblingsbürste übrig lassen würdest.«

»Ich reiße nicht die Borsten aus, sondern die langen, dunklen lockigen Dinger dazwischen. Hast du Haarausfall oder was?«

»Jetzt reicht es mir aber!« Aline sprang auf, doch Käthe war schneller. »Fang mich!«, kreischte sie. »Fang mich und diese entzückende haarausfalldekorierte Lieblingsbürste von dir! Na los, komm schon!«

Wenn Aline mit dem Lachen kämpfte, war sie noch schwerfälliger als sonst. Mühsam schleppte sie sich um die Ecke ihres Himmelbetts, während Käthe in gespielter Langeweile mit den Augen rollte. »Du bist die größte Schnecke dieser Erde«, stöhnte sie. »Hab ich dir das schon mal gesagt? Sich mit dir zusammen sportlich zu betätigen ist eine Strafe!«

»Ich verlange«, keuchte Aline, während sie Käthe um einen Stuhl herum verfolgte, »überhaupt keine sportliche Betätigung. Ich will nur, dass du mir diese Bürste wiedergibst.«

Ein Klopfen von unten ließ die beiden erstarren. »*Parbleu*, das ist Maman«, sagte Aline. »Schätze, sie versucht gerade ihren Mittagsschlaf zu halten. Komm, wir schleichen uns raus.«

Madeleine hörte die Mädchen kichernd die Treppe hinuntertoben. Das heißt, die eine tobte, die andere trabte schwerfällig hinterher. Aline vermutlich. An Schlaf war jetzt nicht mehr zu denken. Da konnte sie ebenso gut in die Küche gehen und Bertha den Speiseplan für die nächsten Tage diktieren.

Sie fand Bertha vor dem Herd in einem Topf mit etwas Undefinierbarem herumrühren. »Aber Bertha«, sagte sie tadelnd. »Hab ich irgendwas davon gesagt, dass ich für heute Abend Eintopf wünsche?«

»Es ist kein Eintopf, es ist Graupensuppe«, gab Bertha mürrisch zur Antwort.

»Das soll ein Witz sein, hoffe ich?! Wir sind doch nicht im Kriegswinter!«

»Anweisung des Herrn.«

»Gut. Du nimmst jetzt sofort den Topf vom Herd, ich komme gleich wieder.«

Bertha gab ein leises Stöhnen von sich. »Wenn die rechte Hand nicht weiß, was die linke tut.«

Madeleine drehte sich an der Tür um. »Hast du etwas gesagt?«

»Ja, Madame, aber ich führe bloß Selbstgespräche. Wenn Sie einem alten Weib diese Angewohnheit verzeihen möchten.«

Madeleine fand ihren Mann in der Bibliothek, in der Hand ein ungeöffnetes Buch. »Was soll das bedeuten?«, rief sie ihm entgegen.

»Was soll was bedeuten?«, gab er leise zurück. »Dass ich dich nicht mehr zu Gesicht bekomme außer bei den Mahlzeiten? Oder dass du mir nicht ein einziges Mal den Verband gewechselt hast seit meiner Rückkehr?«

»Du weißt genau, was ich meine. Ausgerechnet Graupensuppe!«

Christian betrachtete das erhitzte Gesicht seiner Frau. Trotz ihrer 38 Jahre sah sie noch immer gut aus. Er dachte an früher, wie er sie zum Tanzen ausgeführt hatte, er dachte an ihre gemeinsamen Nachmittage auf der zugefrorenen Alster, daran, wie sie ihm zum ersten Mal Aline überreicht hatte, ein winziges Bündel mit dunklen Haaren, das schönste Geschenk, das sie ihm hatte machen können. Was war passiert? Der Krieg? Sein Arm? Konnte es ein, dass sie einen Liebhaber hatte?

Madeleine funkelte ihn zornig an. »Ich möchte einfach nur wissen, warum es heute Abend Graupensuppe gibt.«

»Meine liebe Madeleine, wenn du das Gespräch ein bisschen eher gesucht hättest, wäre ich nicht gezwungen gewesen, dich auf diese Weise zu düpieren.«

»Rache also.« Madeleine ließ sich schwungvoll auf den Sessel ihm gegenüber fallen. »Hab ich es mir doch gedacht. Findest du es nicht ein bisschen kindisch, dafür ausgerechnet einen Topf voller Schleim zu Hilfe zu nehmen?«

Christian lachte. »Deine Art zu dramatisieren hat mich von jeher fasziniert. Aber wie die Dinge stehen, hast du allen Grund dazu. Wir sind von nun an ohne Einkommen.«

Madeleine öffnete den Mund, wie ein Fisch, der versehentlich auf dem Trockenen gelandet war. »Aber du wirst doch auch als Einarmiger noch fahren können! Und was ist mit deinem Geschäftspartner in Südfrankreich?«

Christian wedelte müde mit dem Cognacglas in seiner Hand. »Nimm dir auch einen. Du wirst verstehen, dass ich dir unter den gegebenen Umständen nicht einschenken kann. Seltsam, dass die Überbringung von schlechten Nachrichten immer noch schmerzhafter ist als das Empfangen. Sieh, unser Freund in Frankreich hat mir die Partnerschaft aufgekündigt. Er könne, so seine Erklärung, wohl kaum jemandes Partner sein, der auf seine Landsleute schießt. Nachvollziehbar, die Begründung.«

»Du hast auf Franzosen geschossen?« Madeleine starrte ihn entgeistert an.

»Meine Liebe, wo warst du in den vergangenen vier Jahren? Es gab einen Weltkrieg, du erinnerst dich? Franzosen gegen Deutsche, Deutsche gegen Franzosen und jede Menge anderer Völker, die sich gegenseitig ins Jenseits befördert haben. Äußerst unschöne vier Jahre. Viel Blutverlust.«

»Ich hasse deinen Sarkasmus.«

»Aber wie dem auch sei, Blut war nicht das Einzige, was wir verloren haben. Du wirst dich an den Gedanken gewöhnen müssen, von nun an Schritt zu fahren.«

»Aber was ist mit deinen beiden Segelschiffen? Was ist mit der *Elisabeth*, was ist mit der *Königin Louise*?«

»Gesunken, die *Königin Louise* schon im vergangenen Jahr. Den Engländern war wohl der Name ein wenig provokant erschienen. Die *Elisabeth* ist vor etwa einer Woche gesunken, zwei Segeltage von Buenos Aires entfernt. Ich habe die Nachricht heute erhalten.«

In guten wie in schlechten Zeiten, ging es Madeleine kurz durch den Kopf. Sie hatte diesen Satz immer für eine Art pastoraler Plattitüde gehalten. Wer hätte denn ahnen können, dass es an der Seite dieses gut aussehenden und wohlhabenden Offiziers, den sie damals geehelicht hatte, einmal schlechte Zeiten geben würde? »Und was nun?«, fragte sie plötzlich ernüchtert. Ihre Stimme hatte alles Pathos verloren.

»Solange mein Arm nicht verheilt ist, kann ich nicht arbeiten. Selbst dann wird uns unser ehemaliger Lebensstil nicht mehr gewährleistet bleiben. Einstweilen müssen wir uns darum kümmern, Aline unter die Haube zu bringen.« Christian starrte ins Feuer. »Bevor die Zeichen sichtbar werden, meine ich. Darum ist Eile geboten. Ich halte diesen Friedrich für einen vielversprechenden Kandidaten. Er muss im Glauben gelassen werden, in eine reiche Großbürgerfamilie einzuheiraten. Ich habe Erkundigungen über die von Alvesloh eingezogen. Sie haben ihren Adelstitel, das Grundstück in Blankenese, ein heruntergekommenes Gut in der Mark Brandenburg, aber viel mehr auch nicht. Als Offiziersgattin wird Aline dennoch keinen Hunger leiden müssen.«

»Natürlich, sie kann ja immer noch Graupensuppe essen!«, warf Madeleine giftig ein.

Christian ignorierte sie. »Sie wird, gesellschaftlich gesehen, sogar aufsteigen. Ein perfektes Geschäft, wenn du mich fragst.

Unsere Tochter erhält den Titel. Friedrich das Bürgergeld. Zumindest meint er das.« Er konnte selbst nicht glauben, wie kalt das klang. Aber Gefühle waren das Letzte, was er nun gebrauchen konnte. Ein Augenblick der Weichheit – und alles würde zusammenbrechen. Kein Mitleid jetzt. Schon gar kein Selbstmitleid.

»Und du glaubst, er interessiert sich für Aline?« Auch Madeleine war überrascht von ihrer eigenen Ruhe.

»Seine Blicke waren offensichtlich. Du wirst sehen, der nächste Schritt kommt von ihm.«

»Weiß Aline, dass wir nun ohne Vermögen sind?«

»Nein. Und ich möchte sie noch nicht damit belasten. Unsere Aufgabe liegt jetzt darin, sie und Friedrich zusammenzubringen. Aber keine Sorge. Das wird schon gelingen.«

2. Kapitel

Friedrich von Alvesloh erkannte sich selbst nicht wieder. Er, der sein Lebtag allenfalls die Nationalhymne gesungen hatte, erwischte sich immer wieder dabei, irgendwelche Töne auszustoßen. »Die schöne Marie«, ein Lied, das er den alten Fischer nebenan neulich hatte singen hören und das ihm nun nicht mehr aus dem Kopf ging. Aber das Unheimlichste war, dass er in einen Zustand von beunruhigendem Dauergrinsen geraten war. Das war ganz in Ordnung, wenn er sich mit den Nachbarn unterhielt oder das Vibrieren des Rolls-Royce-Motors unter seinem Hintern fühlte, es war aber nahezu entwürdigend, wie ihn das Lachen selbst bei politischen Versammlungen überwältigte. Konnte es sein, dass es ihn ernsthaft erwischt hatte? Gemeinhin gehörte er zu den Männern, die nichts anbrennen ließen, wenn sich eine Gelegenheit ergab, immer begierig danach, das Rätsel der Weiblichkeit auf neue Weise zu lösen. Aber war das Geheimnis dann gelüftet, stellte er sich stets gern der nächsten Forschungsaufgabe. Bei Aline mochte das genauso sein, er war neugierig auf den Geschmack ihrer Zunge und auf den Duft ihres Körpers. Und doch war zum ersten Mal etwas Beunruhigendes dabei. Er beschloss, nicht länger Zeit zu verschwenden. »Würden Sie mir die Ehre gestatten«, schrieb er, eines Morgens in seinem Arbeitszimmer sitzend, eine Tasse Tee vor sich, die er nicht angerührt hatte und die nun wohl schon erkaltet war. Er hielt verwirrt inne. Die Ehre, was zu tun? Heiße Küsse im »Silver Ghost« auszutauschen?

Eine wohlige Vorstellung. Friedrich erschauerte leicht. »Sie zu einer kleinen Landpartie einzuladen? Staubkappe, Handschuhe und Wärmflasche brauchen Sie nicht mitzubringen.« Natürlich, diese Dinge hatte er immer in doppelter Ausführung parat. Noch lange starrte er so auf seinen Brief, wobei er irgendwann wieder vor sich hin zu singen begann. Er schüttelte den Kopf. So konnte das auf keinen Fall weitergehen. Handeln oder verrückt werden, das war hier die Wahl. Er zwang sich, den Brief zu beenden, fügte noch Tag und Uhrzeit ein, an dem er sie abzuholen gedachte, und machte sich auf den Weg, um das Schreiben Kapitän Jacoby persönlich nach Oevelgönne zu bringen. Das war mit Sicherheit die eleganteste und zugleich schicklichste Art, um Alines Zustimmung zu erringen.

Käthes Versuch, ihre beste Freundin für die Wonnen eines Wandertags zu begeistern, war heroisch und kläglich zugleich. »Ich habe dieses Herummarschieren schon in der Schule gehasst«, beschwerte sich Aline. »Früher immer dieses bescheuerte Sedanfest, dann der Schulausflug …«

»Aber mit dem Wandervogel ist Wandern ganz anders!«, erklärte Käthe. »Es gibt keinen Lehrer! Keine Gefahr, unterwegs homerische Verse aufsagen oder Dreisatz rechnen zu müssen!«

»Beim Gehen Verse aufzusagen wäre das geringste Übel.« Aline bemühte sich vergeblich, dem Feuer in Käthes Schlafraum Leben einzuhauchen. »Ich fände es sogar ganz nett, mein Wissen mal wieder ein bisschen an die Luft zu lassen. Es muss sich da drin arg quetschen.«

»Angeberin!« Käthe riss ihr den Blasebalg aus der Hand. »Gib der alten Käthe das Ding. Man merkt, dass du eine heizungsverwöhnte Göre bist. Und du wirst jetzt bitte keinen Homer aufsagen, sonst schrei ich. Also, wie ist es? Am Sonntag wandern wir mit der Gruppe nach Nienstedten. Wir wollen ein romantisches Picknick auf dem Friedhof machen. Stell dir vor, lauter Tote, und wir Lebenden lebendig mittendrin! Das ist ganz nach deinem morbiden Geschmack, gib es zu!«

»Also gut«, willigte Aline ein. »Und die Mädels sind nett, sagst du?«

»Es sind nicht nur Mädels in der Gruppe.« Käthe zwinkerte. »Das macht die Sache ja so interessant.«

Aline lächelte. »Ach, so ist das. Du hast mir bislang noch nichts von ihm erzählt!«

»Och, da gibt es auch nichts zu erzählen. Leider. Der Bengel ist sehr schüchtern. Oder aber er hat mich noch nicht bemerkt.«

»Kaum zu glauben«, meinte Aline trocken.

»Ein Rabbiner. Kannst du dir das vorstellen? Ich und ein Geistlicher?«

»Nein, das kann ich mir nicht vorstellen. Was macht ein Rabbiner bei euch freien Wandervögeln?«

»Na ja, er ist ein ehemaliger, ein Fast-Rabbiner. Eigentlich ist er doch keiner. Soweit ich das verstanden habe, schmeißt er hin. Was er stattdessen tut, weiß kein Mensch. Wild romantisch. Und sehr geheimnisvoll. Er sieht einen immer so an mit diesen dunklen Augen, weißt du, so!« Käthe riss die Augen auf und klapperte dramatisch mit den Wimpern. »Es sieht hinreißend aus!«

»Es sieht wie bei einer Kokotte aus«, stellte Aline fest. »Und du hast ihn nicht gefragt, warum er hinschmeißt?«

»Was weißt du von Kokotten? Verheimlichst du mir da etwas? Und nein, ich habe ihn nicht gefragt, warum er hinschmeißt, ich habe überhaupt noch nie mit ihm gesprochen, aber wenn ich ihn mit den anderen sprechen höre, krieg ich eine Gänsehaut.«

»So schaurig?«

Käthe stieß einen Schrei aus. »Jetzt reicht es mir, Aline Benedicte Jacoby!«

Aline verdrehte die Augen. »Jetzt schon wieder? Sie sind viel zu empfindlich, junges Fräulein. Kaum, dass wir zusammen sind, reicht es Ihnen schon wieder!«

»Lüge! Mir hat es vorher noch nie gereicht! Normalerweise ist das deine Redensart! Und dafür werd ich dich jetzt durchkitzeln! Dafür, dass du so freche Lügen verbreitest!«

Aline kreischte und versuchte, sich zu befreien. »Dann sag ich den Homer auf! Merket, der Phäaken erhabene Fürsten und Pfleger, dass ich rede, wie mir das Herz im Busen gebietet …«

»Halt den Mund, du Streberin!«

»In Ordnung!« Aline wand sich vor Lachen. »Ich tue alles, was du willst! Ich werde mitten im Winter einen Tag lang zu Fuß gehen, um mit durchgeknallten Rabbinern auf alten Gräbern Wurstbrote zu futtern, ich werde … aua, verflucht, jetzt lass schon los, was soll ich denn noch alles versprechen?«

»Nur, dass du eine liebe Aline sein wirst, die sich einen Tag lang mit mir auf einem Spaziergang vergnügt und die obendrein eine dezidierte Meinung zu dem zukünftigen Liebhaber ihrer besten Freundin abgibt.«

»Du verwirrst mich mit deinen Persönlichkeitsspaltungen. Sprich in der ersten Person von dir wie jeder vernünftige Mensch …«

»Apropos, was machen eigentlich deine Studienpläne?«

»Gar nichts.« Auf einmal war das Lachen aus Alines Zügen verschwunden. »Mein Vater will nichts davon hören, und ich weiß einfach nicht, wie ich das Thema wieder anschneiden soll.«

Käthe nahm tröstend ihre Hand. »Dir fehlt der Mut.«

»Ja. Aber ich werde es schon noch hinbekommen. Du wirst sehen.«

Christian hörte den schwerfälligen Schritt seiner Tochter aus allen anderen Schritten in Oevelgönne heraus. Er hörte, wie sie an der Tür klingelte, er hörte die Schritte des Hausmädchens und schloss die Augen. Wenig später roch er Alines Duft in der Wohnstube. Seltsam, wie vertraut ihm seine Tochter war. Er wünschte, dass er zu Madeleine diese Nähe empfinden könnte, doch damit war es nun vorbei. Wie wenig Zeit der Mensch doch brauchte, um die grundlegenden Dinge des Lebens zu verlieren: Arm, Gattin,

Geld. Er spürte Tränen in sich aufsteigen. Nie, schwor er sich, sollte seiner Tochter ein Unglück widerfahren. Gesichert sollte sie leben dürfen, lebensfroh, geliebt.

»Schläfst du, Papa?«, hörte er sie flüstern.

Er fuhr sich mit der Hand über die Augen. »Ach ja, ich muss wohl eingenickt sein. Setz dich zu mir, mein Engel. Ich muss dir etwas erzählen.«

»War die Krankenschwester schon da?«, fragte Aline. »Hat sie deinen Verband gewechselt?«

»Ich habe sie entlassen.«

»Was hast du? Warum, um Gottes willen?«

»Ich habe sie bei einem Diebstahl erwischt.«

»Du meine Güte!«

»Mach dir keine Sorgen. Bertha hat mir heute Morgen einen neuen Verband gemacht.«

»Dann wird es jetzt Zeit. Lass mich das tun. Was wolltest du mir erzählen?«

»Der junge Mann von neulich. Du erinnerst dich?«

»Friedrich von Alvesloh.« Vorsichtig entfernte sie die Nadel. Der Verband löste sich mit einem leichten Knistern von der Wunde. Aline beugte sich vor. Täuschte sie sich oder hatte der Eiter sich ausgebreitet? Vorsichtig betupfte sie den Rand. »Tut das weh?«

»Ja, ein bisschen. Wie immer. Hör zu: Er lässt fragen, ob du am kommenden Sonntag einen Ausflug mit ihm unternehmen möchtest.«

Aline lachte. »Haben die sich alle verabredet? Käthe hat mich das auch schon gefragt. Sagt, wenn ich so aussehe, als müsste ich mal wieder drei Meter gehen!«

»Er will dich in seinem Wagen ausfahren.«

»Dann hält er mich offenbar nicht für fett. Sonst hätte er wohl verlangt, dass ich hinterherlaufe.«

»Ich möchte dich bitten, seine Einladung ernst zu nehmen.«

»Aber ich kann nicht am Sonntag! Ich habe mich doch schon

mit Käthe verabredet!« Behutsam legte sie die neuen Mullbinden auf, Bahn um Bahn. Die Wunde nässte offenbar nun doch nicht mehr.

»Hat er dir nicht gefallen, Aline?«

»Doch, er ist ganz nett.« Einen Stumpf zu verbinden war nicht leicht, aber Aline fand, dass es ihr immer besser gelang. Sollte sie sich als Wundärztin spezialisieren?

»Dann nimm die Einladung an. Du siehst Käthe doch ohnehin jeden Tag.«

»Ja, aber es ist keine normale Verabredung. Käthe ist so einer Gruppe beigetreten, weißt du, dem Wandervogel, und da wollte sie ...«

»Dem Wandervogel?« Christian runzelte die Stirn. »Davon hab ich gehört. Vegetarier, Anarchisten und Freikörperfanatiker. Mädchen und Jungen, die womöglich nachts in gemeinsamen Zelten schlafen. Ich würde dir nicht raten, da mitzugehen.«

Aline spürte Ärger in sich aufsteigen. »Ich tue es aber trotzdem. Das habe ich Käthe versprochen. Die Verabredung ist fest und kann nicht mehr rückgängig gemacht werden.«

Christian seufzte. »Was kannst du starrsinnig sein! Ich verbiete dir, da hinzugehen. Schluss und aus.«

Aline stampfte mit dem Fuß auf. »*Du* bist derjenige, der starrsinnig ist! Wie kann man nur so eingefahren sein in seiner kleinen geregelten Welt! Ich bin erwachsen, Papa, auch wenn ich noch nicht volljährig bin! Und ich lass mir von dir nichts verbieten!« Sie holte tief Luft. Auch Christian holte Luft. Aline versuchte ein Lächeln. »Also noch mal von vorn. Tut mir Leid.«

Der Vater ergriff ihre Hand. »Nein, mir tut es Leid. Hör zu. Du bist in einem Alter, in dem jedes normale Mädchen ans Heiraten denken sollte. Ich kenne Friedrich. Er ist zuverlässig, ehrgeizig und herzensgut. Ich werde nicht dein ganzes Leben für dich sorgen können, und das weißt du. Wenn sich ein Mann wie Friedrich jetzt für dich interessiert, solltest du die Chance nutzen!«

»Aber Papa! Ich will doch überhaupt nicht, dass du oder ein anderer Mann sich um mich kümmert! Warum behandelt ihr Männer Frauen immer wie Schwerstinvaliden? Ich will Ärztin werden! Ich will für meinen Unterhalt selbst aufkommen!«

»Wer hat dir denn das nun wieder in den Kopf gesetzt? Käthes komische Wandervögel?«

»Hör zu, Papa. Wir beide wollen doch etwas voneinander. Du willst, dass ich diesem Friedrich eine Chance gebe, und ich will studieren. Warum schließen wir nicht einen Kompromiss? Ich sage meine Wanderung mit Käthe ab und fahre mit deinem Freund ein bisschen in seiner Benzindroschke herum, und du versprichst mir dafür, dass ich mich zum Sommersemester einschreiben darf. Einverstanden?«

Ein ungerechter Kompromiss, dachte Christian. Der eine verlangt Brotkrumen, die andere Schokolade. Aber ganz gleich. Wenn der Plan aufging, und davon war er überzeugt, würde Aline die Idee mit dem Studium schon fallen lassen.

Am Sonntagmorgen war es ungewöhnlich kalt. Käthe stellte sich vor den Toilettentisch und fand, dass sie an diesem Tag wie ein Kaninchen aussah. Weißes Fell und rote Augen. Sie begann ihre Augen mit Kajal zu schminken. Das sah ein bisschen unheimlich aus, aber irgendwie auch gut. Sie zwinkerte. Einen Augenlick verschwamm alles. Eines Tages würde sie wahrscheinlich Probleme bekommen, Dinge nicht mehr richtig erkennen können, wie andere Albinos, von denen der Arzt ihr erzählt hatte. Helles Sonnenlicht war Gift für sie. Sie blickte aus dem Fenster, kniff die Augen zusammen. Über Nacht hatte es geschneit. Schnee war auch nicht gut. Sie kämmte ihre langen weißen Haare und wandte sich wieder dem Spiegel über dem Toilettentisch zu. Wie schwer es war, so langes Haar. Es reichte ihr fast bis zur Hüfte. Ob die Kopfschmerzen, die sie manchmal hatte, von den langen Haaren kamen? Mein Kopf muss leichter werden, dachte Käthe. Ich muss denken können. Leichter denken. Die Modezeitschrift fiel ihr wieder ein, die ihre Mutter neulich gekauft hatte. Frauen waren darin abgebildet mit langen, geraden Kleidern, wie sie die Duncan trug oder Asta Nielsen. Und Käthe selbst. Die Frauen trugen ihr Haar kinnlang auf den Bildern. Das sah gut aus. So gut, wie Käthe selbst gern aussehen wollte. Im Toilettentisch war eine Schere. Schnipp, sagte Käthe und lächelte. Heute *muss* er mich bemerken. Heute war der Tag der Wahrheit.

Aline wunderte sich über den Frühstückstisch, der immer leerer wurde. Nicht mal Sahne und Zucker gab es zum Tee. »Problem mit der Lieferung«, erklärte der Vater. »Vielleicht liegt es am Schnee.«

Es klingelte. »Jetzt schon?«, murmelte Aline mit vollem Mund. »Wollte er nicht erst um zehn kommen?«

»Ich glaube, er kann es nicht erwarten«, lächelte der Vater. »Sei so gut und öffne ihm.«

»Wo ist unser Hausmädchen?«, fragte Aline. »Hast du ihr freigegeben?«

»Ich habe sie entlassen.«

Vor Schreck ließ Aline das Rundstück fallen. »Sag nicht, sie hat mit dieser Krankenschwester unter einer Decke gesteckt!«

»Ich erkläre es dir später. Mach jetzt bitte deinem Galan auf. Oder willst du, dass er erfriert?«

Friedrich sah anders aus als beim letzten Mal. War es der Gleiche? Elisabeth, die bis zur Untersekunda in Alines Klasse gegangen war, hatte es mal mit eineiigen Zwillingsbrüdern zu tun gehabt. Die beiden hatten sich einen Spaß daraus gemacht, mit demselben Mächen auszugehen. Irgendwie war Aline diese Geschichte warnend im Gedächtnis geblieben. Die Hand, die Friedrich ihr nun reichte, war feucht. Beim letzten Mal war sie nicht feucht gewesen, das erinnerte Aline noch ganz genau. Dabei war es draußen nun alles andere als schwül. Misstrauisch blickte sie ihn an. »Friedrich?«, fragte sie.

Ihr Gegenüber brach in nervöses Gelächter aus. »Ich bin froh, dass Sie mich beim Vornamen nennen. Aline! Schön, Sie wiederzusehen!«

»Kommen Sie mit hoch ins Frühstückszimmer. Mein Vater und ich frühstücken allein. Das Hausmädchen ist fort, wegen der Krankenschwester.« Langsam verspürte auch Aline das vage Gefühl, nicht sie selbst zu sein. Normalerweise redete sie keinen Mist. Die Nervosität des jungen Mannes war offenbar ansteckend. Doch zu Alines Entsetzen lachte Friedrich nun hell drauflos. »Waren die beiden … einander zugetan?«

»Das müssen Sie meinen Vater fragen. Er hat sie in flagranti erwischt.« Und so betraten sie, Friedrich immer noch lachend, das Frühstückszimmer. »Guten Morgen!«, rief er und streckte herzlich die Hände aus. »Was muss ich da hören – ein Abenteuer unter Frauen?«

»Wenn Sie da auf Alines geplante Wanderung anspielen, junger Mann«, der Vater räusperte sich. Was zum Teufel hatte Aline da erzählt? »Es bedurfte keiner großen Mühe meinerseits, sie ihr wieder auszureden. Was soll man sagen, Käthe ist nun mal ihre Busenfreundin.«

»Käthe?« Friedrich stockte verwirrt. »Ich fürchte, dieser charmanten Geschichte nicht ganz folgen zu können. Ist das nun das Hausmädchen oder die Krankenschwester? Und was hat das alles mit Ihrer reizenden Tochter zu tun?«

»Nichts, überhaupt rein gar nichts«, versicherte der Vater.

»Das Hausmädchen hat mit der Krankenschwester unter einer Decke gesteckt«, erklärte Aline in dem Versuch, zu den ursprünglichen Protagonistinnen zurückzukehren.

»Aber doch wohl nicht in Ihrem Schlafzimmer, Herr Kapitän!«, dröhnte Friedrich. »Das muss ja ein schöner Anblick gewesen sein!« Der Mann war in der Tat wie ausgewechselt. Eine wohlerzogene, eher leise Stimme war das gewesen, was Aline von ihrem gemeinsamen Abendessen im Engelsraum erinnerte. »Haben Sie einen Zwillingsbruder?«, fragte sie zusammenhanglos.

Friedrich zuckte irritiert zusammen. »Nein, wieso?«

»Beenden wir dieses verwirrende Gespräch«, schlug der Kapitän vor. »Ich kann selbst nicht mehr ganz folgen. Eine Tasse Tee gefällig, bevor Sie starten, junger Mann?«

»Danke, gern«, sagte Friedrich, nunmehr in normaler Tonlage. Und zu Aline gewandt: »Haben Sie ein besonderes Ziel im Auge?«

»Ich würde gern nach Nienstedten hinaus. Der Friedhof dort ist hinreißend, finde ich.«

»Zum Friedhof nach Nienstedten?« Der Vater sah nachdenklich aus. »Merkwürdiges Ausflugsziel für ein junges Paar. Aber wenn du schon mal da bist, Aline, dann bring Tante Else doch ein paar Blumen mit.«

»Tante Else«, schrie Aline etwa eine halbe Stunde später, als sie in den »Silver Ghost« geklemmt die Elbchaussee hinaufrollten, eine Wärmflasche zu ihren Füßen, einen Strauß der letzten Astern in der Hand, »ist eine Tante meines Vaters gewesen! Ein sehr merkwürdiges Familienexemplar! Einmal wurde sie sogar verhaftet!«

Friedrich blickte sie von der Seite an, und es war ein langer Blick. Ein bisschen zu lang, nach Alines Geschmack. Der Wagen schlingerte leicht. »Warum?«, fragte er schließlich.

»Sie hat sich geweigert, in der Centralbahn ihre Hutnadeln abzunehmen!«

»Ein schweres Vergehen, fürwahr«, lächelte er.

»Nun ja, sie hätte jemanden erstechen können. Schließlich ist das mal passiert! Sonst hätten die 1912 ja nicht dieses Gesetz erlassen!«

»Sie haben ein Gedächtnis für Jahreszahlen?«, erkundigte sich Friedrich.

»Ja, es ist fürchterlich! Man sagt mir eine Jahreszahl, und ich kann sie nie wieder vergessen! Das ist mein Schicksal!«

Wieder spürte sie seinen Blick von der Seite. Das Wort »Schicksal« hallte albern und blöd in ihr nach. Gern hätte sie sich verbessert, aber jetzt fiel ihr nichts mehr ein. Überhaupt hatte sie schon keine Lust mehr, dabei waren sie doch gerade erst losgefahren. Sie tröstete sich mit dem Gedanken, dass sie nun bald Käthe und ihrer Gruppe begegnen würden. Dann konnte sie auch endlich Käthes Knilch begutachten. Sie freute sich schon jetzt darauf, mit ihrer Freundin zu Hause im Warmen zu sitzen und über all das lachen zu können. Doch noch war sie mit diesem Mann hier im Auto gefangen. Sie fühlte, wie sie fror, und, noch schlimmer, sie fühlte, wie sie müde wurde. Hoffentlich war dieser Tag bald vorbei.

Der Wandervogel Altona hatte sich wie verabredet im Fischers Park getroffen. Lauter Gestalten in Lodenpelerine und Filzhüten, geschmückt mit grün-rot-goldenen Schnüren: Heinrich, der nun im Hamburger Grindelviertel lebte und am Kolonialinstitut studierte, aber in Altona zur Schule gegangen war. Caroline, die von einer Laufbahn als Opernsängerin träumte und zur Zeit jeden Abend im Hansa-Theater auftrat. Rainer, ein Schlossergeselle aus Ottensen, der die Freunde mit dem melodiösen Erkennungspfiff grüßte. Sein Freund Siegfried, dessen Schwester Meta. Und Nathan. Nathan, der Weise. Der Stille und Geheimnisvolle. Der Mann mit den Zauberaugen. Käthe fühlte, wie ihr Herz schneller ging, als sie ihn von seinem Pferd hinabsteigen sah. Er war der am dicksten eingepackte von allen, nicht mal sein Gesicht war zu sehen, und doch wirkte er wunderschön.

»Heil!«, rief Heinrich. »Freunde der Wanderslust, schön, dass ihr euch heute hier eingefunden habt, trotz der miesen Temperaturen. Aber ein wahrer Wandervogel kennt ja keine Minusgrade.«

»A-a-a-men!«, schmetterte Caroline, und die Töne gefroren sofort zu einer dichten weißen Wolke vor ihrem Mund. »Bewegung, ab – marsch! Wenn ich mich erkälte, zahlt ihr mein Ausfallhonorar!«

»Lässt du dein Pferd hier?«, fragte Käthe. Es war das erste Mal, dass sie das Wort an Nathan richtete. Der schüttelte den Kopf.

»Ich nehme ihn am Zügel. Wenn euch der Rucksack zu schwer wird, könnt ihr ihn an die Satteltaschen binden.« Damit drehte er sich wieder um. Das Gespräch war für ihn beendet. Dafür rannte Caroline jetzt auf Käthe zu: »Du hast dir die Haare abgeschnitten, oder? Nimm mal die Mütze ab! Hui, sieht das gut aus! Ich würde meine am liebsten auch abschneiden, aber wenn ich erst mal mein Engagement an der Oper habe, brauche ich sie wohl noch.«

»Scheiß auf die echten Haare!«, lachte Käthe. »An der Oper haben die einen hervorragenden Perückenfundus! Außerdem hast du sowieso keine besonders guten Haare, so dünn und glatt, wie sie sind. Ich würde ihnen keine Träne hinterherweinen.«

Caroline blickte sie verblüfft an. »Du hast eine merkwürdige Art, einem Sachen an den Kopf zu werfen. Schaffst du dir deine Freunde immer auf diese Art?«

»Ich sag bloß die Wahrheit. Im Übrigen hast du ein sehr schönes Gesicht, wenn ich das auch mal so direkt sagen darf.«

Caroline lächelte. »Aus dem Mund einer Wahrheitsfetischistin bestimmt ein Kompliment. Warum kommst du mich nicht mal besuchen im Hansa-Theater? Es ist lustig dort! Eigentlich ein ziemlich verrückter Haufen. Ich stell dir die Leute gerne vor. Du tanzt doch, nicht wahr?«

Käthe lächelte. Caroline war wirklich nett. Käthe freute sich darauf, in neue Kreise vorzustoßen. Vor allem musste sie sich langsam überlegen, in welcher Richtung es nun weitergehen sollte. Sie nahm nach wie vor ihre Tanz- und Ballettstunden, ohne dass die Eltern ahnten, was sie wirklich damit vorhatte. Sie sehnte sich danach, endlich öffentlich auftreten zu dürfen. Und sie war sicher, dass sie es eines Tages schaffen würde. Sie schaute zu Nathan hinüber, der schweigend neben seinem Pferd herwanderte und sie noch immer keines Blickes gewürdigt hatte. Und auf einmal war ihre gute Laune wieder dahin.

Es dauerte nicht lange, da sahen sie die Nienstedtener Kirche vor sich aufragen. »Ja, es ist ganz enorm, wie viel Zeit man mit einem

Automobil spart«, bemerkte Friedrich selbstzufrieden. »Sind Sie sehr durchgefroren, Aline? Wollen wir zunächst etwas Tee zu uns nehmen? Ich kenne da einen hervorragenden Landgasthof, ganz in der Nähe.«

Sie antwortete nicht sofort. Vielleicht hatte sie ihn gar nicht gehört? Er betrachtete ihr Profil, die gerade kleine Nase, die jetzt ganz rot gefroren war. Er seufzte. Mit jeder Minute, die verstrich, sah sie bezaubernder aus. Nun landete eine Schneeflocke auf ihrer Wange. Die Flocke hielt sich den Bruchteil einer Sekunde, bis sie zerfloss. Wie warm Alines Wange sein musste! Am liebsten hätte Friedrich seine Hand danach ausgestreckt. Geduld, mahnte er sich.

»Tee ist recht«, hörte er sie schließlich sagen. Er eilte, um ihr aus dem Wagen zu helfen. Als er dabei ihre Hand nahm, fühlte er, wie sie leicht zurückzuckte. »Was ist?«, lächelte er. »Mache ich Ihnen Angst?«

»Nein, nein«, wehrte Aline ab, und für einen kurzen Moment war ihm, als würde sie ein Gähnen unterdrücken.

Dann konnte er sie endlich in Ruhe betrachten. Sie saßen sich bei »Jacob« gegenüber, und nur eine dampfende Teekanne trennte sie voneinander. Wie jung sie aussah! Und wie hübsch. Sie hat Augen wie eine Maus, die man in einem Loch aufstöbert, dachte er, so dunkel und verschreckt, wie sie guckt. Sie würde eine hinreißende Ehefrau und Mutter abgeben, so wahr er hier saß! Plötzlich fühlte er eine große Dankbarkeit in sich aufsteigen. Er war unversehrt vom Krieg heimgekehrt, und jetzt würde er ein neues Leben beginnen. Eines mit dieser entzückenden Maus an seiner Seite, die ihm morgens seine Hemden bügeln und abends glückstrahlend und voller Sehnsucht auf ihn warten würde. Die Vorstellung ließ sein Herz schneller schlagen. Dann wanderte sein Blick zu ihren göttlich kleinen Händen, die eine Schokoladenpraline drehten. Ihre Stimme ließ ihn leicht zusammenfahren. Die Stimme war das Einzige, was er nicht so gern an ihr mochte. Sie war ihm eine Idee zu tief, nicht mädchenhaft genug. »Wie kann man aus etwas so Bitterem wie Kakaobohnen nur etwas so Süßes wie Schokolade gewinnen?«, fragte sie stirnrunzelnd.

Friedrich beschloss, die Frage nicht weiter ernst zu nehmen. »Sie haben eine Schwäche für die süßen Dinge des Lebens?«, lächelte er, immer noch von dem Anblick ihres Gesichts berauscht.

»Das vielleicht nicht. Aber ich habe mich ein bisschen mit Kakaobohnen beschäftigt. Meine Vater hat eine Zeit lang welche aus Südamerika mitgebracht.«

»Ihr Vater ist ein fantastischer Mann.«

»Ja, nicht wahr?« Da war es wieder, dieses unverschämt strahlende Lächeln, das alle Zähne freilegte. Ja, so musste er es anstellen. Der Familie Komplimente machen. Das wirkte in den meisten Fällen.

»Beherzt und unverzagt.« Alines Lächeln vertiefte sich. Friedrich fühlte, wie sein Herz laut schlug. Er liebte dieses Lächeln. Er war süchtig danach.

»Auch Ihre Mutter finde ich sehr liebenswürdig.« Was war das? Ein Schatten um die lächelnden Mäuseaugen? Es sah reizend aus.

»Sie sind sehr hübsch, wissen Sie das?«, fragte er und legte seine Hand auf ihre. Aline schüttelte den Kopf. Aber die Hand ließ sie, wo sie war. Da war sich Friedrich sicher: Sie hatte ihn genauso lieb wie er sie.

Die Wandervögel schmetterten schon ihr fünftes Lied. Rainer hatte – entgegen aller Wandervogelregeln – ein Fläschchen Rum aufgeschraubt, und jeder trank an diesem Tag einen Schluck mit. Selbst Heinrich, dem die kostbare Klarheit seiner Gedanken normalerweise über alles ging, hatte seine Disziplin über den Haufen geworfen. »Die schöne Marie-ie«, schmetterte er so laut und falsch wie nur möglich, während Caroline sich die Ohren zuhielt.

»Du solltest auftreten, Heinrich«, kicherte Meta.

»Was?« Caroline nahm kurz die Hände herunter. »Hat jemand was gesagt, das zu hören sich lohnt?«

»Wir planen Heinrichs ersten Bühnenauftritt«, lachte Käthe, die Meta eingehakt hatte. Gemeinsam schwangen sie die Beine in die Luft wie Revuegirls. »Der Cancan muss in Sibirien erfunden worden sein«, sinnierte Meta. »Jedenfalls wird einem davon warm.«

Wieder trompetete es von vorn. »Wer hat euch Wandervögeln / Die Wissenschaft geschenkt / Dass ihr auf Land und Meeren/ Nie falsch die Flügel lenkt; / Dass ihr die alte Palme / Im Süden wieder gewählt / Dass ihr die alten Linden / Im Norden nicht verfehlt!«

»Zumindest ist er textsicher«, bemerkte Käthe.

»Aber er ist nicht mehr zu bremsen«, beschwerte sich Siegfried. »Der Mann kann überhaupt nichts ab. Wir sollten ihm eine regelmäßige Beschäftigung mit Starkprozentigem verordnen. Um ihn abzuhärten. Dann hören zumindest Nebenwirkungen wie falsches Singen wieder auf.«

»Der singt doch selbst falsch, wenn er nüchtern ist«, bemerkte Rainer.

Aus der Ferne dröhnten Schüsse herüber. Dann das Geräusch eines Maschinengewehrs. Schreie und Rufe. Heinrich hörte zu singen auf. Alle bis auf Caroline und Rainer, die hinter ihnen eine Schneeballschlacht begonnen hatten, blieben stehen.

»Seltsam«, sagte Nathan, und Käthe war erstaunt darüber, wie sanft seine Stimme klang. »Als wir noch Krieg hatten, haben wir keinen einzigen Schuss gehört. Erst jetzt, wo er vorbei ist.«

Carolines kräftige Stimme durchbrach die Stille. »Heinrich, du Marienliebhaber! Im Hansa-Theater haben wir einen Pudel, der auch Marie heißt.« Sie lachte. »Und wir suchen noch eine Artistin dafür. Ursprünglich hatten wir ja an eine grazile Schönheit gedacht, aber wenn ich dich so vor mir sehe, wäre ich durchaus geneigt …«, Rainer neben ihr krümmte sich vor Lachen, »… dich vorzuschlagen!« Alle anderen, bis auf Nathan, lachten mit.

Schade, dass Aline nicht dabei sein kann, dachte Käthe. Was für ein Abenteuer! Und was hätten wir jetzt für einen Spaß zusammen! Die Revolution – und wir mittendrin!

Aline bemühte sich zu lächeln, wenn Friedrich einen Scherz machte. Sie waren mittlerweile auf dem Friedhof angelangt, und Friedrich hatte ihren Arm genommen. So gingen sie gemessenen Schrittes in die Richtung, in der Aline Tante Elses Grab vermutete. »Was haben Sie gesagt?«, fragte sie. Es war eine Pause eingetreten, in der Friedrich sie anstarrte. Offenbar erwartete er eine Antwort. »Oh, ich sagte nur: Dieser Grabstein dort sieht aus, als hätte man ihm eine weiße Mütze aufgesetzt. Nur den Schal hat einer vergessen.«

»Alle Gräber sehen aus, als hätten sie Mützen auf«, erwiderte Aline etwas ungehalten. »Schließlich hat es geschneit.« Woraufhin Friedrich etwas zu laut loszulachen begann. Aline fühlte, wie ihr der Schweiß ausbrach. Die Sache wuchs ihr definitiv über den Kopf. Ob Käthe in diesem Augenblick auch so neben ihrem Verliebten schritt? Sie konnte sie vor sich sehen, wie sie ihm mit ihrer resoluten und direkten Art auf den Kopf zusagte, dass sie ihn mochte und gern einmal alleine treffen wollte. Wie sie das nur immer hinbekam, ihre Meinung zu sagen, ohne sich von irgendwelchen Konventionen einschränken zu lassen. Aline bewunderte sie dafür. Sie konnte es nicht erwarten, sich mit ihr auszutauschen. Dann unterdrückte sie wieder ein Gähnen. Warum sie nur so müde war? Sie hatte doch gar nichts Besonderes leisten müssen in letzter Zeit? In diesem Augenblick hörten sie Schüsse.

»Die verfluchten Roten schon wieder!«, presste Friedrich verärgert hervor. »Können es nicht lassen.« Eine Maschinengewehrsalve ließ Aline zusammenzucken. Vor Schreck ließ sie den Asternstrauß fallen. Friedrich nutzte die Gelegenheit, um sie an sich zu ziehen. »Sie müssen keine Angst haben. Ich bin bei Ihnen. Außerdem habe ich meinen Revolver dabei.«

»Sie haben was?«, fragte Aline beunruhigt.

»Ich trage ihn immer bei mir. In diesen unruhigen Zeiten muss man das.«

So unauffällig wie möglich versuchte Aline, sich wieder freizumachen. »Aber Sie zittern ja«, bemerkte Friedrich. »Ist Ihnen kalt?« Aline schüttelte den Kopf. »Danke, nein.«

Wieder ertönten Schüsse. Aline fühlte, wie Friedrich sie noch enger an sich zog. »Ich bin bei ja bei dir«, murmelte er.

Aline hob den Kopf, öffnete den Mund, um zu einer Antwort anzusetzen, als sie plötzlich sein Gesicht ganz dicht vor ihrem sah und einen Mund fühlte, der sich eiskalt und salzig auf ihre Lippen presste.

Am nächsten Tag schneite es immer noch. Die Temperaturen waren auf minus zwölf Grad gefallen. Aber Nathan Sandstein fühlte sich auf eine wärmende Art zufrieden, zum ersten Mal seit Wochen. Das Bild war nun komplett in seinem Kopf, nun, da er den Schlüssel zum Dachstuhl gefunden hatte. Der Rest war Fantasie: das Seil aus grobem, faserigem Hanf, der Schemel mit der abgenutzten Sitzfläche. In einer Ecke entdeckte er die Spielsachen. Hennys Negerpuppe, einen Lederball, den die Jahre hier oben in der Kälte hart und pelzig gemacht hatten, das Schaukelpferd, von Bruder Max zu Tode geritten. An der Wand hing die schwarz-rotgoldene Fahne, die der Großvater, ein studentischer Heißsporn, anno 48 auf der Wartburg geschwenkt hatte. Nathan beschloss, den Vater aus diesem Stillleben herauszuhalten, er wollte allein die Dinge malen, die der Vater gesehen hatte. Seiner Perspektive wollte er Form und Farbe geben. Seinem letzten Blick. Er hatte auch nicht vor, nach dem Warum zu fragen, jetzt noch nicht. Er wollte das Bild malen, so wie es war.

Ob der Dachboden an der Flottbeker Chaussee, auf dem er sich erhängt hatte, ähnlich ausgesehen hatte? Und wenn ja, was musste das für ein Gefühl für Mutter sein, hier heraufzukommen? Dass sie es manchmal tat, erkannte er an den Spuren im Staub, den Spuren kleiner Füße, die nicht von Henny stammen konnten, die sich vor Dachböden fürchtete. Hielt Mutter hier oben Zwiesprache mit Vater? Er fing an, die Farben zu mischen. Sepia für den Schemel, Alabaster und Titanweiß für den Lichtstrahl aus der Luke. Nein, zu pathetisch und außerdem falsch. Es war später Abend gewesen, als Doktor Sandstein auf den Schemel gestiegen war. Doktor. Der Titel hielt ihn auf Abstand. Wilhelm Sandstein. Ehemann. Vater von drei Kindern. *Sein* Vater.

Also Gelb. Gasgelb von den Straßenlaternen draußen auf der Chaussee. Ein Gelb, das sich in nichts von dem am Grindelberg unterschied. Und dann?

Die Stimme seiner Mutter ließ ihn zusammenfahren. Weitermachen!, befahl er sich selbst. Malen, wie es war. Das Schaukelpferd. Es musste schon 1900 hinüber gewesen sein. Warum hatten sie es dann bei ihrem Umzug ins Grindelviertel mitgenommen? Die Fahne. Farben trocknen lassen. Eine Sache von zwei Wochen. Dann Schemel und Seil skizzieren. Ihren Schatten. Eine Idee durchzuckte Nathan. *Seinen* Schatten würde er malen, den Schatten des Vaters, wie er so stand und schaute. In drei Wochen würde das Bild dann fertig sein. Drei Wochen, in denen er sich ganz und gar seinem Vater widmen konnte. Dem Unbekannten. Dem in seiner Erinnerung Verblassten. Seine Entscheidung an jenem Winterabend vor 19 Jahren konnte Nathan nicht verstehen. Aber er hoffte, dass es ihm beim Malen gelänge.

So leise sie konnte, schlich sich Madeleine durch die Küche in den Hinterhof hinaus, die Schlittschuhe in der Hand. Wie immer in letzter Zeit drückte sie diese schreckliche Mischung aus Wut und Schuldgefühlen. Verwirrenderweise hatte beides mit Christian zu tun. Sie wusste, dass sie sich eigentlich um ihn kümmern sollte. Wusste, dass er nichts für ihre Lage konnte. Für den Verlust des Arms. Des Geldes. Und doch. Sie empfand eine Abneigung gegen ihren Mann, die sie sich nicht erklären konnte. Und auch nicht wollte, nein. Sie hatte genug davon, wach zu liegen und zu grübeln. Und sie hatte es satt, sich schuldbewusst zu fühlen, weil sie Schlittschuh laufen konnte und Christian nicht. Durfte sie sich nun gar kein Vergnügen mehr gönnen? Manchmal fühlte sie sich, als sei sie selber invalide. Die Groschen in ihrer Manteltasche klimperten. Genug für die Centralbahnfahrt nach Hamburg und zurück. So gut es ging, erklomm sie den Weg zur Flottbeker Chaussee hinauf. Erde und Schnee vermengten sich unter ihren Schuhen knirschend zu magentabraunem, schmuddeligem Gemisch. Fort von hier. Raus aus Oevelgönne, weg von dem freundlichen Lächeln der Nachbarn, das nur schlecht verhülltes Mitleid war, weg von Christian, seinem Geruch von Salz und Arnika und Eiter, nicht mehr das lang gezogene Tuten der Schiffe hören, diesen Ruf nach Welt und Weite. Nicht mehr fühlen, nur laufen, tanzen, eisfrischen Wind im Gesicht. Endlich. Oben angekommen. Sie durchschritt den verschneiten Fischers Park in Richtung Haltestelle, an der die »Chinesische«, die gelbe Schienenbahn mit ihrem pagodenartigen Dach, in Richtung Borgfelde über Hamburg fuhr.

In ihrem ganzen Leben war Madeleine höchstens zehnmal Centralbahn gefahren, und die Gesichter erschreckten sie jedes Mal wieder. An diesem Tag kamen ihr die Menschen auf den hölzernen Sitzen noch verhärmter vor, eingefallen, als seien sie kollektiv gealtert. Etwas läuft fürchterlich falsch, dachte Madeleine, ohne recht zu wissen, ob sie dabei an ihr eigenes Leben dachte oder an das der vor ihr Sitzenden. Aber vielleicht hing ja alles auf eine geheimnisvoll verwobene Art miteinander zusammen? Hätte sich Zuckerbäcker Buhrmester nicht mit seiner selbst gebastelten Schiffsanlage zu Tode geschossen, so hätte Louis Jacob nicht seine erlesene Gastwirtschaft in Nienstedten eröffnen und so den Ruhm der französischen Küche in den Norden tragen können. Und so fügen sich Glück und Unglück zu einem logischen Muster zusammen, folgerte Madeleine, den Blick aus dem Fenster gerichtet.

Sie passierten das eiserne Nobistor mit der Inschrift »Nobis

Bene – Nemini Male«. Ihre Mutter, die als Kind noch die abendliche Torsperre miterlebt hatte, hatte ihr die Inschrift mit den Worten »Nur bis de Beene nehm ich de Male« übersetzt. Der Ausspruch hatte damals die Runde gemacht und bezog sich auf ein Mädchen namens Male, deren Beine bei Torschluss in den eisernen Pforten eingeklemmt worden waren, ein Schaden, für den weder Hamburg noch Altona aufkommen wollte. So sehr Madeleine jetzt auch überlegte, ihr fiel die korrekte lateinische Übersetzung des Torspruchs nicht ein. Sie würde ihre Tochter fragen müssen, falls ihr eines Tages daran gelegen sein sollte, sich vor Aline die Blöße ihrer mangelhaften Bildung zu geben. Nun ja, es waren eben andere Zeiten damals, dachte Madeleine. Wir mussten ganz andere Dinge lernen. Und diese Dinge sind uns nützlich gewesen. Aber die Welt hat sich so rasch verändert in den vergangenen zwanzig Jahren, dass unser Wissen wertlos geworden ist. Eine seltsame Zeit, dachte Madeleine, eine schnelle Zeit. Aber ihre Geschicke würden sich schon wieder fügen, davon war sie überzeugt. Etwas würde geschehen, das musste so sein, ein Naturgesetz war das, dass die Dinge weiter geschehen, sich weiter entwickeln. Sie musste, und bei diesem Gedanken schlossen sich ihre Hände fest zum Gebet, eben nur hoffen.

Als sie die Alster erblickte, fühlte sie sich auf einmal leicht vor Freude auf das Eis. Sie hüpfte die Stufen der Centralbahn hinunter wie ein junges Mädchen, ein achtzehnjähriges Wesen mit leuchtenden Augen und einem Kopf voller Hoffnung und Zukunft und Angst und Willen. Das schon der neuen Zeit angehörte, einer Epoche, in der junge Frauen studieren dürfen, wenn sie es denn unbedingt wollen. Und die trotzdem die Kraft aufbringen, einen Vater zu pflegen, der weder lebt noch stirbt. Wie im Traum schnürte Madeleine ihre Schlittschuhe fest. Dann lief sie los, so schnell, dass ihr der Wind die Tränen über die Wangen trieb. Es waren ganze Ströme von Tränen, und Madeleine wischte sie im Laufen fort, damit sie nicht zu Eis wurden auf ihrem Gesicht, während sich die Luft in ihre Lungen sägte.

Aline fühlte, wie jemand an ihrem Bett rüttelte. Dann eine Stimme, dumpf, wie durch einen Nebel. »Aline! Aufstehen! Du hast Besuch! Ich will sie nicht schon wieder wegschicken!«

Aline richtete sich mühsam auf, ließ sich aber sofort wieder fallen. Ihre Ellbogen schienen sich über Nacht in Watte verwandelt zu haben. »Wie spät ist es, Bertha?«

»Zwölf Uhr mittags. Soll ich Käthe nun sagen, dass du wach bist oder nicht?«

»Zwölf Uhr, hmpf, geht doch noch ... Sag ihr, sie soll reinkommen.«

»Zwölf Uhr, Dienstag.«

»Oh, gut, dass du mich daran erinnerst ... Wieso, ist heute ein besonderer Tag?«

Bertha schnaubte. »Wenn man davon absieht, dass deine Mutter verrückt spielt, weil sie meint, du hättest die Schlafkrankheit, und den Doktor für heute Nachmittag herbestellt hat, und dass du gestern Abend schon um sieben ins Bett gegangen bist, und dass das mal langsam reicht mit der Faulenzerei, nee, dann is heute kein besonderer Tag.«

»Die Schlafkrankheit?« Aline grinste. »Ich wusste bislang gar nicht, dass es an der Elbe Tse-Tse-Fliegen gibt. Müssen wir jetzt Bierhefe essen und unter Moskitonetzen schlafen?«

»Die Schlafkrankheit ist überall«, bemerkte Bertha düster. »Ich selber fühl mich manchmal auch ganz schwach. Deine Mutter meinte übrigens, dass sogar Napoleon da unter gelitten hat. Und die kennt sich ja wohl aus mit den Sachen, die französisch sind, oder?«

Aline schüttelte schläfrig den Kopf. »Was man den Leuten nicht alles andichtet, von denen man weiß, dass sie einem nicht widersprechen können ... Napoleon hat nächtelang Landkarten studiert, um herauszufinden, wo er mal als Nächstes jemanden überfallen kann, kein Wunder, dass er den Schlaf dann wieder nachholen musste ... Käthe, zum Teufel, statt durchs Schlüsselloch zu starren, könntest du genauso gut reinkommen … Donnerwetter, was hast du getan? Wo ist die weißgüldene Pracht?«

»Hier.« Käthe grinste und holte den mit einer Samtschleife zusammengebundenen Zopf hervor. »Mein Skalp, Teuerste. Zu Ihren treuen Händen.«

»Bin ich schon wach?« Aline blinzelte misstrauisch im Zimmer umher.

»Ja, das bist du, und Gott sei Dank. Andernfalls wärst du dem Quacksalber in die Hände gefallen.«

»Dr. Marquardt ist ganz in Ordnung«, bemerkte Aline. Dann, mit einem flehentlichen Lächeln in Berthas Richtung: »Aber vielleicht bin ich ja wirklich krank und brauche dringend mein Frühstück ans Bett serviert …«

Berthas Schnauben hatte diesmal etwas Bedrohliches. »Verwöhnte Göre! Frühstückszeit ist längst vorbei, und ans Bett gibt es sowieso nichts mehr!«

»Lassen Sie mich das machen, Bertha«, zwitscherte Käthe. »Ich muss mich mit dem Fräulein dringend besprechen und würd sie gern bei Laune halten.«

Kurze Zeit darauf platzierte Käthe ein beladenes Tablett auf Alines Nachttischchen. »Komisch, dass ihr noch immer Lieferschwierigkeiten habt«, bemerkte sie. »Frische Milch gab es nicht mehr, und das Brot sieht auch schon recht vertrocknet aus. Und was ist mit dem wundervollen Honig passiert, den ihr euch immer aus Südfrankreich schicken lasst?«

»Der Imker ist gestorben«, erklärte Aline. »Papa meinte, es sei schwierig, einen neuen Imker aufzutreiben, dem man vertrauen kann. Heutzutage mischen die alles Mögliche rein.«

»Dafür habt ihr köstlichen Assam. Der scheint euch nie auszugehen, was?«

»Papa hat von seiner letzten Indienreise kiloweise Tee mitgebracht. Frag Bertha, wenn du gehst, sie füllt dir bestimmt was ab. Nun aber los, hab ich viel verpasst am Sonntag? Deine neue Frisur steht dir übrigens ausgezeichnet.«

»Danke schön. Deine ist auch ganz apart, wenn man Vogelnester mag. Lass bloß das Fenster nicht offen, wenn du schläfst, es könnten Schwalben reinfliegen.«

Aline warf mit dem Kissen nach ihr.

»Ach ja, es war schon ganz lustig, aber mit dir wäre es bestimmt noch lustiger gewesen. Immerhin hat mich Caroline, das ist die Sängerin in der Gruppe, auf eine Idee gebracht.«

»Ihr werdet so eine Art Becker-Zwillinge und tingelt durch die Clubs.«

»So ähnlich, ja. Ich werde im Hansa-Theater vorsprechen.« Käthe schluckte und sah Aline mit großen Augen an. »Meinst du, ich bin gut genug dafür?«

»Ich meine, das ist eine ausgezeichnete Idee. Ewig kannst du deinen Eltern sowieso nicht auf der Tasche liegen.«

»Sie werden mich enterben, wenn sie es erfahren.«

»Bis dahin sparst du deine Gagen, und wenn sie es herausfinden, bist du so reich, dass es dir egal sein kann.«

»Meinst du?«

»Aber ja, ganz bestimmt. Wann gehst du hin? Soll ich mitkommen?«

»So bald wie möglich. Und du meinst, dass es wirklich richtig ist? Glaubst du im Ernst, ich bin begabt?«

»Woher denn deine Zweifel? Aber natürlich bist du das!« Und nach einer Pause: »So kenne ich dich gar nicht! Ist irgendwas los?«

Zu Alines Bestürzung brach Käthe plötzlich in Tränen aus. »Ich fühle mich so schrecklich, so nichtig. Ich bin doch bloß eine hässliche Albina! Sieh mich an mit meinen weißen Haaren und Augen … die Leute kriegen doch einen Schock, wenn sie mich auf der Bühne sehen!«

»Sch«, machte Aline und schob die Decken zurück. »Komm mal her, du Dummchen. Bist du ihm immer noch nicht näher gekommen?«

Käthe schüttelte den Kopf, dass die Haare wie ein heller Kranz herumflogen. Aline schloss sie in die Arme. »Meiner Meinung nach«, tröstete sie, »ist das Küssen ohnehin ein Vorgang, der komplett überbewertet wird. Es stimmt nicht, was man darüber sagt. Es wird einem weder heiß noch kalt. Es ist nur ein bisschen komisch, weil man plötzlich so ein großes Gesicht vor Augen hat. Deshalb macht man die Augen beim Küssen zu.«

»Du hast es getan?«, fragte Käthe und fuhr zurück. »Du hast Friedrich geküsst?!«

»Ja, und wie ich sagte, es war ein recht unbedeutender Vorgang. Mein Blutdruck blieb durchaus konstant. Man hat uns Märchen erzählt.«

»Bist du sicher?« Käthe runzelte die Stirn. »Aber warum?«

»Es ist eine Falle«, erklärte Aline. »Wie sonst sollte sich die Bevölkerung vermehren? Man sagt uns, ha ha, wenn ihr man erst mal küssen dürft! Wie wird das wohl klasse sein? Aber fangt nicht zu früh damit an! Letzteres soll uns suggerieren, dass es sich beim Küssen um eine Art verbotene Nascherei handelt. Und so, wie sie uns früher das Honigschlecken verboten haben und mit jedem dieser Verbote unseren Appetit auf Honig gesteigert haben …«

»Du meinst, es ist bloß ein Trick? Nein, das kann ich nicht glauben! Irgendetwas *muss* daran sein, ich meine, ich sehe Nathans Mund, und ich kann wirklich nur daran denken, ihn zu küssen!«

»Dann hat der Trick bei dir eben besonders gut geklappt«, meinte Aline schulterzuckend. »Ich hatte ja bislang auch daran geglaubt, aber nun …«

»Also erzähl schon, ihr werdet euch wohl kaum geküsst haben und dann tschüß tralala. Was hat er gesagt?«

»Er will mich heiraten.«

»Lieber Himmel, geht der ran! Was hast du mit ihm gemacht?«

»Das ist es ja eben. Ich empfinde nichts für ihn. Und ich frage mich, wie man Gefühle in jemandem wecken kann, wenn man selbst überhaupt keine hat!«

»Vielleicht will er an euer Geld?«

»Daran habe ich auch schon gedacht. Es gibt viele Junker, die sich über Eheschließungen mit Bürgerlichen sanieren. Ha! Das wird es sein! Ich werde Papa noch heute von dieser skandalösen Geschichte berichten! Er wird sich furchtbar aufregen, fürchte ich. Er hatte eine solch hohe Meinung von diesem feinen Herrn. Reichst du mir die Teekanne? Auf den Schreck muss ich eine Tasse trinken!«

Christian Jacoby konnte aus kaum glauben. Alles, was in seinem Haus bislang gefehlt hatte, war ein Telefon. Nun war es da, hing an der Wand, schwarz glänzend, mit Respekt einflößender Kurbel. Alles Geld, das er nicht für die Vermählung seiner Tochter benötigen würde, war dafür draufgegangen, doch es war eine lohnende Investition. Sofort nachdem der Mann von der staatlichen Telefongesellschaft den Apparat installiert hatte, meldete Christian Jacoby das Ferngespräch nach Blankenese an. Nur kurze Zeit später läutete der Apparat, kraftvoll, vielversprechend. Eine beunruhigend tiefe Frauenstimme – oder war es eine Männerstimme? Bei der jungen Generation waren Männer und Frauen bisweilen kaum voneinander zu unterscheiden – meldete ihm, dass er mit Blankenese verbunden sei. »Jacoby!«, dröhnte der Kapitän. Die Stimme des Jungen von Alvesloh knisterte durch die Leitung. »Herr Kapitän …«

»Am Apparat!«

»Ich freue mich …«, hörte Christian ihn noch sagen, doch die darauf folgenden Worte gingen in starkem Rauschen und Knacken unter. Vermutlich freute sich der Junge, von seinem zukünftigen Schwiegervater zu hören, zumindest hoffte Christian das. Er erwiderte etwas Nettes, und der obligatorische Austausch von Höflichkeiten begann. Endlich, als er schon überlegte, ob er eine erneute Einladung zum Essen aussprechen sollte, sprach der junge Mann die ersehnten Worte aus: »Herr Kapitän, ich würde Sie gern persönlich sprechen. Wann passt es Ihnen?«

Christian tat, als müsse er überlegen. »Mein Geschäftstermin am Nachmittag wurde soeben abgesagt. Sagen wir fünf Uhr, zum Tee.«

»So schnell?« Eine kleine Pause trat ein, oder vielleicht war auch einfach das Rauschen zu stark. »Gut, abgemacht.«

Und so kam es, dass Aline, als sie Käthe zur Tür begleitete, von ihrem Vater festgehalten wurde. »Friedrich von Alvesloh ist gleich da. Mach dich hübsch. Ich glaube, es ist ernst!«

Zornfunkelnd wirbelte Aline herum. »Ernst mit seiner Absicht, dir dein Geld abzuknöpfen, Vater! Ich weiß jetzt alles über ihn! Der Mann benutzt uns bloß!«

»Verabschiede zunächst einmal deine Freundin«, entgegnete der Vater ruhig. »Ich glaube, wir beide müssen uns unterhalten.«

Das Herz klopfte Friedrich bis zum Hals, als er seinen »Silver Ghost« ankurbelte. Es war gerade mal einen Monat her, dass er Aline kennen gelernt hatte, und doch hatte er sich schon entschieden. Er liebte sie, auch wenn sie zeitweise so störrisch war. Die Ehe würde sie besänftigen, davon war er überzeugt. Und, bei Gott, hatte er je etwas Niedlicheres gesehen? Seit ihrem Spaziergang auf dem Nienstedtener Friedhof waren zwei Tage vergangen, Tage der reiflichen Überlegung, wie Friedrich hoffte. Aber was, wenn sie sich nun gegen ihn entschieden hatte? Würde der Kapitän mit sich reden lassen?

Der Kapitän hatte mit allem bei Aline gerechnet, mit Tränen, Wutanfällen, sogar damit, dass sie sich erneut zurückziehen würde, um ins Bett zu gehen. Ihr Ruhebedürfnis beunruhigte ihn. Aber er war auch gegen die Idee gewesen, Dr. Marquardt zu konsultieren. Seiner Meinung nach war Alines Problem nicht körperlicher Art. Zu seiner Überraschung wirkte sie ruhig und gefasst. »Aber warum habt ihr denn nicht von Anfang an mit mir darüber gesprochen? Ich bin doch kein Kind mehr.«

»Das weiß ich«, begütigte der Kapitän. »Ich wollte dich schützen.«

»Aber wovor?«

»Sieh mal, seit deiner Geburt ist es mein Ziel gewesen, dich und deine Mutter sorglos zu wissen. Ihr solltet alles genießen, das Haus, die Bequemlichkeit, Bedienstete …«

»Das ist ja auch schön und gut, aber deswegen bin ich doch jetzt nicht unglücklicher als vorher! Außerdem ist es nicht *deine* Schuld!«

»Lieb, dass du das sagst. Aber wir dürfen uns jetzt keinen Gefühlsschwelgereien hingeben, sondern müssen überlegen, wie wir vorgehen. Lang wird die Pleite nicht zu verheimlichen sein. Und dann wirst du nicht heiraten können, denn wer nimmt schon eine Frau ohne Aussteuer? Ich wäre sehr froh, dich in den Händen des Jungen von Alvesloh zu wissen.«

»Aber ich liebe ihn nicht!«

»Hochgeschätztes Töchterlein, wer hat euch jungen Leuten eigentlich diese Idee in den Kopf gesetzt, dass Ehe etwas mit Liebe zu tun hat? Die Liebe ist ein Strohfeuer, die Ehe hingegen ist von Bestand.«

»Aber du und Maman, ihr habt euch doch auch geliebt, als ihr euch kennen gelernt habt!«

Der Vater blickte auf das Buch, das er auf den Tisch neben sich gelegt hatte. Er nahm es auf, wendete es in der Hand, legte es wieder hin.

»Ich will auch so einen, den ich lieben kann.«

»Das wird sich alles finden. Die Liebe kommt mit der Zeit. Erst mal sind Freundschaft, Respekt und eine gut funktionierende Routine wichtig, das ist die Grundlage ehelichen Miteinanders.«

Aline stützte den Kopf in die Hände. »Es geht alles so schnell. Ich kenne Friedrich nicht einmal richtig. Außerdem möchte ich studieren!«

»Ich werde dir das Studium nicht finanzieren können, mein

Kind. Auch wenn ich es gerne täte. Ich sehe ja, wie sehr du daran hängst. Aber Friedrich wird es können.«

Aline blickte auf. »Meinst du? Wäre er damit einverstanden?«

»Du musst ihn fragen. Verliebt, wie er ist, wird er es dir nicht abschlagen können.«

Aline nickte. Das war es dann also. Gleich würde Friedrich klingeln, sie würde ihm die Tür öffnen, Bertha den Tee servieren lassen (wie lang würde es Bertha noch aushalten, in die vielfältigen neuen Rollen zu schlüpfen, die einem das Leben in einem bankrotten Haushalt so bot?), Konversation betreiben, die alles entscheidende Frage abwarten und mit »Ja« antworten. Und genau so kam es auch. Aber irgendwie hatte sie sich die Suche nach dem Mann ihres Lebens ein bisschen romantischer vorgestellt.

3. Kapitel

Dann wurde es Weihnachten. Pastor Weidemann, mittlerweile hochbetagt, was seiner donnernden Stimme aber keinen Abbruch tat, brüllte von der Kanzel herunter, dass den Zuhörern in der Christianskirche und überhaupt allen Deutschen schwere Zeiten bevorstünden, die Gott aber gemacht habe, um sie zu prüfen. Das war Pastor Weidemanns Art, sein Mitgefühl für die angeschlagenen Schäfchen in seiner Gemeinde auszudrücken. Gedankenversunken machten sich die Jacobys per Droschke auf den Heimweg nach Oevelgönne, wo sie ein mageres Mahl erwartete. Zum ersten Mal, seit Aline zurückdenken konnte, saß Bertha mit an der Weihnachtstafel. Die alte Köchin sah stolz und glücklich aus. Der Hausherr hatte ihr angeboten, sich nach einer neuen Stelle für sie umzusehen, doch Bertha hatte abgelehnt. Seit über zwanzig Jahren gehörte sie nunmehr zum Jacoby'schen Haushalt, ein Leben woanders gab es für sie nicht. Außerdem ging ihr jetzt manchmal auch Madame persönlich zur Hand, obwohl das nicht wirklich eine Hilfe war. Madeleine Jacoby, geborene d'Arlon, war mit Hauspersonal aufgewachsen, einen schmutzigen Lappen anzurühren, ekelte sie an, und im Übrigen brauchte sie Stunden, um einen Tisch zu entstauben. Lediglich Aline packte kräftig mit an. Das Kind war wie ausgewechselt, seit man ihm erlaubt hatte zu studieren. Sie würde sich für das Wintersemester 1919 an der medizinischen Fakultät von Berlin immatrikulieren, wo sie nach ihrer Hochzeit leben würden, um »näher am politischen Puls der Zeit zu sein«, wie Friedrich sich ausdrückte. Soweit Bertha das beurteilen konnte, zählte Aline die Tage bis zu ihrer ersten Vorlesung. Vorbei die Phasen, in denen sie sich vom Rest der Familie absonderte, vorbei ihre Launenhaftigkeit, das Mädchen strahlte still vor sich hin, mit glänzenden Augen und rosigem Teint. Die Eltern schrieben ihr verändertes Verhalten der bevorstehenden Verlobung zu, was Bertha ihnen nicht auszureden gedachte. Die Köchin, tolerant geworden durch ein Leben voller Umwälzungen, hatte eine Devise, und die lautete: Jedem die Verblendung seiner Wahl. Bertha also blieb dem Haushalt der Jacobys treu, und nun saß sie mit an der Weihnachtstafel. Das Mahl bestand aus einem winzig kleinen Truthahn mit Gemüsebouillon, aber dafür floss der Wein in Strömen, denn der Weinkeller war, einer jahrelangen Sammelleidenschaft des Kapitäns sei Dank, nach wie vor hervorragend bestückt. Zum Auftakt gab es einen Marcobrunner aus dem Jahr 1892, den Bertha in durstigen Zügen hinunterstürzte, was den Kapitän so zum Lachen brachte, dass er sich verschluckte, als er gerade zu seiner Rede ansetzen wollte. Bertha eilte um den Tisch herum auf ihn zu und schlug ihm auf den Rücken. »Danke, Bertha«, sagte der Kapitän und räusperte sich. »Ich dachte, das wird ein trauriges Weihnachten, weil wir keine Geschenke haben und weil ich hier so sitze, wie ich … ja nun bin … und weil wir nicht so viel zu essen haben, aber es ist schön mit euch. Das ist alles, was ich euch sagen wollte. Frohe Weihnachten!«

»Frohe Weihnachten, Papa! Frohe Weihnachten, Maman!«, rief Aline.

»Frohe Weihnachten, ihr Lieben«, schmunzelte Madeleine, und zum ersten Mal seit langem sah sie nicht mehr unzufrieden aus. Bertha schüttelte ihr leeres Glas in der Luft und strahlte in die Runde. »Jo!«, brüllte sie mit ihrem mächtigen Organ. »Dascha nun allens 'n büschen anners dies Jahr. Un da wüllt wi man noch 'n paar Flaschen holen! Oder wat seggt ihr?«

Die Unruhen in der Stadt schienen sich gelegt zu haben. Über Politik wurde vorerst nicht mehr geredet. Viel spannender war die Frage, ob die Verlobung so schnell wie möglich oder erst zum Frühsommer hin gefeiert werden sollte, wenn es warm genug war, um im Garten die Lampions aufzuhängen. Der Kapitän war für die erste Lösung, Bertha, Madeleine und Aline für Letzteres. Schließlich einigten sie sich auf April.

Käthe war kurz vor Silvester für einen Monat nach Berlin gereist, um einer Cousine bei den Hochzeitsvorbereitungen zu helfen. Sie wollte die Zeit nutzen, um sich in Ruhe über ihre Zukunft klar zu werden. Aline vermutete, dass es Käthes Angst vorm Vorsprechen war, die sie flüchten ließ. Kaum ein Tag verging, ohne dass sie davon redete, demnächst einmal bestimmt zum Hansa-Theater zu gehen, und dass sie an ihren Tänzen feilte, aber es endete immer damit, dass sie sich bei ihren Darbietungen in Albernheiten verstrickte, Aline zum Lachen brachte, um dann einfach in einer Ecke liegen zu bleiben. »Ich sollte Clown werden«, sagte sie dann. »Aber vielleicht kann ich nicht mal das! Vielleicht kann ich nur von allem ein bisschen etwas, aber nichts richtig.« Nun war sie also in Berlin, um nachzudenken.

Eines Tages lud Friedrich Aline zu einem Ball ein. Es war ein kalter Januarnachmittag am Strand von Blankenese, und Aline hatte gerade an die Enzyklopädie gedacht, die sie sich am Vortag bestellt hatte und die nun hoffentlich bald eintreffen würde. Sie verzehrte sich danach, endlich etwas mit ihrem Kopf anstellen zu können, ohne Käthe war das Leben geradezu öde geworden, und selbst mit Käthe fühlte sie sich nicht immer ausgelastet. »Was hast du gesagt?«, fragte sie, da sie fühlte, wie Friedrich sie erwartungsvoll anstarrte.

»Habe ich dich aus süßen Träumen erweckt, meine Schöne?«, lachte er und zog sie an sich.

»Ja«, sagte sie und machte sich frei. Friedrich hatte ein erstaunliches Bedürfnis nach Körperlichkeit, was sich nach ein paar Jahren Ehe aber wieder legen würde, wie die Mutter ihr versichert hatte. »Es tut mir Leid, dir den Vorschlag nicht eher gemacht zu haben. Aber meine Familie besteht auf geordneten Verhältnissen. Nun, da der Termin für die Verlobung feststeht, können wir bei gesellschaftlichen Anlässen endlich als Paar auftreten. Ich nehme an, der Ball meines Vetters ist ein geradezu hochkarätiger Anlass. Was hältst du davon?«

Aline spürte heiße Panik in sich aufsteigen. »Und man muss da wirklich tanzen?«

»Aber sicher, Liebste. Sag mir nicht, du warst noch nie auf einem Ball.«

»Auf hunderten! Es ist nur so, dass ich keine sehr gute Tänzerin bin …«

Friedrich lächelte. »Niemand wird von dir eine Balletteinlage erwarten.«

»Also dann«, versuchte Aline zurückzulächeln, »ist ja alles gut.«

Nathan hatte den letzten Pinselstrich getan. Endlich sah das Bild so aus, wie er es haben wollte. Allein der Schatten seines Vaters war ihm ein bisschen zu groß und dunkel geraten, aber er hatte nun keine Lust mehr, das zu ändern. In die linke untere Ecke malte er in die noch frische Farbe den Titel des Bildes: 17. Januar 1900. In die rechte untere Ecke wollte er das Datum des heutigen Tages setzen, aber es fiel ihm nicht ein. Er stieg die Treppe hinab in die Wohnung. Der vertraute Geruch von Kernseife und Hefegebäck umfing ihn, und er fühlte, dass er hungrig war. Aus der Wohnstube drang leises Murmeln. Hatte seine Mutter Besuch? Sachte öffnete er die Tür. Auf dem Tisch leuchteten die Kerzen im siebenarmigen Leuchter, und das Brot lag, frisch und duftend, zu einem Zopf geflochten neben dem Gebetbuch. Seine Mutter stand an der Schmalseite des Tisches, betend. Schuldbewusst durchzuckte es ihn: Alles hatte er vergessen, sogar, dass heute Freitag war. Er zog sich zurück, ohne dass sie ihn bemerkte. Dann ist heute nicht der richtige Zeitpunkt für das, was ich ihr zu sagen habe, dachte er. Besser, ich warte noch zwei Tage.

Die Mutter musste ihn doch bemerkt haben, denn wenig später kam sie zu ihm ins Zimmer, die schwarze Seide hatte sie abgelegt. »Mein Junge«, sagte sie mit ihrer tiefen, brüchigen Stimme. Weiter nichts. Er ließ sich von ihr in die Arme schließen, und sie wiegte ihn instinktiv, wie eine Mutter es mit einem kranken Kleinkind tut. Nathan ließ es sich gefallen, und mehr als das: Er schmiegte sich an sie, zum ersten Mal seit vielen Jahren. Er atmete ihren frischen, sauberen Geruch, und nach einer langen, langen Weile atmete er auf.

So bescheiden wie Weihnachten wurde in diesem Jahr nun auch Alines Geburtstag gefeiert. Bertha hatte ein paar alte Wäschestücke mit selbst geklöppelter Spitze aufgehübscht, die Mutter hatte Monogramme hineingestickt: A. B. v. A., Aline Benedicte von Alvesloh. Aline heuchelte Freude darüber, sie ahnte, wie viele Abende die Frauen daran gesessen haben mussten, vermutlich hatten sie dem Vater dabei den letzten Nerv geraubt, denn es war schwer vorstellbar, dass sie für die Arbeit einen eigenen Raum geheizt hatten. Aline beschloss, ihren Vater diskret danach zu fragen, aber als sie endlich allein mit ihm war, gab der Vater freimütig zu, beim Aufwickeln des Garns behilflich gewesen zu sein. Interessant, dachte Aline. Das enge Zusammenleben mit uns drei Frauen im Haus hat ihn offenbar verweiblicht. Sie konnte es kaum erwarten, das Studium endlich zu beginnen. Der menschliche Körper kam ihr immer faszinierender vor.

Friedrich schenkte ihr eine Kette mit Mondsteinen, und Aline begann sich allmählich schrecklich schuldig zu fühlen, weil sie sich auch darüber nicht so recht freuen konnte. Sie wusste, wie schusselig sie mit Schmuck war. Meistens verlegte sie ihn, und wenn sie sich endlich dazu überwunden hatte, ihn zu tragen, ging er ihr garantiert kaputt. Am Ende eines unglaublich langweiligen und zähen Nachmittags, den die Eltern und Friedrich

(Bertha wurde in Friedrichs Gegenwart wieder in die Küche im Hinterhof verbannt) mit der Planung der Verlobungsfeierlichkeit verbrachten, holte der Vater endlich sein Geschenk hervor, ein wunderschön gearbeitetes, in Leder gebundenes Buch, das den simplen Titel trug *»Traité des maladies des pays chauds«*, über Krankheiten in heißen Ländern. Es sah alt und ehrwürdig aus, und als Aline es öffnete, fiel ihr das Erscheinungsdatum ins Auge. 1889. »Ich weiß, es ist kein aktuelles Werk mehr«, schmunzelte der Vater. »Aber es ist das einzige, das ich über Tropenkrankheiten gefunden habe.« Aline musste lachen. Sie wusste sofort, dass ihr Vater auf seine Geschichte mit der Schlafkrankheit anspielte, und ihr fielen die immer wiederkehrenden Witze ein, die sie als Kind erdulden musste. »Danke, Papa«, sagte sie gerührt und fiel ihm um den Hals.

Käthes Rückkehr aus Berlin war genauso pompös und lautstark, wie Aline sie sich vorgestellt hatte. »In Berlin ist der Teufel los«, ächzte sie, während sie sich auf Alines Bett fallen ließ. »Mary Wigman ist nach Deutschland zurückgekommen. Alle Welt redet nur von ihr!«

»Du musst meine konservative Haltung entschuldigen«, lächelte Aline. »Aber könntest du beim Erzählen die Schuhe von meinem Kopfkissen nehmen? Wer zum Teufel ist Mary Wigman?«

»Sie ist die größte Tänzerin seit Isadora Duncan. Hast du wirklich noch nichts von ihr gehört? Die Zeitungen müssen doch über sie geschrieben haben?«

»Die Zeitungen waren voll mit Berichten über die Friedensverhandlungen und den Aufstand der Kommunisten und der Ermordung von diesem Liebknecht und der Luxemburg. Was für ein Wirbel! Ich habe ständig an dich gedacht! Musstest du aufpassen, dass du nicht in die Schießereien hineingerätst?«

Käthe wedelte mit der Hand, als verscheuche sie eine lästige Fliege. »Hör mir auf mit Politik! Ja, es ist wahr, Männer mit komischen Hüten haben sich hinter Tonnen gehockt und rumgeballert. Es ist schon eine merkwürdige Zeit. Aber jetzt lass mich endlich von Mary Wigman erzählen. Die Frau ist so gut, dass es wehtut! Natürlich sind die meisten Kritiker nicht dieser Meinung, aber es ist beeindruckend, wie wenig Wert die Wigman darauf legt. Sie hat den Ballast in den Wind geschossen, Kritiker, Eltern, ihre beiden Verlobten, klassisches Ballett, einfach alles! Sie tanzt, wie sie sich fühlt! Ich durfte zu ihr in die Garderobe nach der Vorstellung, weil eine Freundin von Helene, meiner Cousine, sie noch aus Hannover kennt, wo sie herstammt. Ich habe ihr Blumen geschenkt, fast wäre ich ihr um den Hals gefallen, ehrlich, so etwas habe ich noch nie gesehen! Sie war bei den Dadaisten in Zürich vor drei Jahren, du weißt, diese neue Bewegung, sie nennt ihren Tanz Ausdruckstanz, und ich weiß jetzt, was ich zu tun habe! Gleich morgen gehe ich zum Vorsprechen ins Hansa-Theater, scheiß auf den Spitzentanz, juhu, ich bin frei!«

»Ist das alles?«, grinste Aline. »Und ich dachte, du hättest in Berlin was erlebt!« Sie duckte sich, was gut war. Denn der Schuh, den Käthe nach ihr warf, verfehlte sie um Zentimeter und klatschte hinter ihr an die Wand.

»Du bist nicht wiederzuerkennen, mein Guter«, schmunzelte Heinrich. »Ich meine, nicht nur, weil der Bart ab ist. Ist dir etwas Besonderes passiert?« Sie schlenderten über die Grindelallee, und zum ersten Mal seit Monaten war es Nathan, als könne er wieder sehen. »Hast du schon einmal den Eindruck gehabt, du stündest hinter einer Nebelwand?«, fragte Nathan. »Du kannst die Dinge erkennen, die dein Leben ausmachen, die Menschen, die Orte, und du weißt, du könntest sie berühren, aber du bist ganz weit fort. Jenseits der Wand.«

»Klingt nach einer Depression«, bemerkte Heinrich. In den vergangenen Wochen hatte er sich intensiv mit den Schriften eines Wiener Nervenarztes beschäftigt, Depression war sein neues Lieblingswort.

»Wenn du den Begriff ›Depression‹ im Sinne von Luftrauslassen verwendest, was es im Lateinischen zweifelsohne meint, obschon ich mich frage, wo heraus in drei Teufels Namen die Römer früher die Luft gelassen haben sollen …«, Nathan bemerkte Heinrichs entgleiste Miene und lachte. »Geduld, lieber Freund, ich kehre ganz allmählich zu euch Lebenden zurück, verzeih meine geistigen Eskapaden … Was wollte ich sagen? Ja, dann war es wohl eine ›Depression‹.«

Heinrichs Lächeln war voller Zuneigung. »Ich habe alle Geduld der Welt. Du bist einer der wenigen Menschen, mit denen ich mich immer wieder gern unterhalte. Als du dich zurückgezogen hast, war das ein schwerer Verlust.«

»Es war nicht leicht. Du weißt, was das in unseren Familien bedeutet, wenn einer den Freitod wählt. Es ist wie ein Feuermal. Darum hat meine Mutter es all die Jahre vor meiner Schwester und mir verheimlicht. Aber es wussten wohl doch mehr Leute davon, als gut war. Im Grindelviertel verbreiten sich die Nachrichten schnell.«

»Was hast du getan, um darüber wegzukommen?«

»Ich habe gemalt. Das habe ich schon immer gern getan. Und es hat mir geholfen, einen Entschluss zu fassen. Ich will kein Rabbi werden, damit ist es nun endgültig vorbei. Ich will Kunst studieren. Vielleicht auch Mathematik, um Lehrer zu werden, ich weiß es noch nicht genau. Aber in erster Linie will ich malen. Das Malen hat mir die Augen geöffnet. So einfach ist das.«

Heinrich schwieg eine Weile. »Zeigst du mir, was du gemalt hast?«

»Ich fürchte, das kann ich noch nicht. Eines Tages vielleicht. Übrigens habe ich gehört, dass das Kolonialinstitut zu einer richtigen Universität ausgebaut wird. Was ist dran an diesen Gerüchten?«

»Keiner weiß Genaues. Es hängt davon ab, was die Bürgerschaft jetzt beschließt. Würdest du dann in Hamburg bleiben?«

»Sicher, es würde vieles vereinfachen. So denke ich daran, in Weimar zu studieren.«

»Warum nicht Berlin? Ich überlege auch gerade, ob ich nach Berlin gehe. Berlin ist im Moment das einzig Wahre.«

»Deshalb ja. Viel zu viel Trubel. Außerdem passiert die Kunst gerade in Weimar und nirgendwo sonst.« Er musste schreien, um die heranratternde Centralbahn zu übertönen. »Was macht ihr eigentlich sonst so im Augenblick? Wandert ihr noch?«

»Nein, es ist zu kalt gewesen. Außerdem ist die Hälfte der Gruppe mit Politik beschäftigt. Dafür treffen wir uns mit Siegfried und so abends auf ein Bier. Heute Abend wollen wir in die Kammerlichtspiele. Hast du Lust, mitzukommen? Wir treffen uns nachher um acht.«

Nathan nickte. Der Straßenlärm begann ihn zu ermüden, nach den Wochen auf dem Dachboden. Kutscher knallten mit ihren Peitschen, Menschen schrien sich quer über die Allee hinweg Grüße zu, die Centralbahn machte einen Heidenlärm, die Hufe der Pferde klapperten. »Ich gehe jetzt nach Hause«, sagte er zu Heinrich. Mit einem herzlichen Schulterklopfen trennten sich die beiden voneinander.

Nathan schwirrte der Kopf von dem Gespräch, aber er fühlte sich wohl dabei. Es tat gut, sich wieder mit jemandem auszutauschen. Langsam schlenderte er in Richtung Grindelberg. Doch dann überlegte er es sich anders und bog links in den Papendamm ein. Hier war es schon ruhiger. Er stopfte die Hände in die Hosentaschen und ließ sich einfach treiben. Er musste wohl im Kreis gegangen sein, denn plötzlich fand er sich an der Verbindungsbahn wieder. Ein großes Reklameschild fiel ihm ins Auge: »Tanz- und Anstands-Lehrinstitut, Siegfried Dorian.« Anstands-Lehrinstitut! Er lachte laut auf, so dass ihn vorbeieilende Passanten mit Befremden musterten. Was für ein Spaß würde es sein, mit den Burschen und Mädels vom Wandervogel dort Stunden zu nehmen! Einer plötzlichen Eingebung folgend machte er kehrt und wanderte in die Grindelallee zurück. Wieder ratterte die Centralbahn an ihm vorbei, zu den Fenstern blickten Menschen mit unbewegten Gesichtern heraus. Auf einmal stand er vor den Kammerlichtspielen. »Rausch«, prangte es in riesigen Lettern an der Titeltafel. Das Plakat darunter verriet: nach einem Drama von August Strindberg, Regie Ernst Lubitsch. Als er das Gesicht der Asta Nielsen entdeckte, freute er sich. Die Filmvorstellung würde gut werden. Asta Nielsen war fabelhaft, kolossale Sonderklasse!

Nun war es nicht mehr weit bis zum Modeatelier in der Fröbelstraße. Ein Blick auf seine Taschenuhr zeigte ihm an, dass Henny gleich Schluss haben werde. Er beschloss, sie abzuholen.

Die Damen Kolbek, ihres Zeichens Modeschneiderinnen, bei denen seine Schwester lernte, waren faltige, schlaffe Jungfern von mindestens Ende dreißig. Trotz ihres fortgeschrittenen Alters waren sie über und über mit Rüschen und Schleifen behängt, wie Schulmächen in der Volksschule, als eine Art lebendes Reklameschild ihrer Kunst. Ihr Empfang war stets fürstlich. »Herr Sandstein, was für eine Ehre! Sie kommen bestimmt Ihr Fräulein Schwester abholen«, säuselte die Rosagewandete der beiden. Nathan lächelte. Er wusste, dass ihr Respekt vor ihm auf der Tatsache fußte, dass er eingeschriebener Student an der hebräischen Gelehrtenschule war. Henny wiederholte oft, sie täte einiges, um ebenfalls eingeschrieben zu sein, und sei es nur, um ihre Lehrzeit erträglicher zu gestalten. »Aber ja, wenn Sie sie für heute entbehren können.«

Draußen fiel Henny ihm jubelnd um den Hals. »Du hast mich vor dem sicheren Tod durch Langeweile bewahrt!«, rief sie aus. »Ehrlich, ich wäre fast gestorben. Den ganzen Tag Säume nähen, wo soll das hinführen?«

»In ein eigenes Modeatelier«, lächelte Nathan. »Schneidermeisterin Sandstein, mir steht schon das Schild vor Augen.« Er kniff sie zärtlich in die Wange. »Oder willst du etwa nicht, dass dein großer Bruder einmal stolz auf dich ist?«

»Ich dachte, das wärst du ohnehin«, scherzte Henny.

»Bin ich auch«, erwiderte Nathan. »Und nun erzähl mir deinen Tag. Ich glaube, ich hab dir schon lang nicht mehr zugehört.« Woraufhin Henny fröhlich zu zwitschern begann.

In Alines Schlafzimmer sah es aus wie im Schützengraben. Mit dem Unterschied, dass die Geschosse Kleider waren und von einer halb nackten Frau abgefeuert wurden. »Ich begreife es einfach nicht!«, tobte Aline. »Letztes Jahr um diese Zeit haben mir alle diese Kleider gepasst. Verdammt, kann ich nicht das Kleid anziehen, das ich tagsüber auch anhabe?«

»Nein, kannst du nicht«, erwiderte Bertha so stoisch wie möglich. »Und zum allerletzten Mal: Such dir jetzt eins von diesen Kleidern aus, dann trenn ich die Naht an den Seiten auf und steck es einfach ein bisschen großzügiger zusammen. Und beeil dich, der junge Herr wird in zwei Stunden hier sein, und ich weiß nicht, ob er es erbaulich findet, dich in Mieder und Unterrock auszuführen.«

Aline grinste. »Ich fürchte, er würde es sehr erbaulich finden. Also her mit dem Gestreiften da, Streifen machen schließlich schlank, oder?«

»Wenn du meine bescheidene Meinung als Köchin hören willst, ich meine, ihr sagt ja immer, Bertha, sagt ihr ja …«

»Heraus mit der Sprache!«

»Querstreifen machen nicht schlank. Bloß Längsstreifen.«

»Zum Teufel, dann das Blaue eben!« Es war zum Verrücktwerden! Sie war dabei, einen ganzen Nachmittag in den Wind zu schießen, nur um einem jungen Mann zu gefallen, den sie sowieso ehelichen würde, aber Blamagen waren nun mal auch nicht ihr Fall. Erst nichtexistente Tanzkünste unter Beweis stellen müssen, dann auch noch aus allen Nähten platzen, es gab doch Grenzen für alles! Außerdem war Maman schon wieder unterwegs, Gott allein wusste wohin, und sie musste Vater noch den Verband wechseln, bevor sie das Haus verließ. »Am besten, ich tu's jetzt gleich!«, rief sie und polterte die Treppe hinunter.

Etwa eine Stunde später – Bertha hatte die linke Seite des Oberteils fertig genäht – klingelte es an der Tür. »Aline – Friedrich ist da!«, brüllte der Vater von unten. »Geh du öffnen!«, schrie Aline. »Ich bin noch nicht fertig!«

Sie sollte es auch innerhalb der nächsten Stunde nicht werden, denn während Bertha noch dabei war, die andere Seite zu nähen, bemerkte sie, dass sie sich beim Zusammenstecken geirrt hatte, so dass die Nähte für den Busen jetzt hinten saßen und nicht vorne. »Hör auf, die Augen zu verdrehen!«, schimpfte Bertha. »Bin ich deine persönliche Näherin? Hab ich was davon gesagt, dass ich es jemals sein möchte?«

»Nein, liebe Bertha, das hast du nicht, aber da unten sitzt ein Mann, der der Auffassung ist, dass wir uns lächerlich machen, wenn mich seine Familienangehörigen später als erwartet zu Gesicht bekommen. Also … was sollen wir tun?«

»Zieh das Kleid andersrum an, dann ist der Busen wieder vorn.«

»Aber dann hab ich den Hintern auf dem Bauch. Jeder wird doch glauben, dass ich schwanger bin. Und hinten bin ich dann platt.«

»Verflucht noch eins, zieh es aus. Ich steck dir jetzt das Ganze mit Nadeln zusammen. Keine Angst, er wird es nicht merken. Und hör endlich mit diesem Augentick auf. Das macht mich wahnsinnig.«

Friedrich hatte keine gute Laune auf dem Weg zur Palmaille. »Was meinst du wohl, warum ich dich so rechtzeitig abholen gekommen bin?«, fragte er stirnrunzelnd.

»Damit wir schön zu spät kommen?«, fragte Aline zurück. »Ich habe es doch nicht mit Absicht getan, Friedrich! Es gab ein Problem mit dem Kleid!«

»Und das konntest du nicht zufällig gestern schon regeln? Oder vor einer Woche? Dein Zeitplan hat das nicht zugelassen?«

Wunderbar, dachte Aline. Noch nicht mal offiziell verlobt, und schon haben wir den ersten Ehekrach. »Als Frau hat man so seine Geheimnisse« erklärte sie lahm. Zu ihrer Überraschung lachte Friedrich hell auf. »Frau!«, lachte er. »Du bist noch keine Frau. Aber du wirst schon noch eine werden. Meine Frau. Und jetzt mach nicht so ein Gesicht. Die sollen doch nicht denken, ich heirate einen Trauerkloß.«

Es war Jahre her, seitdem Nathan zuletzt die Kammerlichtspiele betreten hatte. Er dachte daran, wie er als Junge mit Max und Henny die hölzerne Lehne kaputtgelacht hatte. An den Film selbst konnte er sich nicht mehr erinnern, nur daran, wie er sich vor Lachen nach hinten geworfen hatte, woraufhin die Holzbank krachte und alle neben ihm Sitzenden hintenüberfielen. Die Kammerlichtspiele waren ihm stets als Ort besonderer Heiterkeit im Gedächtnis geblieben, darum fühlte er sich ein bisschen enttäuscht, als sie nach dem Film wieder auf die Straße traten.

»Was hast du von Strindberg erwartet?«, fragte Heinrich. »Dass wir uns schenkelklopfend auf dem Boden wälzen?«

»Nein, natürlich nicht«, sagte Nathan. Plötzlich fühlte er, wie die alte Traurigkeit ihn wieder überkam. Ob sein Vater sich auch so gefühlt hatte? Und wenn ja – wann? Wenn der Winter kam? Wenn es dunkel wurde? Jeden Tag? Hatte er sich deswegen das Leben genommen? Oder hatte er ein geheimnisvolles Problem gehabt, von dem nicht einmal Mutter etwas ahnte? Nathan tat, als ob er gähnen müsste. »Macht ohne mich weiter, Jungs«, sagte er. »Ich geh nach Haus.«

Auf der Palmaille in Altona herrschte Hochbetrieb. Die Fahrbahn war voll mit Pferdedroschken und glänzenden Karrossen, denen Männer mit hohen Zylindern und edel gewandeten Damen entstiegen. Friedrich hielt vor einer kleinen Stadtvilla mit dorischen Säulen. Noch während er um den Wagen herumging, um Aline beim Aussteigen zu helfen, stürzte ein livrierter Diener herbei.

»Darf ich Ihnen behilflich sein?«, fragte er. Aline bemerkte einen verwirrt aussehenden Herrn mittleren Alters, der offenbar nicht wusste, ob er sich eher um seinen Bentley oder seine Begleiterin sorgen sollte, denn er blickte beständig zwischen beiden hin und her. »Nun komm endlich!«, fauchte die Dame und griff ihm resolut unter den Arm. Der Mann lächelte entschuldigend. »Das ist Meyerdink, kämpft in derselben Freiwilligentruppe wie ich, der ersten Kompanie Bahrenfelder Jäger. Hauptberuflich Dozent für Mathematik«, raunte Friedrich ihr ins Ohr. »Früher hat er am Christianeum in Altona unterrichtet. Nachdem bekannt wurde, dass er Pi für eine Gerade im Koordinatensystem hält, wurde er entlassen. Jetzt unterrichtet er am Kolonialinstitut.«

Aline zwinkerte. »Wie hat er das denn geschafft?«

»Oh, er hat eine äußerst durchsetzungsfähige Gattin. Siehst du, wie sie ihn hinter sich herschleift? Sie ist nicht nur dominant, sie hat auch Verbindungen. Die wichtigsten sind die zu ihren beiden Brüdern, von denen der eine Polizeimeister in Altona ist und der andere Arzt und obendrein Alter Herr.«

»Du meinst, er wird bald pensioniert?«

»Er ist Alter Herr einer schlagenden Verbindung.« Er kitzelte sie am Kinn. »Einer sehr einflussreichen noch dazu. Aber das ist natürlich nichts für kleine Mädchen. Nun ja, Gertrude Meyerdink ist es gelungen, ihrem Verlobten einen Posten als Dozent am Kolonialinstitut zu besorgen. Im Gegenzug hat er sie geheiratet und ihre zwei Blagen aus dunkler Vorverbindung legalisiert.« Friedrich lachte auf. »Ich habe mich immer gefragt, wieso die Frau gleich zwei Waschlappen hintereinander geehelicht hat. Aber vermutlich kommandiert sie einfach nur gern herum. Immerhin stammt sie aus einer Familie, in der die Männer seit Jahrhunderten Offiziere und Generäle sind. Alles in allem also eine Familie, die man nicht ignorieren sollte. Du wirst dich hier ganz wie zu Hause fühlen, Liebling. Großbürgertum die meisten, ein bisschen verarmter Landadel wie unsereins, dazwischen Aufsteiger wie Otto Meyerdink. Du magst mondäne Soireen, oder?«

Aline lächelte gezwungen. »Kleiner Scherz, ich weiß, dass du sie hasst. Aber mein Kleines wird sich trotzdem zu benehmen wissen, oder?«

Aline nickte.

»Ich hoffe, du hast nicht die Sprache verloren.«

Aline schüttelte den Kopf.

»Dann bin ich ja beruhigt.«

Drinnen im Saal waren sie augenblicklich von einer Gruppe Menschen umringt, die sich deutlich freuten, endlich der zukünftigen Frau von Alvesloh vorgestellt zu werden. Die Frauen sahen alle wie Asta Nielsen aus, gleicher Haarschnitt, gleiche Art, sich zu schminken, und die langen, schmalen Kleider dazu, die seit ihrem letzten Film so in Mode gekommen waren. Aline hatte nichts gegen Asta Nielsen, im Gegenteil, sie betete sie an, aber sie fand nicht, dass das ein hinreichender Grund war, sie zu kopieren.

»Sie sind also die junge Dame, die das Herz meines Vetters gestohlen hat«, lächelte eine Asta. Eine andere Asta hakte sie augenzwinkernd unter: »Sie müssen mir alles über Ihre Verführungskünste erzählen, meine Liebe. Es hieß immer, Friedrich sei uneinnehmbar!«

Friedrich legte beschützend einen Arm um Alines Taille, fuhr aber sofort wieder zurück. »Gibt es hier Insekten im Raum? Ich glaube, mich hat soeben etwas gestochen!«

Eine dritte Asta brach daraufhin in röchelndes Gelächter aus: »Insekten – um diese Jahreszeit! Ich neige eher dazu anzunehmen, dass es sich um einen Stich der Liebe handelt. Zwischen euch beiden hat es gefunkt! Aber das ist kein Grund, schuldbewusst auszusehen, liebes Kind. Aline, hab ich Recht? Ich heiße Ilse, seit nunmehr acht Jahren mit Friedrichs Bruder Alexander verheiratet. Jung gefreit, nie gereut!«

»Ihr habt sie noch nicht einmal zu Wort kommen lassen«, bemerkte eine Asta, die Aline bislang noch gar nicht bemerkt hatte.

»Lass uns tanzen gehen«, sagte Friedrich. »Plaudern könnt ihr noch später.«

»Nein, ich …«, stammelte Aline, »plaudere ganz gern.« Doch sie befanden sich bereits unterwegs zur Tanzfläche. Im Geist versuchte Aline, den Takt mitzuzählen. Eins, zwei, drei, Dreivierteltakt. Vermutlich ein Walzer also. Verzweifelt versuchte sie, sich an die Schritte zu erinnern. Rechter Fuß zurück, linker Fuß … verdammt, wo kam der jetzt hin? »Ganz ruhig«, flüsterte Friedrich ihr ins Ohr, »wieso bist du so aufgeregt? Wir müssen keinen Preis gewinnen. Lass dich einfach führen.« Das war leichter gesagt als getan. Schließlich war sie ja keine Hellseherin. Wie konnte sie da wissen, in welche Richtung Friedrich seine Füße zu verschieben gedachte? Wie konnte man überhaupt synchron tanzen, wenn der eine den Schritt *vorgab*? Das musste ja zwangsläufig zu einer Zeitverschiebung seitens des Nachgebenden führen. Sie wusste nicht warum, aber auf einmal fiel ihr dieses Sprichwort ein: »Der Klügere gibt nach.« Zum Totlachen! Der-der-nicht-weiß-wohin-der-nächste-Schritt-führt-dies-aber-innerhalb-von-Zehntelsekunden-erfassen-und-ausführen-soll, gibt nach. Sie fühlte, wie ihr der Schweiß ausbrach. »Ich habe dich noch nie zuvor in meinen Armen gehabt«, säuselte Friedrich ihr ins Ohr. »Aber es fühlt sich gut an.«

Eins, zwei, drei. »Hm, finde ich auch.«

»Und ich habe dich auch noch nie so schüchtern erlebt«, murmelte er. »Aber ich mag das an dir. Es macht dich so weiblich.« Aline wollte gerade hitzig protestieren, sie sei überhaupt nicht schüchtern, sondern wäre von den vier Astas in Grund und Boden geredet worden, und außerdem versuche sie sich darauf zu konzentrieren, die Klügere zu sein, aber dann fiel ihr Berthas Warnung wieder ein, nicht zu sehr zu atmen, da das dazu führen könnte, dass die Stecknadeln wieder rausrutschten. So vorsichtig wie möglich atmete sie wieder aus.

»Ich kann deinen Atem spüren«, bemerkte Friedrich verliebt. Ausgerechnet in diesem Moment trat Aline ihm auf den Fuß.

Als die letzten Klänge des Dreiviertelstücks im Raum verklungen waren und Friedrich sie an den Rand der Tanzfläche zurückführte, spürte Aline, dass das Atmen ihr nun leichter fiel. Großer Gott, das konnte nur eins bedeuten: Eine der Nadeln hatte sich gelöst! Als sie an sich hinabsah, bemerkte sie, dass ihr so etwas wie eine dritte Brust gewachsen war. So ungefähr sah die Falte über ihrem Bauch jedenfalls aus. Mit einem raschen Griff zurrte sie die beiden losen Stoffe wieder zusammen. »Was hast du?«, fragte Friedrich. »Seitenstechen?«

»Ja«, sagte Aline, die Hand in die Taille gekrallt. »Wo kann man sich hier zurückziehen?« Friedrich bedeutete ihr die Richtung. »Danke«, lächelte sie und drehte sich um. Auf dem Weg dorthin hielt sie einen livrierten Diener an. »Ein Hausmädchen, schnell!«, hechelte sie.

»Unsere Hausmädchen sind alle in der Küche beschäftigt. Kann ich Ihnen vielleicht behilflich sein?«

»Kommen Sie mit mir ins Bad«, flehte Aline. Den pikierten Blick des Mannes ignorierte sie.

Gut zwanzig Minuten später war der Schaden wieder behoben. »Und kein Wort!«, zischte Aline und drückte dem Diener eine Münze in die Hand.

Inzwischen hatte sich Friedrich zu der Gruppe gesellt, die die Meyerdinks umstanden. »Man weiß nie, wozu diese Arrivisten einmal gut sein können«, wisperte er ihr zu. »Außerdem ist der Mann neutral.«

»Wie – neutral?«, flüsterte Aline zurück.

»Nun, da er talentlos ist, hat er auch keine Feinde. Alle Lager stehen ihm offen. Hat sich dein Seitenstechen beruhigt?«

»Ja, vielen Dank.«

»Dann nimm dich ein wenig zusammen. Man hat sich über deine Abwesenheit das Maul zerrissen.« Und, lauthals: »Schön, dich wiederzusehen, Schatz. Hat das Riechsalz geholfen?«

Ein lauter Tusch ließ sie zusammenzucken. »Polka!«, riefen alle Astas begeistert. »Das ist was für junge Leute wie uns!« Und dabei kniff eine von ihnen in Alines Richtung schelmisch ein Auge zu.

»Komm«, rief Friedrich und fasste Aline um die Taille, »das können wir auch!«

»Ich nicht«, wandte Aline verzweifelt ein. »Ich weiß die Schritte nicht!«

»Es ist die einfachste Sache von der Welt«, lachte Friedrich. »Du musst einfach nur seitlich durch den Raum galoppieren. Stell dir vor, du bist ein Pferd!«

Er ist angetrunken, dachte Aline bei sich. Umso besser. Ich sollte es ihm gleichtun. Im Vorübergehen griff sie nach einem Glas Champagner und stürzte es im Nu herunter. Brrrr. Gute Idee eigentlich, das mit dem Pferd. Nachdem sie ein paar Mal die Tanzfläche durchsprungen hatten, spürte Aline aber, wie die Leute sie anstarrten. Vereinzelt kam sogar Gelächter auf. Erst als sich die Leute bogen vor Lachen, hielt Friedrich inne. Er sah an seiner Tanzpartnerin herab. Seine Augen weiteten sich vor Schreck. »Oh!«, machte Aline. »Tut mir Leid. Das Zaumzeug ist geplatzt.«

»Du hast weder Anstand noch kannst du tanzen«, bemerkte Friedrich auf dem Heimweg mit zusammengekniffenen Lippen. »Aber das Allerschlimmste ist: Du setzt dich mit einer Frechheit über Konventionen hinweg, die ihresgleichen noch suchen muss. Ich habe gut Lust, die Verbindung zu lösen.«

»Dann tu es doch.«

»Nein, so einfach kommst du mir nicht davon. Erst möchte ich noch ein ernstes Wort mit deinem Herrn Papa reden. Ich finde, er hat sich seiner Verantwortung als Erziehungsperson in vielerlei Hinsicht entzogen … Hallo, hörst du mir überhaupt zu?«

Aline antwortete nicht. Die Fähigkeit, innerhalb von Sekunden einzuschlafen, hatte sich endlich einmal als nützlich erwiesen.

Statt sich um die Immatrikulation für das Bauhaus in Weimar zu kümmern, schloss Nathan sich in den folgenden Tagen wieder auf dem Dachboden ein. Er wollte ein zweites Bild malen. Aber was es darstellen sollte, wusste er noch nicht. Zu seiner Überraschung sah es nach nur wenigen Pinselstrichen fröhlich aus: Rosa, Gelb, Türkis. Er nannte es »Die Straße«. Stunde um Stunde arbeitete er Gesichter und Körper, Häuser und Pferde, Droschken und eine Straßenbahn heraus. Er war so vertieft in seine Arbeit, dass er das Hupen der Benzindroschken zu hören glaubte. Er brauchte einige Zeit, um zu bemerken, dass es nicht eine imaginäre Person auf seinem Bild war, die neben ihm atmete, sondern sein Bruder Max. Nathan schrak zusammen. »Ich muss mit dir sprechen«, sagte Max mit seiner tonlosen Stimme. Nathan beschloss, ihn eines Tages zu fragen, ob er ihn porträtieren dürfe. Er würde ihn als den Hamster malen, der Max in Wirklichkeit war. Ein Tier, das sich tagsüber ruhig verhielt und nachts in seinem Zimmer raschelte. Er schien gerade von einem Hausbesuch gekommen zu sein, trug seinen guten Anzug mit dem Wollmantel, nicht mal den Hut hatte er abgenommen. Er kam sofort zur Sache. »Es ist ja schön und gut, dass du so um Vaters Tod trauerst«, sagte er. »Aber sehen wir es sachlich: Er ist nun seit 19 Jahren tot, und dass du jetzt über die Umstände Bescheid weißt, bringt dich seinem Leben nicht näher.«

»Ich weiß über die Umstände nicht Bescheid.« Nathan hielt den Blick weiterhin auf die Leinwand gerichtet.

»Ich weiß von Mama, dass du alles hinschmeißen willst. Darf ich fragen, warum?«

»Nein, das darfst du nicht. Es ist ganz allein meine Entscheidung.«

»Eben nicht ganz. Wenn ich dich daran erinnern darf, bin ich derjenige, der dir dein Studium finanziert. Und Hennys Lehre. Und der Mama das Geld für die Miete und den Haushalt gibt. Sieh mich an, wenn ich mit dir rede!«

Langsam, ganz langsam ließ Nathan den Blick von der Leinwand zu Max hinüberwandern. »Warum habt ihr Henny und mir all die Jahre verschwiegen, dass er sich erhängt hat? Warum musste ich es von jemand anderem erfahren?«

»Ihr wart zu klein dafür.«

»Und jetzt sind wir eben groß. Zu groß, um uns noch länger Vorschriften von dir machen zu lassen!«

»Warum sagst du ›wir‹? Denkt Henny auch so darüber?«

»Frag sie selbst.« Nathan nahm wieder den Pinsel zur Hand. »Aber – Max?«

»Ja?«

»Du hast mir eben meine Frage nicht beantwortet. Ich weiß über die Umstände nicht Bescheid.«

Max zuckte mit den Schultern. »Dieser Satz war nicht als Frage formuliert.«

»Herrgott, du hast wirklich die Gabe, einen auf die Palme zu bringen.«

»Ich kann es nicht leiden, wenn du fluchst, Nathan. Das schickt sich nicht für Menschen deiner Erziehung. Über die Umstände gibt es nichts zu sagen. Ich weiß darüber auch nicht Bescheid.«

Jetzt blickte ihm Nathan voll ins Gesicht. »Wie kannst du dich mit so wenig zufrieden geben? Vater war nicht depressiv, er litt an keiner Krankheit. Alle haben mir versichert, dass er ein fröhlicher, gesunder Mensch gewesen ist. Warum in Gottes Namen hat er sich dann erhängt?«

»Das wissen wir nicht, und wir werden es auch nicht mehr herausfinden«, erklärte Max. »Dafür ist es nun zu spät.«

Nathan biss die Zähne zusammen. »Du interessierst dich für gar nichts mehr, Max. Du widerst mich an. Und du hast mich nicht einmal gefragt, warum ich die Religion aufgegeben habe.«

»Also gut: Warum hast du die Religion aufgegeben?«

»Weil ich nicht länger an einen gerechten Gott glaube. Etwa du?«

»Wir müssen die Bräuche unserer Vorfahren in Ehren halten«, entgegnete Max.

»Es sind nicht die Bräuche unserer Vorfahren. Es sind Mutters Bräuche. Vater war Protestant. Und er stammte aus einer protestantischen Familie. Das weißt du so gut wie ich!«, fuhr Nathan auf.

»Mutters Familie gehört aber zu unseren Vorfahren dazu«, erklärte Max fest. »Das ist alles, was ich dazu zu sagen habe.«

»Na schön«, presste Nathan hervor. »Dann kannst du ja wieder gehen.« Und nach einem Moment der Stille: »Ich *werde* herausfinden, warum Vater sich erhängt hat. Ich werde mich nicht mit fadenscheinigen Erklärungen und Halbwahrheiten zufrieden geben!« Aber Max hörte ihn nicht mehr. Max hatte den Dachboden verlassen, so leise, wie er gekommen war.

»So«, sagte der Kapitän. »Und du bist wirklich mit einem männlichen Hausangestellten auf die Toilette gegangen? Haben dir deine Mutter und ich nicht beigebracht, dass sich das nicht schickt? Hast du überhaupt jemals etwas begriffen von dem, was wir dir beigebracht haben?«

»Es ist ein Missverständnis, Papa. Lass es mich dir erklären!« Aline und ihr Vater saßen im Salon, die Mutter war zu Bertha in die Küche hinausgegangen. »Besprich du das mit deiner Tochter«, hatte sie gesagt. »Es übersteigt meine Kräfte.« Durch die Buntglasscheiben fiel nur ein schwacher Schimmer, obwohl draußen die Sonne schien. Es war ein strahlend schöner Wintertag, von dem im Haus allerdings nichts zu spüren war. Wieder einmal fühlte Aline, wie dunkel und beklemmend hier alles war. Am liebsten wäre sie hinausgelaufen, weg, ganz weit weg. Wenn sie doch nur endlich nach Berlin könnte! Aber bis dahin musste sie ruhig und diplomatisch sein. »Mein Oberteil war aufgegangen. Wäre es dir lieber gewesen, ich hätte es offen gelassen?«

»Soweit ich unterichtet bin, *hast* du es offen gelassen. Nachdem du dich eine Stunde lang mit einem wildfremden Mann auf der Toilette unterhalten hast, bist du mit geöffnetem Oberteil polkatanzend durch den Raum gehüpft!«

Aline versuchte, verächtlich dreinzuschauen. »Eine Stunde!

Dass ich nicht lache! Im Übrigen klingt es beinahe so, als hätte mir das alles Spaß gemacht!«

»Das ist doch wohl das Mindeste, was man von dem Besuch eines Balls mit seinem Verlobten erwarten darf, oder?«

Aline fühlte, wie ihr die Tränen in die Augen stiegen. Beherrschung adieu. »Ist es nicht!«, brüllte sie. »Wer erzählt mir denn ständig, dass man nicht verliebt sein muss, um zu heiraten! Also tu nicht so falsch, Papa!«

»Aber ich dachte, du hättest ihn wenigstens ein bisschen lieb ...«

»Hab ich aber nicht!«, schrie sie und stand auf. »Macht ja auch nichts! Wen kümmert es schon, was ich empfinde!«

Sie stieß die Tür so heftig auf, dass Bertha erschreckt zurückfuhr. »Dein armer Vater«, brummte sie und rieb sich den Schädel. »Damit bringst du ihn noch ins Grab!«

Später am Tag versöhnten sie sich wieder. Es war ermüdend, eine kriegerische Stimmung im Haus aufrechtzuerhalten. »Du wirst sehen«, sagte die Mutter. »Friedrich wird dir gut tun. Und im Lauf der Jahre wirst du ihn schon lieben lernen.« Sie sah angestrengt aus in letzter Zeit, und auf ihrer Stirn zeichneten sich zwei Falten ab, die Aline früher nicht bemerkt hatte. Gern hätte sie sie gefragt, wo sie die Stunden außerhalb des Hauses verbrachte, aber aus irgendeinem Grund erschien es ihr nicht schicklich, dieses Thema vor dem Vater zu erörtern. »Ich weiß«, sagte Aline. »Mein Ausbruch tut mir Leid. Aber eure Vorwürfe kamen mir so ungerecht vor. Ich habe doch getan, was ich konnte.«

»Friedrich hat mir bei unserem Gespräch vorgeschlagen, dich Tanzstunden nehmen zu lassen. Ich habe bereits Erkundigungen über eine Schule eingezogen, die auch Anstandsunterricht gibt.«

»Wir hätten dich viel früher hinschicken sollen«, ergänzte der Vater. »Du bist ja schon immer etwas wild gewesen ... Und noch etwas.« Der Vater legte unsicher seine Hand in den Schoß. Seitdem er nur noch eine Hand hatte, wusste er manchmal nicht, wo er sie lassen sollte. Früher hätte er die Hände ineinander gefaltet, wenn er verlegen war. »Friedrich erwähnte, dass du in seinem Automobil eingeschlafen bist. Selbstverständlich habe ich ihm gegenüber deinen Hang nach … Ruhe verheimlicht. Aber ich denke, es wäre doch an der Zeit, dich behandeln zu lassen. Stell dir vor, er kommt dahinter, wenn ihr verheiratet seid!«

»Aber mir fehlt nichts!«, entgegnete Aline. »Wann begreift ihr das endlich? Ich schlafe ein bisschen mehr als andere Menschen, aber das ist schon alles. Außerdem kann euch das doch egal sein, was Friedrich denkt, wenn wir verheiratet sind.« Sie unterdrückte ein Grinsen. »Denn dann ist es ja sowieso zu spät!«

Inzwischen war es März geworden. Laut Kalender hatte der Frühling zwar angefangen, aber es war immer noch kalt, und ein ausdauernder Nieselregen setzte den Altonaern zu. Obwohl es nun schon wärmer als noch vor wenigen Wochen war, wurde im Haus des Kapitäns genauso weitergeheizt, ungeachtet der Strompreise. Nach dem ewig langen Winter hatte Madeleine einfach genug von der Kälte und schuf sich ihr eigenes Stückchen Südfrankreich im Salon, sehr zum Missfallen des Kapitäns, der seine Frau an die bevorstehenden Kosten für die Verlobung erinnerte. Nach der Bürgerschaftswahl waren die roten Fahnen vom Rathaus verschwunden, und der Arbeiter- und Soldatenrat hatte abgedankt. Über die Wahl hatte es im Haus einige Diskussionen gegeben. Madeleine hatte, getreu ihren von der Französischen Revolution geprägten Idealen – oder was sie dafür hielt –, beteuert, wäre sie Hamburgerin, sie hätte sozialdemokratisch gewählt, während der Kapitän dem konservativen Zentrum anhing. Seine Versuche, Madeleine von ihrem Irrweg abzubringen, scheiterten kläglich. Madeleine erging sich in übellaunigen Verwünschungen, weil sie nicht in Hamburg lebten, wo die Frauen zum ersten Mal – endlich! – wählen durften. Aline, die ohnehin noch nicht wahlmündig gewesen wäre, fiel in die Schimpftiraden der Mutter nicht mit ein, aber sie nahm sich die Zeitungen mit auf ihr Zimmer, wenn der Vater sie ausgelesen hatte, und versuchte zu begreifen, was geschah. Die wichtigsten Ereignisse notierte sie in einem Notizbuch, um sich einen Überblick zu verschaffen und um sich so etwas wie eine politische Meinung zu bilden. Aber das war gar nicht so einfach. Vielfach glaubte sie den Verfassern der Berichte nicht. Es war offensichtlich, dass jeder die Dinge so darzustellen versuchte, wie sie seinem Weltbild entsprachen. Aber was sollte sie dann glauben? Gerne hätte sie mit jemandem über ihre Gedanken gesprochen, aber sie wusste nicht, mit wem. Käthe interessierte sich nicht die Bohne für Politik. Sie hatte erfolgreich am Hansa-Theater vorgesprochen und hatte nur noch Tanzen im Kopf. Wenn Aline versuchte, Friedrich gegenüber das Thema anzusprechen, strich er ihr lächelnd über den Zopf, um sodann verliebt zu erklären, dass er mit »Mäusegetier« nicht über Politik zu sprechen gedenke. »Mäusegetier« war sein neues Kosewort für Aline, und er gebrauchte es so inflationär, dass es ihr billig vorkam.

Die Friedensgespräche in Versailles waren immer noch in Gang, ohne offizielle Ergebnisse, aber es gab schon Gerüchte, die zirkulierten. Als Bertha eines Tages vom Fischmarkt kam, erzählte sie, dass die Franzosen geschworen hatten, das Deutsche Reich bluten zu lassen. Von Aufgabe sämtlicher Kolonien war da die Rede und von einer unsinnigen Summe an Reparationskosten. Madeleine trieben derlei Reden an den Rand ihrer berüchtigten Wutausbrüche. »Üble Nachrede!«, schrie sie und schleuderte das Kartoffelmesser an die Wand, so dass es stecken blieb. »Ich habe eure Überheblichkeit satt, gründlich satt! Die Franzosen sind und bleiben die Bösen, *oui*, das iiist eusch woll nie auszutrei-*bön*!« Vor lauter Aufregung verfiel sie dabei in einen französischen Akzent, wobei Bertha sich fragte, ob Madeleine diesen Akzent bisweilen nicht ein kleines bisschen forcierte. Nach über zwanzig Jahren Dienst in Oevelgönne bei einer ehemaligen d'Arlon war Bertha selbst gut darin, mit französischem Akzent zu sprechen, und wenn sie sich beim Wischen und Scheuern langweilte, murmelte sie gern Sätze wie »aah mon Dieu – isch bin serr müde« vor sich hin.

Nach der Bürgerschaftswahl war es endlich beschlossene Sache: In Hamburg sollte eine Universität entstehen, natürlich nicht vergleichbar mit der in Berlin, aber immerhin. Trotz Kälte, Regen und der deprimierenden Gerüchte um Versailles breitete sich in der Stadt so etwas wie Zuversicht aus.

Nathan, der beschlossen hatte, nach Weimar zu gehen, genoss die verbleibenden Monate mit seiner Mutter und Schwester. Seitdem er richtig zu malen begonnen hatte, fühlte er ihnen gegenüber eine zärtliche Verbundenheit, die ihn manchmal selbst erstaunte. Bis Semesterbeginn hatte er eine Arbeit als Droschkenfahrer für den Fuhrunternehmer Carlsen gefunden, denn er liebte Pferde und verstand es, sie mit sicherer Hand zu führen. Den Familienschimmel, die »Gazelle«, hatte er geritten, seit er ein kleiner Junge war. An einem Sonntag Anfang April durfte er eine der Carlsen'schen Droschken ausleihen, um die Gazelle davorzuspannen. Gemeinsam mit Henny und seiner Mutter kutschierte er so vor die Tore der Stadt über die Brücke nach Harburg. Es war ein Familienausflug, den sie nicht so schnell vergessen sollten, denn kaum hatten sie die Picknickdecke ausgebreitet, kam ein Guss vom Himmel wie dazumal bei Noah.

Die Abende verbrachte er nun aber immer öfter mit Heinrich, Siegfried, Caroline und den anderen. Manchmal war auch das weißblonde Mädchen aus Neumühlen dabei, deren Namen er immer wieder vergaß und die eine hervorragende Tänzerin war – soweit er das beurteilen konnte. Überhaupt schien sich jetzt alles in Tanzclub verwandelt zu haben, was früher bloß Kneipe war. In London, so hieß es, hatte sich ein Tanzlehrer auf dem Dach einer Taxe tanzend durch die Stadt chauffieren lassen. Der Tanz hieß Charleston und wurde mit einem Schlag zum erklärten Lieblingstanz all jener, die die neu eröffneten Etablissements in der Stadt besuchten. Nathan, der eher ungelenkig war, saß immer nur dabei und sah zu, wie die anderen zur Musik des Orchesters ihre Beine schwangen, insbesondere Heinrich nach dem dritten Glas Absinth. »Seit unserer winterlichen Wanderung nach dem Nienstedtener Friedhof säuft er wie ein Loch«, grinste Caroline. »Ausgerechnet Heinrich! Was hat er früher immer den Abstinenzler und Moralapostel gespielt, wisst ihr noch?« Nathan sagte, er wüsste noch sehr gut, woraufhin Caroline ihn inständig bat, sie auf die Tanzfläche zu führen. »Ich kann den Charleston nicht«, bekannte er.

»Mein Lieber, da gibt es nur eins!«, lachte Caroline.

»Und das wäre?«

»Tanzstunden!«

Nathan versprach, darüber nachzudenken.

Im Haus des Kapitäns gab es derweil nur ein einziges Thema, und das war die bevorstehende Verlobungsfeier. Hierfür wurde nun der Engelsraum hergerichtet, die Möbel im Stil des zweiten Empire wurden poliert, die Seidentapete von Bertha mit einem in Spezialtinktur getunkten Tuch wieder zum Glänzen gebracht und der Kronleuchter entstaubt. Dann begann die Kocherei, ein heikler Vorgang, der einerseits so rechtzeitig begonnen werden musste, dass die verschiedenen Gänge für die Unmenge an geladenen Gästen am großen Tag fertig sein konnten, andererseits aber auch so spät wie möglich, um die Frische der Speisen zu gewährleisten. Bertha, Aline und Madeleine kochten, schälten und rührten, bis ihnen die Finger wehtaten, und zu guter Letzt gelang es Bertha, eine ihrer Schwestern, die sich nach dem Holsteinischen verheiratet hatte, als Küchenhilfe und Serviererin nach Oevelgönne zu holen. In einem Modeatelier im Grindelviertel – das ein bisschen günstiger war als das an der Flottbeker Chaussee und allemal günstiger als die schicken Ateliers in der Hamburger Innenstadt – hatte Madeleine ihrer Tochter ein neues Kleid bestellt, und eine der beiden Schneidermeisterinnen kam höchstpersönlich am Tag der Verlobung ins Haus, um es zu ajustieren. Es saß perfekt, und doch war Aline den ganzen Tag, als könne sie nicht richtig atmen. »Mäusegetier, wie schön du bist«, sagte Friedrich ein ums andere Mal, woraufhin

Aline sich zu einem Lächeln zwang. Sie hatte Friedrich in letzter Zeit kaum gesehen, weil er fast täglich mit seinem Freikorps beschäftigt war. Sehnsucht hatte sie in dieser Zeit nicht verspürt, im Gegenteil, und das beunruhigte sie. Als es so weit war und er ihr den Ring über den Finger streifte, bekam sie kurz Angst, das Fräulein Kolbek könnte eine Nadel in ihrem Kleid vergessen haben, denn sie empfand so einen merkwürdigen Stich in der Lunge. Seit dem Ball in der Palmaille war sie offenbar paranoid. Dann konnte die Tafel endlich eröffnet werden. Die Hummersuppe war ausgezeichnet und das Perlhuhn ebenso. Aline stürzte sich mit dem Appetit einer Verhungernden auf ihr Essen, bis Friedrich ihr ins Ohr raunte, sie solle sich mäßigen, fett werden könne sie schließlich noch als Matrone. Madeleine und Christian saßen nebeneinander, ganz dicht, und zum ersten Mal seit langem sahen die beiden glücklich aus. Später bemerkte Aline, dass sie sich sogar bei den Händen hielten. Und so wird es bei mir und Friedrich eines Tages schon auch noch werden, dachte Aline. Aber so richtig befriedigte sie der Gedanke nicht.

Und dann wurde es Mai. Über dem Tanz- und Anstands-Lehrinstitut an der Verbindungsbahn schwebte der Duft von weißem Flieder. In der Ferne klapperten die Hufe eines Vierspänners, und es war ein Zwitschern und Singen in der Luft, wie man es an lauen Abenden zwischen den zwei schönsten Jahreszeiten eben so hört. Auch das Institut sah freundlich und einladend aus. Und doch hatte Aline nicht im entferntesten Lust, es zu betreten. Irgendein Tanzinstitut in Altona hätte es ihrer Meinung nach auch getan, aber die Mutter hatte darauf bestanden, dass es »hamburgisch« sein müsse. »Hamburg ist eine Weltstadt, und eine kultivierte obendrein«, pflegte sie nun immer häufiger zu sagen, auch mit Hinblick auf die vielen Franzosen, die in der Hansestadt lebten. Aline, die ihre Mitschüler lärmend und siegessicher in das Institut hineinmarschieren sah, konnte dieses Urteil so nicht bestätigen.

Ein kleiner, freundlich lächelnder Mann in Abendgarderobe trat ihnen im Foyer entgegen und schlug die Hände zusammen. »Meine *Damen* und *Herren*, ich *bitte* Sie«, lächelte er, wobei er die irritierende Angewohnheit offenbarte, exakt jedes zweite Wort zu betonen, so als handele es sich dabei um etwas von Bedeutung. »Wenn *Sie* mir *jetzt* folgen *würden*«, und er machte graziös auf dem Absatz kehrt. Aline überlegte, ob sich hinter seinem Sprachduktus eine Art tieferer Sinn verbarg, der einem ersichtlich wurde, wenn man die betonten Wörter zusammenzog. »Damen-Herren-bitte-Sie-jetzt-würden«, murmelte sie versuchshalber vor sich hin, als sie plötzlich bemerkte, dass sie von einem dunkelhaarigen Mann beobachtet wurde. Sie lächelte ihm entschuldigend zu, für den Fall, dass er sie für eine dieser Wahnsinnigen hielt, die Selbstgespräche führten. Er lächelte zurück. Auf einmal wurde ihr bewusst, dass sie ihm schon einmal begegnet war. Nur wo? Auf dem Tanzball in der Palmaille? Hoffentlich nicht.

»Und *jetzt* stellen *sich* die *Damen* auf *dieser* Seite *auf*, die *Herren* auf *dieser.*«

Aline bemerkte, dass der Dunkelhaarige sie nicht aus den Augen ließ. Offenbar kannte er sie auch. Tatsächlich kam er schon auf sie zu. Ach ja, jetzt ging es ans Auffordern. Der Gedanke, einem Bekannten aus besseren Zeiten auf die Füße treten zu müssen, versetzte sie in Schrecken.

»Darf ich?«, hörte sie ihn fragen, aber seine Stimme weckte keinerlei Erinnerung. Es war eine angenehme Männerstimme, tief und weich zugleich.

»Jooaaa«, machte Aline.

»Die *Damen* antworten: ›*Ja*, sehr *gern.*‹ ›Mit *Vergnügen*‹ ist *auch* möglich.« Aline und der Dunkle lachten sich an. Nun bediente der Tanzlehrer das Grammofon. Der Dunkle legte Aline eine Hand in den Rücken, mit der anderen nahm er sanft ihre Rechte. »*Halt!* Noch *nicht* tanzen!«, befahl der Lehrer. »Ich *prüfe* Ihre *Haltung!*«

»Es ist das erste Mal in meinem Leben, dass ich jemanden so konsequent jedes zweite Wort kursiv sprechen höre«, raunte der Dunkle, und Aline fühlte, wie sich langsam aber sicher ein Lachanfall in ihr ausbreitete. Ihr Tanzpartner spürte offenbar, dass ihr Rücken vibrierte, denn er fuhr ihr mit einer Hand beruhigend die Wirbelsäule entlang. In diesem Moment war ihr, als hätte jemand in ihrem Gehirn eine Art Lichtschalter betätigt. Sekundenlang wurde ihr schwarz vor Augen. Als sie wieder klar sehen konnte, schien ihr Blickfeld auf das Gesicht ihres Gegenübers geschrumpft zu sein. Er erwiderte ihren Blick. Sie schauten und schauten. Auf einmal hörte sie eine Stimme in ihrem Kopf: *»Lasst sofort das Mächen los!«* Aber das konnte nicht sein, oder? Nein, es wäre ein zu großer Zufall.

»Die *Haltung* ist *sehr* gut«, hörte sie plötzlich den Tanzlehrer sagen. Ihr wurde bewusst, dass sie das einzige Paar waren, das noch immer still und gerade in der Mitte des Saals verharrte. »Sind Sie bereit?«, fragte ihr Partner leise.

»Ja«, sagte Aline.

Aline wusste nicht, was sie da tanzte, sie kam auch nicht auf den Gedanken, den Takt zu zählen. Der Rhythmus übersetzte sich ganz selbstverständlich in ihre Beine, sie brauchte gar nicht nachzudenken. Sie hätte, davon abgesehen, auch nicht nachdenken können. Das Sedanfest, sagte sie sich, ohne dass sie diese zwei Worte weitergebracht hätten. Dann wieder sah sie nur noch die Augen ihres Gegenübers. Früher hatte es sie immer verwirrt, jemanden beim Tanzen anzusehen. Aber jetzt konnte sie den Blick nicht mehr abwenden. Sie bemerkte, dass sein Gesicht leicht dreieckig war, seine Augen dunkel und dass der Mund eine Form hatte, die ihr gut gefiel. Aber über dieses Bild schob sich ein anderes, eines, das nichts mit Formen und Farben zu tun hatte. Eine Stimmung. Ein Strahlen. Sie sah so etwas wie Traurigkeit, auch Wut, aber vor allem eine Freude und ein Glück, das sie bislang nur bei Käthe gesehen hatte, wenn sie erschöpft nach einer Tanzdarbietung vor ihr auf den Boden fiel. Käthe … sie musste ihr erzählen, wie viel besser sie sie verstand, wie sehr sie nun begriff, was Tanzen für eine Freude war.

»Man *lässt* beim *Walzer* ein *bisschen* mehr *Abstand«,* erklang es auf einmal neben ihr. Aline fühlte, dass sie und ihr Tanzpartner einander umklammert hielten wie zwei Ertrinkende. Als sie von ihm abrückte, war ihr fast ein bisschen traurig zumute. Dann war das Lied zu Ende. »Und *jetzt* die *Theorie!«,* sagte der Tanzlehrer und bedeutete ihnen, sich im Kreis aufzustellen.

Später an diesem Abend geschah etwas Seltsames: Aline fühlte den Bürgersteig unter ihren Füßen nicht mehr. Es war, als schwebe sie zentimeterhoch über ihm. Sie bemerkte nicht, wie sie in die Centralbahn stieg. Sie bemerkte auch nicht, dass sie wieder heimatlichen Boden unter den Füßen hatte. Dass sie durch Oevelgönne ging. Sie bemerkte nur, dass alle Menschen, die ihr entgegenkamen, sie anlächelten. Erst als sie vor ihrer Haustür stand, wurde ihr der Grund dafür bewusst: Das Lächeln ging von ihr selber aus.

Die Tanzschule wurde wie eine Sucht. Wenn sie von den Stunden nach Hause kam, ging sie sogleich auf ihr Zimmer. Es kam vor, dass sie dort stundenlang saß, nichts tat, einfach nur die Dunkelheit anstarrte. Wieder und wieder hörte sie die Stimme ihres Tanzpartners, sah seine Augen, wie sie in ihre schauten, fühlte seine Hand in ihrem Rücken, sah in Nahaufnahme ihre Finger, die sich berührten, fühlte den gemeinsamen Rhythmus, den sie tanzten. Tagsüber verrichtete sie mechanisch ihre Pflichten, kümmerte sich um den Vater, dessen Wunde nun fast verheilt war, half Bertha in der Küche oder besorgte die Einkäufe. Seltsamerweise hatte sie keinen Hunger mehr. Und sie konnte nicht mehr zu lächeln aufhören. »Der Anstandsunterricht scheint ihr gut zu tun«, hörte sie den Vater einmal zur Mutter sagen. »Sie ist so viel sanfter geworden in letzter Zeit, findest du nicht auch?«

Nur Bertha war nicht zufrieden. »Bald bist du 'n Knochengestell«, warnte sie. »Diesen Ehrgeiz, wieder in die ollen Kleider zu passen, find ich gar nicht gut. Außerdem schlackern die jetzt bloß noch an dir, da kannst du man sicher sein!«

Käthe war die Erste, der Aline es erzählte. »Ich bin verliebt«, sagte sie, als sie eines Nachmittags gemeinsam durch den Fischers Park spazierten. Der Satz erschütterte sie ein bisschen, und sie fühlte, wie sie zu zittern begann.

Käthe lächelte und drückte ihr die Hand. »Wunderbar«, sagte sie. »Das Beste, das einer frisch verlobten Frau passieren kann!«

Aline schüttelte den Kopf. »Und ich weiß nicht einmal, wie er heißt.«

»Wie – du meinst, du bist nicht …?«

»Nein. Nicht in Friedrich.«

Käthe holte tief Luft, dann brach sie in Gelächter aus. »Das ist ja … ha! Unglaublich! Und du weißt nicht, wie er heißt?«

»Nein«, lächelte Aline.

»Und ich hab mich schon gefragt … Es ist wahr, du hast dich verändert, Liebes.«

Alines Lächeln wurde noch breiter.

»Hast du dich denn noch nie mit ihm unterhalten?«

»Doch.«

»Und – was hat er gesagt?«

»Er hat gesagt: Dies ist das erste Mal in meinem Leben, dass ich …«

»… in so schöne Augen blicke?«

»… jemanden so konsequent jedes zweite Wort kursiv sprechen höre. Er meinte den Tanzlehrer damit.«

»Deern, du sprichst in Rätseln! Demnach hast du ihn in der Tanzschule kennen gelernt!«

»Ja.«

»Und du hast ihn danach nie wieder gesehen?«

»Jede Stunde sehe ich ihn wieder. Er ist mein fester Tanzpartner.«

»Wie – und ihr unterhaltet euch nie?«

»Nicht mit Worten, nein. Wir tanzen zusammen.«

Käthe lächelte weise. »Du bist also dahinter gekommen …«

»Wir sind so vertraut, als würden wir uns seit Ewigkeiten kennen. Und das Verrückte ist: Ich glaube, als Kind habe ich ihn tatsächlich gekannt.«

»Woher? Wir sind doch nie mit Jungs in Berührung gekommen!«

»Das Sedanfest, erinnerst du dich?«

»Du willst mir doch nicht erzählen, dass er einer von diesen Bengels ist, die dich damals angegriffen haben!«

»Der andere. Der mich gerettet hat.«

»Bist du dir sicher?«

»Nein. Eigentlich bin ich mir überhaupt nicht sicher. Ich kann mich auch irren. Im Moment weiß ich eigentlich überhaupt nichts mehr.«

Käthe schwieg. Eine Zeit lang war nichts als ihre Schritte im Gras zu hören. »Hat er dich auch erkannt?«

»Ich glaube nicht. Ich weiß es nicht.«

»Was wirst du nun tun? Du wirst ja wohl kaum die kapitale Dummheit begehen, ihn ziehen zu lassen?«

Aline rang nach Luft. »Ich bin verlobt, falls du das vergessen hast.«

»Na und? Das bedeutet ja wohl nicht, dass du rund um die Uhr bewacht wirst. Wenn du schon einen Langweiler heiraten musst, gönn dir doch wenigstens in deiner Freizeit ein bisschen Spaß!« Käthe kickte mit der Fußspitze einen Ast vor sich her.

»Also, das ist …« Aline fehlten die Worte. »Heißt das, du schlägst mir eine voreheliche Affäre vor?«

»Nicht direkt«, sagte Käthe. »Wie du weißt, bin ich körperlich nicht an Frauen interessiert. Obwohl«, sie ließ ihren Blick betont lüstern über Alines jüngst verschlankte Silhouette gleiten, »*nie* soll man ja nicht sagen …«

»Miststück!« Aline ging mit den Fäusten auf Käthe los. »Ich schütte dir mein Herz aus, und du kommst mir mit absurden Scherzen! Na, warte!«

Käthe schoss los wie ein Pfeil. »Fang mich doch, wenn du kannst!«

»O nein, nicht schon wieder!«, stöhnte Aline, während sie sich trabend in Bewegung setzte. »Ich hasse dieses Spiel, und das weißt du genau!«

Ein silberhelles Lachen war die Antwort.

Eine Viertelstunde später, als die Freundinnen im Schatten einer Eiche verschnauften, wollte Aline es genauer wissen. »Was ist nun eigentlich mit dir und Nathan? Du erzählst gar nichts mehr von deinem Schwarm.«

»Ich sehe ihn ja auch nicht mehr.« Käthe verdrehte die Augen zum Himmel. »Bis vor einem Monat ist er mit uns noch durch die Tanzclubs gezogen. Bei den Wanderungen aber macht er nicht mehr mit. Heinrich sagt, den Jungen hätte das Malfieber ergriffen. Aber man weiß sich zu trösten.«

»Wie jetzt?« Aline bohrte mit ihrem Daumennagel ein Loch durch den Stengel eines Gänseblümchens. Wann hatte sie zuletzt einen Blumenkranz geflochten? Als Kinder hatten Käthe und sie das ständig getan.

»Machst du mir einen Kranz?« Käthe grinste. »Ich habe mich in meinem grenzenlosen Liebeskummer mit Rainer, dem Schlosser aus Ottensen getröstet. Und neulich hatte ich eine höchst anregende Begegnung mit einem jungen Charleston-Gott. Wir haben getanzt, und dann sind wir zu ihm nach Hause gegangen. Ich finde, diese amourösen Abenteuer bin ich meinen späteren Biografen schuldig. Ich kann doch den Ärmsten nicht zumuten, nur über meine Tanzausbildung zu schreiben.«

»Ich finde, unsere wunderbare Mädchenfreundschaft sollte ihnen eigentlich Zündstoff genug bieten.« Aline wunderte sich selbst, wie neidisch sie klang. Warum nahm Käthe das Leben so viel leichter als sie? Das war irgendwie nicht gerecht. Sie schleuderte ihr den Kranz in den Schoß. »Hier, du Treulose! Betrügst mich mit Handwerkern und Gigolos.« Die Unzufriedenheit mit Käthes Lebenswandel konnte Aline nicht daran hindern, italienische Substantive korrekt zu beugen. Käthe setzte sich den Kranz ins Haar. »Sieh mich an!«, forderte sie ihre Freundin auf.

»Er sitzt perfekt.«

»Nein, das meinte ich nicht. Ich bin unglücklich verliebt, und das schon seit so langer Zeit. Trotzdem gebe ich die Hoffnung nicht auf. Am Ende wird alles gut. Du wirst dich entscheiden, so oder so. In der Zwischenzeit vergiss nicht, dass du auch ein bisschen Spaß haben solltest. In Ordnung?«

»In Ordnung«, lächelte Aline. Dabei fühlte sie, wie ihr Herz klopfte, schnell und erregt. Was auch immer es war, jetzt fing es wohl an.

4. Kapitel

Mit der zunehmenden Wärme draußen fühlte sich auch Madeleine weniger bedrückt. In ihren Augen schimmerten die Seidentapeten im Wohnzimmer wieder rot und violett, der Kristalllüster versprühte bunte Lichtfunken, und die Goldrahmen waren tatsächlich golden. Alles Graue in ihrer Umgebung hatte Farbe bekommen. Hatte die Schwermut sie farbenblind gemacht? Offenbar. Auf einmal entdeckte sie, dass die Dinge, die sie monatelang für farblos gehalten hatte, pigmentiert waren. Eine ergreifende Erkenntnis, die sie pfeifend durch das Haus tänzeln ließ. Gemeinsam mit Bertha veranstaltete sie einen etwas verspäteten Frühjahrsputz. Gardinen wurden gewaschen, Möbel entstaubt, Kleidungsstücke, Bücher und Lebensmittel neu sortiert. Vermutlich war Madeleine die Einzige in ihrer Umgebung, die dem drohenden Diktatfrieden von Versailles nichts Schändliches abgewinnen konnte. Dass das Deutsche Reich vermutlich ein Achtel seines Territoriums verlieren würde und 226 Milliarden Goldmark zu zahlen hatte, kam ihr wie die gerechte Strafe einer durchgeknallten Horde von kriegerischen Männern vor. Mit ihrer Aburteilung des männlichen Geschlechts und der Freude über das frisch errungene Wahlrecht für Frauen war sie zu einer Anhängerin der neuen Suffragetten-Bewegung geworden – ohne zu wissen, was eine Suffragette überhaupt war. Allerdings stand für sie auch außer Frage, dass ihr Christian Opfer des heimtückischen Komplotts einer deutschen Regierung geworden war. Armer Christian! Immer öfter verspürte sie das Bedürfnis, ihn zu berühren, in seiner Nähe zu sein. Hatte er nicht immer treu für sie und Aline gesorgt? Ihre törichten Streitereien begannen ihr unermesslich Leid zu tun. Sicher, der gesellschaftliche Abstieg war nun nicht mehr aufzuhalten, aber war das Christians Schuld? Hatte er im Gegenteil nicht alles getan, ihn zu verhindern? Zumindest war es ihm gelungen, Aline unter die Haube zu bringen. Apropos Aline: Das Mädchen war unnatürlich dünn geworden. Die Aufregung vor der bevorstehenden Hochzeit natürlich, die sie nun auf den 17. Oktober festgelegt hatten. Sie musste unbedingt ein paar Kleidungsstücke mit ihr einkaufen gehen. Angeblich sollte es ein Geschäft in der Nähe des Rathauses geben, das Kleider in so genannten Konfektionsgrößen verkaufte – eine unerhörte Neuheit, die es einem erlaubte, teure Schneiderpreise zu umgehen.

An diesem Tag, dem 25. Juni, nahm sie Aline nach dem mittlerweile gewohnt kärglichen Frühstück beiseite. »Hast du Lust, dass wir beide in die Stadt zum Einkaufen gehen?«, fragte sie. »Dein Abschlussball naht – ich würde dir gern ein hübsches Kleid kaufen.«

Zu ihrer Überraschung fiel Aline ihr um den Hals. »Danke, Maman!«, jubelte sie. »Ich habe nicht danach zu fragen gewagt. Von Herzen gern! Wann gehen wir?«

»Heute, wenn du magst«, entgegnete Madeleine auf Französisch. Die neu gewonnene Nähe zu ihrer Tochter ließ sie wieder in die alte Sprache wechseln.

Aus den Augenwinkeln bemerkte sie das Schmunzeln ihres Mannes. Sie ging zu ihm hinüber, um ihn zu drücken. Er ließ das Buch fallen, das er in der Hand gehalten hatte. Jetzt leuchteten auch seine Augen. Wie einfach im Grunde alles war, wenn man sich einmal einen Ruck gab! Madeleine wurde von einer unbegreiflichen Begeisterung geschüttelt: Über ihre entzückende Tochter, ihren trotz allem noch immer liebenswerten Gatten, über Bertha, die, dem Himmel sei Dank, dem Haushalt weiterhin die Treue hielt, ihr geliebtes Haus, über sich selbst. »Dann mach dich schnell fertig, Schatz«, lächelte sie ihre Tochter an.

»Wer ist diese Frau?«, wollte Heinrich wissen. Er war nicht sicher, ob es ihm auf Nathans Dachboden wirklich gefiel, und hätte es vorgezogen, den Freund in der Wohnung zu treffen, aber schließlich war er auch neugierig auf seine Bilder.

»Sie ist die Frau, die ich liebe.«

Heinrich hielt verwirrt inne. »Ich muss schon sagen, du hast eine merkwürdige Art, sie mir vorzustellen. Ich mag auch Frauen aus Fleisch und Blut, weißt du.«

»Ich weiß.«

Es gab Momente, in denen Heinrich sich fragte, warum er sich eigentlich immer mit so verschrobenen Menschen umgab. Rainer, der Schlosser, der sich nach der Arbeit durch »Ursprung der Familie, des Staates und des Privateigentums« buchstabierte, Caroline, diese singende Nervensäge, und eben Nathan mit seiner geheimnisvollen lakonischen Art.

»Geht das etwas deutlicher?«

»Leider nicht.«

»Himmel, Junge, willst du mich wirklich provozieren oder tust du nur so?«

»Weder noch.« Nathan setzte seelenruhig einen Tupfer Weiß auf die Iris seiner Herzdame. Ihre schwarzen Augen leuchteten. »Die Sache ist ganz einfach. Sie heißt Aline Jacoby und wohnt an der Elbe. Ihre Familie ist sehr reich. Angeblich ist sie mit so einem Offizier verlobt.«

»Angeblich?« Heinrich fixierte das Porträt. Die Kleine hatte wahrhaftig ein fesselndes Gesicht. »Was soll das heißen? Hat sie es abgestritten?«

»Wir haben nicht darüber gesprochen. Überhaupt haben wir noch nie miteinander geredet. Sie ist meine Tanzstundenpartnerin. Letzte Woche bin ich ihr heimlich nach Hause gefolgt, daher weiß ich, wo sie wohnt und wie sie heißt. Anschließend habe ich

Erkundigungen über sie eingezogen.« Er neigte den Kopf zur Seite. »Wie gefällt sie dir?«

»Ich bin erschüttert.«

»Siehst du, so ging es mir auch, als ich sie zum ersten Mal sah.«

»Nein, Moment, ich bin erschüttert über das, was du mir da erzählst! Warum hast du sie nicht ganz einfach selbst gefragt, statt ihr zu folgen?«

Nathan schüttete vorsichtig etwas Leinöl über sein Preußischblau. Die Farbe war fast eingetrocknet. »Na, ich mach mich doch nicht zum Affen! Es ist doch himmelklar, dass so eine Frau schon vergeben ist. Und jetzt weiß ich wenigstens Bescheid.«

»Himmel, ja, und willst du nichts dagegen unternehmen?« Heinrich konnte es nicht fassen, wie kampflos sich manche Leute ihrem Schicksal ergaben. »Ich meine, du bist heftig verschossen, oder?«

Zum ersten Mal, seit er angekommen war, sah Nathan ihn richtig an. »Ich liebe sie, wie ich noch nie zuvor jemanden geliebt habe. Nicht mal Henny und meine alte Dame. Ich kann nicht mehr schlafen. Ich kann nicht mehr essen. Ich hab mich nicht mal mehr um meine Immatrikulation gekümmert. Ist mir auch egal. Ich geh nicht mehr nach Weimar.«

»Na, wunderbar!«, rief Heinrich. »Dann schreib dich in Hamburg ein! Aber du darfst dich nicht so gehen lassen. Spann sie dem Verlobten doch einfach wieder aus!«

»Ach ja? Und was hätte ich ihr dann zu bieten? Ein Leben mit einem abgebrochenen Studenten, der fast Rabbiner geworden wäre? Tut mir Leid, aber die Frau spielt in einer anderen Liga.«

Heinrich griff sich an die Stirn. »Gott, kannst du spießig sein! Als käme es nur darauf an! Vielleicht mag sie dich ja auch!«

»Mögen wäre nicht ganz das, was ich unter der Erwiderung meiner Gefühle verstehe. Nein, lieber Heinrich, da muss ich nun durch. Aber du hast Recht. Ich werde mich in Hamburg einschreiben. Ich muss endlich aufhören mit dem Gegrübel. Erst der Tod. Jetzt die Liebe. Man kann ganz wahnsinnig werden, wenn man zu lange über diese Dinge nachdenkt.«

Heinrich klopfte ihm auf die Schulter. »Du bist schon wahnsinnig, wenn du meine Meinung hören willst. Und jetzt lass uns rausgehen. Aber vorher packst du deine Unterlagen zusammen. Wir gehen zur Uni. Das Wintersemester 1919 wartet noch auf einen begnadeten Mann in seiner Mitte.«

Nathan boxte ihn in die Seite. »Nun, einer ist ja jedenfalls schon da, Schlaumann.«

Der Tumult war bereits am Jungfernstieg zu hören. Arbeiter in blauen Baumwolljacken mit Schirmmütze und Angestellte in Anzug und Krawatte preschten an Aline und ihrer Mutter vorbei Richtung Rathausmarkt. »*Ah, ces Allemands*!« Madeleine knirschte mit den Zähnen. »Kennen keine Höflichkeit.«

»Was mag da nur los sein?« Aline verrenkte sich den Hals, um den Männern vor ihr über die Schulter zu sehen. Ein lautes Platschen schallte von der Alster, dicht gefolgt von großem Gejohle.

»Ich hoffe, es ist eines dieser Wasserspiele«, seufzte Madeleine. »Ich habe keine Lust, in eine Meuterei zu geraten.«

Aline verschluckte sich fast vor Lachen. »Maman, Meutereien gibt es nur auf Schiffen.« Sie fand es herrlich, dass sie beide einen Nachmittag zusammen verbrachten. Sooft ihr die Mutter auch auf die Nerven ging mit ihrer Gallophilie und ihrem aristokratischen Getue, so amüsant fand sie sie bisweilen auch. In diesem Augenblick hörten sie die wütenden Schreie. »Hängt sie! Hängt sie alle beide!«

»Was habe ich gesagt?« Madeleine nestelte ein Taschentuch aus ihrer Handtasche. »Eine Meuterei! Komm, wir drehen um.«

Aber das war nun nicht mehr möglich. Eine zornige Menge vertrat ihnen den Rückweg. Aline fühlte einen kräftigen Schubs in ihrem Rücken und flog nach vorne. Hätte die Mutter sie nicht gehalten, sie wäre auf den Gehweg gefallen, ein menschlicher

Teppich unter den trampelnden Füßen der Menge. »Sie da!«, hörte sie die Mutter einen jungen Mann ankreischen, der gerade dabei war, sich an ihnen vorbeizudrücken. »Können Sie nicht besser aufpassen?« Der junge Mann reagierte nicht. Die Mutter holte aus, so weit es die bedrückende Enge in der schnell dichter werdenden Menschenmenge zuließ. Mit ihrer Handtasche landete sie einen Volltreffer. Der junge Mann rieb sich verdutzt den Hinterkopf. »Das war für den Schlag, den Sie meiner Tochter versetzt haben!«, schrie Madeleine. In ihrer Aufregung betonte sie die jeweils letzte Silbe. Genauso gut hätte sie die Marseillaise schmettern können. Für das aufgebrachte Volk, in dessen Mitte sie nun eingekeilt herumgeschoben wurden, eine Provokation sondergleichen. Eine ordinär geschminkte Bardeern mit vollmast geflaggten Brüsten brach in höhnisches Gelächter aus. »Hehe, alle mal herhören, Knut kriegt von 'nem Franzosenweib eine gedonnert!«

So schnell sie konnte, griff Aline nach der Hand ihrer Mutter. »Ducken und weg hier!«, keuchte sie. »Und zwar schnell!«

»Aber ich hab dich doch bloß verteidigt!« Madeleines Gesicht war ein offenes Buch. »Undank ist der Welten Lohn«, stand darin geschrieben.

»Das war enorm nett von dir, Maman«, hechelte Aline, während sie versuchte, die Kette aus Menschenleibern vor ihr zu sprengen. »Aber ich fürchte, da ist jemand wütend auf uns.«

Hufetrappeln mischte sich unter das Geschrei. »Platz da!«, rief ein berittener Polizist. »Aus dem Weg!«

»Hängen sollen sie! Alle beide!«, grölte die Menge zurück.

»Meinen die Leute den Bürgermeister oder irgendwelche Senatoren?« Madeleine versuchte, sich ihre Angst nicht anmerken zu lassen.

»Den verdammten Heil und die König«, erklärte ein Junge neben ihnen.

Aline und ihre Mutter sahen sich ratlos an. »Weißt du, wer das ist?«, fragte Madeleine. Aline schüttelte den Kopf. Plötzlich wurden sie zum Neuen Wall abgedrängt. Es war nahezu unmöglich, gegen den Strom der Menschen anzukommen. »Wo liegt das Geschäft noch mal?«, keuchte Aline.

»Öh, ich glaube, am Neuen Wall.«

»Dann sind wir hier ja richtig.« Sarkasmus war das beste Mittel gegen dieses Gefühl von Hilflosigkeit.

»Ich wusste ja, dass Konfektionsmode der neuste Schrei ist.« Auch Madeleine versuchte, einen Witz zu reißen. »Aber mit einem solchen Andrang hatte ich nicht gerechnet.«

Vereinzelte Rufe klangen auf, die rasch wiederholt wurden. »Nieder mit den Fabrikanten!«, erscholl es. Die Menschen um sie herum fielen in die Rufe mit ein. »Himmel, wir sind in eine Demonstration geraten!«, flüsterte Aline.

»Hast du was gesagt, Liebes?« Madeleine hatte auf einmal die Stimme wiedergefunden, die sie gehabt hatte, als Aline klein gewesen war. Der mütterliche Schutzinstinkt. »Mein Gott, müssen die so brüllen? Man ist ja nicht taub!« Und zu einem Matrosen gewandt, der neben ihr marschierte: »Wir wissen jetzt Bescheid, junger Mann. Sie können eine andere Platte auflegen.«

Nach wenigen Metern ragte vor ihnen das mächtige Hamburger Rathaus auf. Der Platz davor war schwarz von Menschen.

»Maman?« Aline betrachtete eingehend das Kopfsteinpflaster zu ihren Füßen. »Das hat jetzt nichts mit dem hier zu tun. Aber jetzt, wo in Hamburg die Universität aufgebaut wird, möchte ich lieber hier bleiben.«

Madeleine schloss ihre Tochter in die Arme. »Ich bin froh darüber, meine Chérie. Auch dein Vater wird überglücklich sein. Aber was wird dein Verlobter dazu sagen?«

Eine Antwort blieb Aline zum Glück erspart. Mit einem Mal begann die Menge um sie herum zu beben, als stünde sie unter elektrischem Strom. Ein Schrei gellte. Plötzlich stand das Barmädchen wieder neben ihnen. Sie kreischte sich schier die Lunge aus dem Hals. »Hängen muss das Biest! Die König soll hängen! Hängt sie auf!«

Sie standen etwa zwanzig Meter vom Kaiser-Wilhelm-Denkmal entfernt. Plötzlich sahen sie eine Gruppe von Männern, die eine Frau in Richtung Denkmal stieß. Die Frau schrie. Jemand hatte ihr einen Strick um den Hals geworfen. In diesem Augenblick ertönten Schüsse. Eine Gruppe Männer in der Uniform der Bahrenfelder Jäger kam von der Stadthausbrücke in Richtung Rathausmarkt geritten. Nur wenige Schritte von ihnen entfernt zischte eine Kugel durch die Luft. Der Matrose, der eben noch laut skandiert hatte, sank getroffen zusammen. Aus seiner Brust sickerte Blut. Madeleine presste sich ein parfümiertes Taschentuch vor den Mund. Aline hörte sie keuchen. Zwei andere Seeleute griffen dem Kameraden unter die Arme und schleppten ihn zum Bürgersteig. Ein Mädchen schrie vor Entsetzen. Auf einmal wurde die Menge so dicht, dass sie sich kaum mehr bewegen konnten. So gut es ging, wendeten sie und drängten sich heraus. Der Knall einer Handgranate dröhnte vom Rathausmarkt herüber. Madeleine, zierlich und wendig, wie sie war, nahm Aline an die Hand und zerrte sie zum Jungfernstieg zurück. Sie liefen, bis sie dem Auflauf entkommen waren. Erst am Heiligengeistfeld verlangsamten sie ihren Schritt. Als sie endlich zu Hause ankamen, war es dunkel, und ihre Füße schmerzten wie nie zuvor. In der Stadt herrschte Krieg. Aber Mutter und Tochter hatten Frieden geschlossen. Ein Tag, der nicht nur ihnen lange in Erinnerung bleiben sollte.

Friedrich war wütend. Bei den Bahrenfelder Jägern ging alles drunter und drüber. Ausgerechnet die Bahrenfelder, die einzige zuverlässige bewaffnete Kraft, die die Stadtregierung hatte, musste dafür sorgen, dass die verfluchten Spartakisten die Provokation bekamen, nach der sie gesucht hatten. Zum Glück war es nicht Meyerdink gewesen, dem die Handgranate losgegangen war. Das hätte ein zweites Donnerwetter entfacht, von Madame höchstpersönlich. Aber was scherte ihn das Los dieses armen Teufels. Jeder bekommt die Frau, die er verdient, das war Friedrichs ehrliche Meinung. Die Wut verrauchte, stattdessen fühlte er Müdigkeit. Seine Gedanken wurden wirr. Bald würde die Sonne aufgehen. Und noch immer war der Kampf nicht entschieden. Zwar hatten sie den Sülzefabrikanten aus der Alster gerettet und seine Vorarbeiterin knapp vor dem Tod durch Erhängen am guten alten Willi bewahrt, aber wie es aussah, hatten sie dafür das Rathaus verloren. Wieder einmal. Verdammt, er musste sich zusammenreißen. Ein Kamerad tippte ihm von hinten auf die Schulter. »Befehl, uns vor dem Rathaus einzufinden. Die Verhandlungen gehen los.« Friedrich nickte. Fast wäre er im Sattel eingeschlafen. Er nahm die Zügel in die Hand und wendete sein Pferd. Das Pferd gehorchte nicht. »Verflucht, nicht mal Pferde tun, was man ihnen befiehlt!«, stieß er mürrisch aus und hieb mit der Peitsche so heftig auf das Tier ein, dass dieses einen Satz nach vorne tat und losgaloppierte.

Aus allen Richtungen strömten die Menschen auf den Rathausmarkt, Männer zumeist, auch ein paar Marktfrauen und Gesindel. Julius Cäsar, Meyerdinks Ältester, tauchte neben Friedrich auf. Der Schmiss auf seiner Wange erinnerte Friedrich daran, dass er Mitglied einer überaus mächtigen schlagenden Verbindung an der Hamburger Universität war. »Erschießen sollte man das Pack«, grinste er in Friedrichs Richtung hinüber. »Nichts als jüdisches Gesocks und kommunistische Schmeißfliegen.« Friedrich wiegte den Kopf. »Ich verstehe Ihren Unmut. Aber schießen hätten wir nicht gedurft. Wir hätten beweisen müssen, dass die Provokation vom Pöbel ausgeht. Nicht von uns.«

Julius Cäsar blickte ihn mit gerunzelten Brauen an. »Seit wann gibt es bei den Bahrenfeldern Pazifisten?«

»Vorsicht mit Ihrer Wortwahl. Ich bin weiß Gott kein Pazifist. Aber ich lasse mich auch nicht provozieren«, entgegnete Friedrich, so würdevoll er konnte. Ein Fechtduell mit diesem Burschen hätte ihm gerade noch gefehlt. Er schüttelte den Kopf und ritt langsam weiter. Dieser Julius Cäsar war ganz offenkundig kein Sohn des guten Otto. Mathematiker Meyerdink tat ihm zunehmend Leid.

Ein aufreizend geschmücktes Mädchen hüpfte neben Friedrich her. Sie zwinkerte zu ihm hinauf. »Wie wär's mit einer kleinen Belohnung nachher bei mir?«, zwitscherte sie.

»Hab kein Geld bei mir«, entgegnete Friedrich müde. Das Mädchen streckte ihm die Zunge raus und wandte sich von ihm ab.

»Sind hier Bahrenfelder unter uns?«, schrie ein Matrose, der die Frechheit besessen hatte, sich neben den alten Wilhelm auf seinen Sockel zu stellen. Fast hätte Friedrich die Hand gehoben. Der Morgenappell, jahrzehntelang in Schule und Armee vollzogen, war ihm in Fleisch und Blut übergegangen.

»Dann kehrt marsch!«, brüllte der Matrose weiter. »Friedensverhandlungen gibt es nur ohne Jäger!«

Aus den Augenwinkeln bemerkte Friedrich den ältlichen Meyerdink, der gutmütig lächelte und sein Pferd zum Wenden bewegte. Augenblicklich trabte Friedrich zu ihm hinüber. »Meyerdink«, sagte er atemlos. »Sie werden sich doch wohl nicht so geschlagen geben!«

»Aber warum denn nicht?«, fragte Meyerdink. »Wenn die uns nicht dabeihaben wollen, sollten wir gehen. Im Übrigen wartet meine Frau.«

Friedrich hielt ihn am Ärmel fest. »Wissen Sie auch, was Sie Ihrer Frau sagen werden, wenn Sie unverrichteter Dinge nach Hause zurückkehren?«

Meyerdink legte den Kopf schief. Nachdem er eine Weile überlegt hatte, sagte er: »Wir haben getan, was wir konnten. Wir haben gekämpft. Nun ist eben nichts mehr zu machen. Außerdem ist der Sohn meiner Frau ja noch da. Julius. Haben Sie ihn gesehen? Julius kann kämpfen. Er ist jünger als ich.«

»Wie? Und das gedenken Sie so zu erzählen? Haben Sie denn gar keine Eier, Mann?«

Meyerdink blieb eine Antwort erspart, denn in diesem Augenblick scholl es vom Kaiserdenkmal: »Waffen niederlegen, Bahrenfelder! Ihr werdet unbewaffnet von hier abziehen! Wir wollen keine Schießereien mehr!«

Vorsichtig löste Meyerdink sein Gewehr vom Gürtel und ließ es zu Boden fallen. Friedrich wollte ihn gerade daran hindern, als er ein paar junge Soldaten auf sich zureiten sah. Auf einmal war auch der Kamerad hinter ihm, der ihn noch vor einer Viertelstunde aufgefordert hatte, zum Rathausmarkt zu reiten. »Es hat keinen Sinn«, raunte er. »Wir ziehen ab. Unsere Stunde wird noch kommen.«

Friedrich drehte sich um. Immer mehr Bahrenfelder traten den Rückzug an. Schließlich wendete auch Friedrich sein Pferd. »Friedensverhandlungen, lächerlich!«, zischte er. »Was glauben die, wer sie sind? Alliierte Staatsmänner?« Aus den Augenwinkeln bemerkte er Julius Cäsar Meyerdink, aufrecht wie eine Statue auf seinem Pferd. Julius würde bleiben. Und wenn es ihn das Leben kostete. Sollte Friedrich auch lieber ausharren? Sich dem Unmut der Aufständischen stellen?

Schreie, Rufe und das Gewieher der Pferde rissen ihn aus seinen Gedanken. Auf dem Jungfernstieg war die Meute los. Er bemerkte Leutnant Sander, der verwundet auf seinem Pferd zusammenbrach. Der Mob riss ihn aus seinem Sattel, Männer und Frauen, die auf ihn einprügelten. Sander, der sich immer noch die Seite hielt, rannte nach vorn, Richtung Alster, seine Angreifer hinter ihm her. Dann ein Sprung, ein lautes Platschen, noch eins und noch eins. Die Leute sprangen tatsächlich ins Wasser, das um diese Uhrzeit eiskalt sein musste. Da bemerkte Friedrich die Männer, die sich nun auch ihm näherten. Er gab seinem Pferd die Sporen und ritt davon, so schnell er konnte, hinaus aus der Stadt. Er hörte nicht auf zu galoppieren, bis er das Nobistor erreichte. Erst als er wieder sicher auf preußischem Boden stand, verlangsamte er das Tempo. Otto Meyerdink und sein fanatischer Stiefsohn waren nirgendwo mehr zu sehen.

Der Vorfall wurde sogar im »Intelligenzblatt für Ottensen und Umgebung« beschrieben. Als Aline und Käthe den Namen der Zeitung zum ersten Mal im Wohnzimmer gelesen hatten, hatten sie sich geschüttelt vor Lachen, doch mittlerweile erschien er Aline ganz normal.

Der so genannte »Sülzeskandal« war der Anfang einer neuen Ära, ohne dass Aline begriff, warum. Sicher, dass Sülzefabrikant Jakob Heil Ratten in seiner Sülze verarbeitet hatte, war nicht eben appetitanregend gewesen. Doch die Reaktion der Sülze-Esser war von solch grotesker Dimension, dass etwas anderes dahinter stecken musste. Wie Käthe sagte, und die hatte es wiederum von Caroline, die es von Rainer hatte: Das Proletariat war es Leid, alles nur erdulden zu müssen; erst Krieg und Hunger, verschwundene und verkrüppelte Söhne und Männer, immer nur schuften und schuften, und wofür? Und nun auch noch tote Ratten in der Sülze für das Geld, das sie sich erschuftet hatten. Immerhin, Friedrich war davongekommen, wenngleich andere Bahrenfelder Jäger von der wütenden Menge erschossen, erschlagen und zertrampelt worden waren. Und auch unter den Demonstranten hatte es zahlreiche Tote gegeben. Das »Intelligenzblatt« hob die Leistung einiger Arbeiter hervor, die einzelne Bahrenfelder vor den wütenden Übergriffen des Mobs gerettet hatten, unter anderem den Dozenten Meyerdink, jenen »neutralen, weil talentlosen« Mathematiker aus Altona.

Aline musste immer noch über Friedrichs Worte lächeln.

Nur wenige Tage später, bewaffnet mit allen notwendigen Unterlagen, die Haut schimmernd vor Freude, bestieg Aline die Centralbahn, um sich an die neu eröffnete Hamburger Universität zu begeben. Madeleine, in ihrer frisch erwachten Mütterlichkeit, hatte zunächst darauf bestanden, sie zu begleiten, aber Aline hatte sich ihrer Begleitung gerade noch erwehren können. Eine Immatrikulation konnte sie als erwachsener Mensch nun wohl allein durchstehen. Und sicher war die Stadt nun auch, seit der Senat Reichswehrminister Noske um Unterstützung durch Truppen gebeten hatte.

Die Stadt war im Belagerungszustand. Im Ehrenhof des Rathauses biwakierten die Truppen des Generals von Lettow-Vorbeck und auf dem Universitätsgelände die Studenten. Wenn Aline geglaubt hatte, sie sei das einzige Mädchen hier, so hatte sie sich geirrt. Ihre überschwängliche Vorfreude wich leichter Verwirrung, als sie so über den sonnendurchfluteten Platz schritt, die Formulare fest unter den Arm geklemmt. Sollte sie ihre weiblichen Kommilitonen grüßen? Waren sie nun die verschworene Minderheit, für die sie alle außerhalb der Fakultäten hielten, oder waren sie geschlechtslose Gehirne, einzig da, ihren Geist zu füttern? Unter einer Linde blieb sie stehen und blickte in den Himmel. Er war blau, ganz ohne Wolken. Ein Sonnenstrahl fiel ihr ins Gesicht, sie schloss die Augen und genoss das orangefarbene Licht, sein Dunklerwerden, als der Schatten eines Zweigs über ihrem Kopf wippte, das plötzliche Aufflackern, als das Geäst sich im Wind zur Seite neigte. Ganz leicht wurde ihr plötzlich zumute. Sie hatte es geschafft. Die Eltern hatten in das Studium eingewilligt. Und sie würde in Hamburg bleiben können, in der Nähe der Tanzschule, in Käthes Nähe, bei allen, die sie liebte. Ihre geplante Übersiedlung nach Berlin hatten sie auf das nächste Jahr verschoben. Und wer wusste schon, was bis dahin alles passieren konnte?

Valeska Sandstein beschloss, die Blumen für Schawuot selbst zu besorgen. Sie hielt nichts davon, dass Nachbarinnen derlei Pflichten unter sich aufteilten. Für Valeska war das Blumenkaufen ein fast ebenso feierlicher Akt wie das Ausschmücken der Räume. Sie liebte es, durch die Geschäftsstraßen zu gehen und die Dinge auszuwählen. Manchmal bildete sie sich dabei ein, dass die Dinge sie erwarteten, dass nicht sie es war, die sie erwählte, sondern dass die Dinge sie, Valeska, erwählten. Sie fühlte sich wohl im Grindelviertel, wohler, als sie sich jemals an der Flottbeker Chaussee gefühlt hatte. Damals war sie sich wie eine Fremde vorgekommen, geachtet zwar, aber auch geduldet. Hier war sie unter ihresgleichen, hier war die Schächterei von Isaac, der Henny stets kleine Köstlichkeiten in die Hand gedrückt hatte, als sie noch klein war. Hier auf dem Bornplatz, nur wenige Schritte von ihrer Haustür entfernt, stand die Synagoge. Und hier war auch die Talmud-Tora-Schule, die Nathan besucht hatte. Eben jetzt war ihr, als sähe sie sein überhitztes, strahlendes Gesicht, als er ihr von seinem Klassenraum her entgegenlief und sie fragte, ob er heute, am ersten Tag von Schawuot, drei Kräplech essen dürfe, zwei sei eine unreine Zahl, und wie sie hinter seinem Glaubenshunger echten Hunger spürte, denn er schien jeden Tag einen Zentimeter größer zu werden, er wuchs und aß, wuchs und aß. In den ersten Jahren nach Wilhelms Tod – sie bevorzugte in ihren Gedanken dieses neutrale Wort – glaubte sie, die Leute starrten sie genauso an wie ihre ehemaligen Nachbarn in Altona, aber es waren keine unfreundlichen Blicke, und mit der Zeit entspannte sie sich. Die Unruhe kehrte zurück, wenn sie ihre Zwillingsschwester an der Elbchaussee besuchte. Sie konnte die mitleidigen Blicke nicht ertragen, damals nicht und heute schon gar nicht. Sie zählte die Sekunden während ihrer Besuche dort, zählte laut das Ticken der Wanduhr mit, zählte die Fragen nach ihrem Befinden, wie Waren en detail, die sie nicht bestellt hatte und nun wieder zurückgeben wollte. Noch heute ertappte sie sich manchmal beim Zählen. Die Schritte zum Bäcker (siebenundachtzig), die Male, die sie sich an den Rosen piekste, die sie für die Vasen zurechtschnitt (zwischen drei und sechs Mal) und Hennys Schritte, wenn sie nach der Arbeit die Treppen hinauflief. Waren es sechsundzwanzig, hatte ihre Jüngste einen guten Tag gehabt, dann nahm sie zwei Stufen auf einmal. An schlechten Tagen, an denen Valeska die Dinge zählte, nahm sie ihre Gebete auf. Sie ließ keinen der Feiertage aus, und sie beging sie mit einer Inbrunst, als hinge ihr Leben davon ab. Vermutlich war sie gläubiger als Max geworden, obschon das kaum möglich war, denn für Max waren Glaube und Tradition die wichtigsten Stützen seines Lebens. Anders als für Wilhelm, der in einer protestantischen Familie aufgewachsen war, für die obendrein Religion im Alltag nicht zählte. Es gab Momente, da dachte Valeska, es wäre besser gewesen, wenn Wilhelm den Glauben gehabt hätte, vielleicht war ihm nur darum passiert, was ihm passiert war. Vielleicht hatte sich Wilhelm zu sehr um die Belange im Diesseits gekümmert.

Kräplech. Die gefüllten Teigtaschen mit Hähnchenfleisch, Leber und gebratenen Zwiebeln fielen ihr wieder ein. Ja, sie würde Kräplech zubereiten, nicht nur Milchspeisen, Nathan würde sich so sehr freuen. Bei dem Gedanken an seinen Appetit lächelte sie.

Nun waren es nur noch drei Monate bis zur Hochzeit. Wie war es möglich, die Verlobungsfeierlichkeiten zu steigern? Die schwindenden monetären Ressourcen der Jacobys machten ein solches Vorhaben nahezu unmöglich. Madeleine rang die Hände und seufzte, aber Bertha gedachte sich nicht lange mit Wehklagen aufzuhalten. »Als erste Vorspeise gibt das Krebssuppe«, bestimmte sie. »Das schmeckt immer.«

»Denk logisch, Bertha«, jammerte Madeleine. »Das Problem ist nicht: Was schmeckt den Gästen, sondern was steht in unseren Möglichkeiten? Wir müssen mindestens zwei Fleischgerichte auftischen, denk mal, was das allein kostet!«

»Ich denk ja logisch!« Bertha kniff listig ein Auge zusammen. »Und ich hab mir auch schon überlegt, wie wir das bewerkstelligen werden sollen.« Das Überangebot an Hilfsverben ließ Bertha manchmal entscheidungsschwach werden. »Bertha Homann wär nich sie selbst, wenn sie nich ne anständige Maikäfersuppe machen könnte. Ich schwör Ihnen, das schmeckt wie Krebssuppe, man fühlt das gar nich, dass das man ne andere Suppe ist!«

Madeleine und der Kapitän blickten sich angewidert an. Bertha sonnte sich in ihrer frisch gewonnenen Autorität. »Was is? Maikäfer gibt es zu Tausenden. Wir brauchen pro Esser 30 Stück …«

»Ich esse schon mal nicht mit«, erklärte Madeleine.

»… und der Rest is Kinderkram. Kochen, Flügel abmachen, dann schön in Butter kross anbraten, im Mörser zerstoßen un dann mit ’n büschen Sahne oder Noilly Prat abschmecken, wie bei ner echten Krebssuppe, und fertig is der Traum! Außerdem«, Bertha beugte sich mit Verschwörermiene vor, »Maikäfer sind ein Aphro…a…di…quarium.«

»Aphrodisiakum«, warf der Kapitän ein, sein bislang einziger Beitrag zum Menü.

»Sach ich ja! Und was gibt's Besseres für ein frisch gebackenes Ehepaar?«

»Frisch gebackene Ehepaare brauchen keine Aphrodisiaka«, bemerkte Madeleine mit einem Seitenblick auf ihren Gatten, der nur eine ganz leise Spur anklagend war.

»Ich brauch auch gar nix mehr sagen«, bemerkte Bertha beleidigt und drehte sich um. »Ich geh jetz in die Küche und setz einen Topf Graupensuppe auf, und in der Zeit können die Herrschaften ja überlegen, was sie zur Hochzeit ihrer einzigen Tochter kochen wollen.«

Madeleine und Christian lauschten Berthas schweren Schritten nach unten, dann brachen sie in Gelächter aus. »Ein Glück für uns, dass Bertha nie daran gedacht hat, mit einem Variété davonzuziehen. Komisch genug ist sie ja.«

Madeleine umarmte ihren Mann und küsste ihn. Diese plötzliche zärtliche Anwandlung erstaunte sie beide. »Weißt du noch, unser Hochzeitsbankett damals?«

Christian lächelte. »Ich erinnere mich vor allem gern an die Überraschung nach der Trauung. Meine Eltern hatten uns ein großes Hochzeitsgeschenk versprochen.«

»Dass es so groß sein würde, hätte keiner von uns gedacht!«

»Ich weiß noch, wie wir mit den ganzen Hochzeitsgästen den Schulberg hinuntergegangen sind. Die ganze Zeit über habe ich mich gefragt, warum sie das Geschenk nicht einfach zu Hause auf den Tisch gelegt haben.«

»Und dann standen wir vor diesem Haus.«

»Es sah auf den ersten Blick so klein aus, und der Garten war vollkommen verwildert.«

»Es war für mich das schönste Haus auf der Welt«, lächelte

Madeleine. »Was für eine Idee, einfach ein Haus zu schenken, zur Hochzeit!«

»Dabei hätten wir uns auch mit den zwei Stockwerken in der Stadtvilla deiner Eltern zufrieden gegeben!«

Auf einmal wirkte Christian wieder alt und müde. »Sie fehlen mir, meine Eltern. Jetzt bin ich schon selber so alt. Aber sie fehlen mir trotzdem.« In seinen Augen schimmerte es verdächtig. Madeleine wischte ihm die Träne mit dem Finger ab und steckte ihn sich, ohne sich darüber bewusst zu sein, in den Mund. »Es ist nicht wegen meiner Eltern«, flüsterte Christian. »Ich bin wegen Aline traurig. Ich hätte ihr auch so gern ein Haus zur Hochzeit geschenkt. Ich hätte ihr so liebend gern so viele Dinge geschenkt.«

»Du hast ihr viele Dinge geschenkt«, tröstete Madeleine. »Und nicht nur Dinge. Mehr Dinge als nur Dinge. Wenn du weißt, was ich meine.«

Der Kapitän nickte. »Lass uns einen Spaziergang machen.«

»Bist du sicher?«

»Ganz sicher.«

Draußen ging die Sonne unter, aber es war noch warm. Den Kapitän fröstelte dennoch. Fast ein Jahr war es her, dass er keinen Wind mehr auf seiner Haut gefühlt hatte. Das Haus war ihm zum Gefängnis geworden. Aber das würde jetzt anders werden.

War es so schwül oder war es bloß die Aufregung vor dem Ball? Aline schwitzte in ihrem dünnen Musselinkleid, das sie nun doch noch in dem neuen Konfektionsmodengeschäft am Neuen Wall erstanden hatte. Viele ihrer Mitschüler waren mit den Eltern gekommen. Die Begleitung ihrer eigenen Eltern hatte Aline gerade noch abwehren können. Nicht weil sie sich ihrer Tanzkünste schämte. Zwar begriff sie sich immer noch nicht als weiblichen Nijinsky, aber ohne groß angeben zu wollen, konnte sie von sich sagen, dass sie vergleichsweise engelhaft über das Parkett schwebte. Zumindest wenn *er* sie führte. Und genau das war das Problem. Ihre Mutter hätte sie sofort durchschaut. Sie hörte sie förmlich sagen: »Ah – deshalb wolltest du in Hamburg studieren!«

Fünf Minuten vor sechs. Und noch immer war *er* nicht aufgetaucht. Hatte er sie auch durchschaut? In den vergangenen Wochen hatte sie die Gleichgültige gemimt. Bestimmt fand er es schrecklich geschmacklos, dass sie sich in ihren Tanzstundenpartner verliebte. Ohnehin war er garantiert vergeben. Männer wie *er* konnten nicht ohne Mädchen bleiben. Das war schon mal klar.

Zwei Minuten vor sechs. Die Burschen neben ihr traten ihre Zigaretten aus. »Los, wir gehen rein!«, brüllte einer. Rüpel. Diese Gruppe Jungs hatte sie von vornherein nicht leiden können. Was sollte sie tun? Hier alleine draußen warten war ja wohl erst recht peinlich. Warum hatte sie sich nicht mit ihm verabredet? Warum nicht mal nach seinem Namen gefragt? Wäre doch nicht verfänglich gewesen. Alle Leute fragten ihre Tanzpartner nach ihrem Namen. Warum dann bitte schön nicht sie? Sie wollte gerade hineingehen, als sie eine Hand auf ihrer Schulter spürte. »Aline?«

Im Orchester auf der Oberrealschule hatte sie bisweilen den Bass gezupft. Noch immer erinnerte sie sich an die vibrierende Saite unter ihren Händen. In diesem Moment war ihr zumute, als hätte sie eine solche Saite im Rücken, straff an die Wirbelsäule gespannt. Die Saite breitete ihre Schwingungen aus, Wirbel für Wirbel, und für einen kurzen Moment war ihr, als knickten ihre Beine ein. Sie war wie gelähmt, während es ihren Körper hinauf und hinunter vibrierte. »Wollen wir reingehen?«, fragte er. Sie nickte.

»Herzlich *willkommen!«* Der Tanzlehrer reckte einen dürren Zeigefinger in die Luft. »Sie *lieben* die *Musik*. Einige *mehr*, andere *weniger*. Und *nun* haben *Sie* – Sie *alle!* – etwas *Wichtiges* gelernt: *tanzen,* Musik *umsetzen!* Ich *wünsche* viel *Spaß* beim *Abschlussball!«*

Aline blickte ihren Tanzpartner an und bemerkte, dass auch er mit dem Lachen kämpfte. Das war zu viel für sie. Sie presste die Lippen aufeinander, doch es war bereits zu spät. Ein schrecklich hoher lauter Ton bahnte sich seinen Weg durch ihren Mund. Schnell presste sie die Hände vors Gesicht.

»Jemand *erkältet?«*, fragte der Tanzlehrer. »Dann *wünsch* ich *Gesundheit!* Und *jetzt*: auf *geht's!«* Er setzte die Nadel auf das Grammofon, ein Walzer erklang.

»Das war aber knapp!« Ihr Gegenüber sah mit einem Mal verändert aus, nichts als Zähne, so breit lachte er sie an. Aline lachte zurück. Die Verlegenheit war überwunden, der peinliche Moment des Wiedersehens. »Ich werde ihn nicht bitten, mich nach Hause zu begleiten. Ich werde schön den Mund halten, wenn es mich überkommt, ihm zu sagen, wie wunderschön er ist, wie einmalig es sich anfühlt, seine Hand in meiner Hand, seine Hand auf meinem Rücken …«

»Darf ich Sie heute nach Hause begleiten?«, hörte sie ihn leise fragen. Aline spürte, wie sie sich verkrampfte. »Gern«, nickte sie.

Es war dunkel, als sie auf die Verbindungsbahn hinaustraten. Nathan taten ein bisschen die Füße weh. Walzer, Polka und als Krönung des Abends sogar einen Charleston hatten sie getanzt. Nun würde er vor Heinrich und den anderen schwer auftrumpfen können. Aber der Gedanke an die kommenden Wochen konnte ihn nicht recht aufmuntern. Er würde Aline an diesem Abend vermutlich zum letzten Mal sehen. Und dann?

»In welcher Straße wohnen Sie eigentlich?«, fragte er unschuldig.

»Oh, ich wohne nicht in Hamburg. Wir müssen die Centralbahn nehmen«, antwortete sie ihm.

»Geldprobleme also«, dachte er, und gleichzeitig hatte er ein Bild von dunkelroten Samtstoffbahnen vor Augen. Immer öfter ging es ihm so, dass er Gerüche in Klänge übersetzte, Klänge in Bilder, den Geschmack des Kräplechs, neulich, am ersten Abend von Schawuot, in etwas Gelbes, Leichtes mit dunklen Punkten.

Als ob er schrankenlos wäre im Kopf. Und nun also die Stimme der Frau, die er liebte. Roter Samt, weich, voll, mit winzigen Fasern, die sich aufrichteten, wenn er falsch herum darüber strich.

»Wollen wir nicht eine Droschke nehmen?«, fragte er. »Dies ist ein besonderer Abend.«

Aline nickte stumm.

»Sie werden nun also nicht mehr nach Hamburg kommen«, flüsterte er einen Augenblick später, während er versuchte, ruhig zu atmen. Er konnte ihren Duft förmlich anfassen, er breitete sich im Wagen aus wie eine Welle.

»Doch, ab September sogar jeden Tag. Ich werde mein Medizinstudium beginnen.«

Wilde Hoffnung flutete sein Herz. »Ich auch«, stieß er hervor. »Ich studiere ab September ebenfalls. Mathematik und Kunstgeschichte. Das heißt, eigentlich wollte ich ja nach Weimar gehen …« Und es gibt nur einen Grund, einen einzigen, warum ich hier geblieben bin, dachte er. Nicht die Angst, als freier Künstler zu versagen, nicht die Angst vor Max, nicht die Liebe zu Mama und Henny.

»Weimar?«, hörte er sie fragen. »Ist es dort schön?«

»Ich habe keine Ahnung. Ich war noch nie in Weimar. Aber es gibt einen Architekten, der hat dort gerade eine Kunstschule eröffnet. Die hochkarätigsten Künstler unserer Zeit unterrichten dort: Lyonel Feininger, Wassilij Kandinski, Paul Klee.«

»Malst du?«, fragte sie. Du. Es war eine Erleichterung, sie *du* sagen zu hören. Und zugleich eine Bürde. Was versprach sie sich von dieser neuen Vertraulichkeit? Was sollte er nun sagen oder tun? Bot sie ihm die Freundschaft an? Und wenn ja, wie sollte er reagieren? Er war sicher, er konnte nicht mit einer Frau befreundet sein, die er liebte.

»Nein«, sagte er.

»Nein?« Aus ihrer Stimme klangen ehrliches Erstaunen und leiser Spott. »Ist es nicht üblich, ein kleines bisschen zu üben, bevor man auf eine Kunsthochschule geht?«

»Ja, siehst du«, es war köstlich, das *Du*, »ich würde es gerne können. Ich bin mir aber nicht sicher, ob ich jemals mit meinen Bildern zufrieden wäre.«

»Ich würde sie gerne einmal sehen.«

»Ist das wahr?« Er fühlte, wie sein Herz schneller klopfte. Aber dann schüttelte er den Kopf. Das einzige Bild, an dem er sich erfreute, das einzige, das ihm wirklich gelungen vorkam, war ihr Porträt. »Nein, das geht nicht. Nein, lieber nicht. Sie würden … du würdest dich über mich lustig machen.«

Aline schüttelte den Kopf, ganz langsam, wie in Trance. Dabei sah sie ihn unverwandt weiter an. Es war fast dunkel in der Droschke, er konnte nur den Glanz in ihren Augen sehen und die Form ihres Mundes. »Das würde ich ganz bestimmt nicht.«

Die Droschke kam mit einem Ruck zum Stehen. »Hier geht's zum Schulberg runter«, brummte der Fahrer. »Soll ich hier halten?«

»Ja«, antwortete Aline, wobei sie seinen Blick weiterhin festhielt. Auch Nathan wandte den Blick nicht ab, während er ein paar Münzen nach vorne reichte. Schließlich drehte er sich doch zur Seite, um die Tür zu öffnen und ihr beim Aussteigen zu helfen. »Dort unten wohnst du also«, bemerkte er. Aline reichte ihm die Hand. Es war eine Geste, die er von an Anfang an geliebt hatte, vom ersten Tanz an. Ihre vertrauensvoll ausgestreckte Hand. »Bestimmt ist es dunkel da. Ich werde dich besser bis vor die Haustür bringen.«

Sie lächelte ihn an. Er liebte ihr Lächeln, ihre Augen, die nichts von dem schüchternen Mäuseausdruck anderer Mädchen hatten, die er kannte. Es war etwas Freches darin, etwas, das verriet, wie viel und gern sie lachte, etwas Respektloses. Würde er jemals die Gelegenheit haben, ihr das zu sagen?

Während sie den Weg zur Elbe hinabstiegen, überlegte er, ob er ihr von seiner Kindheit hier verraten sollte. Nein, besser nicht. Vermutlich hatten ihre Eltern seinen Vater gekannt. Alle in Oevelgönne, Neumühlen und an der Flottbeker Chaussee hatten

Dr. Sandstein gekannt. Schließlich hatte er geholfen, ihre Kinder zur Welt zu bringen. Am Ende hatte er sogar …?

»Wann bist du geboren?«, fragte er atemlos.

»Am 17. Januar«, entgegnete sie. »Ich bin ein Steinbock. Glaubst du an so was?«

»Welches Jahr?«

»1900. Und du? Wann bist du geboren?«

Nathan spürte, wie ihm der Schweiß ausbrach. 17. Januar 1900. Bitte nicht. Nicht dieses Datum.

»Wann bist du geboren?«, wiederholte sie höflich ihre Frage, so als hätte er sie womöglich nicht verstanden.

»4. März 1897.« Er nahm sich zusammen. Einfach weitersprechen. Dies hier war nicht schlimm. Stimme gleichmäßig unbeschwert halten. »Ich bin noch aus dem vorigen Jahrhundert. Ein alter Mann.«

»An einem Vierten bist du geboren?«, fragte sie aufgeregt. »Ich liebe die Vier! Als Kind wollte ich auch immer an einem Vierten Geburtstag haben. Die vier Himmelsrichtungen, die vier Elemente …«

»Ich mache mir nichts aus Zahlen«, entgegnete er. »Es sind bloß Zahlen.«

»Oh, für mich sind Zahlen mehr als das. Zahlen haben für mich Farben. Die Vier zum Beispiel ist grün!«

Nathan blieb stehen. Dies war das erste Mal, dass er einem Menschen begegnete, der in Zahlen Farben sah. »Für mich war die Vier immer blau«, sagte er. Und dann, vertraulich: »Was ist, wenn du Musik hörst? Noten? Siehst du auch Farben dazu?«

»O ja!« Aline nickte heftig. »Die Note C zum Beispiel ist schwarz. Das A ist gelb. Und so weiter. Wenn ich Musik höre, fügen sich die Farben zu einem Bild.«

»Das ist bei mir ganz genauso!«, erklärte er, heftig erregt.

Sie schwiegen verwirrt. Ihre Schritte klapperten über die Steine. Oevelgönne war menschenleer, wie ausgestorben.

»Ich habe noch keine Lust, nach Hause zu gehen«, sagte Aline nach einer Weile. »Lass uns an den Strand hinunter! Wir gehen durch den Garten, und psst! Maman und Papa schlafen zwar wie die Murmeltiere. Aber Bertha, die lauert bestimmt schon auf mich. Und wenn sie mich erwischt ...«

»Wer ist Bertha?«, wollte Nathan wissen.

»Unsere Köchin. Aber eigentlich ist sie mehr als das. Ich kann es nicht erklären.«

Aline öffnete die niedrige Pforte. Der Garten war klein und fiel zum Strand hin ab. Das Gras war ungewöhnlich hoch, und soweit Nathan es im Dunkeln erkennen konnte, wuchsen die Blumen wild und wo es ihnen gerade passte. »Es sieht ziemlich ungepflegt hier aus«, entschuldigte sich Aline. »Es ist nur so, dass ...«

»Schon gut«, unterbrach Nathan sanft. Geldprobleme, ganz eindeutig. Etwas wie Rührung überkam ihn und der Wunsch, dieses Mädchen hier zu beschützen, vor was auch immer. »Bestimmt hat deine Mutter ein Faible für diese alte französische Bewegung, zurück zur Natur und so. Ich kann sie gut verstehen. Ich mag wilde Gärten auch viel lieber!« Er spürte, wie sie ihn anstarrte. »Woher weißt du das? Kennst du meine Mutter?«

»Nein, wieso? Habe ich ins Schwarze getroffen?«

»Meine Mutter ist Französin, na ja, eigentlich ist sie in Hamburg geboren. Aber sie legt viel Wert auf Tradition.«

»Das ist bei meiner Mutter ganz genauso«, erklärte Nathan.

Und dann waren sie am Strand. Dunkel war es hier, der Mond nicht mehr als eine feine Sichel. Kein Windhauch ging, die Elbe war glatt, so glatt, wie ein breiter Fluss nur sein konnte. Es war ungewöhnlich warm, oder vielleicht kam es Nathan auch nur so vor.

»Puh, ist mir heiß«, hörte er Aline neben sich sagen. »Am liebsten würde ich jetzt schwimmen gehen.«

»Ich auch«, sagte Nathan. Da war er wieder. Dieser lange Blick aus dunklen, merkwürdig tapferen Augen. »Ich weiß«, durchbrach Aline die Stille, »dass das jetzt so ziemlich das Unmöglichste ist, was ich jemals vorgeschlagen habe, aber wie wäre es, wenn wir tatsächlich schwimmen gingen? Wir tun einfach so, als wären wir Bruder und Schwester.«

Nathan schluckte. »In Ordnung. Ich gucke auch nicht hin.«

»Du musst. Ich kann mir mein Mieder nicht alleine ausziehen. Du musst mir mit den Bändern helfen.«

»In Ordnung.« Die Hitze kam Nathan allmählich unerträglich vor. Wie hielten es die Menschen am Äquator aus? Ihm persönlich reichte ein Juliabend in nordpreußischer Provinz. Mit dem Taschentuch betupfte er sich die Stirn. Aline streifte sich unterdessen die Schuhe von den Füßen, dann öffnete sie ihr Kleid. Sie wandte ihm den Rücken zu. »Bitte einmal ziehen«, sagte sie forsch, aber er stellte fest, dass ihre Stimme dabei zitterte, nur ganz leicht. Vorsichtig, um nichts kaputtzumachen, löste er die Schleife. »Soll ich das Band durch die Öse ziehen?«, flüsterte er. In diesem Moment drehte sie sich um. Ihr Gesicht war so nah an seinem, dass ihre Züge vor seinen Augen verschwammen. Ihr Mund war nur ein Hauch von seinem entfernt. Er schloss die Augen.

»So ist es recht!«, hörte er sie rufen. »Nicht hingucken!«

Er blinzelte ein bisschen. Sie stand, nur mit einem dünnen weißen Hemd bekleidet, schon halb im Wasser. »Köstlich!«, hörte er sie rufen, und er sah durch seine halb geschlossenen Lider hindurch, wie sie sich schnell eine Hand vor den Mund hielt. Offenbar fand sie sich zu laut. Er musste lächeln. »Und *jetzt* komm *ich«*, brummte er im Tonfall des Tanzlehrers. Vom Wasser her hörte er sie lachen. Nur wenige Schwimmzüge, und er war neben ihr. »Wer hat so etwas Wunderbares wie einen Fluss erfunden?«, lächelte sie. »Ich würde ihm eine Medaille schenken.«

»Einen Goldschatz!«

»Den Kuss einer Meerjungfrau!«

Sie schwamm so dicht neben ihm, dass er ihr Hemd an seinem Bauch fühlte. Nur wenige Meter entfernt zur Fahrrinne hin zog ein Segelschiff an ihnen vorbei, ein rotes Backbordlicht an seiner Seite. Nathan streckte die Hand nach ihr aus. Es war auf einmal ganz einfach. Sie nahm seine Hand nicht, aber sie schwamm noch enger an ihn heran. Und dann fühlte er sie in seinen Armen, sah, wie sie ihre Augen schloss und den Mund öffnete. In dem Moment wurde ihm bewusst, dass er keinen Boden mehr unter den Füßen hatte. Er zappelte mit den Beinen, auf dass sie beide nicht untergingen. Dabei verhedderte er sich in ihrem Hemd. Das Hemd riss, und Aline öffnete die Augen wieder. Er sah sie lachen. »Ich glaube, ich geh unter!«, lachte sie. Und dann hörte er mit Zappeln auf, und es versetzte ihm einen Schock, wie weiß ihre Haut war, so ohne Hemd, und ihm ging plötzlich auf, dass sie nun wohl nackt war, und jetzt war es an ihm, die Augen zu schließen, und endlich, endlich, spürte er ihre Lippen auf seinen, weich und feucht und auch ein bisschen kalt vom Wasser. Sie gingen tatsächlich unter. Und es war der längste Unterwasserkuss, den es in der Elbe jemals gegeben hatte.

5. Kapitel

Der Kapitän war mit einem Schnupfen von seinem Spaziergang heimgekehrt: ein leises Kribbeln in der Nase, das sich zu einer Totalverstopfung ausweitete. »An meinem Kopf müssten dringend Sielbauarbeiten vorgenommen werden«, erklärte er beim Frühstück. »Sämtliche Rohre sind verstopft.« Madeleine lächelte nicht. Sie konnte es nicht leiden, wenn ihr Gatte ordinäre Witze riss, bei aller Liebe nicht. Aline starrte ein Stück Decke über ihrem Kopf an. Dass ihr alter Vater wieder muntere Töne von sich gab, schien sie nicht weiter zu beschäftigen. Der Kapitän beschloss, den Beleidigten zu spielen. »Was kann es an der Decke Wichtigeres geben als die Atemorgane deines Erzeugers, Kind?«

»Nur weil Aline jetzt Medizin studiert, musst du mit ihr nicht gleich technisch sprechen.« Madeleine strich energisch Margarine auf das vertrocknete Stückchen Brot auf ihrem Teller. »*Coucou*, Aline, bist du noch anwesend? Ich meine, körperlich?«

»Hat jemand was gesagt?« Aline gelang es, ihren Blick von der Decke zu lösen.

»Zum Teufel, was gibt es da oben zu sehen?«, brummte der Vater.

»Ich habe einen Tropfen gesehen.«

»Eided Tropfed?« Allmählich geriet der Kapitän in das nächste Stadium der Erkältung. »Erzähl keid Schiet!«

»Wir haben doch die Decke erst kurz vorm Krieg machen lassen, oder?«, fragte Madeleine. »Was ist, wenn sie wieder undicht ist? Müssen wir dann über dem Frühstückstisch Schirme aufspannen?«

»Es war ein Tropfen vor meinem geistigen Auge«, erklärte Aline.

Madeleine verdrehte die Augen. »Die bevorstehende Hochzeit«, erklärte sie. »Vermutlich war ich damals genauso.«

»Ist das wahr?« Über den Tisch hinweg griff der Kapitän nach ihrer Hand. »Warst du idd mich verliebt?«

»Ich bidd es immer doch«, lächelte Madeleine heimtückisch.

»Aber das ist keid Grudd, mich zu veralberd!«

»So, ihr Turteltäubchen, ich geh jetzt mal«, hörte er Aline sagen. Es war ein unzufriedener Ton in ihrer Stimme, den er sonst nicht an ihr kannte. Aber irgendwie kam ihm das nicht mehr so wichtig vor wie früher. Madeleine war bei ihm, spöttisch, abweisend, liebevoll. Egal. Hauptsache, sie war da.

»Es ist so weit, ich kann es nicht länger verheimlichen.« Käthe streckte auf ihrem Bett alle viere von sich.

»Das ist nicht wahr! Du bist guter Hoffnung?« Vor Aufregung brüllte Aline.

»Bist du des Wahnsinns? Und kannst du bitte auch so reden, dass meine Mutter es *nicht* mitbekommt? Im Übrigen – wie kannst du glauben, dass ich guter Hoffnung sei? Ich dachte, das mit der unbefleckten Empfängnis hätten wir ein für alle Mal in die Abteilung Märchen gestellt. Nein, meine Auftritte im Hansa-Theater kann ich nicht länger verheimlichen. Jeden Abend lass ich mir etwas anderes einfallen. Nähkurse hier, Verabredungen mit dir da, aber jetzt werden sie wirklich misstrauisch. Und das Schlimmste: Sie fangen an, mit Hochzeitsplänen zu nerven.«

»In ihrem Alter?«

»Für mich, Deern. Bist du sicher, dass das Lesen von Intelligenzblättern die Kombinationsfähigkeit fördert?«

»Nein. Aber was ist so schlimm am Heiraten? Wenn Nathan

dich bitten würde, ihn zu ehelichen, würdest du ihn wohl kaum abweisen, hab ich Recht?«

»Nein, leider. Ich habe keine Lust zu heiraten. Man kann doch wohl auch ohne diese Papiere glücklich sein.«

»Hmm.«

»Isadora Duncan hat mal gesagt, jede intelligente Frau, die einen Heiratskontrakt gelesen hat und sich dareinfügt, verdient alle daraus entstehenden Konsequenzen. Im Übrigen sehe ich Nathan nicht mehr.«

»Wo ist er hin? Weggezogen?«

»Nein, ich glaube, er wohnt noch in Hamburg. Ich habe mich nicht getraut, Heinrich oder Caroline danach zu fragen. Nichts ist peinlicher, als seine Gefühle offen zur Schau zu stellen. Vor allem, wenn sie so lodern wie meine.« Käthe fasste sich schmachtend ans Herz. »Aber nun erzähl von dir. Wie war dein Abschlussball mit dem Herzallerliebsten?«

In dem Versuch, die richtigen Worte zu finden, öffnete Aline mehrmals den Mund und schloss ihn wieder.

»Muss ja doll gewesen sein«, kommentierte Käthe. »Ihr habt gespielt, ihr seid zwei Fische?«

»Ich hab ihn geküsst, Käthe! Und ich nehme alles zurück, was ich früher darüber gesagt habe! Es ist *doch* so, wie sie einem erzählen! Es ist mehr als das! Wir wären fast untergegangen!«

»Nun mal nicht so hastig. Wobei untergegangen?«

»Wir sind nachts in die Elbe gestiegen. Und da ist es dann passiert! Gott sei Dank hat Bertha schon geschlafen, als ich mich reingeschlichen hab. Ich war klitschnass.«

»Und nun? Wann werdet ihr euch wiedersehen?«

Aline sank förmlich in sich zusammen. »Gar nicht. Wir werden uns überhaupt nicht mehr wiedersehen. Ich habe ihm gesagt, dass ich verlobt bin.«

Käthe schlug sich vor den Kopf, dass es klatschte. »So dämlich darf man doch überhaupt nicht sein! Da findest du einen Mann, den du liebst und der deine Gefühle auch noch erwidert, und du sagst ihm, dass du ihn nicht wiedersehen kannst, weil du mit einem Trottel verlobt bist!! Hast du wenigstens seine Adresse? Du könntest vorbeigehen und ihm sagen, dass du deinen Entschluss rückgängig machst! Ob er dann noch akzeptiert, weiß man ja nicht!« Käthe verdrehte die Augen. »Hat man jemals etwas so Ungeschicktes gesehen?«

Aline senkte den Kopf. »Aber ich wollte ihn doch nicht belügen. Du sagst doch auch immer, dass Wahrheit das Fundament einer wahren Freundschaft sei! Und da wollte ich …«

»Papperlapapp!«, unterbrach Käthe. »Was hat eine flammende Affäre bitte mit Freundschaft zu tun? In der Liebe wie im Krieg sind alle Waffen erlaubt, hat irgendwer Berühmtes gesagt. Schwindler kriegen die meisten Küsse, wusstest du das nicht?«

Aline senkte den Kopf. »Das mit *ihm* ist keine Affäre. Es hat mich wirklich erwischt. Ich spiele mit offenen Karten. Etwas anderes hat *er* nicht verdient.«

Käthe verdrehte die Augen. »Mich nervt, wie du immer *er* sagst. Sprichst du vom lieben Gott oder von einem kleinen Erdenmann? Und wenn ja, wie heißt er eigentlich?«

»Das ist es ja gerade! Ich weiß es immer noch nicht … Und darum weiß ich auch nicht, wie ich ihn jemals wiederfinden soll, jetzt, wo die Tanzschule vorbei ist.«

Käthe wälzte sich auf dem Bett, fassunglos angesichts solcher Dummheit. »Jetzt fehlen mir die Worte«, murmelte sie dumpf. »Wieso in drei Teufels Namen konntest du ihn nicht danach fragen? Interessiert es dich denn so gar nicht?«

»Doch«, machte Aline kläglich. »Sehr sogar.«

»Was hat er denn gesagt, als du ihm das mit der Verlobung vor den Bug geklatscht hast?«

»Er hat traurig ausgesehen. Und mich gefragt, ob ich daran dächte, die Verlobung aufzulösen.«

»Und du Nichtsnutz hast gesagt: Nein?!«

»Ja.«

»Ja?« In Käthes Gesicht spiegelte sich so etwas wie Hoffnung für ihre Freundin.

»Ja. Ich habe Nein gesagt.«

»Dann ist dir wirklich nicht mehr zu helfen!«

»Doch«, sagte Aline. »Eine Möglichkeit gibt es noch: Ich geh ihn suchen. Er lebt in Hamburg und ist eingeschriebener Student in Mathematik und Kunstgeschichte.« Sie blickte ihre Freundin flehentlich an: »Bitte, Käthe! Wir fahren hin und suchen ihn!«

»Aber das Semester hat doch noch gar nicht begonnen! Wie willst du ihn da in seinen Vorlesungen finden?«

»Ich weiß nicht. Vielleicht finde ich ihn an der Uni. Oder in der Nähe der Tanzschule. Vielleicht wohnt er da.«

»Vielleicht, vielleicht«, brummte Käthe. »Vielleicht trägt der Kaiser von China einen Schnurrbart. Wenn du mich fragst, du hast es vermasselt.« Aber nach einem raschen Blick in Alines Gesicht fügte sie rasch hinzu: »Nur so eine Redensart. Komm, wir nehmen die Centralbahn.«

»Jetzt gleich?«

»Natürlich. Meinst du, ich hab den ganzen Tag Zeit? Eine Bedingung hätte ich allerdings.«

»Und die wäre?«

»Du besuchst mich heute Abend im Hansa-Theater!«

Aline fiel ihrer Freundin um den Hals. »Nichts lieber als das!«

Friedrich war zu Besuch bei den Meyerdinks, die in einem kleinen, etwas heruntergekommen aussehenden Haus in der Nähe von Teufelsbrück wohnten.

»Entschuldigen Sie, lieber Freund«, lächelte Meyerdink, der ihm mit ausgestreckten Händen entgegenkam. »Bestimmt fragen Sie sich, warum wir uns nur mit einer Dachhälfte zufrieden geben.«

In diesem Augenblick kam Frau Meyerdink aus der Küche geschossen. Hätte sie auf einem Pferd gesessen, man hätte sie für einen Dragoner halten können. Groß, von imposanten Ausmaßen und mit einer Stimme, die zweifelsohne über ein ganzes Schlachtfeld trug, wäre sie ein gern gesehenes Mitglied der preußischen Armee gewesen. »Was heißt hier Entschuldigung, Otto? Wir können nichts dafür, dass uns dieser Sturm die Ziegel abgeweht hat.« Und mit einem Blick in die Küche: »Liese, mach Kaffee! Besuch ist da!« Auch sie drückte Friedrich die Hand. »Es ist schon wahr, dieses Haus ist die reinste Bruchbude. Wir wollen es von Grund auf renovieren lassen. Dafür bräuchten wir aber etwa zwei Jahre. Sie kennen nicht zufällig ein nettes kleines Lotsenhaus, das wir während dieser Zeit mieten könnten? Möglichst mit Blick auf den Strom, versteht sich.«

Friedrich schüttelte den Kopf. »Bedaure, Madame.«

»Ihre Verlobte wohnt doch unten in Oevelgönne, habe ich gehört. Bestimmt könnten Sie ihren Vater fragen, ob er etwas weiß.«

»Gewiss, das werde ich tun.« Friedrich musste sich ein Lächeln verkneifen. Madame Meyerdink war so geradeheraus wie ein Heerweg der napoleonischen Armee. Gott sei Dank war sein eigenes Mäuschen gänzlich anders geartet. Wie hielt Otto Meyerdink das nur aus?

»Ich wollte mit Ihnen über die Bahrenfelder Jäger sprechen.« Es war nicht leicht, mit dem Dozenten Blickkontakt zu halten. Immer wieder sah dieser zu seiner Frau hinüber, so dass Friedrich manchmal nicht wusste, an wen er seine Worte denn nun eigentlich richten sollte.

»O ja, eine Schande, wie sie vom Rathausmarkt vertrieben wurden. Zum Glück herrscht ja jetzt wieder Ruhe und Ordnung in der Stadt«, warf Madame ein.

»Was schlagen Sie denn vor?«, fragte Meyerdink etwas ratlos. In diesem Moment betrat das Hausmädchen die Wohnstube mit einem silbernen Tablett voll Keksen, Kaffee, Milch und Zucker. Das Geschirr klapperte leise, als sie über eine Falte des makellosen persischen Läufers stolperte, der von der Tür bis zum

Tisch reichte. »Pass doch auf, wo du deine Füße hinsetzt, wenn du unser kostbares Geschirr trägst!«, fuhr Frau Meyerdink sie an. Liese knickste gehorsam, was das Tablett erst recht ins Wanken brachte. »Nun stell schon ab!« Zwei steile Falten bildeten sich über Madames Nasenwurzel.

Sie kann regelrecht zum Fürchten aussehen, dachte Friedrich. Laut sagte er: »Wir müssen uns über die reine Betätigung in der Bürgerwehr hinaus entwickeln. Wir sollten uns über das Engagement in einer politischen Partei Gedanken machen. Ich für meinen Teil gehe im kommenden Jahr mit meiner Frau nach Berlin, so werde ich dichter am Geschehen sein. Aber es ist notwendig, dass wir in unserer Arbeit durch Mitstreiter – und hierzu zähle ich besonders die Mitglieder der Bürgerwehr – in den preußischen Provinzen unterstützt werden.«

Otto Meyerdink nickte lächelnd.

»Ich habe gehört, Ihre Frau hat sich für ein Studium an der Hamburger Universität eingeschrieben«, bemerkte Frau Meyerdink, während sie ihre Tasse dem Hausmädchen hinhielt. »Gedenkt sie, ihre Studien in Berlin fortzusetzen?«

»Selbstverständlich nein«, entgegnete Friedrich. »Meine Verlobte wird das Studieren aufgeben, sobald das erste Kind unterwegs ist, was hoffentlich recht bald der Fall sein wird. Sie wissen ja, unter den jungen Damen steht die Studiererei derzeit hoch im Kurs, aber es ist eine Modeerscheinung, nicht weiter ernst zu nehmen.«

»Ich bin froh, dass Sie so denken, Herr von Alvesloh.« Frau Meyerdink nickte nachdrücklich. »Wissen Sie, ich wollte es Ihnen ja nicht so direkt sagen, aber ich halte überhaupt nichts von dieser neuen Mode. Sie setzt den jungen Mädchen nur Flausen in den Kopf.« Und mit einem Blick auf ihren Gatten: »Ich bin sicher, unsere Kleopatra wird derlei Dinge nie von uns verlangen, nicht wahr, Otto?«

Das Lob verfehlte seine Wirkung auf Friedrich nicht. Es war ja wahr, er machte sich lächerlich mit seiner Einwilligung in

Alines Studium. Aber nun ja, sie hatte ihn so lieb darum gebeten, und nach einem Semester würde eben Schluss damit sein, fertig. Falls sie ihn tatsächlich darum bitten sollte, weiterstudieren zu dürfen, konnte er immer noch sagen, es sei kein Geld mehr dafür da.

Das Gespräch verebbte in Nichtigkeiten. Von Meyerdink kamen keine Vorschläge. Aber was hatte er auch erwartet? Wenn überhaupt, musste die Initiative von seiner Frau stammen. Sie war die Impulsgebende. An sie würde er sich wenden müssen, wenn es so weit war und er für die Bahrenfelder Mittel benötigte. Er verabschiedete sich und stand auf.

Madeleine begann sich ein bisschen Sorgen zu machen. Christian hatte Fieber bekommen, das Schlucken fiel ihm schwer. Sie hatte Bertha beauftragt, eine starke Hühnerbrühe zuzubereiten, aber der Kapitän hatte sie nicht angerührt. Er lag auf dem Canapé im Musikzimmer, wo sie ihm das Konzert Nr. 2 in c-Moll von Rachmaninow vorspielte, sein Lieblingskonzert. Aber aus irgendeinem Grund fiel es ihr schwer, sich auf die Noten zu konzentrieren. Sie verspielte sich ohne Unterlass, und nach dem ersten Satz brach sie ganz ab. Sie drehte sich um. Christian war eingeschlafen, sein Mund stand offen, und er schnarchte. Leise ging sie zu ihm hinüber und befühlte seine Stirn. Sie war sehr heiß. Die Brühe neben ihm war kalt. So vorsichtig sie konnte, zog sie die Vorhänge zu. Dann schob sie ein wenig die Decke beiseite und setzte sich auf die Kante des Canapés. Sachte schob sie ihre Hand in seine und betrachtete sein Gesicht. Beinahe glatt sah er aus, wenn er schlief, ohne die angestrengten Sorgenfalten. »Er ist alt geworden«, dachte sie, traurig erschreckt. »Und er ist erst dreiundvierzig.« Seine Haut, die sie in all den Jahren nicht anders als gebräunt und von Wind und Salz gegerbt gesehen hatte, war bleich geworden. Der Spaziergang neulich hatte ihm gut getan, aber wie empfindlich war er geworden, wenn er sich von seinem einzigen Mal an der frischen Luft eine Erkältung zuzog? Ein zärtliches Mitgefühl überkam sie, wie bei Aline, als sie klein gewesen war, und gleichzeitig ein bisschen Reue. Sie war ihm aus dem Weg gegangen, all die Zeit nach seiner Rückkehr, und warum? Weil sie es nicht ertragen konnte, ihn so zu sehen, ohne Widerstandskraft, enttäuscht und schwach. Sie war selbst schwach gewesen, und nun wünschte sie, es könnte noch einmal Kriegsende sein, wie anders würde sie ihn empfangen! Sie wünschte, und es war mehr glühende Sehnsucht denn nur ein einfacher Wunsch, sie könnten neu beginnen, ob mit Arm oder ohne, das war jetzt gleich. Sie wünschte auch, sie hätten mehr Kinder bekommen, aber das war bei seinen langen Abwesenheiten nicht möglich gewesen, und nun war die Familie so lächerlich klein, Vater, Mutter, Kind und Köchin, die ulkigste Familie der preußischen Provinz. Aber es war ja nicht zu spät. Noch hatte sie die Menopause nicht erreicht. Werd schnell gesund, dachte sie. Der Kapitän hustete leicht im Schlaf. Dann drehte er sich von ihr weg, der Rückenlehne zu.

Käthe und Aline saßen an der Lombardsbrücke und betrachteten die Badenden. Über der Alster ging die Sonne unter, und wer aus dem Wasser kam, dem kräuselte sich die Haut. »Ich werde ihn nie finden«, seufzte Aline. »Ich war ein Dummkopf. Das werde ich mein Leben lang bereuen.«

»Nur weil wir ihn an einem Tag nicht gefunden haben, musst du nicht gleich aufgeben«, erklärte Käthe energisch. »Bestimmt wirst du ihn finden, wenn die Vorlesungen begonnen haben. Du gehst einfach in seinen Fachbereich und fragst nach ihm.« Sie bemerkte Alines verstörtes Gesicht. »Ach ja, richtig, ich vergaß. Du kennst ja seinen Namen nicht. Na, dann beschreibst du ihn einfach!«

»Bestimmt ist es dann schon zu spät!«, jammerte Aline. »Bestimmt hat er dann schon eine andere. Wer will sich schon sein Lebtag mit Liebeskummer herumplagen?«

»Das ist keine Frage des Willens«, erklärte Käthe. »Ich spreche da aus Erfahrung. Und nun lass uns zum Theater gehen. Es wird langsam Zeit.«

Auf dem Steindamm, hinter dem Hauptbahnhof, kam ihnen eine aufgeregte Caroline entgegengelaufen. Sie fiel Käthe um den Hals.

»Was ist los?«, fragte Käthe. »Fällt die Vorstellung aus?«

»Für mich. Ja! Stell dir vor, ich hab die Rolle an den Kammerspielen bekommen! Eben haben sie einen Boten geschickt! Ich spiele in dem Wedekind-Stück!«

»In der ‚Büchse der Pandora'? Verflucht, ich bin neidisch! Aber da singen sie doch überhaupt nicht!«

»Ach, mit dem Singen wird es wohl nichts mehr. An der Oper wollen sie mich nicht haben, jetzt wechsle ich eben das Fach!«

»Du hast Mut, Donnerwetter!« Käthe starrte sie an. »Und da hast du einfach so vorgesprochen?«

»Mit Erfolg, ja!« Caroline schillerte förmlich.

Aline starrte sie an. Was für eine Frau! Und wie viel interessanter als sie selbst! Würde Käthe ihre Gesellschaft irgendwann lieber haben als ihre? Aline spürte den Stachel der Eifersucht. Sie beobachtete, wie Käthe die Frau anstrahlte. »Meinen allerherzlichsten Glückwunsch. Ich wünsch dir ganz viel Erfolg. Aber du meldest dich bald einmal, ja? Wir wollen Sonnabend wieder tanzen gehen, kommst du dann mit?«

»Später, nach der Aufführung!«, lachte Caroline. »Dann aber gern!«

Im Zuschauerraum angekommen, führte Käthe sie an ihren Platz. Aline ließ sich in einen roten Plüschsessel fallen. Ein bisschen seltsam war ihr schon zumute, so ganz allein. Sie beschloss, den Eltern gegenüber nichts von ihrem Ausflug zu erzählen. Wohl hätte sie Friedrich bitten können, sie zu begleiten, aber Friedrich und Käthe, das waren zwei verschiedene Welten, Mond und Jupiter gleich, genau, ein Trabant, der sich um den falschen Planeten dreht, und ein Planet, der …

»Möchte das Fräulein etwas zu trinken oder zu speisen ordern?« Ein livrierter Kellner, kaum älter als sie selbst, unterbrach ihre wirren Gedanken. Als sie aufblickte, bemerkte sie, wie sich seine Augen weiteten.

»Eine Tasse Tee, vielen Dank«, entgegnete sie.

Der Kellner rührte sich nicht von der Stelle. Wie festgewachsen stand er mit seinem Silbertablett vor ihr. Aline wurde unbehaglich zumute. »Was ist?«, fragte sie. »Was starren Sie mich so an?«

»Ich bitte um Entschuldigung«, murmelte der Kellner. »Ein Kännchen Tee. Kommt sofort.«

Der Kellner wandte sich zum Gehen, und ein Paukenschlag scholl durch den Raum. Die Lichter des Kristalllüsters verloschen, und die Bühne betrat – Käthe! Sie trug weiße Strumpfhosen und Ballettschuhe, darüber ein hüftlanges, gerade geschnittenes Kleid aus weißem Plissee. Eine feine Geigenmelodie wuchs aus dem Orchestergraben, schwang sich empor, brachte Käthe zum Wirbeln. Aline fühlte, wie ihr Herz schneller schlug. Sie dachte an Käthe in der Dorfschule, an das scheue Mädchen mit den weißblonden Zöpfen, sie dachte an ihren ersten Tag an der Oberrealschule, ihre Rennspiele auf dem Schulhof, Käthes Kampf gegen Latein, die sommerlichen Bäder in der Elbe, Winter voller Eisschollen, Kaminfeuer und Gespräche. Und da war sie nun, gleich als erste Ballerina auf der Bühne, war das zu fassen? Erst als sie den seltsamen Kellner wieder neben sich wahrnahm, fühlte sie, dass sie wohl über das ganze Gesicht gelacht hatte. »Ihr Tee«, lächelte der Kellner. Aline drückte ihm eine Münze in die Hand.

Käthes Auftritt dauerte nicht lange. Sie wurde abgelöst von einem arabisch aussehenden Mädchen, das mit einer echten Schlange tanzte, einem Seiltänzer und einer Frau, die mit dressierten Schmetterlingen hantierte. Schließlich betrat ein dunkler Mann mit Turban die Bretter. »Ivan, der Hellseher!«, kündigte ein Mann in Frack und Zylinder ihn an. Der Hellseher räusperte sich heftig und blickte angestrengt in den Zuschauerraum. Sein Blick blieb auf Aline haften. »Sie!«, rief er. »Junges Fräulein! Kommen Sie bitte auf die Bühne! Ich werde Ihre Gedanken lesen!«

Aline blickte hinter sich. Ein älteres Ehepaar saß dort, er mit mächtigem Backenbart, sie eine aus den Rüschen ihres korsettgeschnürten Kleides quellende Matrone. Der Backenbärtige tippte ihr auf die Schulter. »Er meint Sie«, brummte er und deutete nach vorn. Wie in Trance erhob sie sich. Der Gedanke, sich zu weigern, kam ihr gar nicht erst.

»Nicht so zögerlich!«, rief Ivan. »Ich beiße nicht!« Vereinzeltes Gelächter wogte durch den Raum. Aline schob sich zwischen den Tischen vorbei nach vorn. Als sie die schmalen Stufen zur Bühne emportrat, fühlte sie, wie ihr flau im Magen wurde.

»Ich werde Ihre Gedanken lesen!«, verkündete Ivan abermals. Es klang plump und dumm. Aline kniff die Augen zusammen, der Scheinwerfer blendete sie. »Das sagten Sie bereits«, erklärte sie, so fest sie konnte.

Sie bemerkte, wie Ivan irritiert die Augen zusammenkniff. »Eine kluge junge Frau!«, dröhnte er. Dann rückte er so dicht an sie heran, dass sie seinen schlechten Atem roch. »Ihre Gedanken sind wohlgeordnet. Aber ich sehe auch ein kleines Problem, o ja. Sie sind verlobt, junge Frau, habe ich Recht?«

Nun war es an Aline, verwirrt zu sein. Zögernd nickte sie.

»Aber Sie lieben einen anderen!«

Na warte, Käthe, dachte sie, das zahl ich dir heim!

»Ihre Methoden sind unlauter«, erklärte sie energisch. Zu ihrem Ärger fühlte sie Tränen in sich aufsteigen.

»Der Mann, den Sie lieben, ist ein Künstler, hab ich Recht?« Ivan sah aus wie die schlechte Kopie eines Mannes, der sich zu konzentrieren versucht. »Er malt. Neuerdings hat er auch tanzen gelernt. Er hat mit Ihnen getanzt. Aber Sie wissen nicht …«

»Es reicht!«, schrie Aline. Blind vor Wut stieß sie Ivan beiseite und sprang von der Bühne. Als sie dem verfluchten Lichtkegel entkommen war, drehte sie sich um. »Scharlatane wie Sie sollten bestraft werden!«, brüllte sie außer sich. »Und außerdem …«, sie stockte. »Außerdem riechen Sie aus dem Maul!« Damit stürmte sie durch den Saal, so schnell sie konnte, wobei sie fast den Kellner umrannte. Das alte Ehepaar, diese Reliquie aus einem anderen Jahrhundert, starrte ihr mit offenem Mund hinterher.

Madeleine versuchte, sich einen Splitter aus dem Finger zu ziehen. Jedes Mal, wenn sie Feuer zu machen versuchte, rammte sie sich die zähen Fasern der Scheite unter die Haut. Christian klapperten die Zähne vor Kälte, aber sein Körper glühte. Sie hatte ihn mit Decken aus ihrem Schlafzimmer zugedeckt. Mehrmals hatte sie das Telefon betätigt, um Dr. Marquardt anzurufen, aber es hatte sich keiner gemeldet, nicht mal ein Telefonist. Eigentlich nicht mal das Telefon selbst, wenn man das Fehlen eines Tons so deuten wollte. Nun hatte sie Bertha losgeschickt, um der Marquardt'schen Haushälterin eine Nachricht überbringen zu lassen.

»Madeleine«, hörte sie Christian keuchen.

»Was ist, Liebster? Hast du Durst?«

»Nein.« Er wedelte durch die Luft. »Es sind nur die ganzen Vögel hier drin. Bring sie raus!«

»Aber hier sind keine Vögel!«, widersprach sie und strich ihm über die Stirn.

Der Kapitän bedeckte seine Augen mit den Händen. »Schnell!«, krächzte er. »Sie versuchen, mir die Augen auszuhacken!« Ein Hustenanfall erstickte seine letzten Worte. Ah, endlich! Der blöde Splitter war draußen. Madeleine betrachtete stirnrunzelnd ihren blutenden Finger. Die Stickerei konnte sie vergessen. Es waren nur mehr sechs Wochen bis zur Hochzeit, und die Aussteuer war immer noch nicht fertig. Kein Wunder, wenn sie so viel Zeit auf das Sockenstopfen verwenden musste. Überhaupt, eine d'Arlon, die Socken stopft! Die von Unheil aller Art heimgesucht wird, von kränkelnden Männern, abwesenden Töchtern, funktionsuntüchtigen Telefonen und lahmbeinigen Köchinnen, die vermutlich Urzeiten brauchten, um sich den Schulberg emporzuschnaufen. Madeleine richtete einen trostheischenden Blick auf das Porträt ihres Urgroßvaters. Wenn Dr. Marquardt nicht bald einträfe, würde sie noch verrückt werden. Sie stand auf und öffnete ein Fenster. »Sieh mich an«, sagte sie zu Christian. »Ich bring die Vögel jetzt raus.« Mit den Armen machte sie ein paar scheuchende Bewegungen durch die Luft. Vielleicht bin ich schon verrückt, dachte sie dabei. Vielleicht ist auch Christian verrückt, Aline, die ganze Welt unter Umständen, und wir bekommen es nicht mit, weil wir nicht mehr klar denken können.

Ein dankbares Lächeln breitete sich auf Christians Zügen aus. »Lieb von dir«, flüsterte er. »Jetzt sind sie fort.«

Käthe musste schreien, um das Zischen der Dampflok zu übertönen. »Ich schwöre dir bei allem, was mir heilig ist! Du musst mir glauben! Ich habe Ivan kein Sterbenswörtchen gesagt!«

»Aber woher wusste er das alles?« Aline rauchte vor Wut. Käthe hatte sie auf dem Gleis gefunden, von dem aus der Zug nach Altona fuhr. Es war allerhöchste Zeit. Der Zug konnte jeden Augenblick eintreffen.

»Ich weiß es nicht! Er ist eben sehr gut! Ich war schon öfter verblüfft über die Dinge, die er sieht!«

»Willst du damit sagen, du glaubst, er ist ein echter Hellseher? Komm, Käthe, so naiv kannst nicht einmal du sein!«

Käthe stützte empört die Hände in die Hüften. »Was soll das denn heißen?«

»Das soll heißen, dass es Hellseherei nicht gibt. Der Mann hat gute Informanten, das ist alles. Und ich frage mich, ob du nicht auch dazu zählst! Sag schon, wie viel bietet er dir, damit du ihm Dinge über die Leute erzählst, die du ins Theater schleppst?«

Käthe blieb der Mund offen stehen. »Nun mach aber mal einen Punkt! Ich dachte, du wärst meine Freundin! Wie kannst du so etwas nur *denken*?«

»Aber er hat mich gedemütigt! Vor allen Leuten! Mein Problem geht niemanden etwas an!«

»Das weiß ich doch!« Käthe legte den Arm um sie. »Es tut mir ja auch sehr Leid! Was glaubst du, warum ich aus der Garderobe gestürzt bin?«

Erst jetzt bemerkte Aline, dass Käthe immer noch in ihren Ballettschuhen und dem kurzen Plisseekleid steckte. Sie bemerkte auch, dass die Leute sie anstarrten. Würde das denn heute überhaupt nicht mehr aufhören? War dies der Tag der Glotzer, verflucht? Aline senkte ihre Stimme. »Dann hast du wirklich nicht …?«

»Aber nein, wie bitte soll ich es dir denn beweisen? Ich schwöre auf mein Leben, dass ich mit niemandem über Friedrich und Namenlos gesprochen habe! Ich will auf der Stelle tot umfallen, wenn ich lüge!« Käthe riss ihre rosafarbenen Augen so dramatisch auf, dass Aline unwillkürlich lachen musste. Käthe seufzte erleichtert auf. In diesem Moment schnaufte der Zug nach Altona in die Halle. »Kommst du mit, oder musst du noch mal zurück?«, fragte Aline. Käthe blickte an sich herunter. »Ich komme mit«, sagte sie. »Unter der Bedingung, dass du mir eines deiner bürgerlichen Kleider leihst. Wenn ich so nach Hause komme, bin ich endgültig geliefert.«

Nathan öffnete die Tür. Ein verschwitzter, aufgeregter Heinrich stand davor. »Musst du dich wie ein lebendes Schlagzeug gebärden?«, fragte Nathan. »Einfaches Klopfen genügt. Ich bin doch nicht schwerhörig!«

»Ich bin ihr begegnet!«, rief Heinrich.

»Wem?«

»Na, ihr, deiner Liebsten! Aline! Sie war zu Besuch im Hansa-Theater, wo ich seit letzter Woche arbeite!«

»Du hast dich wirklich verändert, Heinrich, alter Freund! Ich habe aber geahnt, dass ein Unterhaltungstalent in dir steckt.« Nathans Lächeln war nicht die Spur herablassend.

»Als Kellner, du Idiot! Von irgendwas muss man heutzutage ja leben! Und hör auf, so zu grinsen, ich mache keine Scherze!«

»Aber du kennst Aline doch überhaupt nicht!«

»Du hast mir ihr Porträt gezeigt, schon vergessen? Ich muss sagen, du hast sie genau getroffen! Ich war ganz schön verblüfft über die Ähnlichkeit!«

»Hast du mit ihr …?«

»Ein Kännchen Tee, sehr wohl, die Dame. Mehr nicht.«

»Wozu dann die Aufregung? Nun komm erst mal rein!«

Heinrich schnüffelte. »Gut riecht das hier!«

»Meine Mutter kocht Hammelfleisch. Sag doch gleich, dass du Hunger hast.«

»Ein armer, allein lebender Student hat immer Hunger. Und nun pass auf: Aline ist die Freundin von Käthe!«

Nathan runzelte die Stirn. »Ich kenne keine Käthe.«

»Doch, die aus dem Wandervogel, das Albino-Mädchen, das unten in Neumühlen wohnt.«

»Ja, und?«

Heinrich schlug sich mit der Hand vor die Stirn. »Tu doch nicht so abgeklärt, mir kannst du nichts vormachen! Und unterbrich mich nicht ständig! Ich habe vor Käthe so getan, als interessiere ich mich für Aline, und habe sie gebeten, sie Sonnabend mitzubringen, wenn wir tanzen gehen. Du brauchst dich uns also bloß anzuschließen, nichts Verwerfliches, ein Abend unter Freunden. Auf diese Weise siehst du sie wieder! Und jetzt sag schön Danke, lieber Heinrich!«

Nathan sah immer noch nachdenklich aus. »Wo hast du Käthe denn getroffen? Seid ihr gewandert, ohne mir Bescheid zu geben?«

Heinrich warf seinen Kopf hin und her, als müsse er etwas Schweres da herausschleudern. »Wie kompliziert du bist! Käthe tritt im Hansa-Theater als Tänzerin auf, durch sie hab ich die Anstellung bekommen. Aber das ist doch auch egal! Sag endlich, dass ich das fabelhaft hinbekommen habe!«

Nathan seufzte. »Aline will mich nicht wiedersehen. Sie hat es mir selbst gesagt. Es ist zwecklos. Was soll ich mich den Abend über quälen, bei ihrem Anblick? Ich tu mir so schon weh genug.«

Heinrich strahlte. »Aber das ist es ja gerade. Sie liebt dich auch! Ich weiß es sicher!«

»Ich denke, ihr habt nicht miteinander geredet?«

»Mein Plan war ja auch elaborierter, als du denkst!« Heinrich warf sich in die Brust. »Ich habe Ivan, unseren Hellseher, gebeten, sie während der Vorstellung auf die Bühne zu locken. Ihm hab ich die Geschichte erzählt, das musst du mir verzeihen, aber es geschah in der allerbesten Absicht! Er hat ihr während der Vorstellung auf den Kopf zu gesagt, dass sie verlobt ist und einen anderen liebt, und sie hat ihm nicht widersprochen.«

»Sie hat gesagt, stimmt, Sie haben Recht, Herr Hellseher?«

»Genau!«

Nathan starrte ihn an. »Das glaube ich dir nicht.«

»Nun ja, sie hat nicht so direkt zugestimmt. Sie ist einfach von der Bühne runtergesprungen, und weg war sie. Wenn das nicht deutlich genug war!«

»Aber du hast sie vor dem ganzen Publikum gedemütigt! Du hattest kein Recht dazu! Waren ihre Eltern oder ihr Verlobter dabei?«

»Hältst du mich für total verblödet? Natürlich nicht. Sie war allein. Deswegen hab ich die Gelegenheit ja genutzt!«

»Allein …«, murmelte Nathan. »Ich weiß nicht, was das bedeuten soll. Hoffentlich geht es ihr gut.«

In diesem Augenblick riss Henny die Tür zur Stube auf. Bei Heinrichs Anblick errötete sie leicht. »Mutter lässt ausrichten, der Hammeleintopf ist fertig und dein Freund möge bitte mitessen.« Damit warf sie die Tür wieder hinter sich zu. Heinrich fuhr sich mit der Zunge über die Lippen. »Ich werde mich nicht zweimal bitten lassen. Hab schon seit Tagen nichts Warmes mehr gekriegt!«

»Zahlt dir dein Alter nichts mehr?«, wollte Nathan wissen.

»Hat seine Arbeit verloren. Aber was soll's. Man wird sich schon zu helfen wissen. Also, was ist, kommst du Sonnabend oder nicht?«

Nathan lächelte. »Ich werde mich auch nicht zweimal bitten lassen.«

Aline hockte auf einem Schemel in der Küche und beobachtete Bertha beim Zwiebelschneiden. Von Zeit zu Zeit wischte sie sich die Tränen aus dem Gesicht. Bertha heulte solidarisch mit. »Tut gut, nä?«, lächelte Bertha. »Und schämen braucht man sich da auch nich für. Bist ja auch nich die Erste, die das ausnutzt, um sich ma den Kummer von der Seele zu weinen.«

Aline weinte ein bisschen lauter. »Ich wünschte, ich könnte dir was sagen, Bertha«, flennte sie.

»Brauchst mir nix zu sagen. Bertha weiß auch so Bescheid«, bemerkte die Köchin und streute eine dünne Schicht Zucker auf die Zwiebeln.

»Was tust du?« Aline riss die Augen auf.

»Hustensaft für den Kapitän. Ein ganz enormes Rezept, wie ihr jungen Leute sagen würdet. Eine Schicht Zwiebeln, eine Schicht Zucker, Zwiebeln, Zucker und so weiter. Morgen gibt das einen dicken Sud. Wenn er den löffelt, ist er bald wieder auf dem Damm.«

»Aber hat Dr. Marquardt Papa nicht schon ein Medikament verschrieben?«

»Ich trau dem Quacksalber nich«, murmelte Bertha und goss ein bisschen Milch in den Topf. Dann riss sie eine weiße Knolle vom Haken neben der Tür.

»Was ist das?«, staunte Aline.

»Knoblauch. Mensch, Deern, du weißt aber auch gar nix. Was willst du Friedrich eigentlich kochen lassen, wenn ihr erst mal verheiratet seid?«

Aline brach abermals in Weinen aus.

»Entschuldige, reden wir von was anderem.« Bertha hackte

die Knolle in winzige Stückchen und streute sie in die dampfende Milch. »Was macht die Universität?«

»Fängt nächste Woche an. Gott sei Dank. Hab jetzt alle meine Bücher zusammen.« Aline lächelte unter Tränen. »Ich kann es überhaupt nicht erwarten.«

Bertha fuhr mit dem Zwiebelschichten fort. »Hast ja doch deinen Dickkopf durchgesetzt.«

»Es war ja mehr ein Handel«, sagte Aline. »Aber was soll es. Ich bin fest entschlossen, die jüngste Ärztin aller Zeiten zu werden. In vier Jahren mach ich meinen Doktor, und dann eröffne ich eine Praxis.« Sie lehnte sich nach vorn und senkte die Stimme. »Ich habe auch schon einen Plan, Bertha! Ich werde hier im Haus praktizieren! Und ich werde Papa dafür Miete zahlen! Dann hat er Geld! Und Platz genug ist ja da!« Aline strahlte über das ganze Gesicht. »Was sagst du dazu?«

»Ich sach dazu: kluges Kind. Und jetzt sei so gut und bring dem Kapitän die Milch hier.«

Der Kapitän lag im Schlafzimmer. Durch die geschlossenen Vorhänge schimmerte fahl die Vormittagssonne herein. »Papa?«, flüsterte Aline. »Ich habe dir etwas mitgebracht, das Bertha dir bereitet hat. Eines ihrer Teufelsgetränke. Bist du wach?«

Ein leises Krächzen war die Antwort, gefolgt von einem Hustenanfall.

»Oh, das klingt aber gar nicht gut«, lächelte Aline und setzte die Schale Milch auf dem Nachttisch ab. Dann holte sie sich einen der seidenbespannten Stühle mit den geschwungenen Armlehnen ans Bett heran. »Schöner Stuhl eigentlich«, lächelte sie.

»Polsterung müsste gemacht werden«, krächzte der Kapitän. Es waren die ersten vernünftigen Worte seit Tagen. Offenbar war das Fieber gesunken. »Aber das kannst du ja machen, wenn du ihn geerbt hast.«

»Rede doch nicht so«, sagte Aline.

Der Kapitän schwieg und blickte zur Decke.

»Und jetzt trink deine heiße Milch, sonst wird Bertha sauer. Du weißt, wie sie ist.«

Ein schwaches Lächeln breitete sich über das Gesicht des Kapitäns. »O ja«, wisperte er. »Sie kann zum Fürchten sein. Aber ich weiß nicht, was wir ohne sie täten.« Er nahm einen Schluck, hustete und stellte die Schale schnell wieder ab. »Hölle auch! Was hat sie denn diesmal da reingetan?«

»Knoblauch«, entgegnete Aline. »Du musst es trinken. Es wird dir gut tun!«

»Hast du das Zeug probiert?«, hustete der Kapitän. »Hier, nimm mal einen Schluck!«

Aline tat ihm den Gefallen. Sie wandte sich ab in dem Versuch, ihr Würgen zu verbergen. »Hm, lecker«, presste sie hervor.

»Du bist eine schlechte Lügnerin!«, schalt Christian. »Und so etwas mutest du mir zu?«

»Arzneien sind nun mal nicht Haute Cuisine.«

Der Kapitän nahm ihre Hand. »Tu mir den Gefallen und schütte es weg, bevor du Bertha die Schale zurückbringst. Wir wollen sie nicht kränken. Und nun erzähl mir ein bisschen was. Was hast du gemacht, während dein alter Vater im Bett herumlag?«

»Ich war bei Käthe im Hansa-Theater. Sie tritt dort jetzt als Tänzerin auf. Aber du darfst ihrem Vater nichts davon sagen.«

»Dem alten Thomas würde das Herz stillstehen. Und sonst? Amüsierst du dich ein bisschen?«

»Käthe hat mich morgen zum Tanzen eingeladen. Aber ich werde nicht hingehen. Ich will bei dir bleiben.«

»Aber warum denn?«, lächelte der Vater. »Man ist nur einmal jung. Bald bist du verheiratet, dann kannst du nicht mehr so einfach mit deiner Freundin weggehen. Nutz es aus, ich befehle es dir!«

Aline blickte ihn ungläubig an. Was war los mit ihrem Vater? »Aber ich habe keine Lust dazu. Ich will lieber bei dir sein. Ich mache mir Sorgen um dich!«

Der Vater hustete heftig, bevor er antwortete. »Ich habe schon ganz andere Krankheiten gehabt. Einmal die Malaria, die ich mir in Obervolta eingehandelt habe. Und dann die Schlafkrankheit. Da wär ich beinah bei draufgegangen.« Er grinste verschmitzt. Aline fiel freudig ein. »Weißt du noch, wie dein Schiff untergegangen ist? Und dir der Koch den gebrochenen Kiefer mit Treibholz schienen musste?«

»Du klingst, als wärst du mit dabei gewesen.«

»Das Gefühl hab ich auch! Es liegt wohl daran, dass wir so oft davon gesprochen haben! Ganz Oevelgönne hat von nichts anderem mehr geredet!«

Der Vater lächelte. »Einmal in Indien dachte ich, ich hätte die Pest erwischt. Ehrlich. Diese roten Dinger auf der Haut, dazu ein Wahnsinnsfieber. Eine Woche lag ich flach, keiner wusste, was war. Dann plötzlich: Rums, da war ich wieder! Bin dem Tod von der Schippe gesprungen.« Der Kapitän sah äußerst zufrieden mit sich aus. »Das war eine Zeit, damals in Indien! Mein Steuermann ist mir über Bord gesprungen, keiner wusste warum. Kummer mit der Frau oder aber hat im Suff vergessen, wo er war. Mit einem Mal kein Steuermann mehr. Bootsmann musste einspringen. Guter Mann. Eines Tages kommt er an, das Gesicht aufgedunsen wie ein nasser Schwamm, er lallt. Ich befehle ihm, sich auszuziehen. Er hat am ganzen Körper rote Striemen vom Kratzen. Schlafkrankheit. Zwei Tage später war er tot.« Er gähnte. »Aline, mein Liebling. Ich bin so müde. Bring die Schale zurück in Berthas Küche und sag ihr, ich hätte ausgetrunken, tust du das?«

Aline nickte und beugte sich vor, um den Vater auf die Stirn zu küssen. »Werd bald gesund«, flüsterte sie.

»Werd ich«, murmelte er schläfrig. »Und du gehst morgen zum Tanzen, versprich mir das! Eine Grippe ist kein Grund abzusagen. Vor allem nicht, wenn dein Vater sie hat!«

»Wenn du darauf bestehst«, lächelte Aline.

Das Curiohaus war zum Bersten voll. Eine Kapelle mit schwarzen Musikern heizte den großenteils jungen Besuchern ein. »Die Bordkapelle eines Passagierdampfers, der gerade im Hafen liegt« erklärte Käthe. »Ich hab sie gestern Abend schon im Alcazar gesehen. Sie sind fantastisch!«

Aline betrachtete ihre Freundin. Sie sah schön aus an diesem Abend, funkelnd, voller Vorfreude, in einem Kleid mit Perlenfransen, um den Kopf mit dem kinnlangen Pagenschnitt trug sie ein Stirnband mit Reiherfeder. Ein bisschen unnahbar wirkte sie, wie ein Mädchen aus einer Moderevue. »Heinrich und alle vom Wandervogel sind auch da heute Abend!«, erklärte sie. »Ich habe guten Grund anzunehmen, dass Nathan ebenfalls kommen wird!«

»Er wird sich auf der Stelle in dich verlieben«, erklärte Aline, die ihre Freundin bewundernd betrachtete. »Wenn er dich heute nicht bemerkt, ist er wirklich blind!« Käthe wippte auf und nieder. »Das ist ein Shimmy«, erklärte sie und deutete auf die Kapelle. »Der neuste Schrei aus Amerika! Komm, wir gehen an die Bar. Ich will mir jemanden zum Tanzen suchen!«

Auch das war etwas, was Aline an Käthe bewunderte. Sie wartete nicht etwa darauf, dass sich irgendein Bursche bequemte, sie aufzufordern, sie nahm die Sache selbst in die Hand. Und sie kannte tausend Leute. Auf dem Weg zur Bar kamen sie an einer Plüschecke vorbei, als lautes Hallo losbrach. »Käthe, huhu! Hier sind wir!« Käthe ergriff Alines Hand und hob sie hoch, um damit zu winken. »Und wir sind hier!«, jubelte sie. »Rainer, Siegfried, Meta, Caroline, darf ich vorstellen: Das ist meine liebste Freundin Aline!«

»Haben schon viel von dir gehört, Aline!«, brüllte Rainer. Caroline kicherte. »Rainer ist gerade dabei, das Alphabet zu rülpsen. Wo waren wir noch mal stehen geblieben?«

»Bei G!«, rülpste Rainer.

»Und noch zwei Absinth!«, schrie Siegfried dem vorbeieilenden Kellner zu. Käthe und Aline ließen sich auf den Polstern neben den Freunden nieder. »Wetten, du schaffst es nicht bis Z!«, lachte Käthe. »Ich habe noch nie jemanden gehört, der bis Z rülpst!«

»Rainer kann!«, versicherte Siegfried.

»Gut, die Wette gilt!«, grinste Käthe. »Der Verlierer zahlt die nächste Runde!«

»H, I, J«, rülpste Rainer.

»Kommt Heinrich auch?«, fragte Käthe.

»Er holt gerade Nathan ab«, erklärte Caroline.

»Nathan?« Käthes Wangen leuchteten mit einem Mal feuerrot. Vor Begeisterung kniff sie Aline in den Arm. »Ich habe es doch gewusst! Ich hatte es im Gefühl!«

»K, L, O …«

»Du hast M und N vergessen!«, jubelte Käthe. »Ich hab gewonnen! Herr Ober, wir bestellen gleich noch eine Runde! Geht auf diesen Herrn!« Sie deutete auf Siegfried.

»Das zählt nicht!«, protestierte Siegfried. »Rainer wusste nicht, dass M nach O kommt!«

Käthe wollte sich ausschütten vor Lachen. »Klappe, ihr Analphabeten! Ah, heute ist mein Glückstag!«

Rainer presste die Lippen zusammen.

»Du siehst irgendwie sauertöpfisch aus«, bemerkte Käthe mit einem Seitenblick.

»Ach, Rainer sitzt noch die Geschichte von gestern Abend in den Knochen«, erklärte Caroline. »Was, Rainer?«

»Hab ich was verpasst?«, erkundigte sich Käthe.

»Ich habe ein entzückendes Mädchen im Alcazar kennen gelernt«, bemerkte Rainer.

»Das ist doch kein Grund, so ein bedrücktes Gesicht zu machen!«, lachte Käthe. »Und für dich schon mal gar nicht, oder?«

»Sie war ein richtiges Reh: große verschreckte Augen, blutjung … und zärtlich.«

»Immerhin war es dir vergönnt, das herauszufinden.« Käthe hob ihr Glas und prostete ihm zu.

Rainer ließ seines unberührt. »Als wir zusammen im Bett lagen, fragte ich sie, ob ich ihr erster Mann bin.«

»Und? Was hat sie gesagt?«

Rainer machte seine Stimme hoch wie ein Mädchen: »Möchte wissen, warum ich das jedes Mal gefragt werde.«

Käthe, Caroline, Siegfried und Meta lachten schallend. In diesem Moment wurde die Musik von einer Durchsage unterbrochen. »Wir machen heute Abend einen Charleston-Wettbewerb. Gesucht wird die Charleston-Königin von Hamburg. Wer sich bewerben will, melde sich mit einem Tanzpartner an der Bühne an. Die Anmeldung beginnt jetzt!« Käthe stürzte ihren Absinth herunter und riss den verstörten Rainer vom Sessel. »Das ist die Chance, Junge! Los, das Preisgeld ist unser!« Rainer ließ sich von ihr an die Hand nehmen und zur Bühne zerren. »Was ist?«, wandte Siegfried sich an Aline. »Machst du auch mit?« Aline schüttelte lächelnd den Kopf. »Ich würde nicht im Traum daran denken, gegen Käthe anzutreten!«

»Dann du!«, sagte Siegfried zu Caroline. »In Ordnung«, lächelte Caroline. »Denen werden wir es zeigen!«

Ein Dutzend Paare stellte sich neben der Bühne auf. Aline sah, wie Käthes Reiherfeder zitterte. Sie war gespannt, voller Konzentration, und sie sah so siegesgewiss aus wie niemand sonst. Und dann ging es los. Nach wenigen Takten war klar, dass Käthe den Charleston ausgezeichnet beherrschte. Auch Rainer schob seinen schweren Körper überraschend behende zur Musik. Aber Käthe hatte auch eine Konkurrentin: ein Mädchen mit kurzen schwarzen Locken, das nicht nur entzückend tanzte, sondern auch noch strahlend lächelte beim Tanz, so als sei dies kein Wettbewerb, sondern das reinste Vergnügen. Aline winkte Käthe zu und deutete auf ihren Mund. »Lächeln, du musst mehr lächeln«, formte sie die Worte mit ihrem Mund. Käthe begriff. In diesem Moment brach sich die Freude auch in ihrem Gesicht Bahn, und ihr Tanz gewann an Schwung hinzu. Dann war das Lied zu Ende.

Ein Herr im Frack ergriff das Mikrofon. »Wir brauchen einen

Entscheidungstanz!«, rief er. Und auf Käthe und die Schwarzgelockte deutend: »Diese beiden Damen sind uns gleich gut erschienen. Auf ein Neues also: Musik!« Und die Kapelle setzte erneut zum Spielen an. Käthe riss jubelnd die Arme in die Luft und legte los. Ihre Gegnerin ebenfalls. Das strahlende Lächeln war aus ihren Zügen verschwunden. Nun ging es Frau gegen Frau. Doch die Leichtigkeit blieb ihr erhalten. Sie verdrehte die Beine, als täte sie nie etwas anderes, und schwang die Arme rhythmisch mit. Als Käthe bemerkte, dass ihre Widersacherin präzise blieb, besann sie sich auf ihre akrobatischen Tricks. Statt eines Beinschwungs baute sie einen Flic-Flac rückwärts ein, und das Publikum brach in spontanen Beifall aus. Käthe lachte und tanzte weiter. Das Stirnband hatte sie verloren, die hellen Strähnen hingen ihr nun wirr ins Gesicht. Sie sah so zum Bersten voll mit Lebensfreude aus, dass Aline vor Rührung die Tränen kamen. Das Mädchen war einfach unglaublich. Schlussakkord.

»Einen Augenblick bitte«, bat der Befrackte. »Die Jury muss sich zurückziehen.«

Käthe stürmte an den Tisch zurück. »Verflixt, mit dem Sprung hab ich es mir vermasselt«, hechelte sie. »Das war albern und hatte nichts mit Charleston zu tun.«

Rainer umarmte sie. »Du hattest eben Lust dazu«, sagte er. »Das ist doch die Hauptsache.«

»Du warst umwerfend«, sagte Aline, die sich immer noch die Augen wischte. Käthe hielt überrascht inne. »Was ist mit dir?«, fragte sie. »Bist du traurig?«

Aline schüttelte den Kopf, im Gegenteil, wollte sie gerade sagen, da ergriff der Befrackte wieder das Wort. »Unsere Wahl fällt auf die Nr. 4«, erklärte er. Käthe blickte an sich hinab. »Aber das bin ja ich!«, schrie sie überrascht. Caroline, die selbst noch ein bisschen außer Atem war, Meta, Siegfried und Rainer brachen in lautes Gejohle aus. Der Rest des Saals applaudierte. »Ich bitte Sie, mein Fräulein, an die Bühne zu kommen!«, tönte es über den Lärm hinweg. Käthe stürmte davon. Sie sollte nicht so bald wiederkommen. Die Kapelle begann einen weiteren Charleston zu spielen, und Käthe ging von Hand zu Hand. Alle im Saal wollten mit ihr tanzen. Rainer ließ sich schwer in die Kissen fallen, auf dem Schoß eine langbeinige Porzellanpuppe. »Das hier hat sie mir gegeben«, schnaufte er. »Eine Sofapuppe, laut Zylindermensch völlig unzerbrechlich. Kolossales Preisgeld, oder? Hätte ich das eher gewusst, ich glaube nicht, dass ich mitgemacht hätte. Hallohallo, wen haben wir denn da?« Aline blickte auf. Vor ihr stand der seltsame Kellner aus dem Hansa-Theater und neben ihm … nein, das konnte nicht wahr sein. Sie träumte. Neben ihm stand das namenlose Entzücken.

»Darf ich bitten?«, fragte er leise und hielt ihr seine Hand entgegen. Ohne ein Wort zu sagen, stand sie auf und legte ihre Arme um ihn. »Ich habe dich vermisst«, flüsterte er an ihrem Ohr. »Ich habe Tag und Nacht an dich gedacht.«

»Ich auch«, antwortete sie. »Ich habe mir solche Vorwürfe gemacht …« Der Charleston verebbte, und die Kapelle begann einen Walzer zu spielen.

»Das ist jetzt nicht mehr wichtig«, sagte er.

Aline schloss die Augen. Da war sie wieder, diese vertraute Hand in ihrem Rücken, der Geruch. Die Bewegungen, die zueinander passten, ohne dass sie darüber nachdenken musste. Sie drehte sich zu ihm, noch immer mit geschlossenen Augen. Öffnete die Lippen. Fühlte seinen Kuss. Versank. Der Festsaal und die Freunde rückten in weite Ferne. Hier war sie und hätte ewig so bleiben können. Sie öffnete die Augen und sah, dass er sie anlächelte. Sie lächelte zurück.

In diesem Augenblick fühlte sie sich hart am Arm gepackt. Sie drehte sich um und sah Käthe, rot vor Wut. »Warum tust du das?«, fragte sie mit zitternder Stimme.

»Was?«

Käthe riss sie mit sich fort. »Ich muss allein mit dir sprechen.«

»Aber …«

»Hattest du vor, dich zu rächen?«, zischte Käthe.

»Mich rächen? Warum sollte ich?«

»Na, vielleicht, weil du nicht auf deine Kosten kommst, was weiß ich. Hast es vielleicht nicht vertragen, dass ich gewonnen hab heute Abend oder dass ich hier alle Leute kenne und du niemanden, weil du aus deinem miesen kleinen Oevelgönne nicht rauskommst, weil du lieber Homer liest oder was weiß ich!«

Aline starrte sie ungläubig an. »Bist du völlig übergeschnappt? Was ist mit dir los?«

»Warum hast du dir Nathan geschnappt? Warum?«

»Ich mir ...«, Aline stockte. »Aber der Junge da, mit dem ich eben getanzt habe, es ist der Junge, von dem ich dir erzählt habe, Käthe! Der aus der Tanzschule! Den wir neulich den ganzen Tag gesucht haben! Du hast ihn verwechselt, außerdem bist du betrunken, lass dich von jemandem nach Hause bringen!«

»O ja, damit du leichtes Spiel mit ihm haben kannst! Damit ich dir nicht mehr im Weg stehe, nicht? Damit du mir Nathan wegnehmen kannst, den Einzigen, den ich liebe und jemals lieben werde! Weil du es nicht ertragen kannst, dass ich besser tanze und mich besser kleide ...«

Es war, als ob eine Sicherung in Alines Gehirn durchbrannte. Zum ersten Mal in ihrem Leben hatte sie das Gefühl, zuschlagen zu müssen. Sie wandte sich ab. »Ich weiß nicht, wovon du sprichst«, presste sie hervor. »Aber ich weiß, dass es dir morgen Leid tun wird, wenn du wieder nüchtern bist. Also halt jetzt besser den Mund.«

Käthe riss sie von hinten zu sich herum. Aline war überrascht von ihrer Kraft. »Wohin willst du?«, brüllte Käthe. »Zu Nathan zurück?«

Aline zuckte die Schultern. »Was geht dich das an?«, fragte sie. Sie fand zur Garderobe, ohne dass irgendwer sie bemerkte. Die Garderobiere händigte ihr ihren Mantel und die Handtasche aus. Draußen wehte ein scharfer Wind. Von der Uhr in St. Johannis schlug es halb elf. Mit ein wenig Glück würde sie die letzte Centralbahn bekommen.

Während sie wenig später über die Schienen ratterte, war ihr Kopf wie ausgestopft. Die Gedanken verklangen ohne Nachhall, weich und ohne Form.

Als sie zu Hause die Tür aufschloss, lief ihr die Mutter weinend entgegen. »Dein Vater hat einen Fieberkrampf«, weinte sie, »er erkennt mich nicht wieder!«

Ohne den Mantel abzulegen, lief Aline die Treppen hinauf ins Schlafzimmer. Bertha stand am Bett, wie selbstverständlich. Aline nahm das Handgelenk des Vaters, blickte zur Wanduhr und zählte. Der Puls ging sehr schwach. »Dr. Marquardt war hier«, schluchzte die Mutter. »Er hat gesagt, dass alles gut werden würde. Nur eine Erkältung.«

»Du musst dich zusammenreißen, Maman«, sagte Aline. Sie war selbst überrascht, wie ruhig sie klang. Sie nahm die große Hand ihres Vaters in ihre und streichelte sie sanft. Die Hand war kalt. »Papa«, flüsterte sie.

Aber der Kapitän antwortete nicht. Als sie sicher war, dass er nicht mehr atmete, drückte sie ihm die Augen zu und brach in Tränen aus.

6. Kapitel

Dr. Haussmann, seines Zeichens Nachlassverwalter, stand eine Aufgabe bevor, die er hasste: den Hinterbliebenen sagen zu müssen, dass es keinen Nachlass gab. Im Fall der Madame Jacoby und ihrer Tochter gab es keinen Unterhalt, der ihnen zur Verfügung stehen würde. Es gab gar nichts mehr. Nicht eine müde Reichsmark. In diesem Fall tat es Haussmann besonders Leid, denn persönlich hatte er die Jacobys gern. Den einzigen Fonds, den sie nun noch besaßen, bestand in der Mitgift der Tochter Aline. Diese Mitgift aber, so hatte der Kapitän vor seinem Tod angeordnet, dürfe nicht zu anderen Zwecken angerührt werden.

»Aber ich verzichte darauf!«, erklärte Aline. »Was soll ich später mit einer Mitgift, wenn wir jetzt hungern müssen?«

»Die Mitgift ist deine Lebensgrundlage«, widersprach Madeleine. »Die Versicherung, dass du dein ganzes Leben lang versorgt sein wirst. Wir dürfen sie nicht anrühren. Außerdem hat dein Vater es so gewollt ...« Tränen stiegen ihr in die Augen, und sie wandte sich ab.

Es vergingen kaum ein paar Minuten, ohne dass Madeleine wieder zu weinen begann. Von außen betrachtet litt sie mehr als ihre Tochter.

Aline hingegen stand unter Schock. Das Begräbnis hatte sie wie hinter Schleiern verbracht, hatte nichts richtig wahrgenommen, nicht die Rede von Pastor Weidemann, nicht die Verwandten, die von Husum angereist waren, um ihnen ihr Beileid auszudrücken, oder die französische Verwandtschaft aus dem Hamburgischen Uhlenhorst. Friedrich, der so schnell wie möglich aus Berlin gekommen war und ihr den ganzen Tag über beistand, war ihr auch nur wie ein Geist erschienen, körperlos, unwirklich, nicht wichtig.

Was Bertha betraf: Sie war fassunglos. Ein Leben lang hatten ihre Hausmittel funktioniert, und dann das. Bertha war bei der Unterredung mit dem Nachlassverwalter nicht zugegen. Sie war unten in der Küche und überprüfte die Lebensmittel, vor allem den Knoblauch. Der Knoblauch gab ihr das größte Rätsel ihres Lebens auf. »Es muss an Marquardt, dem ollen Quacksalber, gelegen haben«, entschied sie nach Abschluss ihrer Untersuchung. »Nu hat er jemanden auf dem Gewissen.«

»Was raten Sie uns zu tun?«, fragte Aline Dr. Haussmann. »Wenn ich recht begriffen habe, haben wir nicht einmal genug, um den restlichen Monat durchzustehen.«

Dr. Haussmann wand sich. »Es gibt nur eins«, sagte er. »Sie müssen Ihr Haus verkaufen. Oevelgönne steht als Badeort bei den Hamburgern immer noch hoch im Kurs, auch wenn das Elbwasser mittlerweile, nun ja … Von dem Geld mieten Sie sich eine kleine Wohnung in Altona, und wenn Sie dann sparsam wirtschaften, dürften Sie ein paar Jahrzehnte lang keine Probleme mehr haben.« Damit schloss er seine Bücher. »Wenn Sie noch irgendetwas brauchen«, er reichte der Witwe die Hand. »Geben Sie mir Bescheid.«

»Nein!«, rief Madeleine und rang die Hände, während sie aufgeregt den Salon durchschritt. Wann immer sie an einem Ende des Zimmers angekommen war, schlug ihr bodenlanger schwarzer Rock gegen Möbel und Wände. »Ich werde dieses Haus nicht verkaufen! Es ist alles, was uns geblieben ist!«

»Ich hätte da vielleicht eine Lösung anzubieten«, erklärte Friedrich, der sich bislang ruhig verhalten hatte. Er saß neben Aline auf dem Canapé und streichelte vorsichtig ihre Hand.

»Nein, davon kann nicht die Rede sein!«, erregte sich Madeleine. »Sie können Aline jetzt nicht zu sich nehmen! Im Übrigen müssen wir die Hochzeit verschieben! Wir können nicht mitten in die Trauerzeit hinein eine Hochzeit stattfinden lassen!«

»Ich hatte nicht vor, auf dem festgelegten Hochzeitstermin zu bestehen«, entgegnete Friedrich. »Ich werde warten, das ist ganz selbstverständlich.«

»Die Mitgift wird von unseren finanziellen Nöten nicht berührt«, fiel Madeleine schnell ein. »Es ist nicht so, dass mein Gatte nicht vorgesorgt hätte.«

Aline schwieg. Wie peinlich das war!

»Um die Mitgift geht es mir nicht«, lächelte Friedrich. »Ich habe bei der Verlobung versprochen, Aline zu ehelichen, daran gedenke ich mich auch zu halten.«

Aline wäre vor Scham am liebsten im Boden versunken. Sie wusste nicht, was ihr unerträglicher erschien: die Tatsache, dass Friedrich, ein Mann, mit dem sie nichts verband außer einem Eheversprechen, sich als Ehrenmann erwies. Der Versuch der Mutter, ihren Marktwert zu betonen. Oder ihr Schuldbewusstsein, die sündhaften und völlig deplatzierten Gedanken an Nathan. Papa, dachte sie und fühlte, wie ihr die Tränen kamen. Nach einer Pause des Schweigens nahm Friedrich den Faden wieder auf. »Ich habe eine Lösung für Sie, die es Ihnen ermöglichen würde, das Haus zu behalten und es gleichzeitig in eine Einnahmequelle zu verwandeln.«

Madeleine unterbrach ihren Marsch abrupt. »Wie das?«

»Ich kenne eine Familie, die ein Haus in Oevelgönne zum Mieten sucht. Ist der Anbau hinten im Hof groß genug, Sie einstweilen dort zu beherbergen?«

Madeleine und Aline sahen sich verdutzt an. »Nun ja«, bemerkte Aline. »Das ist seit jeher das Gesindehaus. Vater hat dort außerdem die Küche unterbringen lassen, damit die Gerüche im Haus nicht stören. Seitdem das Hausmädchen weg ist, wohnt Bertha dort allein.«

»Wie groß ist der Anbau?«

»Sieh ihn dir an, wenn du willst. Zwei winzige Zimmer, und wie gesagt, die Küche.«

Madeleine war das Entsetzen offen ins Gesicht geschrieben. »Ins Gesindehaus ziehen? Das ist völlig unmöglich!«

»Aber warum nicht, Maman?«, fragte Aline. »Es ist doch nur für eine kurze Zeit! Wenn ich ausgezogen bin, hast du den Anbau für dich allein, und wer weiß? Vielleicht erleben wir irgendwann wieder bessere Zeiten! Du wirst deine Tage dort schon nicht beschließen müssen, dafür werde ich sorgen.«

»Aber … ins Gesindehaus …!«, sagte Madeleine. »Du weißt, was das bedeutet. Der Zusammenbruch aller Kontakte! Alle unsere Freunde werden uns meiden. Wir werden keine Besuche mehr erhalten. Unsere gesellschaftlichen Verbindungen werden sich auflösen, gerade jetzt, wo wir sie so dringend benötigen!«

»Wäre dir der Verkauf des Hauses lieber?«, fragte Aline.

»Wenn Sie mich fragen«, ergriff Friedrich wieder das Wort, »so wäre das die denkbar schlechteste Lösung. Im Übrigen werden Sie zur Zeit nicht den Verkaufserlös erzielen, den Sie noch vor ein paar Jahren erhalten hätten. Die Zeiten sind sehr schlecht, die Preise steigen fast monatlich für Lebensmittel, Kohle und Gas, und wenn Sie Pech haben, ist das Geld in wenigen Jahren weg.«

Madeleine verscheuchte die Worte wie ein lästiges Insekt. »Ich verstehe von diesen Dingen nichts. Ich weiß nur, dass ich den Gedanken nicht ertragen könnte, hier fremde Leute einziehen zu lassen.«

»Wir müssen vernünftig sein, Maman«, erklärte Aline. »Hier wohnen bleiben können wir in keinem Fall. Jetzt ist nur die Frage, ob wir uns das Haus irgendwann wieder zurückholen können oder nicht.«

Madeleine schritt zum Fenster hinüber. Draußen fuhr eine Viermastbark vorüber, die Segel gebläht. Unten auf dem Fußweg spielten die Kinder von Lassens nebenan, glückliche kleine

Bengel mit blond gelocktem Haar. Schlechte Zeiten? Und wenn schon! Man darf, beschloss Madeleine, sich nicht aufgeben. Man muss weiterkämpfen. Mit einer entschlossenen Drehung wandte sie sich dem jungen Paar auf dem Sofa zu. »Ich werde mir Geld leihen«, sagte sie. »Schließlich habe ich Verwandte. Und eine Bank. Das ist alles, was ich dazu zu sagen habe.«

Valeska Sandstein erwachte früh am Morgen des Schabbat voller Vorfreude auf den Tag. Es war Elul, der Monat, in dem sie auf das vergangene Jahr Rückschau hielt und Gott um Vergebung für ihre Sünden bat. *»Ani ledodi wedodi li«,* murmelte sie vor sich hin, während sie sich ankleidete. »Ich bin für meinen Freund und mein Freund ist für mich da.«

Nathans Stimme drang durch ihre geschlossene Tür. »Was ist, Mutter? Hältst du Selbstgespräche?«

Valeska musste unwillkürlich lächeln. »Ich denke an Elul!«, rief sie. »Wenn man jemandem Gutes tut, wird einem auch selber Gutes zugefügt!«

»Ich gehe jetzt zur Vorlesung!«, rief Nathan. »Bis später!«

»Bist du zum Erew Schabbat zu Hause?«

»Ja, Mutter. Das bin ich! Tschüß, bis heute Abend!« Die Tür knallte hinter ihm zu. Valeska hielt einen Augenblick inne. Wo hatte sie noch gleich die Nagelschere hingelegt? Nachdenklich musterte sie ihre Nägel. Ihr Zweitältester kam ihr immer noch ein wenig in sich zurückgezogen vor. Fast so, als hüte er ein Geheimnis. Sie zerrte den Scheuereimer aus der Abstellkammer. Höchste Zeit, hier auch einmal aufzuräumen. Heute aber würde sie nur sich und die Wohnung säubern. Und kochen. Während sie an die Speisen dachte, die sie am Abend reichen würde, summte sie vor sich hin.

Nathan fand Heinrich dort, wo er ihn am wenigsten vermutet hatte: in seinem philosophischen Seminar. Der Freund sah mürrisch und verkatert aus. Doch als er Nathan bemerkte, hellten seine Züge sich auf. »Warum bist du neulich so schnell verschwunden?«, rief er ihm entgegen. »Ich meine, mir war klar, dass du nicht meinetwegen ins Curiohaus gekommen bist, aber du hättest zumindest *ein bisschen* so tun können!«

Nathan ließ sich schwer neben ihm auf einen Stuhl fallen. »Ich werde aus der Frau nicht klug«, seufzte er.

Heinrich schlug ihm väterlich auf die Knie. »Ich will ja nicht aufdringlich erscheinen, aber bei einem köstlichen Teller Suppe deiner verehrten Frau Mama könnte ich ein wenig Aufklärung betreiben. Es gibt Neuigkeiten von deiner Angebeteten. Allerdings keine guten.«

»Ich fürchte, das geht heute Abend nicht. Wir haben Freitag. Nicht böse sein, ja? Du kannst morgen zum Essen vorbeikommen.«

»Ach, ich vergesse das immer. Ihr Juden habt schon seltsame Sitten.«

Nathan runzelte die Stirn. Ihm selber lag nichts am Schabbat, aber Heinrichs Wortwahl gefiel ihm auch wieder nicht. »Kannst du mir trotzdem erzählen, was mit Aline los ist? Sie ist an dem Abend einfach weggelaufen und seitdem habe ich kein Wort von ihr gehört. Immerhin weiß sie doch jetzt meinen Namen und meine Adresse, oder? Ich nehme an, diese Käthe muss es ihr erzählt haben.«

Heinrich kreuzte die Arme über der Brust. »So wie ich das verstanden habe, reden Käthe und Aline auch nicht mehr miteinander. Du bist nämlich Käthes Traum ihrer einsamen Nächte, mein Lieber. Jetzt fühlt sie sich von Aline verraten.«

»Aber ich kenne Käthe doch überhaupt nicht … Egal, sag mir, was los ist.«

»Alines Vater ist gestorben.«

Nathan schwieg erschrocken.

»Nun guck nicht so schuldbewusst, dafür kannst du doch nichts! Aber ich an deiner Stelle würde sie für den Moment in Ruhe lassen.«

»Warum?«

»Weil sie jetzt genug Schwierigkeiten hat. Man sagt, ihr Vater sei bis über den Kragen verschuldet gewesen. Der Krämer in Neumühlen meinte sogar …«

Nathan hielt sich beide Ohren zu. »Genug, mich interessiert Krämergewäsch nicht. Sie ist in Schwierigkeiten, sagst du? Hilft ihr der Verlobte?«

Heinrich rieb sich den ungekämmten Schopf. »Nun ja, die Hochzeit ist zunächst einmal verschoben worden. Das ist alles, was ich weiß.«

»Danke«, sagte Nathan und stand auf.

Madeleine hatte ihr bestes schwarzes Kleid angezogen. An den Ärmeln war es zwar schon verschlissen, aber Bertha, die im Nähen immer geschickter wurde, hatte die maroden Stellen mit einem Satinband abgenäht. Jean-Baptiste und seine Frau Heike waren jetzt Madeleines letzte Hoffnung. Alle hatten ihre Bitten um einen Kredit abschlägig beschieden, die Bank, bei der sie seit nunmehr über dreißig Jahren hervorragende Kunden waren, Christians Cousins und sogar die Kinder von Tante Else, jener Frau, die sich vor dem Krieg geweigert hatte, in der Centralbahn ihre Hutnadeln abzunehmen, und deren Kaution Christian damals ohne Murren übernommen hatte. Wenn Jean-Baptiste sich nun weigerte … Das Verhältnis zu ihrem Bruder war zwar nie ein besonders herzliches gewesen, aber hilfsbereit würde er doch sein, oder? Er musste einfach.

Aline erschien ihr dem Anlass entsprechend überraschend ruhig. Sie war gerade von der Uni heimgekehrt – eine Anmaßung, fand Madeleine, so kurz nach dem Begräbnis studieren zu gehen, aber für eine Auseinandersetzung mit ihrer Tochter fehlte ihr nun die Kraft – und half Bertha in der Küche mit der Aalsuppe. Madeleine oblag nun die ungewohnte Aufgabe, das Silber zu putzen. Bertha hatte sie kurz und mürrisch eingewiesen, ausgerechnet Bertha als Lehrherrin! Die Welt stand Kopf.

Wie viel das Silber wohl wert war? Ob sie es versetzen sollte? Nein, entschied sie. Es war ihr Familiensilber und über hundert Jahre alt, trug sogar noch die Initialen mit dem geschätzten Apostroph, und es war der letzte in Materie festgeschriebene Beweis für die Vornehmheit der Ahnen. Lieber Urgroßvater im Himmel, sieh, was aus mir geworden ist, seufzte Madeleine, während sie mit dem Tuch über die silbernen Schnörkel fuhr.

Valeska Sandstein enzündete feierlich zwei Kerzen. Auf dem Tisch dufteten die zwei Hefezöpfe, stolz lächelnd blickte sie empor, in Hennys strahlendes Gesicht mit den roten Wangen, Nathans ernstes und daneben Maxens, feierlich und streng.

»Gelobt seist du, Haschem, unser Gott, König der Welt, der Du uns durch Deine Gebote geheiligt und uns befohlen hast, das heilige Schabbat-Licht zu entzünden.«

Daraufhin begann Max das *Schalom Alechem* zu singen. Valeska schloss die Augen. Sie liebte den Bariton ihres Ältesten, seine schöne treffsichere Stimme, die sie an die seines Vaters erinnerte. Sein letzter Ton vibrierte im Raum, senkte sich über das weiße Porzellan, die blütenreine Decke, das funkelnde Silber. Nach einer Pause des Schweigens sagte Max das *Ribon kol ha'olamim* auf, das »Herrscher aller Welten«. Wieder blickte Valeska zu Henny hinüber. Henny lächelte leise in sich hinein, sie liebte diese Familienzusammenkünfte ebenso wie ihre Mutter. Das Licht der Kerzen spiegelte sich in ihren braunen Augen, warf glänzende Reflexe auf ihr Haar. Sie schimmert wie ein Engel, dachte Valeska und fühlte ihr Herz ein wenig schneller schlagen. Dankbarkeit erfüllte sie, trieb ihr fast die Tränen in die Augen. Wie schön ihre Kinder waren, alle drei, und jedes auf seine Art! Wie vollkommen dieser Augenblick!

Gemeinsam hoben sie die Kristallgläser, um den Kiddusch-Wein zu kosten. Max sprach den Segen über die Brote. Nun konnte das Mahl beginnen.

Mit einem Seufzer schob Madeleine ihren Teller zurück. »Jean-Baptiste, ich muss mit dir über Geld sprechen«, sagte sie.

Ein Knurren war die Antwort. »Das habe ich mir gedacht.«

Aus den Augenwinkeln bemerkte Madeleine, wie Heike ihrem Mann beruhigend eine Hand auflegte. Aber Jean-Baptiste war nun nicht mehr zu bremsen. »Warum auch sonst sollte meine Schwester ein Essen für uns geben! Nach all den Jahren, in denen du dich den Teufel um uns geschert hast! Aber so sind die Menschen! Melden sich nur, wenn sie etwas brauchen!«

Madeleine atmete tief durch. »Aber das stimmt doch gar nicht. Wie oft haben wir euch Einladungen nach Uhlenhorst geschickt! Ihr hattet niemals Zeit! An uns hat es nicht gelegen!«

»Nein, Schwesterherz, an dir hat nie irgendetwas gelegen! Du bist ja schon immer die Gute in der Familie gewesen, die Vorbildliche! Hat einen Kapitän geheiratet, ja, das ist was Besseres als so ein einfältiger Bruder, der bloß Kaufmann ist. Hat ein Haus zur Hochzeit geschenkt bekommen! Hat all die Jahre in Saus und Braus gelebt, mit Köchin, Hausmädchen, Gärtner, Gouvernante und was weiß ich nicht alles! Und nun willst du über Geld sprechen.« Jean-Baptiste tupfte sich den Mund sauber. »Ich nehme nicht an, dass du mir welches schenken möchtest oder dass Christian mich in seinem Testament bedacht hat, oder?«

Madeleine senkte den Blick. »Wir haben keinen Pfennig mehr. Christian hat im Krieg seinen Arm verloren, wie du weißt. Unser Geschäftspartner in Südfrankreich hat das Geschäft aufgelöst. Wir haben die beiden Schiffe verloren. Jetzt müssen wir das Haus verkaufen, wenn wir überleben wollen.«

»Das tut mir von Herzen Leid. Aber was soll *ich* da machen?« Jean-Baptiste ließ seinen Blick über die Ölporträts im Engelsraum gleiten. »Wie ich sehe, hast du dir sogar die Bilder unserer Vorfahren unter den Nagel gerissen. Wir wäre es, wenn du ein paar der Möbelstücke versetzen würdest? Da käme doch bestimmt ein hübsches Sümmchen zusammen, meinst du nicht?«

Madeleine schob ihren Stuhl mit einem Ruck zurück. »Raus!«, befahl sie mit zitternder Stimme. »Ich habe deinen Spott wahrhaftig nicht verdient. Als es damals um die Erbschaft ging, hab *ich* auf einen guten Teil verzichtet. Und warum? Eben weil es uns damals gut ging, Christian und mir. *Weil* wir das Haus hatten und du gerade erst begonnen hattest, dein Geschäft aufzubauen! Und jetzt, wo ich dich um ein winzige Summe bitte, gerade nur so viel, dass Aline und ich die Trauerzeit bis zur Hochzeit in Würde verbringen können, jetzt zeigst du mir, wie du wirklich zu mir stehst! Aber ich habe ja schon immer geahnt, dass auf dich nicht zu zählen ist!«

»Also, was nun?« Jean-Baptiste lächelte süffisant. »Soll ich mir deine Ahnungen anhören oder rausgehen? Du musst dich nur entscheiden!«

Madeleine schluchzte auf. Aline erhob sich und nahm sie in den Arm. »Ich möchte euch bitten zu gehen«, sagte sie mit einem Bick auf Onkel und Tante.

Jean-Baptiste verdrehte die Augen. »Das Theater kenne ich noch aus Kindertagen. Wenn Madeleine etwas verwehrt bleibt, versucht sie es mit Tränen. Aber darauf falle ich nicht mehr rein.«

»Raus«, wiederholte Aline.

Peinlich berührt sah Heike aus, als ihr Mann sie nun am Arm ergriff. »Es tut mir Leid«, raunte sie an der Tür. Aber das hörte niemand.

Madeleine schlug die Hände vors Gesicht. So stand sie, bis Alines Umarmung ihr Beben gelöst hatte. Da erst brach sie in lautes Weinen aus. Das Weinen steigerte sich in ein Schreien, das auch Bertha anlockte. Gemeinsam nahmen sie Madeleine in die Mitte und brachten sie ins Schlafzimmer. Aber noch immer wollte Madeleine nicht die Hände vom Gesicht nehmen, nicht aufhören zu schreien. Irgendwann gelang es Aline, ihre Mutter auszuziehen und ins Bett zu bringen. Sie blieb die ganze Nacht neben ihr, und als es draußen dämmerte, schlief auch sie endlich ein.

»Ich habe gute Nachrichten«, verkündete Friedrich im Salon der Meyerdinks. Otto Meyedink lächelte gutmütig. »Gute Nachrichten treffen hier immer auf ein offenes Ohr. Worum geht es, mein Freund?«

»Wir sind in unserem Kampf gegen den sozialdemokratischen Senat einen wichtigen Schritt vorangekommen. Der Deutschvölkische Schutz- und Trutzbund hat in den vergangenen Monaten einen enormen Mitgliederzuwachs verzeichnen können. Und nun sind Sie gefordert, Herr Meyerdink!«

»Ich?« Otto Meyerdink strich sich verwirrt über seine dünnen grauen Haare. »Was kann ich daran groß ändern?«

»Aber Otto!« Gertrud Meyerdink schlug die Hände über dem Kopf zusammen. »Dass du auch immer so schwer von Begriff sein musst! Der Herr von Alvesloh trägt dir eine Mitgliedschaft an!«

»Aha, ähäm. Was muss ich da tun?«

Friedrich musste ein Lächeln unterdrücken. Das Augenrollen der Frau Gemahlin verfehlte seine Wirkung nicht. Augenblicklich räusperte sich Otto Meyerdink und setzte sich aufrecht hin. »Ich bin natürlich dabei, wenn es um die Verteidigung des Vaterlands geht!«

»Keine leichte Aufgabe, Herr Meyerdink, gerade jetzt. Die Juden als Vorreiter der roten Revolution müssen endlich in ihre Schranken gewiesen werden. Wie Sie wissen, gibt es in Hamburg jetzt sogar einen jüdischen Staatsrat. Wohin soll das führen, frage ich Sie?«

Otto Meyerdink zuckte mit den Schultern.

»Na, so antworte doch, wenn der Herr von Alvesloh dich etwas fragt!«, rief Frau Meyerdink ungehalten.

»Aber ich weiß die Antwort nicht!« Herr Meyerdink klang eine Spur verzweifelt.

»Wir haben am kommenden Freitag eine Versammlung, zu der Sie herzlich eingeladen sind«, erklärte Friedrich. »Vielleicht werden Sie dort die Antwort auf die eine oder andere Frage finden.

Im Übrigen«, er schenkte Madame sein strahlendstes Lächeln, »habe ich, glaube ich, auch die Lösung für Ihr kleines Problem gefunden. Das Häuschen an der Elbe, von dem Sie sprachen. Es ist sogar ein ganz stattliches Kapitänshaus. Erbaut, als Oevelgönne noch ein aufstrebender Badeort war.«

»Liese, der Kaffee ist alle, bring neuen!«, schrie Gertrude Meyerdink in Richtung Küche. Zu Friedrich gewandt: »Aber das sind ja ganz ausgezeichnete Neuigkeiten, Herr von Alvesloh! Befindet sich das Haus etwa in der Nähe des Hauses Ihrer Verlobten?«

»Es *ist* das Haus meiner Verlobten«, erklärte Friedrich. »Ein Schicksalsschlag, leider. Nach dem Tod ihres Vaters sind ihre Mutter und sie gezwungen, das Haus zu vermieten.«

Frau Meyerdink warf ihrem Mann einen vielsagenden Blick zu, den der aber nicht bemerkte. »Das tut mir Leid für Ihre Verlobte«, erklärte Otto Meyerdink aufrichtig.

»Pflückst du den Kaffee erst, Liese, oder was machst du?«, brüllte Gertrud Meyerdink in die Küche.

»Bin sofort da«, kam ein dünnes Stimmchen zurück.

»Wenn Sie möchten, können Sie sich das Haus diese Woche noch ansehen«, bemerkte Friedrich.

»Ausgezeichnet«, antwortete Madame. »Mittwoch um 15 Uhr würde uns passen. Nicht wahr, Otto?«

Otto nickte lächelnd. In dem Moment betrat Liese das Zimmer. Den Blick auf den Perserläufer gerichtet, um ja nicht zu stolpern, trug sie ein voll beladenes Tablett vor sich her.

»Gutes Personal«, seufzte Madame, während Liese den frischen Kaffee einschenkte, »ist schwieriger zu finden als eine Stecknadel im Heuhaufen. Aber ich denke, wenn wir schon umziehen, sollten wir einen kompletten Neuanfang machen. Sie scheinen ja Ihre Ohren überall zu haben, Herr von Alvesloh. Wenn Sie von einem guten Hausmädchen hören sollten, praktisch veranlagt und nicht schwer von Begriff, dann sagen Sie uns doch bitte Bescheid.«

Friedrich von Alvesloh versprach das zu tun.

Käthe brauchte Minuten, um sich darüber klar zu werden, wo sie sich eigentlich befand. Als sie sich umdrehte, stieß sie gegen einen menschlichen Körper. Verwundert richtete sie sich auf. Der Mann, der ihr im Schlaf den Rücken zuwandte, hatte blonde zerstrubbelte Haare, stoppelige Wangen und offenbar Probleme mit den Polypen. Während sie sich leise ankleidete, überlegte sie, wie er hieß. In ihrem Kopf war ein Gewitter losgebrochen. Das von einem normalen Gewitter insofern abwich, als Blitz und Donner gleichzeitig erfolgten. Stöhnend rieb sie sich den Schädel. Tiberius Gracchus, das war es, er hieß wie irgendein römischer Volkstribun. Nein, wie ein Kaiser. Sie tastete sich durch ein Labyrinth von leeren Flaschen und vollen Aschenbechern bis zur Tür und erinnerte sich an ihr Gelächter, als er ihr seinen Namen genannt hatte. Vermutlich war sie zu diesem Zeitpunkt schon ziemlich betrunken gewesen. Ein Knurren vom Bett her ließ sie ihren Schritt beschleunigen. Endlich fiel es ihr ein: Julius Cäsar. Komischer Vogel. Aber nett.

Draußen auf der Straße prallte sie gegen einen Wasserträger. »Pass ma besser auf, Deern!«, fuhr er sie an.

Wo war sie? Ein Geruch von Tran, Melasse und Fisch wehte ihr in die Nase. Eine Dame im Abendkleid bog sich vor Lachen am Arm eines zerknittert aussehenden Galans. Marktgeschrei erfüllte die Luft. Ein Werftarbeiter mit schwarz gestaubtem Gesicht schlingerte an ihr vorbei. An der Leine zog er einen Elbbutt hinter sich her, aus der Hosentasche lugte der Kopf eines Hundewelpen. Über den Hamburger Elbbrücken ging die Sonne auf.

Noch vor einer Woche hätte sie sich über das bunte Treiben amüsiert. Aber für Käthe, die schon zwei Stunden zurückliegende Ereignisse als historische Vergangenheit abtat, war ein neues Zeitalter angebrochen.

Während sie über den großen Platz vor der Fischmarkthalle schritt, beschloss sie, dass dieses Zeitalter durchaus nicht nur finster sein musste. Seit jenem verhängnisvollen Abend im Curiohaus hatte sie unzählige Freundschaften geschlossen, und mit einigen der Männer war sie sogar ins Bett gegangen. Es tat gut, sich beliebt und begehrt zu fühlen, vertrieb die Gedanken an Nathan. Und an Aline. Die Schlange. Die sie all die Zeit hinter ihrem Rücken betrogen hatte. Dass sie den Namen ihres Herzallerliebsten nicht gewusst haben wollte, war ihr von Anfang an suspekt erschienen. Wo sie sich nun selbst an einen Julius Cäsar erinnern konnte. Das Schlimmste aber war, und das würde sie Aline niemals verzeihen, dass sie sie dazu gebracht hatte, Nathan suchen zu gehen. Welche Demütigung hatte sich Aline davon versprochen? Und warum hatte sie überhaupt vorgehabt, sie zu demütigen? So oft Käthe auch darüber nachgrübelte, sie kam nur zu dem Schluss, dass Aline neidisch auf sie war. Und so Leid es ihr nun auch tat, dass Alines Vater gestorben war – von der Trauerfeier sprachen ganz Oevelgönne und Neumühlen –, es würde nichts an ihrem Entschluss ändern, den Kontakt zu Aline abzubrechen.

Im Übrigen war es mit Caroline ebenso lustig, wenn nicht noch lustiger. Was Caroline allein von den amourösen Verwicklungen in den Kammerspielen erzählte! Ja, dachte sie, während sie das bunte Durcheinander von Tilsiter Käse, Pekingenten, Kornblumensträußen und Schweizer Bergziegen musterte, die Rufe der Händler als warmer Klangteppich über ihre Gedanken gebreitet, man darf sich nicht an Menschen binden. Dann wird man auch nicht verletzt. Ich habe mich viel zu sehr an Aline gehängt.

Sie erwiderte das Lächeln des Werftarbeiters, der, mit Elbbutt und Welpen ausgestattet, schon wieder ihren Weg kreuzte. »Wie viel?«, lallte er. Käthe nahm ihr Lächeln zurück. »So eine bin ich nicht«, erklärte sie. Aber der Mann ließ nicht locker. »Ich seh vielleicht nich so aus, aber ich hab Geld!«, erklärte er mit hochgerecktem Zeigefinger. Käthe entwischte ihm, indem sie um die Fischhalle herum auf die Brücke zulief, die zum Ponton am Fluss hinunterführte. Hier lagen die Jollen und Ewer mit ihren fangfrischen Lengfischen und Dorschen, den Kabeljaus und Seehechten, die es zu jeder Jahreszeit in der Elbe gab. Hier war es ruhiger als oben auf dem Markt. Käthe schnürte ihre Stiefel auf, ließ sich auf dem Ponton nieder und reckte die schmerzenden Füße ins Wasser. Langsam ließ der Kopfschmerz nach. »Lange Nacht gehabt, Deern?«, fragte einer der Ewerführer. Käthe nickte. »Viel getanzt«, sagte sie, um eventuelle Missverständnisse auszuschließen. »Und wo ist der Verlobte jetzt?«, fragte der Mann.

»Nirgendwo. Ich bin Tänzerin von Beruf.«

»So. Und da hat man nich ma mehr Zeit für die beste Freundin, wenn die in der Tinte sitzt, nä?«, fuhr eine bekannte Stimme von hinten sie an. Käthe blickte auf. Es war Bertha, die Köchin der Jacobys.

»Aline und ich, wir reden nicht mehr miteinander«, sagte sie. »Im Übrigen wüsste ich nicht, was Sie das angehen sollte, Frau Homann.«

Bertha stemmte ihr Einkaufsnetz in die mächtigen Hüften. Aus dem Netz ragte ein lebendes Huhn. »Wenn es mit Aline zu tun hat, geht es mich sehr wohl was an.«

»Tja, Frau Köchin.« Käthe zuckte mit den Achseln. »Dann kann man da wohl nichts bei machen.«

Bertha funkelte sie wütend an. »Du weißt, dass der Kapitän gestorben ist?«

Käthe schwieg.

»Ich hab ma eine hohe Meinung von dir gehabt«, erklärte Bertha. Und zu den Männern auf dem Ewer gewandt: »Einen Aal, bitte. Aber einen großen.«

Käthe schnappte sich ihre Stiefel und stand auf. Ohne Bertha eines weiteres Blickes zu würdigen, machte sie sich davon.

»Aber jetzt weiß ich, dass du bloß eine dumme Gans bist!«, hörte sie Bertha hinter sich herschreien. »Eine, die nur an sich selber denkt!«

Käthe fühlte, wie ihr die Tränen kamen. Zu wenig Schlaf machte sie immer ein bisschen weinerlich.

Der Briefträger brachte wie immer einen Stapel Rechnungen. Aline nahm sie entgegen und wollte sie beinahe beiseite legen, als ihr ein Umschlag von der staatlichen Lotterie ins Auge fiel. Hastig riss sie ihn auf. Es war eine Gewinnbenachrichtigung über 123 Reichsmark und 18 Pfennige. Sie überprüfte noch einmal die Adresse: Christian Jacoby, Oevelgönne, kein Zweifel. Hatte Papa etwa Lotto gespielt? Sie fand Madeleine im Salon, wo sie mit Berthas Hilfe letzte Hand anlegte für die Besichtigung der Meyerdinks. »Hand anlegen« bedeutete in Madeleines Fall, dass sie mit einem verdächtig weißen Putztuch in der Hand die Möbel musterte. Als sie Aline bemerkte, schwenkte sie es grüßend.

»Ergibst du dich?«, fragte Aline lächelnd. Sie bemühte sich bisweilen, den scherzhaften Ton wieder aufzunehmen, den sie bei ihrem gemeinsamen Stadtbummel gefunden hatten. Damals, in jener anderen Zeit, die nun so weit zurückzuliegen schien.

Madeleine zögerte einen Moment, dann erwiderte sie das Lächeln. »Ja«, sagte sie schlicht.

Aline rupfte ihr das Tuch aus der Hand und fuhr damit über das Beistelltischchen aus Mahagoni. »Wusstest du, dass Papa Lotto gespielt hat?«, fragte sie.

»Nein.« Nun hingen ihre Arme schlaff herunter. »Ich glaube, dass ich vieles nicht gewusst habe. Warum fragst du?«

»Hier.« Aline warf ihr den Brief zu. »Lies!«

Nun wurde auch Bertha neugierig. »Was steht denn da in?«, wollte sie wissen.

Madeleine überflog die Zeilen, dann lachte sie. »123 Reichsmark! Da haben wir ja richtig Glück! Was machen wir damit?«

»Rechnungen bezahlen, fürchte ich«, sagte Aline. Sie klappte den kleinen Sekretär am Fenster auf und öffnete die restliche Post. Die Rechnungen der vergangenen Wochen lagen bereits in einer Schublade. Aline fing an zu rechnen. Bertha hatte sich wieder umgedreht und putzte weiter. Nur Madeleine stand still, das Schreiben in der Hand.

»Na prima«, sagte Aline. »Wenn wir alles bezahlt haben, bleiben uns immerhin noch 87 Pfennige.«

»Dann geht es uns also genau wie vorher«, bemerkte Madeleine enttäuscht.

»Aber nein, Maman«, sagte Aline. »Wir sind jetzt schuldenfrei.« Sie stand auf. »Ich gehe zur Bank. *Die* Bürde wären wir imerhin los.«

Heinrich zog die dünne Jacke fester um sich. Vor dem kommenden Winter graute ihm schon jetzt. Einen Mantel besaß er nicht, und so wie die Dinge standen, würde er sich in absehbarer Zeit auch keinen leisten können. Mit der Anstellung im Hansa-Theater gelang es ihm zwar, seine Miete und die Bücher zu bezahlen, aber für eine ordentliche Ladung Kohle, mit der er den Winter durchstehen würde, reichte es eben nicht. Ein scharfer Wind ging durch den Flur vor dem Seminarraum. Nach Lernen war ihm nicht zumute. Sein Magen knurrte. Er beschloss, nachher bei Nathan vorbeizugehen. Frau Sandstein kochte immer reichlich, und die Familie schien seine Anwesenheit zu begrüßen. Heinrichs Blick fiel auf eine zerlesene Ausgabe der »Hamburger Universitäts-Zeitung«. Gedankenverloren nahm er sie zur Hand. Eine ganzseitige Anzeige fesselte seine Aufmerksamkeit: »Ehre, Freiheit, Freundschaft, Vaterland. Wenn du dich in einer schlagenden Verbindung engagieren möchtest, dann komm zu uns!« Versonnen blätterte Heinrich weiter. Weiter hinten warb ein Studenten-Utensilien-Fabrikant aus Jena mit der Herstellung von Parade-Ausstattungen. »Fecht- und Mensurausrüstungen, Couleurbänder, Mützen, Stürmer, Cerevisen«, las Heinrich laut. Ja, wer sich derlei Dinge leisten konnte, brauchte sich auch vor dem Winter nicht zu fürchten. Ein bisschen neidisch betrachtete er die gezeichnete Abbildung eines stolzen jungen Mannes, der seinen Degen emporreckte. Vom hinteren Ende des Ganges drang Gemurmel. Schritte wurden laut. Heinrich zückte seine Taschenuhr, rechnete fünf Minuten ab und seufzte. Die Vorlesung begann.

Aline und Madeleine beobachteten die kleine Karawane, die durch Oevelgönne zog, aus dem Salon im ersten Stock. Die Spitze bildete eine stämmige Frau unschätzbaren Alters mit grauen Haaren und energisch federndem Schritt. Frau Meyerdink. Dann kam ein älterer, gutmütig aussehender Herr, der Gatte. Neben ihm trippelte die Tochter, ein mit Schleifchen und Rüschen behängtes blondes Geschöpf, das trotz seiner kindlichen Aufmachung etwa sechzehn Jahre alt sein mochte. Am Ende gingen die beiden Söhne, ein ernsthaft wirkender junger Mann, der etwa in Friedrichs Alter sein musste und einen stattlichen Schmiss auf der Wange trug, umhüpft von einem Kerlchen, das sich offenbar noch im Volksschulalter befand. Friedrich war nicht mitgekommen. Aline und er waren übereingekommen, dass er den Jacobys die Peinlichkeit ersparen sollte, ihnen bei der Vermietung ihres Hauses zuzusehen. Madeleine schüttelte den Kopf. »Ich hasse diese Leute schon jetzt«, sagte sie.

Aline legte ihr begütigend eine Hand auf den Arm. »Lassen wir es doch erst einmal auf uns zukommen«, sagte sie. »Friedrich meint, sie seien nett. Außerdem können sie nichts dafür, dass wir das hier tun müssen. Du solltest ihnen freundlich begegnen.«

»*Eh bien oui*«, sagte Madeleine. »Ich werde mich bemühen.«

Das Türklingeln ließ sie zusammenzucken. »Bertha geht öffnen.« Madeleine strich sich nervös über das schwarze Kleid. »Wir wollen uns doch zumindest einen scheinbaren Rest von Würde sichern.«

Sie hatten im Salon alles für den Nachmittagstee angerichtet, die Assam-Vorräte hielten glücklicherweise immer noch vor. Mit dem zierlichen Rosenthal-Gedeck auf der blütenweißen Decke sah der Tisch frisch und appetitlich aus. Dank einiger Likörvorräte, die der Kapitän im Keller gehortet hatte, war es Bertha gelungen, einen Teller voll Konfekt zu backen. Aber Aline sah, dass Madeleine keinen Blick dafür hatte. Sie fuhr fort, aus dem Fenster die Jollen und Dreimastbarken zu betrachten, die vorübersegelten. »Er wird mir so fehlen, der Blick auf den Fluss«, murmelte sie leise auf Französisch. Aline hörte die Schritte der Meyerdinks auf der Treppe, ihre Stimmen. »Du kannst die Schiffe vom Garten aus betrachten, Maman«, sagte sie leise. »Der Garten geht uns ja nicht verloren.«

»Guten Tag!«, dröhnte eine weibliche Stimme von der Tür. Aline und Madeleine drehten sich zeitgleich um, zwei schmale, schwarz gekleidete Frauen, die ein Lächeln probten. Aline war die Erste, die die Hand ausstreckte. »Freut mich, dass Sie den Weg zu uns gefunden haben«, sagte sie. »Ich bin Aline.«

Sie spürte, wie der Blick der Frau sie von oben bis unten abtastete. »Gertrude Meyerdink«, sagte sie. »Wir sind uns auf dem Tanzball in der Palmaille begegnet.« Ihr Blick wanderte über Alines hochgeschlossene Bluse und verharrte eine Sekunde zu lang auf ihrer Brust. »Das Oberteil, das Sie damals trugen, war ...«, sie hüstelte, »beeindruckend.«

Ihr Mann deutete eine höfliche Verbeugung an. »Otto Meyerdink.« Dann küsste er Madeleine die Hand. »Das sind meine Kinder«, fuhr Frau Meyerdink fort. »Unser Ältester, Julius Cäsar, wird nicht bei uns wohnen. Er besitzt eine eigene Studentenwohnung oben in Harvestehude. Aber er wollte sich die Besichtigung natürlich nicht entgehen lassen.« Aline wollte zu ihm hinüberlächeln, als sie seinen Blick bemerkte. Etwas daran war nicht normal. Der junge Mann blickte sie unverwandt an, und sein riesiger Schmiss auf der Wange gab ihm etwas Gefährliches. Gott sei Dank, dass er woanders wohnt!, fuhr es ihr durch den Kopf. Ich würde mich vor ihm fürchten. Dann wurde sie der Tochter vorgestellt. Kleopatra, wie sie hieß, knickste brav. Sie wirkte leicht zurückgeblieben, aber vielleicht war es auch die Angst vor der Autorität der Mutter, die sie sich so kleinkindhaft gebärden ließ. Gertrude Meyerdink war weiß Gott Respekt einflößend. Der Jüngste, Marcus Antonius, schien ein sonniger kleiner Bengel zu sein. Unbefangen ging er auf Madeleine zu und verbeugte sich vor ihr. »Ich habe zu Mama gesagt, dass ich jeden Tag rudern will!«, krähte er, wofür er einen undankbaren

Stoß erntete. Wütend drehte er sich zu seiner Mutter um. »Aber das ist doch wahr!«, brüllte er empört. Aline bemerkte, dass sich Herr Meyerdink ein Lächeln nicht verkneifen konnte. Sofort wurde er von seiner Frau zurechtgewiesen. »Statt hier nur herumzustehen, könntest du jetzt vielleicht die Besichtigung veranlassen!«

»Ich dachte, wir trinken zunächst eine Tasse Tee«, bemerkte Madeleine.

»Wenn Sie nichts dagegen haben, Madame«, Gertrude Meyerdinks Tonfall ließ erkennen, dass es vollkommen gleichgültig war, welche Meinung Madeleine vertrat, »würde ich direkt mit der Besichtigung anfangen wollen. Unsere Zeit ist begrenzt, und wir haben noch weitere Häuser anzusehen.«

Madeleine zuckte die Schultern. »Wie Sie wollen.«

»Der Glasvorbau ist ja ganz charmant«, ließ sich Otto Meyerdink nun vernehmen. Niemand beachtete ihn.

»Kommen Sie«, sagte Madeleine. »Dann fangen wir von unten an.«

Es war ein seltsames Gefühl, sein eigenes Haus vorzuführen. Zum ersten Mal nahm Aline es mit den Augen anderer wahr. Sie sah den Wintergarten, in dem sie so oft ihre Schularbeiten erledigt hatte, immer mit halbem Blick auf die anderen Kinder, die auf dem gepflasterten Weg draußen spielten, und auf die launische Elbe, die ihnen ihre Fluten bisweilen in den Garten spülte oder ihr Flussbett zeigte, feucht und gewellt wie Wattenmeer. Dann der Gang in den Flur. Hier war es dunkel, aber das wenige Licht, das hier hereinfiel, spiegelte sich auf der glatten Oberfläche der Ölgemälde. Hier war sie: ihre Familie. Respektabel aussehende Persönlichkeiten, französische Kaufmannsherren aus Hamburg, hier ihr Lieblingsvorfahr, der Großonkel mit der Schokoladenfabrik. Was hätte sie als Kind darum gegeben, ihn besuchen zu dürfen! Was für ein Beruf, Schokoladenfabrikant, welch ein Leben für den Onkel! Leider war Edouard d'Arlon schon 50 Jahre tot gewesen, als sie geboren wurde.

»Darf ich fragen, wohin die Tür dort hinten führt?«, durchbrach Getrude Meyerdink ihre Gedanken.

»Diese Tür führt zum Anbau im Hof«, erklärte Madeleine. »Dort liegt auch die Küche. Unsere Köchin können wir Ihnen wärmstens empfehlen. Sie ist nun schon seit über 25 Jahren bei uns im Dienst und hat stets hervorragend gekocht.«

»Werden Sie sie nicht behalten?«, wollte Frau Meyerdink wissen. »Wenn sie wirklich eine solche Perle ist, würde ich Sie an Ihrer Stelle nicht ziehen lassen. Gutes Personal zu finden ist heutzutage die schwierigste Aufgabe überhaupt.«

Madeleine nickte ergeben. »Da mögen Sie Recht haben. Aber unsere Köchin muss sich ihren Lebensunterhalt jetzt woanders verdienen.«

Aline fühlte den Blick des Schmissgenarbten auf sich ruhen. Eine Woge des Ekels überrollte sie. Sie schüttelte sich. »Ist Ihnen kalt?«, hörte sie ihn fragen. Dies war das erste Mal, dass sie seine Stimme hörte. Sie klang seltsam hoch und unmännlich. »Ja«, erwiderte sie knapp.

Nun lächelte sie auch noch der alte Meyerdink an. »Ja, die Herbststürme«, sagte er. »Mit einem Schlag ist es kalt geworden.«

»Wollen wir Salonkonversation betreiben oder uns ein Haus ansehen, in das wir eventuell einziehen werden?«, fragte Frau Meyerdink scharf. Ihr Mann legte den Kopf schief, als würde er überlegen. »Letzteres«, gab er schließlich zur Antwort.

»Den Salon im ersten Stock kennen Sie ja schon«, sagte Madeleine nach einer unangenehmen Pause des Schweigens. »Wollen Sie sich jetzt die anderen Zimmer ansehen? Dann bitte ich Sie, mir zu folgen.« So aufrecht sie konnte, raffte sie ihren bodenlangen schwarzen Rock zusammen und schritt die Treppe empor. Die Karawane folgte ihr.

»Dies hier ist das Musikzimmer.« Mit all den Menschen im Raum wirkte das Zimmer auf einmal klein. Es war immer ein intimer Ort im Haus gewesen, ein Rückzugspunkt, um am Klavier zu träumen oder die anderen Familienmitglieder zu unterhalten. Oder um am Kamin zu sitzen, mit oder ohne Musik, und in einem Buch zu lesen. Durch die bunten Mosaikglasfenster, die der Kapitän nach dem Krieg hatte einsetzen lassen, wirkte der Raum nun noch enger und dunkler. Außerdem ging er zum Hang nach hinten hinaus. Gertrude Meyerdink war das Missfallen offen ins Gesicht geschrieben. »Nun, zumindest könnte Kleo hier ihre Klavierstunden absolvieren«, erklärte sie schließlich.

Kleopatra protestierte schwach. »Aber Mama, ich möchte nicht mehr …«

»Klavier spielen hat nichts mit Möchten zu tun«, fuhr ihre Mutter sie an. »Es gehört sich eben für ein Mädchen deines Standes! Unnötig, darüber zu debattieren.«

»Aber du kannst doch auch nicht Klavier spielen, Mama!«, jubelte der kleine Marcus.

»Wir hatten ohnehin vor, das Klavier mitzunehmen«, fiel Madeleine rasch ein. »Meine Tochter und ich spielen beide leidenschaftlich gern, es würde uns sehr fehlen, wenn …«

»Wir nehmen das Musikzimmer entweder mit dem Klavier darin oder wir lassen es ganz«, erklärte Frau Meyerdink knapp.

»Aber Gertrude«, wandte ihr Mann nun schüchtern ein, »wir haben doch selbst ein Klavier!«

»Ach ja?«, blaffte sie zurück. »Und wer wird es von Teufelsbrück den ganzen Weg über die Elbchaussee und die Flottbeker Chaussee die Himmelsleiter herunter hierher transportieren? Du etwa? Na, bitte! Ein Klavier, das sich bereits im Haus befindet, ist eindeutig ein Argument für das Haus. Ende der Diskussion.«

Otto Meyerdink lächelte verschämt. »Ich habe ja nur laut gedacht …«

Der Blick seiner Frau brachte ihn augenblicklich zum Schweigen.

»Und hier ist der Eng… der große Salon für besondere Gelegenheiten.« Aline bemühte sich, einen unverbindlichen Ton beizubehalten. Sie ging voran durch den kleinen Flur, um die Flügeltüren zum Engelsraum zu öffnen. Beim Anblick des marmornen Kamins und der Seidentapeten lockerten sich Madame Meyerdinks Züge ein wenig. »Dieser Raum ist in der Tat recht annehmbar«, erklärte sie. »Was sagst du, Otto?«

Otto Meyerdink nickte lächelnd.

»Ich darf Sie darauf hinweisen«, warf Madeleine nun ein, »dass die Kamine eher dekorativen Zwecken dienen. Selbstverständlich sind alle Feuerstellen funktionstüchtig. Aber das Haus hat Zentralheizung.«

Frau Meyerdink nickte. »Ich denke, das ist das Mindeste, was man von einem Haus im Jahr 1920 erwarten darf.«

»Im oberen Stock befinden sich die Schlafräume«, sagte Aline. »Möchten Sie sie auch sehen?«

Gertrude Meyerdink warf ihr einen herablassenden Blick zu. »Unser Kommen dient dem Zweck, das Haus zu besichtigen. Natürlich gehen wir nicht, ohne die Schlafräume gesehen zu haben.«

»Hier habe ich meine Tochter zur Welt gebracht«, hätte Madeleine um ein Haar gesagt, als sie das große Schlafzimmer betraten, das nach vorn hinausging. Aber sie hielt sich zurück. Wie von Ferne drang Berthas Stimme an ihr Ohr. »Die Kleine sieht aus wie der Kaiser höchstpersönlich …« Ein halbes Jahrhundert schien das her zu sein. Otto Meyerdink war ans Fenster getreten. »Der Blick ist sehr hübsch«, sagte er.

»*Hübsch* ist ein Ausdruck, der sich vielleicht für kleine Mädchen ziemt«, erklärte Frau Meyerdink und machte sich daran, das Fenster zu öffnen. »Es klemmt«, stellte sie fest. »Lässt sich dieser Schaden beheben?«

»Selbstverständlich«, nickte Aline. Wieder fühlte sie, wie Julius Cäsar sie anstarrte.

»Wo ist eigentlich Marcus?«, fragte Frau Meyerdink plötzlich.

Herr Meyerdink zuckte die Schultern. »Ich glaube, ich habe ihn eben die Treppe hinunterlaufen gehört.« Seine Gattin warf ihm einen vernichtenden Blick zu. »Es war wohl zu viel verlangt, ihn zu bitten, in unserer Nähe zu bleiben.«

»Ihm kann draußen nichts geschehen«, warf Madeleine ruhig ein. »In Oevelgönne gibt es weder Droschken noch Automobile.«

»Das ist wahr«, sagte Aline. »Oevelgönne ist der vielleicht gemütlichste und ungefährlichste Ort in ganz Preußen!«

»Marcus Antonius hat sich dennoch nicht zu entfernen, ohne uns vorher Bescheid zu geben«, erklärte Frau Meyerdink mit einem scheelen Seitenblick auf ihren Mann.

»Neben dem Schlafzimmer befindet sich das Arbeitszimmer meines verstorbenen Mannes«, erklärte Madeleine. »Natürlich können Sie hier auch ein weiteres Kinderzimmer einrichten, wenn Sie möchten.«

Julius Cäsar war ohne Aufforderung in den daneben liegenden Raum getreten. »Ist das hier das Schlafzimmer von Mademoiselle?«, fragte er. Am liebsten hätte Aline ihm dieTür vor der Nase zugeschlagen und *Nein* gerufen. »Ja«, sagte sie stattdessen. Nun drängte sich alles in ihrem kleinen Raum, begaffte das Bett mit der Fotografie darüber, Käthe und sie im Zelt des Fotografen auf dem Ottenser Marktplatz, die Hände ängstlich ineinander verschränkt. Und auf einmal fühlte Aline die Bitterkeit in sich aufsteigen. Seit ihrem Streit war Käthe ihr aus dem Weg gegangen. Nicht einmal zum Begräbnis war sie erschienen. Nicht ein Wort des Trostes hatte sie von ihr gehört, gar nichts. Sie fehlte ihr. Aline fühlte, und es war ein unmittelbares, urplötzliches, völlig überwältigendes Gefühl, wie sehr sie ihr fehlte. Sie hatte ein fast körperliches Bedürfnis danach, sich an der Schulter ihrer Freundin auszuweinen. Sie tanzen zu sehen. Ihrer flinken, scharfen Zunge zu lauschen, Kissenschlachten auszutragen. Blumenkränze stiegen in ihrer Erinnerung auf, Schlittschuhausflüge, rot-gelb gesprenkelte Blätter im Fischers Park, salziger Wind, Dampfschifftuten.

»Alles in allem gefällt uns das Haus sehr gut«, ließ sich Frau Meyerdink nun vernehmen. »Vielleicht können wir noch einmal über den Preis sprechen. Immerhin handelt es sich um ein altes Haus …«

»Es wurde 1880 erbaut«, warf Madeleine hastig ein.

»Nun, das würde ich kaum als Neubau bezeichnen. Die Fenster lassen sich nicht richtig öffnen …«

Madeleine krampfte ihre Hände im Rock zusammen. Aline konnte förmlich spüren, wie sehr sie sich beherrschte. »Mein verstorbener Mann hat sich stets um alle anfallenden Reparaturen gekümmert. Das Haus ist in sehr gutem Zustand.«

»Nun ja.« Gertrude Meyerdink beugte sich vor, um die Fotografie von Aline und Käthe näher zu betrachten. »Wenn ich den jungen Herrn von Alvesloh richtig verstanden habe, war ihr Gatte nach dem Krieg nicht mehr in der Lage, größere Renovierungsarbeiten durchzuführen.« Sie drehte sich um, ohne Madeleine dabei anzusehen, und schlenderte zum Fenster hinüber. »Was ist mit dem Garten?«

Madeleines Stimme klang gepresst. »Sie dürfen ihn mitbenutzen.«

»Oh.« Gertrude Meyerdink sang den Vokallaut als Tonleiter. Rauf. Und wieder runter. »Wir verlangen die alleinige Nutzung. Nicht wahr, Otto?«

Jetzt war Madeleine weiß im Gesicht. Aline konnte ihre Gedanken förmlich lesen. *Wir haben nur dieses eine Angebot. Unsere einzige Chance. Wir müssen vermieten.* Sie fühlte, wie ihr schlecht wurde.

»Ich komme gleich wieder«, presste sie hervor. Sie lief die Treppe hinab, sprang die letzten Stufen in den Flur und riss die Tür zur Küche auf. Sie brauchte nichts zu sagen, Bertha sah sofort, wie es um sie stand. Sie nahm sie in den Arm, wortlos, streichelte ihr über das Haar. »Alles wird gut«, hörte sie Bertha endlich sagen. »Werden sie es nehmen, das Haus?«

Aline nickte. »Ich glaube schon«, murmelte sie in Berthas Schürze.

Draußen im Hof gackerte das Huhn, das Bertha neulich vom

Fischmarkt mitgebracht hatte und das noch kein einziges Ei gelegt hatte. Bertha roch vertraut, nach Zwiebeln und dampfenden Kartoffeln.

»Sie sind furchtbar«, murmelte Aline erstickt.

»Aber alles wird gut«, erklärte Bertha. »Daran müsst ihr glauben, deine Mutter und du.«

Aline hielt Bertha weiter umschlungen.

»Der Herr ist mein Hirte, mir wird nichts mangeln«, hörte sie Bertha sagen.

Aline fiel in den Psalm mit ein: »Er weidet mich auf einer grünen Aue und führet mich zum frischen Wasser. Er erquicket meine Seele.« Sie ließ Bertha los und sah ihr fest in die Augen. Bertha lächelte ihr zu. »Gutes und Barmherzigkeit werden mir folgen ein Leben lang.«

Den letzten Satz sprachen sie gemeinsam. »Und ich werde bleiben im Hause des Herrn immerdar.«

7. Kapitel

»Wie konntest du nur sagen, sie seien nett?« Aline bemühte sich, ruhig zu bleiben. Dabei war sie so wütend, dass sie Friedrich am liebsten geschüttelt hätte.

»Aber Mäuschen.« Friedrich drückte ihren Arm, während er mit der rechten Hand vorbeiwandernde Spaziergänger grüßte. »Es täte dir gut, dich besser beherrschen zu lernen. Otto Meyerdink ist grundgutmütig, ein liebenswerter Familienvater und ein, na ja, sagen wir, ein bemühter Mathematiker. Solltest du in deinem kleinen Studium jemals Probleme mit Zahlen haben, so wird er dir die Nachhilfestunde sicher nicht in Rechnung stellen.«

Aline schnaubte. »Nach allem, was du mir über seine Rechenkünste erzählt hast, gehe ich lieber zum Krämer nach Neumühlen. Der beherrscht zumindest die Grundrechenarten.« Sie schluckte. Sollte sie Friedrich auf die Nase binden, dass Mathematik in der Schule ihr stärkstes Fach gewesen war und dass sie ganz bestimmt keine Nachhilfe benötigte? Seine Herablassung kränkte sie. »Außerdem spreche ich nicht von *Herrn* Meyerdink, wie du dir denken kannst!«

Friedrich lächelte. »Gertrude hat ihre Berufung verfehlt. Sie hätte Brigadegeneral werden sollen, ist aber dummerweise als Frau zur Welt gekommen.«

»Bist du sicher, dass sie überhaupt ein Mensch ist?«

Friedrich drückte ihr einen Kuss auf das Haar. »Vielleicht ist sie eines dieser modernen Kunstwerke, und irgendjemand hat es geschafft, ihr einen Sprech- und Gehmechanismus einzubauen.«

Aline nickte, und ihr Ärger verflog. »Ein Ready-Made. Das Fleisch gewordene Pissoir von Marcel Duchamp.«

»Mit derlei Dingen kenne ich mich nicht aus«, erkärte Friedrich. »Aber was ich über Pissoirs weiß, ist, dass sie andere Menschen nicht anpinkeln.«

Aline hob den Finger, um eine Eins anzudeuten. »Dein Tor. Die Frau hält ihre gesamte Umgebung für ein Pissoir. Sie ist das ekelhafteste Miststück, das mir in meinem ganzen Leben begegnet ist.«

Friedrich tätschelte ihre Schulter. »Na na, so lang ist dein Leben ja noch gar nicht. Im Übrigen solltest du die Frau einfach nicht beachten. Dann kann sie dich auch nicht weiter stören.«

»Aber die Frau tut alles dafür, dass man sie beachtet!« Ohne es zu merken, schrie Aline ihre Worte. Ein junges, offenbar krankhaft optimistisches Pärchen – sie trugen Badesachen unter dem Arm, es war Oktober – blickte erstaunt zu ihr hinüber. »Sie kommt zehnmal am Tag zu mir und Maman in den Anbau, um sich das Telefon erklären zu lassen oder um über die angebliche Feuchtigkeit im Haus zu klagen oder um erneut über den Mietpreis zu verhandeln. Maman und ich sind so weit, dass wir uns in den Hof *schleichen*, aus Angst, sie könnte uns bemerken!«

»Du wirst das alles nicht mehr lang erdulden müssen«, lächelte Friedrich. »Nächstes Jahr um diese Zeit sind wir verheiratet, und du lebst in einem prächtigen Haus im Berliner Charlottenburg als Madame von Alvesloh.« Er versuchte sie zu küssen, aber sie machte sich frei. So nett es war, mit Friedrich plaudernd am Oevelgönner Elbstrand umherzuwandern, seinen Geruch ertrug sie noch immer nicht. Es war nicht so, dass er stark schwitzte oder wirklich stank, es war einfach nur, dass sie es nicht mochte, ihm nahe zu kommen. »Aber wer wird denn wegen so einer alten Ziege muksch sein?«, rief Friedrich lachend aus. »Du musst nicht prüde tun, Mäusegetier, immerhin sind wir verlobt.«

»Na gut.« Aline reckte tapfer den Kopf empor und schloss die Augen. Ich werde mich daran gewöhnen, beschwichtigte sie sich selbst. Eines Tages wird es mir völlig normal vorkommen.

Friedrich presste einen langen trockenen Kuss auf ihre Lippen. Seine Bartstoppeln drückten in die Haut um ihren Mund, es tat weh und war alles andere als schön. »Na, bitte!«, rief er triumphierend aus. »War das nun so schlimm?«

Aline versuchte zu lächeln. »Nein.«

»Ich freue mich so, wenn wir endlich verheiratet sind«, hörte sie ihn in ihr Haar murmeln. »Du wirst sehen, wie angenehm ich es dir machen werde. Natürlich kannst du dann endlich auch von deiner Berufstätigkeit absehen.«

Nun machte Aline sich frei. »Aber ich möchte arbeiten!«, entgegnete sie empört.

Friedrich lächelte belustigt. »Aber Mäusegetier! Das mit dem Ärztinspielen ist doch nicht dein Ernst!«

»Und warum nicht, bitte sehr?«

Friedrich tätschelte ihr die Wange und blickte sie zärtlich an. »Als Arzt muss man objektiv sein können, kaltblütig, nüchtern, ausdauernd, robust und von analytischem Verstand.«

»Wer sagt, dass ich das nicht bin?«, zischte Aline.

»Niemand, Mäuschen, niemand behauptet Schlechtes von dir. Im Gegenteil. Meine Familie ist sehr eingenommen von dir. Selbst deinen kleinen Fauxpax auf dem Ball haben sie dir verziehen. Schließlich bist du noch jung. Und für dein Alter von entzückender Naivität. Ich …«

»Na bitte! Wenn niemand das Gegenteil behauptet, wo liegt dann das Problem?«

Friedrich lachte. »Siehst du, jetzt bist du schon wieder unlogisch. Es geht doch nicht um dich als Person. Aber, meine Liebe, du bist eine Frau!«

»Danke. So weit war ich auch.«

»Und als Frau bist du eben körperlich minderwertig. Du bist sehr emotional …«

»Was?«, brauste Aline auf. »Seit wann denn das?« Im selben Moment biss sie sich auf die Lippen. Jetzt konnte sie sich die Antwort selbst geben. Sie durfte sich eben verflucht noch mal nicht provozieren lassen. Was hatte die in der Schweiz und später endlich auch in Deutschland approbierte Ärztin Martha Wygodzinsky ihren Kolleginnen gepredigt? »Lasst uns im Übrigen so verhalten, dass wir möglichst wenig die unliebsame Aufmerksamkeit der maßgeblichen ärztlichen Kreise auf uns ziehen.« Noch vor zwanzig Jahren mussten deutsche Frauen, die den Beruf der Medizinerin anstrebten, in die Schweiz gehen, um studieren zu dürfen. Selbst heute wiesen die Professoren ihre weiblichen Studenten noch darauf hin, dass sie ohne eiserne Selbstdisziplin und untadeliges damenhaftes Verhalten keine Anerkennung erwarten konnten. Aline atmete tief durch. Sie *würde* untadelig sein, verdammt.

Friedrich hatte von ihrem inneren Kampf offenbar nichts bemerkt. »Allein, wie du auf Frau Meyerdink reagierst! *Sehr* emotional, würde ich sagen. Aber so seid ihr Frauen.«

»Im Vergleich zu dem, wie die Frau mich und Maman behandelt, reagiere ich eiseskühl«, versetzte Aline.

»Und außerdem«, fuhr Friedrich fort, so als wäre er taub, »setzt euer körperlicher Verfall früher ein, nämlich mit der Menopause. Wenn man dann noch die Zeiten abzieht, in denen ihr schwanger seid und stillt, bleiben eben nicht so viele Jahre übrig, in denen ihr funktionstüchtig seid.« Er bemerkte Alines Blick und lächelte. »Ich spreche hier von biologischen Fakten. Die dürften dir als Medizinstudentin nicht unbekannt sein.« Er streichelte ihr übers Haar. »Oder passt du im Unterricht etwa nicht auf?«

Aline fühlte, wie ihr übel wurde. Sie zwang sich zu einem Lächeln. »Wenn du mich entschuldigen würdest«, brachte sie hervor. »Aber ich muss jetzt gehen.« Und mit hochgezogener Augenbraue: »Den verpassten Unterricht aufarbeiten. *Mausgetier.*«

Friedrich lächelte. Frauen – so waren sie nun mal: immer launisch.

Dies war der Moment, auf den Nathan nun seit über einem Jahr gewartet hatte. Max war aus dem Haus gegangen und hatte sein Arbeitszimmer nicht abgeschlossen. Aus dem Raum am Ende des Flurs schimmerte das Licht der Gaslaternen draußen. Er horchte. Aus Mutters Zimmer drang kein Ton. Auch Henny schien zu schlafen. Er streifte Hausschuhe und Socken von den Füßen und schlich über den Gang. Als er die Tür vorsichtig öffnen wollte, bemerkte er, dass sie quietschte. Das sah Max überhaupt nicht ähnlich. Er pflegte derlei Unannehmlichkeiten sofort zu beseitigen. Hatte er die Angeln absichtlich nicht geölt, um hören zu können, wenn jemand seinen Raum betrat? Bevor Nathan die Lampe am Sekretär anzündete, zog er die schweren Samtvorhänge zu. Er musste sich daran erinnern, sie wieder zu öffnen, wenn er den Raum verließ. Wahllos zog er an einer der Schubladen. Sie war verschlossen, natürlich. Er blickte umher. Es gab nur zwei Möglichkeiten. Entweder führte Max den Schlüssel mit sich. Oder er hatte ihn im Raum versteckt. Nathan blieb keine Wahl. Er musste sich auf die Suche machen. Vorsichtig ließ er sich auf dem Stuhl vor dem Sekretär nieder und ließ seinen Blick durch das Zimmer wandern. An der Wand hingen mehrere Ölgemälde. Eines stellte den Vater dar. Nathan unterdrückte einen Anflug von Ärger. Mit welchem Recht erlaubte es sich Max, das Bildnis des Vaters in seinem Raum aufzuhängen? Warum befand es sich nicht im Salon? Der schwere Teppich verschluckte seine Schritte, als er zum Bild hinüberging. Es war ein seltsames Gefühl, dem Vater von Angesicht zu Angesicht gegenüberzustehen. Mit einigem Erstaunen bemerkte er, dass er ihm ähnelte, mehr als Max. Er hatte die gleichen dunklen Augen und Haare, das gleiche dreieckig geschnittene Gesicht mit dem vorgereckten Kinn. Sachte beugte er sich vor, um hinter das Bild zu greifen. Es war so, wie er vermutet hatte. Ein kleiner silberner Schlüssel lag auf dem hinteren Rand verborgen. Wieder lauschte er in den Flur hinein. Immer noch nichts. Er schlich zurück und öffnete die oberste Schublade. Ein dickes Heft lag darin, angefüllt mit Maxens sauber geschwungener Schrift: seine Krankenakten, peinlich nach Datum sortiert. Die nächste Schublade enthielt Rechnungen, die Max seinen Patienten ausgestellt hatte. Jede einzelne Rechnung trug einen Stempel. Mit *Bezahlt* stempelte Max seine Rechnungen ab, auch hier wieder ergänzend mit Datum versehen. Nathan hatte nicht wirklich gewusst, was er im Arbeitszimmer seines Bruders finden würde. Hinweise auf den Tod des Vaters, ganz allgemein, das war seine Hoffnung, aber wie sollten diese Hinweise aussehen? Die Krankenakten brachten ihn immerhin auf eine Idee. Vater musste solche Akten auch geführt haben. Und jetzt wusste Nathan auch, was er suchte: die Akten aus dem Jahr 1899, eine Aufstellung derjenigen Menschen, mit denen der Vater vor seinem Tod in Verbindung getreten war. Aber der Sekretär war eine Enttäuschung. Die anderen Fächer enthielten lediglich Rechnungen, die Max erhalten und bezahlt hatte, außerdem einen kleinen Stapel Fotografien von der Familie. Er erkannte sich selbst auf einem der Bilder: ein Baby auf dem Arm der Mutter, die aufrecht und fröhlich neben dem Vater stand, den Bauch rund mit Klein-Henny, an der Hand Bruder Max. Nathan erkannte die Birke, die vor ihrem Haus an der Flottbeker Chaussee gestanden hatte. Es war ein Idyll, das Nathan um ein Haar die Tränen in die Augen trieb. Warum versteckte Max dieses Foto? Nun, er würde ihm diese Frage kaum offen stellen können. Die letzte Schublade gewährte als einzige Einsicht in Maxens Innenleben, wenn auch nicht so, wie Nathan es vermutet hätte. Es war ein Bündel parfümierter Briefe, von einer roten Schleife zusammengehalten. Das ging Nathan nichts an, und er verschloss die Lade wieder. Der Trick mit dem hinteren Bildrand brachte ihn auf den Einfall, hinter dem Sekretär herumzutasten. Ein kleiner Schmerz schoss ihm in den Finger. Der Sekretär war an der Rückseite weder geschliffen noch poliert, nun hatte er sich einen groben Splitter eingefangen. Mit verzerrtem Gesicht quetschte Nathan daran herum, bis er ihn unter einigem Bluten endlich herausgezogen hatte. Etwas umsichtiger geworden, schob er abermals seine Hand hinter das Möbelstück. Endlich stieß er auf eine Art Balken, der sich verschieben ließ. Aber weiter reichte sein Arm nicht. Es nützte alles nichts, er musste den Sekretär nach vorne ziehen. Zitternd vor Erwartung zündete er eine Kerze an, um das Stück zwischen Pult und Wand auszuleuchten. Tatsächlich: Der Balken gab eine weitere Lade frei. Er stellte die Kerze auf dem Boden ab, um den Sekretär noch weiter vorzurücken. Seine Mühe wurde belohnt. Als er die Lade herauszog, bemerkte er einen Stapel Papier. Hastig zog er ihn hervor. Die Bögen trugen eine andere Schrift, ebenso säuberlich wie die seines Bruders. Sie war vergilbt. Er fühlte, wie sein Herz klopfte. »25. März 1892«, las er. Mit fliegenden Fingern fuhr er durch die Blätter, zerknüllte sie dabei fast. Endlich. 1898. 1899. Hier ging es los. »3. Januar: Henriette Ulrike Löwenthal, schwerer Durchfall und Erbrechen. Mäßig Fieber.« Da: ein Geräusch. Tappende Schritte im Flur. Henny, die die Toilette aufsuchte. Durch die Milchglasscheiben in der Tür musste sie den Lichtschein sehen. Und da war sie schon, im Nachthemd, weiß wie ein Geist. »Was machst du denn?«, murmelte sie verschlafen. Nathan sprang auf. Seine Knie waren weich. »Henny, geh wieder schlafen!«, fuhr er sie leise an. »Und kein Sterbenswort zu Max!«

»Aber was machst du?«, fragte sie beharrlich.

»Ich erkläre es dir später. Bitte. Geh wieder ins Bett. Wir reden morgen darüber!«

Widerwillig wandte Henny sich um. »Versprochen?«, fragte sie an der Tür.

»Ja!« Nathan brüllte es fast. Dann drehte er sich um, nahm die Seiten, die das Jahr 1899 betrafen, aus dem Stapel heraus und steckte den Rest, so ordentlich er konnte, wieder zurück. Dann schob er den Sekretär wieder an seinen Platz. Vergewisserte sich, dass er alle Schubladen abgeschlossen hatte, und legte den Schlüssel wieder hinter das Bild zurück. Löschte die Kerze und stellte sie auf den kleinen Beistelltisch neben dem großen Ledersessel. Erst als er den Raum verlassen wollte, bemerkte er, dass er die Vorhänge wieder aufziehen musste. Als er ans Fenster trat, bemerkte er ein Gesicht, das weiß aus der nur gashell erleuchteten Dunkelheit am Grindelhof zu ihm heraufstarrte. Aber vielleicht bildete er sich das auch nur ein.

Aline schlich den Weg durch die Pforte, die zum winzigen Vorgarten führte, am Glasvorbau vorbei. Als sie die Passage zwischen Hausmauer und Zaun zum Nachbargrundstück erreichte, blieb sie stehen und lauschte. Aus dem Haus – ihrem Haus! – drang lautes Gekeife. Also war Madame wieder da. Als das Gekeife verstummte, hörte sie, wie jemand Klavier spielte. Offenbar handelte es sich um eine dieser Übungssonaten von Clementi, aber genau war das nicht festzustellen, denn die Töne erfolgten abgehackt ohne erkennbares rhythmisches Schema. Aline seufzte. Wie gern würde sie selbst wieder eimal am Klavier sitzen! Kaum etwas anderes entspannte sie so sehr wie das Spiel mit den Tasten. In diesem Moment wurde oben ein Fenster geöffnet. Aline drückte sich so rasch sie konnte gegen die Hausmauer. Jetzt von Madame Meyerdink angerufen zu werden war mehr, als sie ertragen konnte. Leise drückte sie die Tür zum Anbau auf. An einem kalten, trüben Januartag wie diesem war es drinnen unglaublich dunkel. Tatsächlich hatte sie nie zuvor, all die Jahre, wenn sie Bertha in der Küche besuchte, bemerkt, *wie* dunkel es hier war. Es war die ewige Finsternis. Die Hölle. Fegefeuer ohne das dazugehörige Feuer, denn der Kohleherd, der sich hier befand, war feucht geworden und qualmte traurig vor sich hin, so dass sie gezwungen waren, die Fenster aufzureißen, um nicht zu ersticken. Mit allem hatte Aline gerechnet, als sie vor nunmehr drei Monaten das Haus den Meyerdinks übergeben hatten, mit Enge, mit Schwierigkeiten beim Lernen mit Bertha und Maman im Raum, aber nicht mit dieser beklemmenden Dunkelheit, die ihr den Atem nahm und sie traurig und träge machte. Immerhin konnte sie dem Hinterhof regelmäßig entkommen. Sie hatte die Uni, ihre Aufgaben, die sie herausforderten und ablenkten, die Treffen mit Kommilitoninnen – und Nathan, den sie hin und wieder von weitem sah, der ihr zulächelte und dem sie zulächeln konnte. Tausendmal schlimmer war es für ihre Mutter. Sie wusste nicht genau, wann es angefangen hatte, es war in den vergangenen Monaten einfach passiert, schleichend, aber Madeleine war komplett weiß geworden. Ihr Haar, einst dunkelbraun gelockte Pracht, war nicht mehr als ein weißes strähniges Büschel. Madeleine trug es straff nach hinten gekämmt, um die kahlen Stellen zu verdecken. An besonders schlimmen Tagen trug sie es offen.

Als Aline die Küche betrat, sah sie Bertha am Herd stehen und in einem Topf rühren. Bertha war wie eine Eiche, alt und so verwurzelt, dass kein Sturm sie mehr umreißen konnte. Bertha lächelte ihr zu. Madeleine winkte müde mit einem Briefumschlag. »Sieh nur, Aline, mein Täubchen. Wir haben schon wieder im Lotto gewonnen!«

»Nanu. Wie viel ist es denn diesmal?«

»252 Mark und 17 Pfennige. Mehr noch als beim letzten Mal. Wir sparen es für dein Brautkleid. Ich möchte nicht, dass du in einem ärmlichen Lappen heiratest.«

»Aber Maman!« Aline stellte ihre lederne Aktentasche neben den Korb mit den Kartoffeln. »Papa hat doch genug Geld für meine Hochzeit hinterlassen. Nein, von dem Geld lassen wir den Schornsteinfeger kommen und den Herd richtig machen. Ist ja nicht mehr auszuhalten mit dem Qualm!«

»Der Qualm kommt von Bertha, weil sie kocht«, mumelte Madeleine.

Bertha stemmte die Hände in die Hüften. »Nu bin ich wieder schuld! Nee, Aline hat Recht, wenn ich das man mal so sagen darf! Der Herd ist schrott, und wir holen uns noch alle die Tuberkulose, wenn das so weitergeht!«

Aline lächelte. »Und von dem restlichen Geld machen wir einen Ausflug nach Hamburg! Wir fahren mit der Droschke, wie früher! Erst gehen wir mit dir zum Friseur, und dann …«, sie fühlte sich plötzlich übermütig werden und lachte, »dann trinken wir eine heiße Schokolade unter den Alsterarkaden, dann gehen wir Schlittschuhlaufen, du begleitest mich an die Uni und ich zeige dir meine Seminarräume, du wirst staunen, wir haben ausgestopfte Tiere und allerlei Körperteile in Gläsern konserviert, ich könnte dir zeigen, wie man …« Ein energisches Klopfen unterbrach den Redefluss. Bertha stellte sich abwehrbereit mit erhobenem Kochlöffel auf. »Wenn das wieder die olle Schreckschraube ist, mach ich sie nieder«, grollte sie dumpf.

»Psst!«, zischte Aline und ging öffnen. Es war eine falsch lächelnde Frau Meyerdink. »Guten Tag!«, sagte sie.

Aline wollte es nicht gelingen, ihr Lächeln zu erwidern. »Guten Tag«, antwortete sie ernst.

»Wenn ich an Ihrer Stelle wäre, würde ich den Mietern Ihres Hauses ein bisschen freundlicher begegnen!«, keifte Madame augenblicklich los. »Sie hätten nämlich allen Grund, sich schuldig zu fühlen. Das Telefon geht schon wieder nicht. Laut Mietvertrag sind Sie für die Instandsetzung aller Möbel, Öfen, Heizungen und sonstiger Geräte im Haus verantwortlich. Wir verlangen, dass Sie das Telefon innerhalb der nächsten 48 Stunden reparieren lassen, sonst werden wir die Miete kürzen!«

Aline schnappte nach Luft. Madeleine wandte sich müde zum Fenster um. Bertha rührte jetzt so heftig im Topf, dass es spritzte. Frau Meyerdink zuckte zurück. »Kann sie denn nicht besser aufpassen!«, fuhr sie Bertha an. Und zu Madeleine gewandt: »Wenn Sie schon auf engstem Raum mit Ihrer Köchin leben möchten, dann bringen Sie ihr wenigstens Manieren bei!« Hinter ihrem Rücken griff Aline nach Berthas Hand. Sie drückte sie vorsichtig. Jetzt bitte nichts sagen, hieß das. Sie räusperte sich. »Wir haben Ihnen das Haus in einwandfreiem Zustand überlassen«, bemerkte sie, so ruhig sie konnte. »Zur tadellosen Grundausstattung gehörte auch ein funktionierendes Telefon. Haben Sie schon nach der Ursache des Schadens geforscht? Vielleicht streikt die Telefongesellschaft.«

Unter der wollenen Stola sah sie Madames Busen erzittern.

»Für wie dumm halten Sie mich eigentlich, junges Fräulein? Natürlich haben wir uns schon erkundigt. Und zu Ihrer Information: Die Telefongesellschaft streikt *nicht!* Es gibt nämlich noch anständige und arbeitswillige Leute!« Mit einem Blick voller Verachtung sah sie zu Madeleine auf ihrem Küchenschemel hinüber. »Also, wie gesagt: Das Telefon wird binnen 48 Stunden repariert. Sonst können wir nicht für die Folgen garantieren.« Damit wandte sie sich um.

»Aber was stellen Sie denn mit dem Telefon ständig an?«, rief Aline in ihrer Verzweiflung. »Nicht wir benutzen es, sondern Sie! Wir können doch überhaupt nichts für den Schaden!«

Frau Meyerdink würdigte sie keines Blickes mehr. »Das hätten Sie sich vor Aufsetzen des Mietvertrags überlegen sollen. Nun steht es schwarz auf weiß.« Und zu Berha gewandt: »Im Übrigen wünschen wir heute Abend eine Stunde früher zu speisen. Und ich wäre ihr dankbar, wenn sie das Essen einmal nicht lauwarm servieren würde!« Damit schlug sie die Tür hinter sich zu.

»Diese Natter«, sagte Bertha, als die Schritte verklungen waren. »Die hat Sie doch genötigt, diesen Schietvertrag aufzusetzen.« Die Kritik an ihrer eigenen Person ließ Bertha an sich abperlen wie eine Ente das Wasser.

»Bertha, Liebes«, presste Aline zwischen den Zähnen hervor. »Der Vergleich mit Frau Meyerdink ist eine Beleidigung für Nattern. Aber das letzte Wort ist noch nicht gesprochen. Eines Tages wird sie büßen.« Erst jetzt bemerkte sie, dass ihre Mutter weinte. Stumm, immer noch mit abgewandtem Kopf saß sie am Fenster und zitterte. Ihre schmalen Schultern bebten vor Schluchzen. Aline nahm sie in den Arm. »Ich kann nicht mehr«, weinte Madeleine. »Ich kann nicht mehr.« Aline zog sich den zweiten Schemel heran und umschlang sie von hinten. »Ist ja schon gut, Maman«, flüsterte sie. »Jetzt ist sie ja weg. Und vor übermorgen kommt sie auch nicht wieder. Da bin ich ganz sicher. Das mit dem Ausflug machen wir trotzdem.«

Madeleine schüttelte den Kopf. »Besser, wir bringen das Telefon in Ordnung. Ich habe Angst vor der Frau. Besser, wir legen uns nicht mit ihr an.«

Aline schnaubte. »Aber wir können uns doch auch nicht alles von ihr gefallen lassen! Wohin soll das führen? Morgen kommt sie und will, dass wir eine neue Zentralheizung installieren! Oder die Wände neu tapezieren lassen. Oder was weiß ich!«

»Besser, wir bringen das mit dem Telefon in Ordnung«, sagte Madeleine, immer noch zitternd.

»Aber ich schwöre dir, Maman, lange mach ich das nicht mehr mit! Vielleicht sollten wir uns einen Advokaten nehmen?«

»Und wovon bezahlen?«, warf Bertha vom Herd her ein.

»Ich verzichte auf meine Aussteuer«, erklärte Aline. »Lieber werde ich eine alte Jungfer, als mich ungerecht behandeln zu lassen.«

»Auf deine Aussteuer verzichtest du nicht, Kind!« Madeleine fuhr herum. Aus ihren verweinten Augen funkelte sie sie böse an.

»Ist ja gut«, versuchte Aline sie zu beschwichtigen.

»Wenn du heiratest, ist das hier zu Ende.« Ihr Arm umschrieb einen Kreis, der die Küche, das winzige Nebenzimmer und den vom Hang überschatteten Hof mit einfasste. »Dann wohnst du wieder in einem richtigen Haus. Außerdem«, wieder sah Aline Tränen in den Augen ihrer Mutter schimmern, »freue ich mich so auf deine Hochzeit.«

Aline nahm sie in den Arm.

»Essen ist fertig«, brummte Bertha.

»Augenblick mal.« Aline war etwas eingefallen. »Kann ich den Brief von der Lotterie mal sehen?«

»Hier.« Madeleine reichte ihr den Umschlag. *An Kapitän Christian Jacoby*, stand darauf.

»Das verstehe ich nicht. Papa spielt doch nicht im Jenseits Lotto«, entfuhr es ihr.

»Aber Aline!« Madeleine zog die Luft ein. »Mäßige dich im Ton, und komm endlich an den Tisch!« Da war sie wieder,

Madeleine in einer ihrer besten Mutterrollen. Sogar der französische Akzent erwachte zu neuem Leben. Aline lächelte. Vielleicht musste sie sich doch nicht so sehr um die Mutter sorgen. Am Ende würde sie ihre alte Kraft zurückgewinnen, man musste bloß hoffen. Geistesabwesend setzte sie sich an den Tisch und löffelte die Haferschleimsuppe, von Bertha mit den alten Likörvorräten verfeinert, die sich langsam dem Ende zuneigten. Etwas war faul an dieser Lotto-Sache, doch sie würde schon noch dahinter kommen. Für den Moment war es aber besser, den Mund zu halten. Der Staatlichen Lotterie-Gesellschaft gegenüber sowieso.

Es war im März 1921, als Heinrich sich endgültig von den Idealen der Burschenschaft überzeugen ließ. Zu diesem Zeitpunkt hatte er eine Lungenentzündung durchgemacht und wäre vor Hunger sicher eingegangen, hätte er nicht wenigstens einmal pro Woche bei den Sandsteins essen dürfen. Als ihn Julius Cäsar Meyerdink, ein imposant gebauter Student der Rechte, zum ersten Mal auf dem Unigelände angesprochen hatte, war er allerdings noch misstrauisch gewesen. Er erinnerte sich an das geckenhafte Männeken im Anzeiger der Universitäts-Zeitung, den lächerlich emporgereckten Fechtdegen und die Mütze, die im Winter wohl kaum dazu dienen konnte, die Kälte abzuhalten. Heinrich studierte nun im 4. Semester an der Uni und wusste, dass die schlagenden Verbindungen Macht und Einfluss hatten. Größeren Einfluss als die Hochschulbehörde, die die meisten Studenten ablehnten. Im Februar hatte der Hass gegen diese neue Behörde so hohe Wellen geschlagen, dass es dabei fast zu einem Aufstand gekommen wäre. Der Grund dafür war die neue Universitätsverfassung, in der es hieß, dass jüdische Studenten die gleichen Rechte erhalten sollten wie alle anderen. Zu diesem Zeitpunkt erhielten die Burschenschaften regen Zulauf, denn sie versprachen all jenen Studenten, die sich auf ihre Seite stellten, eine warme Wohnung in einem der Verbindungshäuser und Mahlzeiten. Heinrich hatte sich bereitwillig »keilen« lassen, wie die Burschen es nannten. Er hatte frohen Mutes seine zugige Bude im Grindelviertel verlassen, um in eine der weiß getünchten Villen an der Alster zu ziehen. Gemeinsam mit den anderen Neulingen bildete er eine Bierfamilie im so genannten Fuxenstall. Gegen das neue Hochschulgesetz, das am 4. Februar in Kraft getreten war, hatte er mit seinen neuen Brüdern lautstark protestiert. An Nathan hatte er dabei nicht gedacht. Nathan war für ihn kein Jude. Nathan war Atheist. Auch sein verstorbener Vater war kein Jude gewesen. Heinrich hatte nicht das Gefühl, Unrechtes zu tun, als er tagsüber gegen Juden an der Hamburger Universität demonstrierte und abends bei den Sandsteins aß. Die Welt war voller Widersprüche. Hauptsache, man kam durch.

Julius Cäsar wurde sein Leibbursche. Wenn sie sich abends im Verbindungshaus zum Biertrinken trafen, durfte Julius ihn zwingen, sein Glas leer zu trinken, oder aber er verbot ihm, auf die Toilette zu gehen. Überhaupt mussten die Füxe saufen, was das Zeug hielt. Heinrich, der früher überhaupt nicht und später im Kreis der Wandervögel nur das Getränk der Bohème, Absinth, getrunken hatte, verbrachte die ersten Wochen mit dauernden Kopfschmerzen und Übelkeitsgefühlen. Zum Studieren war er in der Zeit kaum noch fähig, und seine Leistungen sackten bedenklich ab. Dafür lernte er Fechten. Das war, nach dem Wandern und Tanzen, eine Sportart, die ihn wirklich begeisterte. Er besuchte die täglichen Paukstunden mit einem wahren Feuereifer und freute sich wie ein Besessener auf sein erstes wirkliches Duell. Doch niemand focht so prächtig wie Julius Cäsar Meyerdink. Obschon er auf den ersten Blick schwerfällig wirkte, entwickelte er in der Mensur eine verblüffende Leichtigkeit. Heinrich bewunderte ihn.

Dann kam der Tag der Brandung. Ein Ritual, das den Neofux zum Brandfux machte, die letzte Vorstufe zur Burschenwerdung. Heinrich und die anderen Füxe mussten mit nacktem Oberkörper, nur mit Krawatte und dem Band der Burschen bekleidet, singend auf Stühlen in der Kneipe reiten. Heinrich sang falsch wie immer, aber das fiel im Zustand der allgemeinen Trunkenheit niemandem auf. Während die Burschen ihre Korken schwärzten, um die Füxe damit zu brandmarken, empfand Heinrich einen Rausch, der nicht nur vom Alkohol herrührte. Es war die Freude, gemeinsam mit all den anderen, die ihm in den letzten Monaten ans Herz gewachsen waren, diesen Augenblick zu teilen. Das Gefühl von Angst vor dem sengenden Korken, das Gefühl, gedemütigt zu werden und endlich dazuzugehören. Als sich Julius mit seinem Korken näherte, fühlte Heinrich, wie er am ganzen Körper zitterte.

In dieser Nacht träumte er von Julius. Aber er hätte niemals zugegeben, dass es ein erotischer Traum war.

Bertha hockte unter der Linde im Garten und blickte vorsichtig umher. Die Sonne war eben gerade aufgegangen, und von dem ekelhaften Meyerdink-Weib war noch nichts zu sehen. Überhaupt war um diese Uhrzeit hier unten in Oevelgönne noch nichts los. Nachdem sie den Hahn ihrer Vorderladerpistole in Sicherheitsrast gebracht hatte, füllte sie das Schwarzpulver ein. In diesem Moment ging im Haus ein Fensterladen auf. Bertha fuhr herum und tat, als ob sie auf das Fenster zielen würde. Dann grinste sie. Wie schön das Leben ohne diese Natter wäre! Im Baum über ihr zwitscherte es. Als sie aufblickte, sah sie die Krähe, die ihre Kreise unter dem orange-blauen Himmel zog. Bertha setzte das Geschoss und schob es mit dem Ladestock bis hinten auf das Pulver. Dann versuchte sie, auf die Krähe zu zielen. Das war schwerer, als sie angenommen hatte, denn die Krähe bewegte sich, ohne anzuhalten, und Bertha hatte keine ruhige Hand. Sie beschloss, die Pistole auf der Banklehne abzusetzen. Als die Waffe in die Richtung zeigte, in der sie die Krähe vermutete, setzte sie das Zündhütchen auf. Der Schuss war so laut, dass sie zusammenzuckte. Sie blickte zum Haus hinüber. Hatte sich da etwas bewegt? Ihr Magen knurrte. Verflucht, wenn sie nicht bald ein Stück Fleisch zwischen die Zähne bekäme, würde sie sich wirklich an der Meyerdink vergreifen. Aline sah auch schon ganz abgemagert aus. Das Kind brauchte was zu futtern, wenn es weiter studieren wollte. Und zwar etwas anderes als die unglaublich originellen Menüs der vergangenen Monate, die aus Graupensuppe, Mehlsuppe und Haferschleim bestanden hatten. Immerhin hatte Aline ihren Schlafzwang in den Griff bekommen. Die alte Gewohnheit, ihren Problemen davonzuschlafen, hatte schlagartig aufgehört, als Aline … ja, was? Bertha versuchte sich am Kopf zu kratzen. Dabei feuerte sie versehentlich einen Schuss ab. Sie schrak so zusammen, dass ihr Gedankengang für einen Moment abriss. Dann fiel es ihr wieder ein: Ja, Aline schlief normal, seit sie Studentin war. Komisch eigentlich. Aber so war es. In diesem Moment hörte sie Stimmen aus dem Haus: »Was ist los da unten?«

So rasch sie konnte, ließ Bertha die Pistole in ihrer Küchenschürze verschwinden. Sie bückte sich und rannte durch die Gartenpforte, die zum Strand hinabführte. Ab da ging sie ruhiger. Sie würde eben noch ein bisschen üben müssen. War ja schließlich noch kein Meister vom Himmel gefallen.

Es war Sommer geworden. Aline genoss es, draußen an der frischen Luft zu lernen. In ihrer vorlesungsfreien Zeit liebte sie es, auf einer Decke im Gras zu liegen und bei Vogelgezwitscher und Wellenrauschen die Zusammensetzung des Bluts zu rekapitulieren oder den Aufbau der Muskeln im menschlichen Körper. Um das Problem der Studiengebühren zu lösen, hatte sie eine Studienbeihilfe beantragt. Denn natürlich war ihr der Gedanke unangenehm, dass Friedrich für ihr Studium aufkommen sollte. Leider hatte die Universität ihren Antrag abgelehnt. Als Eigentümerin eines Hauses in Oevelgönne fiel sie definitiv aus dem Förderprogramm für Minderbemittelte heraus. Nun gab es nur noch eine Möglichkeit: Sie musste sich ein Stipendium für hervorragende Leistungen erarbeiten. Der Gedanke daran beflügelte sie. Feuerte sie in ihren Leistungen geradezu an. Endlich hatte sie ein Ziel, etwas, auf das es sich hinzuarbeiten lohnte und das ihr wie die Antwort auf all ihre Probleme erschien. Sie begann wie eine Besessene zu lernen. Nur wo? Das war zunächst die Frage. Nun, da sie den Garten nicht mehr nutzen durfte, musste sie sich nach neuen Möglichkeiten umsehen. Natürlich war sie jederzeit bei Friedrich in Blankenese willkommen, dessen Familie ein prächtiges Anwesen unten am Strand besaß. Aber sie hatte die Erfahrung gemacht, dass es sich bei Friedrich schlecht lernen ließ. Dauernd versuchte er sie abzulenken, oder aber er enzückte sich so offensichtlich über das »Mäuschen, das versucht, sein Gehirnchen anzustrengen«, dass Aline schließlich genervt aufgab. Hin und wieder lernte sie bei Lassens auf dem Oevelgönner Nachbargrundstück, aber die mitleidigen Blicke der Frau Lassen und ihre allzu neugierigen Fragen, ob Aline Hunger habe, vermiesten ihr auch dieses Vergnügen schnell. Schließlich lernte sie einfach in Parks, um der dunklen Stube im Hinterhof zu entkommen. Hier saß Madeleine tagaus, tagein, um sich über Alines Aussteuer die Augen zu verderben. Immer wieder bat Aline sie, das Sticken endlich einzustellen, sie habe wohl nun genug Wäsche, um die nächsten zweihundert Jahre zu überstehen. Doch Madeleine hörte einfach nicht auf. »Man kann nie genug Wäsche haben«, war ihre schlichte Antwort.

Manchmal sah Aline den weißblonden Schopf von Käthe in der Ferne aufleuchten. Von den Nachbarn wusste sie, dass Käthe nicht mehr in Neumühlen wohnte. Aber sie schien ihre Eltern von Zeit zu Zeit zu besuchen. Einmal hatte Aline versucht, sie anzusprechen. Aber Käthe war davongelaufen. Aline war ihr nicht gefolgt. Sie wusste ja ohnehin, dass Käthe schneller war.

Die mysteriösen Lottogewinne trudelten weiter ins Haus. Die Summen wurden mit jedem Mal größer, und doch schienen sie für immer weniger zu reichen, denn die Reichsmark verlor ständig an Wert. Schon die einfachsten Dinge kosteten mittlerweile Unsummen. Aline hatte unterdessen, zu Friedrichs Missvergnügen, eine Leidenschaft für das Angeln entwickelt. An den Wochenenden ruderte sie von der Dampfschifffahrtsbrücke in Oevelgönne auf den Strom hinaus, um dort die Angelschnur auszuwerfen. Sie war nicht die Einzige. Zahlreiche Anwohner aus Oevelgönne und Neumühlen taten es ihr gleich, obschon einige Schwarzmaler munkelten, die Fische könnten ob der heraufziehenden Verschmutzung der Elbe durch die Industrie gesundheitsgefährdend sein. Aline war das gleich. Sie liebte es, auf dem Strom herumzudümpeln, die Rufe und das Winken der anderen Angler um sich herum wahrzunehmen und dabei doch allein zu sein. Während sie den Angelhaken durch die frischen Würmer stieß, ging sie im Geist die inneren Organe des Menschen durch. Später, während sie auf ihren Fang wartete, las sie in ihren medizinischen Fachbüchern, lernte Texte auswendig oder formulierte im Geist einen Aufsatz. Es waren Stunden, in denen sie fast glücklich war, schwerelos.

Wenn die Tide günstig war, ruderte sie manchmal durch die Priele hinüber nach Waltershof, wo Bauer Bremer eine kleine Schankwirtschaft in seinem Garten eröffnet hatte. Hier stärkte sich Aline mit einem halben Liter Milch, der selbst jetzt, am Vorabend der Inflation, nur wenige Groschen kostete. Es war eine weitere Möglichkeit, dem dunklen Zimmer im Anbau mit seinen lebensfreudigen Kreaturen zu entkommen, den pelzigen Spinnen, den Fliegen, den stoffhungrigen Motten und vor dem Fenster den Fledermäusen, die ihre Mutter jedes Mal zu Tode erschreckten. Bevor sie zurückruderte, wanderte sie über die angrenzenden Wiesen, um Madeleine einen Strauß von Schachbrettblumen und Vergissmeinnicht zu pflücken. Nur manchmal, wenn sie wieder auf der Elbe war und die Liebespärchen in Bauer Bremers Sommergarten immer kleiner wurden, bis sie am Ende gar nicht mehr zu sehen waren, nur da bemerkte sie, dass sie einsam war.

8. Kapitel

»Heute gibt es was Feines.« Bertha zerrte an der Haut des riesigen Vogels in ihrer Linken, bekam sie endlich richtig zu fassen und riss sie schwungvoll ab. Das Geräusch ähnelte dem von zerreißendem Stoff und erinnerte Aline unangenehm an ihren Tanzball in der Palmaille. Bertha blinzelte befriedigt. »Na, endlich!«, stieß sie aus. »Hatte gar nicht gewusst, dass Krähenhaut so zäh sein kann.«

»Was machst du da eigentlich?« Aline blickte von einem Aufsatz über Dujarric de la Rivière auf. Der Wahnsinnige hatte sich vor drei Jahren das Blutfiltrat eines Grippekranken unter die Haut gespritzt, um zu beweisen, dass Grippe ansteckend ist und über Viren verbreitet wird. Obwohl es erst elf Uhr vormittags war, musste sie schon die Petroleumlampe anzünden, so dunkel war es in dem Raum.

»Ragout«, erklärte Bertha. »Dachte, du solltest mal wieder was Anständiges zwischen die Zähne bekommen.«

»*Krähen*ragout?« Aline bemühte sich, ihren Ekel nicht allzu offensichtlich werden zu lassen. Berthas Absichten waren zweifelsohne sehr nobel.

»Jo.« Bertha begann den Vogel in kleine Stücke zu hacken. Aline versuchte den Blick abzuwenden, aber die Widerwärtigkeit des ganzen Unternehmens faszinierte sie irgendwie.

»Was guckst du so komisch?« Bertha klang eine Spur beleidigt. »Du isst doch auch Hühner, oder nicht?«

Leugnen hatte keinen Zweck. »Ja«, stimmte Aline kleinlaut zu. Sie beobachtete, wie Bertha den Vogel, oder was von ihm übrig war, mit Salz und Mehl bestreute. Mit einer nahezu feierlichen Geste holte sie ein Stück Butter aus dem Schrank und warf es in den großen gusseisernen Topf auf dem Herd. Es zischte. Sie versuchte, sich wieder Dujarric de la Rivière zuzuwenden, aber aus irgendeinem Grund kam ihr der Mann plötzlich krank vor. Angewidert schob sie das Buch zurück. Als Bertha Wasser in den Topf goss, war die Küche voller Dampf. Wieder einmal bemerkte Aline, wie sich die Seiten ihrer Notizen wellten. Sie hatte immer geglaubt, Arbeitszimmer und Bibliotheken seien deshalb vom Rest der Wohnung abgetrennt, damit der Studierende seine Ruhe darin habe. Dass auch Papier und Leder geschützt werden mussten, wurde ihr erst jetzt bewusst. Sie biss die Zähne zusammen. Bald würde sie hier rauskommen, das war sicher. Und es würde ganz einfach sein. Sie musste bloß ihr Jawort geben.

Das Krähenragout schmeckte erstaunlich zart. Madeleine, Bertha und Aline verspeisten es in andächtiger Stille. Sie mischten es mit weich gekochten Kartoffeln, die sie in die Soße manschten, und sie nahmen nur ganz winzige Gabeln voll davon in den Mund, damit es länger reichte. An diesem Abend lernte Aline nicht mehr. Sie stieg in das Doppelbett, das sie sich mit Madeleine teilte, und hörte ihre Mutter zufrieden seufzen. Wenig später hörte sie Berthas Schnarchen von der Küchenbank nebenan. Aline wusste nicht, ob es die Geräusche dieser vertrauten Menschen waren oder der Umstand, dass sie zum ersten Mal seit Monaten keinen Haferschleim gegessen hatte, sondern ein richtiges Gericht, aber sie fühlte sich auf eine merkwürdige Weise glücklich und aufgeregt. So, als ob bald etwas Schönes passieren sollte. Allerdings fiel ihr nichts ein, das schön zu werden versprach. Sie horchte auf ihren Herzschlag, der ein bisschen schneller war als gewöhnlich, lauschte den Atemzügen ihrer Mutter und schlief endlich ein.

Käthe hatte es sich angewöhnt, einmal die Woche zur Lotto-Annahmestelle zu gehen und auf gut Glück die Zahlen anzukreuzen, die ihr Glück bringen sollten. Seitdem sie nicht mehr zu Hause wohnte, war sie ständig knapp bei Kasse. In Sachen Geldverdienen hatte sie mittlerweile eine blühende Fantasie entwickelt. Wenn es ihr nur ein einziges Mal gelänge, einen großen Gewinn zu machen, wäre sie ihre Sorgen bis ans Lebensende los, davon war sie überzeugt, und sie hatte bereits einen Plan, wie sie den Gewinn investieren würde. Ihr Plan bestand darin, jenem Archivar, der behauptet hatte, auf Störtebekers Schatz gestoßen zu sein, eine Million Goldmark Finderlohn zu zahlen, damit er ihr das Versteck zeigte. Gewiss war es an einem schwer zugänglichen Ort, manche behaupteten, in der Spitze von St. Katharinen oder aber auf der Insel Schweinesand vergraben, aber Käthe fühlte sich wendig und mutig genug, ein solches Abenteuer auf sich zu nehmen. Allerdings wusste sie nicht, mit wem. Seitdem Caroline ihr Engagement an den Kammerspielen hatte, war sie mehr und mehr mit den anderen Schauspielern dort beschäftigt. Käthe mutmaßte, dass Caroline die Leute vom Hansa-Theater nicht mehr gut genug waren. Zur Zeit spielte sie jedenfalls in Schnitzlers »Reigen«, was sie nicht oft genug betonen konnte, wenn sie sich zu einem jener immer seltener werdenden Tanzabende trafen. Natürlich sehnte sich Käthe nach Aline, bisweilen sogar so schlimm, dass sie nachts von ihr träumte, aber nun, nach all den Monaten, wusste sie erst recht nicht mehr, wie sie auf sie zugehen sollte. Dass sie nach dem Tod ihres Vaters nicht bei ihr gewesen war, würde sie sich wohl ewig vorwerfen müssen. Soweit sie wusste, sahen sich Nathan und Aline auch nicht mehr, Aline plante sogar weiter ihre Hochzeit mit diesem dämlichen Gecken aus Blankenese. Wäre Nathan nicht Nathan gewesen, Käthe hätte ihr schon zehntausendmal von der Hochzeit abgeraten. Aber so? Käthe wusste, dass sie einen Riesenfehler gemacht hatte, indem sie sich mit Aline zerstritten hatte. Sie musste es irgendwie wieder gutmachen, das war klar. Nur wie?

»Sie wünschen, Fräulein?« Erst jetzt bemerkte Käthe, dass der Herr von der Lotto-Annahmestelle sie eingehend musterte. Wie lange hatte sie schon so grübelnd dagestanden?

»Ich hätte gern einen Lottoschein«, murmelte Käthe, immer noch leicht verwirrt.

In der Patientenliste von 1899 tauchte in der zweiten Jahreshälfte ein Name auf, der Nathan beschäftigte: Es war ein gewisser Theodor Ludwigsen, Student der Rechte in Göttingen, dessen Eltern in Altona lebten. Dieser Theodor war mit verschiedenen Brandwunden und einer starken Alkoholvergiftung zum Vater gebracht worden. Der Vater hatte ihn mittels Schlaf- und Wasserkur ausgenüchtert und seine Wunden behandelt. Kurze Zeit darauf war Theodor Ludwigsen verstorben. Im Altonaer Adressbuch fand Nathan die Adressen mehrerer Ludwigsens, zwei davon in der Palmaille. Er zögerte nicht lange und machte im Anschluss an eine Droschkenfahrt, die er für Carlsen erledigen musste, einen Umweg zu den beiden in Frage kommenden Häusern. Er klingelte, doch weder in dem einen noch in dem anderen Haus wurde ihm geöffnet.

Und nun? Was sollte er überhaupt sagen, wenn ihm geöffnet wurde? Guten Tag, ich bin der Sohn von Dr. Sandstein. War mein Vater zufällig schuld am Tod ihres Sohnes Theodor?

Wohl kaum.

Er fuhr unverrichteter Dinge wieder davon. Die Arbeit für den Fuhrunternehmer ging ohnehin erst mal vor.

Am Abend stand, wie immer mittwochs, Heinrich vor der Tür. Er grinste jovial. Ein Schmiss zierte seine rechte Wange. »Was ist das?«, wollte Nathan wissen. »Ist beim Rasieren was danebengegangen?«

Heinrich lachte. »Meine erste Mensur. Wie steht mir das? Macht mich männlicher, oder?«

Nathan lächelte. »Ich habe nie an deiner Geschlechtszugehörigkeit gezweifelt. Moment mal, du hast da ein Haar.«

Heinrich wehrte Nathans Hand heftig ab. »Lass das. Das habe ich mit Absicht in die Wunde gelegt, damit der Schmiss breiter wird.«

»Was du für Tricks kennst.« Nathan lächelte. »Komm rein. Heute Abend gibt es Milchsuppe, glaube ich. Wenn das so weitergeht mit den Börsenkursen, werden wir bald wie Gerippe aussehen.«

In diesem Moment riss Max die Tür von seinem Arbeitszimmer am Ende des Ganges auf. Er war hochrot im Gesicht. Ihm stand förmlich Schaum vorm Mund. »Heinrich verschwindet besser von hier! Und zwar auf der Stelle!«, schrie er.

Nathan fuhr herum. »Warum? Was ist denn jetzt schon wieder los?«

Nun wandte sich Max direkt an Heinrich. »Stimmt es, dass du dich in einer schlagenden Verbindung engagierst?«

»Ja«, antwortete Heinrich schlicht.

»Und ist es wahr, dass du vor dem Universitätsgebäude gegen jüdische Studenten demonstriert hast?«

»Ich, nun ja …«

»Und dass du dich in deiner Verbindungsvilla an der Außenalster verköstigen lässt?«

»Nun lass ihn doch mal zu Wort kommen!«, brüllte Nathan dazwischen. Henny steckte den Kopf durch die Tür. »Was macht ihr denn für einen Lärm?«, fragte sie. Als sie Heinrich erblickte, wurde sie rot. Max machte ihr ein Zeichen zu verschwinden.

»Und da hast du die unglaubliche Frechheit, einmal die Woche eine jüdische Familie zu besuchen und ihr den Tisch leer zu fressen?!« Nie zuvor hatte Nathan seinen Bruder dermaßen außer sich gesehen.

»Nun hör schon auf«, versuchte er Max zu beruhigen. »Was Heinrich tut, richtet sich doch überhaupt nicht gegen uns. Und wir haben genug zu essen für einen Gast, der bloß einmal die Woche kommt.«

Heinrich war kreidebleich geworden. Der Schmiss auf seiner

Wange leuchtete wie ein Feuermal. Ohne ein Wort zu sagen, drehte er sich um. »Ich schwöre«, brüllte Max ihm hinterher, »solltest du den Fuß jemals wieder in unsere Wohnung setzen, dann schlage ich dich zu Brei!«

Die Tür fiel zu, und Nathan starrte seinen Bruder an. »Heinrich ist mein Freund«, sagte er ruhig.

»Er sollte dein Freund gewesen sein«, entgegnete Max. Sekundenlang starrten sie sich an. Ein stummer Kampf der Blicke. Da kam die Mutter aus der Küche. »Ist etwas passiert?«, fragte sie besorgt. »Das Wasser hat so gekocht, ich habe nur laute Stimmen gehört.«

Max ging zu ihr und legte ihr einen Arm um die Schulter. Valeska sah winzig aus neben ihrem Ältesten. »Nichts, was der Rede wert wäre, Mutter« erklärte er. »Aber Heinrich isst von nun an mittwochs nicht mehr mit.«

»Schade«, sagte sie. »Ich hab den Jungen gern gehabt.« Nach dem Grund fragte sie nicht. Es war eine von Valeskas Erfahrungen, dass Fragen einen nicht unbedingt weiterbrachten, wenn niemand da war, der sie beantworten wollte.

Nach dem Essen bat Max Nathan in sein Zimmer. Am liebsten hätte Nathan abgelehnt. Doch die Gewissheit, dass Max etwas wusste, das er selbst nicht wusste, hieß ihn, ruhig zu bleiben.

»Nur so viel«, sagte Max. »Lass dich nie mit Verbindungsstudenten ein.«

»Warum?«, fragte Nathan.

»Weil sie uns Juden hassen.«

»Nicht alle«, wandte Nathan ein. »Heinrich hat uns nicht gehasst. Bis du ihn so angebrüllt hast, zumindest.«

»Ach ja?« Max zuckte höhnisch mit der rechten Augenbraue. »Und warum hat er gegen Juden demonstriert?«

Nathan blies ungeduldig Luft aus der Nase. »Weil er es nicht besser weiß. Heinrich ist jemand, der ständig auf der Suche ist. Mal probiert er dies, mal das. Jetzt ist er halt bei den Burschen gelandet. Im Übrigen wär er letzten Winter beinah draufgegangen. Die Burschen haben ihm mit ihrer Versorgung das Leben gerettet.«

»Das Leben gerettet, dass ich nicht lache!« Max ließ ein heiseres Schnaufen hören, das alles andere als amüsiert klang.

»Hör zu, Nathan. Ich weiß, dass unsere Beziehung nicht zum Besten steht, aber in diesem einen Punkt musst du mir vertrauen. Unsere Familie darf nie wieder etwas mit Burschenschaften zu tun haben. Das sind sehr mächtige Organisationen. Mit Wandervogel und anderen Jugendbünden hat das nichts zu tun!«

»Warum sagst du wieder?« Nathan war hellhörig geworden.

»Oh.« Max wischte sich müde über die Augen. »Habe ich *wieder* gesagt? Jetzt geh, ich habe noch viele Stunden Arbeit vor mir.«

Nathan zögerte nur ganz kurz. Er war sicher, auf einen Hinweis gestoßen zu sein. Aber dem würde er allein nachgehen müssen.

Sie hatten nun schon so lange gespart, dass es ihnen wie Luxus erschien, ein Schneideratelier zu betreten. Madeleine hatte hochrote Wangen, und ihre Augen leuchteten. Sie hatte ihr Brautkleid noch selbst nähen müssen, da ihre Mutter – Gott hab sie selig – der Auffassung war, dass ihr ansonsten eine mühselige Ehe drohe. Von Aberglauben hatte Madeleine schon damals nichts gehalten. Und auch jetzt hatte sie weder Lust, die Eheschließung bei zunehmendem Mond stattfinden zu lassen, noch sich der Mühe hinzugeben, bei der momentanen Inflation Alines Brautschuhe in Pfennigen zu bezahlen. Als Tochter jenes Volks, das den Glauben an die Vernunft in Europa hoffähig gemacht hatte, war es wohl ihr gutes Recht, sich von den verwirrenden Bräuchen der Teutonen und Vandalen zu distanzieren. So Madeleines freudiger Beschluss. Die Freude war ein bisschen einseitig, denn Aline kochte vor unterdrückter Ungeduld und schlechter Laune. In den kommenden Wochen würde sie eine wichtige Klausur nach der anderen schreiben, und alles, was sie sich wünschte, war ein ruhiges kleines Arbeitszimmer, in dem sie lernen konnte. Immerhin musste sie sehr gute Noten schreiben, wenn sie das Stipendium bekommen wollte. Stattdessen stand nun die Hochzeit vor der Tür, und das hieß eben: Schnittmuster feststecken lassen, Menüs zusammenstellen, organisatorische Entscheidungen treffen. Die Hochzeit sollte in Friedrichs Haus in Blankenese stattfinden. Bertha hatte mit dem Essen nichts mehr zu tun, schließlich war sie durch den Dienst bei den Meyerdinks voll eingebunden. Die Trauung würde Pastor Weidemann übernehmen, der Aline schon getauft und konfirmiert hatte. Im Grunde war alles entschieden. Es musste eben nur noch getan werden.

Ein fröhlich aussehendes Gesellenmädchen mit roten Wangen eilte auf sie zu. »Darf ich Ihnen behilflich sein?«, strahlte sie. Aline bewunderte sie. Wie konnte man sich den ganzen Tag über Nadel und Faden die Augen verderben und dabei so gnadenlos gute Laune haben? »Madeleine und Aline Jacoby«, stellte sie sich vor. »Wir kommen wegen meines Hochzeitskleides. Das Fräulein Kolbek hat uns mitgeteilt, dass wir eventuell noch ein paar Nähte anpassen müssen.«

Beim Klang ihres Namens kamen die Schwestern Kolbek aus dem hinteren Teil des Geschäfts. Aline überlegte, ob sie Zwillinge waren. Mit ihren rosafarbenen Schleifen im Haar und den pompös geschmückten Kleidern waren sie kaum voneinander zu unterscheiden. »Ich finde, sie sind ein lebendes Aushängeschild für ihr Geschäft«, raunte Aline ihrer Mutter zu. »Wenn jemand den Titel Putzmacherin tragen kann, dann wohl diese beiden Modelle.«

»Du hast keine Ahnung, wovon du sprichst«, flüsterte ihre Mutter zurück. »Putzmacherinnen machen Hüte. Die Schwestern Kolbek sind Schneiderinnen.« Sie streckte ihnen freundlich die Hand entgegen. »Wie schön ruhig es zu dieser Stunde in Ihrem Atelier ist«, bemerkte Madeleine freundlich.

Die Schwestern seufzten im Chor. »Unseretwegen könnte es gern etwas lebendiger sein. Die Wirtschaftskrise, Sie wissen schon. Die Leute haben immer weniger Geld. Das bekommt man schon zu spüren«, antwortete die eine. Und die andere erklärte: »Hinzu kommt noch diese komische neue Mode, sich Kleider von der Stange zu kaufen. Sie haben bestimmt auch schon davon gehört. *Konfektionsmode*!« Sie sprach das Wort abfällig aus, so als handele es sich dabei um eine Krankheit mit äußerst gefährlichem Verlauf, die besonders Arme und Schwache befiele. »Aber kommen wir zu erfreulicheren Dingen. Mademoiselles Robe ist beinahe fertig. Wenn Sie uns bitte folgen würden.«

Aline bemerkte den Blick des Lehrlingsmädchens und lächelte es an. Das Mädchen wurde rot. »Mademoiselle sind sehr schön«, sagte sie. »Sie werden zauberhaft aussehen in dem Kleid. Ich wünschte, ich könnte so ein Kleid einmal tragen.«

»Nicht so vorlaut, Henny«, rügte die eine Kolbek-Schwester. »Mademoiselle hat dich nicht um deine Meinung gebeten. Außerdem möchten wir, dass du wieder an deine Arbeit gehst.«

»Aber Komplimente hört man immer gern«, lachte Aline. »Außerdem sind Sie selber sehr hübsch, Henny. Ihr zukünftiger Gemahl kann sich glücklich schätzen.«

Nun wurde das Mädchen so dunkel im Gesicht, dass es aussah, als würde sie gleich platzen.

»Sie brauchen sie nicht zu siezen«, erklärte die Kolbek-Schwester, die ihr am Nächsten stand. »Sie ist gerade erst Gesellin geworden.«

»Auch Gesellinnen können schon junge Damen sein«, lächelte Aline. Henny segelte verlegen davon.

»Sie ist ein bisschen merkwürdig im Augenblick«, erklärte die andere Kolbek. »Offenbar zum ersten Mal verliebt, das arme junge Ding.« Sie strahlte Aline an. »Aber wem erzähle ich hier von Liebe? Kommen Sie mit und sehen Sie sich endlich das Hochzeitskleid an. Ich hoffe, dass es Ihnen gefällt!«

Als Käthe den Zeitungsladen am Steindamm betrat, in dem sich auch die Lotto-Annahmestelle befand, blieb sie wie angewurzelt stehen. Das war ganz unzweifelhaft *er*, der ihr den Rücken zugewandt hatte und mit dem alten Mann am Tresen plauderte. Sie hörte die beiden lachen. Es lief ihr kalt den Rücken herunter. Im nächsten Moment brach ihr der Schweiß aus. Sie hatte ihn nun schon so lange nicht mehr gesehen, dass sie überrascht war, wie menschlich er wirkte, als er sich nun umdrehte. In ihren Träumen war Nathan Sandstein ein junger Gott, eine Art himmlische Vereinigung von Eros und Merkur, die fleischgewordene Verheißung von Erregung und Intellekt gewesen. Aber er war Nathan, ein junger Mann, der vielleicht nur deshalb geheimnisvoll und vergeistigt wirkte, weil er immer so wenig geredet hatte. Und die athletische Männerfigur, die sie sich unter seinem langen Wintermantel zurechtfantasiert hatte, war offenbar ebenso ein Hirngespinst. Nathan sah ganz gut aus, das schon. Aber der Nimbus des Unerreichbaren war verflogen und mit ihm der unendliche Zauber, den Käthe in ihm gesehen hatte. Sie spürte, wie ihr ein Stein vom Herzen fiel. Die Besessenheit der letzten Jahre konnte sich endlich in Luft auflösen. Gleichzeitig begann ihr Herz zu schlagen, weil sie an Aline dachte. Jetzt oder nie, dachte sie.

Für Nathan war es wie Abschiednehmen. Zum letzten Mal trug er seinen Lohn zu Heinz, dem Lottomann. Heinz war im vergangenen Jahr ein richtiger Freund geworden, sein einziger Mitwisser. Heinzens Gerissenheit hatte Nathan es zu verdanken, dass die Summen, die er unbeirrt an »Kapitän Christian Jacoby in Oevelgönne« adressierte, tatsächlich so aussahen, als kämen sie von der Staatlichen Lotterie-Gesellschaft. Aber nun war es damit vorbei. In zwei Wochen würde Aline, dem Aufgebot im Altonaer Rathaus zufolge, den heiligen Bund der Ehe schließen. Und dann war sie sicher versorgt. Nathan seufzte. Er hoffte, dass er Aline und ihrer Mutter wenigstens ein bisschen hatte helfen können. Viel war es letztlich nie gewesen, was er ihr zukommen lassen konnte. Aber es war der größte Teil seines Lohns, den er bei

Fuhrunternehmer Carlsen verdient hatte, und Max wurde langsam misstrauisch. Kein Wunder, Nathan hatte nicht allzu viel beigetragen zum Haushaltsgeld der Familie. Er drehte sich um, weil er spürte, wie ihn jemand von hinten anstarrte. Es war das weißblonde Mädchen aus Neumühlen. Ihren Namen wusste er nicht mehr. Hatte Heinrich nicht erwänt, dass sie in ihn verliebt gewesen war? Er spürte eine Woge des Mitgefühls mit dem Mädchen. Unerwiderte Liebe war das Grausamste auf der Welt. Aber die Gewissheit, lieben zu können, überhaupt *empfinden* zu können, glich das Unglück am Ende wieder aus. Nathan lächelte das Mädchen aufmunternd an. »Wir kennen uns, glaube ich, vom Wandervogel«, sagte er und streckte ihr die Hand hin. »Spielst du auch Lotto?«

Zu seiner Freude drückte sie kräftig zu. »Käthe ist mein Name«, sagte sie. Ihre Stimme klang angenehm dunkel und energisch. »Ja, manchmal gebe ich mich der Illusion hin, mit Geld mein Leben ändern zu können.«

»Wer tut das nicht?«, entgegnete er freundlich. »Geld ist heutzutage fast alles. Hab ich nicht Recht, Heinz?«

»Fast«, wiederholte der und entblößte beim Lächeln einen fehlenden Vorderzahn. »Es gibt aber auch Menschen, denen sind andere Werte heilig.«

»Kann ich mit dir reden?«, fragte das Mädchen plötzlich. Sie klang ein bisschen atemlos. Nathan zögerte kurz. Was, wenn sie ihm ihre Gefühle gestehen wollte? Er war nicht sicher, dass er in der Verfassung war, damit umzugehen. Doch dann nickte er. »Tschüß, Heinz«, sagte er. »Und vergiss meinen Lottoschein nicht.«

Der Alte kniff listig ein Auge zusammen. »Wie könnte ich«, grinste er.

Draußen hatte ein leichter Nieselregen eingesetzt. »Macht es dir etwas aus, spazieren zu gehen?«, hörte er das Mädchen fragen. »Ein Café wär mir jetzt nicht so lieb. Ich habe keine Lust, dass andere Leute hören, was ich dir zu sagen habe.«

»Worum handelt es sich denn?«, Nathan fühlte, dass ihm jetzt doch ein bisschen unbehaglich wurde.

»Um Aline.«

Nathan drehte sich zu ihr um. »Sie ist deine Freundin, ja?«

»Sie war es«, erklärte Käthe kurz, ohne ihn anzusehen. Aus ihrer Handtasche fingerte sie eine Schachtel Zigaretten und ein silbernes Feuerzeug hervor. »Rauchst du?«

»Nein, danke.«

Er blieb stehen, während er darauf wartete, dass sie sich eine ansteckte. Sie blies den Rauch durch die Nase und warf den Kopf dabei zurück. »Ich habe mich wie eine Idiotin benommen. Aline und ich kennen uns, seit wir fünf Jahre alt sind. Wir sind beide Einzelkinder, aber zusammen waren wir wie Schwestern.« Ein Vierspänner rauschte an ihnen vorüber. Schreie und Peitschenhiebe erfüllten die Luft. In der Ferne stieg der Dampf einer einfahrenden Lokomotive auf. »Lass uns irgendwo hingehen, wo wir in Ruhe reden können«, schlug Käthe vor. »Mein Geständnis könnte etwas länger werden. Das heißt, wenn du die Zeit überhaupt hast.«

Nathan nickte. »Ich habe für alles Zeit, was Aline betrifft.«

Er spürte, wie sie ihn von der Seite anblickte. »Aline liebt dich auch«, erklärte sie. »Und wie!«

Nathan bemerkte, dass ihre Augen hellblau waren, fast weiß. »Und warum heiratet sie dann jemand anderen?«

»Wegen mir. Weil sie denkt, sie würde mir wehtun, wenn ihr zusammen wärt. Ich war in dich verliebt, musst du wissen.« Sie schluckte. »Tut mir Leid.«

Nathan nickte. »Könnt ihr euch nicht wieder versöhnen?«

Er sah, wie sich ihre Augen mit Tränen füllten. »Inzwischen ist viel passiert. Ihr Vater ist gestorben. Ich bin nicht mal zu seinem Begräbnis gegangen. Er war so ein … er war ein besonderer Mensch. Aline hat sehr an ihm gehangen. Er ist in der Nacht gestorben, in der wir uns zerstritten haben. In der du mit ihr getanzt hast. Im Curiohaus. Aline hat alles verloren in der Nacht. Dich.

Ihren Vater. Mich. Das wird sie mir nie verzeihen. Ich werde es mir auch nie verzeihen. Wenn ich Aline wäre, ich würde die da verachten.« Sie deutete anklagend mit der glimmenden Zigarette auf sich selbst. »Sie heiratet den Knilch auch, weil ihr Vater es so gewünscht hat. Es gibt keinen Ausweg aus dem Ganzen. Aber sie fehlt mir.«

Nathan sah, wie sie sich auf die Lippe biss. Er wollte Käthe gerne trösten. Aber er wusste nicht, wie. Er sah, dass das Mädchen zu weinen begann. Gedankenlos redete er drauflos. »Ich habe auch einen Freund«, sagte er. »Heinrich, du kennst ihn. Ich mag ihn gern, aber unsere Freundschaft ist bestimmt nicht so wie zwischen dir und Aline. Wenn ich so eine Schwester hätte … Ich habe eine Schwester, aber das ist etwas anderes. Ich habe auch einen Bruder, aber er ist … wir verstehen uns nicht besonders. Wenn ich jemanden hätte, den ich so lange schon kennen und lieben würde, ich würde zu ihm hingehen. Ihm alles erklären. Mich entschuldigen.«

Er spürte, wie Käthe ihn am Arm festhielt. Die Tränen liefen ihr immer noch übers Gesicht. »Du musst zu ihr gehen«, sagte sie. »Mich wird sie nicht mehr sehen wollen. Geh du zu ihr. Sie darf diesen Mann nicht heiraten. Sie liebt ihn nicht.«

»Zu spät«, sagte Nathan. »Was soll ich ihr denn sagen?«

Käthe warf ihre Zigarette so heftig zu Boden, dass die Funken stoben. »Dann muss ich es eben tun.«

»Ja.« Nathan lächelte. »Das war es, was ich hören wollte.« Er sah ihr nach, wie sie davonging. Ihr Oberkörper war vornübergebeugt, so als wäre sie mit dem Kopf schon da, wo ihr Körper erst Minuten später sein würde. »Viel Glück!«, rief er ihr hinterher. Aber seine Stimme ging im Lärm der Straße unter.

Es war einer jener kobaltblauen Abende, wie Aline sie in Oevelgönne liebte. Von der Elbe her wehte eine frische Brise herüber und ließ das rote und gelbe Laub auf dem gepflasterten Gehweg tänzeln. Aline wirbelte mit ihrer Fußspitze einen zusammengekehrten Haufen auf. Die Klausuren waren überstanden, und sie war als Beste ihres Jahrgangs hervorgegangen! Und nicht nur das: Sie hatte das Stipendium in der Tasche! Nie wieder würde sie sich über die Studiengebühren Gedanken machen müssen! Zumindest dann nicht, wenn ihre Leistungen so blieben. Sie lachte leise in sich hinein. Warum sollten sie nicht so bleiben? Es war letztendlich einfach gewesen. Einer der Professoren hatte ihr persönlich die Hand gedrückt und sie beglückwünscht. Dabei hatte sie lediglich die Arbeiten von Marie und August Krogh zusammengefasst. Doch offenbar war ihr das gut gelungen. Aline konnte ihren Jubel nicht länger unterdrücken und machte einen kleinen Luftsprung. Dabei stieß sie mit Hein, dem Laternenanzünder zusammen, der um diese Stunde unterwegs war.

»Na, nu is bald Hochzeit, nä?«, schmunzelte Hein, der über Alines Situation ebenso gut Bescheid wusste wie alle anderen in Oevelgönne. Aline war zu glücklich, um Hein über sein Missverständnis aufzuklären.

»Ja«, lächelte sie. Was für ein Glück Marie und August Krogh hatten, zusammen arbeiten zu dürfen. Sie stellte sich das Ehepaar vor, wie es bei einem gemeinsamen Frühstück die Diffusionsmechanismen zwischen Lungenbläschen und Kapillargefäßen diskutierte. »Ach, wäre das nett, wenn man den Sauerstoffdruck im Blut mal so richtig präzise messen könnte. Marie, sei ein Schatz und reich mir mal die Butter.« – »Nun ja, jetzt wo wir die Dissoziationskurve des Oxyhämoglobins kennen und die Rolle des Kohlendioxyds in dieser Erscheinung zu präzisieren wissen, sind wir nicht mehr allzu weit von einem solchen Messgerät entfernt. Aber ich bitte dich, August, schmier doch nicht jedes Mal die Reste am Tellerrand ab, ich fass da beim Abräumen immer rein.« Aline seufzte. Es musste wundervoll sein, jemanden zu haben, mit dem man seine Begeisterung teilen konnte. Dann fiel ihr wieder der Vater ein. Hätte sie früher angefangen zu studieren, er hätte vielleicht nicht sterben müssen. Sie wusste noch immer längst nicht alles über Lungenkrankheiten, aber sie wusste genug, um sich darüber klar zu sein, dass Marquardt ein Stümper war.

Sie war dermaßen in Gedanken versunken, dass sie versehentlich den Weg zum Glasvorbau nahm und mit einem Mal vor dem gewohnten Hauseingang stand. Bevor sie sich wieder davonschleichen konnte, wurde die Tür mit einem gewaltigen Schwung aufgerissen, und Madame Meyerdink stand vor ihr, ein dunkler Schatten vor dem hell erleuchteten Inneren des Hauses. Der Geruch von Braten wehte ihr entgegen. Aline lief das Wasser im Mund zusammen. »Fräulein Jacoby«, dröhnte sie. »Gut, dass ich Sie sehe! Ich muss Sie bitten, mit der Knallerei im Garten aufzuhören. Das geht jetzt schon seit Wochen, und bei dem Lärm kann ja wirklich kein Mensch schlafen. Außerdem dachte ich, wären wir uns einig darüber gewesen, dass Ihnen nicht mehr das Recht zusteht, unseren Garten zu betreten.«

Aline blinzelte verwirrt. »Ich weiß nicht, wovon Sie sprechen.«

Frau Meyerdink ließ ein trockenes Lachen ertönen. »Natürlich. Stellen Sie sich nur dumm. Aber wenn Sie glauben, ich falle darauf herein, so haben Sie sich geschnitten! Wenn Sie wirklich so dumm wären, wie Sie sich immer den Anschein geben, so würden Sie ja wohl kaum an der Universität studieren.«

Zum ersten Mal wollte es Aline nicht gelingen, den Mund zu halten. »Fassen sie sich kurz, Madame!«, funkelte sie. »Sagen Sie einfach klipp und klar, was Sie diesmal von mir wollen, ich habe nicht den ganzen Abend Zeit, mir Ihre Reden anzuhören!«

Gertrude Meyerdink holte tief Atem. »Werden Sie etwa unverschämt? Ich rede von Ihren heimlichen Besuchen im Garten und von Ihrer ständigen Lärmbelästigung. Und kommen Sie ja nicht auf die Idee, die Schuld auf Ihre Mutter oder Ihre Köchin zu schieben, ich weiß Bescheid. Außerdem wäre ich Ihnen sehr verbunden, wenn Sie von Ihrer Petroleumverschwendung, die Sie Nacht für Nacht betreiben, Abstand nehmen könnten! Das Licht aus Ihrem«, sie stockte, »Anbau, wie Sie Ihren Rattenstall im Hinterhof zu nennen belieben, stört unsere Nachtruhe. Ich weiß ja nicht, was Sie da bis Mitternacht auszuleuchten gedenken, aber von nun an ist Schluss damit! Anständige Leute müssen arbeiten, und dafür brauchen wir unseren Schlaf!« Und damit knallte sie ihr die Tür vor der Nase zu.

Aline blieb wie betäubt stehen. Aus dem Inneren des Hauses, ihres Hauses, hörte sie Stimmengewirr und Geschirrklappern. Sie fühlte, wie die Tränen in ihr aufstiegen, aber war zu wütend, ihnen freien Lauf zu lassen. So fest sie konnte, stapfte sie die Stufen wieder herunter und trampelte den Weg an der Außenmauer entlang auf den Hinterhof zu. Bevor sie die Tür zum Anbau öffnete, holte sie tief Luft. Ruhig, ermahnte sie sich selbst. Ganz ruhig bleiben jetzt. In der Küche war Bertha damit beschäftigt, Gemüse in Schüsseln zu füllen. Als sie Aline bemerkte, blickte sie auf und lächelte.

»Ich bin ja keine Waffenliebhaberin«, stellte Aline fest, indem sie ihre Aktentasche auf dem einzigen freien Stuhl im Raum absetzte, »aber jetzt würde ich die Sau gern erschießen.«

»Eine Sau?« Bertha leckte sich die Lippen. »Wo? Was für eine Sau? Wild oder zahm? Auf Braten hätte ich jetzt auch Appetit! Habe gerade einen gemacht. Nicht für uns, leider.«

»Ich fürchte, die schmeckt zäh.« Aline verdrehte die Augen. »Ich rede von der ollen Meyerdink.«

»Oh.« Bertha seufzte enttäuscht. »Und ich dachte, es wär was Schönes. Übrigens habt ihr schon wieder was gewonnen beim Lotto, deine Mutter und du. Diesmal sogar richtig viel. Die Sache wird allmählich komisch, nä? Aber nu muss ich mich beeilen. Die Alte reißt mir den Kopf ab, wenn ich das Zeug hier lauwarm rüberbringe.« Sie schoss davon. Seufzend machte sich Aline daran, Haferflocken in einen Topf zu schütten, um von der Wärme der Herdplatten zu profitieren. Während sie darauf wartete, dass das Wasser warm wurde, nahm sie die Gewinnbenachrichtigung zur Hand. 375 Mark, las sie. Und 73 Pfennige. Sie leckte sich die Lippen. Davon würde sie morgen einen Braten kaufen. Sie hatten schon so lange kein Fleisch mehr gehabt. Bertha kam zurück, vor Ärger rot im Gesicht. Aline warf ihr einen kurzen Blick zu, aber fragte nicht weiter nach. An diesem Abend hatte sie genug Schauergeschichten gehört. Erst als das Wasser zu kochen begann, bemerkte sie, dass ihre Mutter in ihrem gemeinsamen kleinen Schlafzimmer saß, die weißen Haare wirr im Gesicht, ohne Licht. Sie ging zu ihr hinüber und streichelte ihr über die Wange. »Es ist ja bald vorbei«, flüsterte sie. »In zwei Wochen bin ich verheiratet, und dann hast du auch mehr Platz für dich hier drin. Und morgen machen wir uns mal ein richtiges Festessen, ja? Wir haben schon wieder Geld gewonnen!« Sie fühlte, wie ihre Hand nass wurde an Mutters Wange. »Ich bin nur ein bisschen traurig«, hörte sie Madeleine in das Dunkel hinein sagen, und an ihrem Tonfall konnte Aline hören, dass sie dabei weinte. »Ich bin traurig, weil du mir fehlen wirst.« Aline nahm schweigend die Hand ihrer Mutter zwischen ihre beiden Hände und streichelte sie, bis sie Bertha rufen hörte. »Haferflocken sind fertig! Wer hat Hunger?«

Etwa eine Stunde später klopfte es an die Hintertür. Aline ging öffnen. Frau Meyerdink stand vor ihr, einen Briefumschlag in der Hand. »Hier«, lächelte sie.

»Was ist das?«, fragte Aline unwirsch. Das Lächeln im Gesicht der Meyerdink erstarb. »Ich wusste, dass Sie sich nicht für Ihr Benehmen vorhin entschuldigen würden. Wenn Sie mich fragen, der junge Herr von Alvesloh hat Sie nicht verdient.«

»Ich habe Sie aber nicht gefragt«, entgegnete Aline.

»Wir hatten ohnehin ein anderes Mädchen im Auge, sein Vater und ich.«

Aline stöhnte unterdrückt. »Und das müssen Sie mir unbedingt schriftlich geben?«

»Nein.« Madame presste die Lippen aufeinander. »Das hier ist die fristlose Kündigung für die Köchin.« Sie hob die Nase in die Luft und schnupperte. »Es riecht nach Braten hier.«

»Natürlich«, schnappte Aline. »Dies ist der Ort, an dem Bertha Ihre Mahlzeiten zubereitet.«

»Vorsicht, junges Fräulein. Wir sind immer noch diejeinigen, die Ihnen durch unsere Zahlungen aus der Misere helfen. Also mäßigen Sie sich. Wir sind es leid, dass Ihre Köchin uns bestiehlt. Der Braten heute Abend war nicht komplett. Es fehlte etwas. Und dieses etwas haben *Sie* gegessen.« Sie streckte einen anklagenden Zeigefinger aus und zielte damit direkt auf Alines Bauch.

»Nun machen Sie aber mal einen Punkt!«, rief Aline. »Wir haben mitnichten Ihren Braten gegessen! Ich war Zeugin, wie Bertha ihn hinausgetragen hat!«

»Schon wieder eine Lüge!«, rief Gertrude Meyerdink anklagend aus. »Als Sie vor unserer Haustür standen – ich hoffe, Sie hatten nicht etwa vor, zu spionieren! –, war der ganze Braten bereits drinnen! Sie sind erst nach Hause gekommen, als Ihre Köchin dabei war, das Gemüse zu bringen!«

Aline verzweifelte angesichts dieser Unlogik. »Also ist der ganze Braten *doch* bei Ihnen gelandet!«

»Ja!«, schrie Madame. »Aber nicht vollständig. Sie haben einen Teil davon gegessen! Das rieche ich doch!«

»Lass gut sein, Aline!«, ließ sich Bertha nun von hinten vernehmen. »Ich nehme die Kündigung an. Für solche Herrschaften will ich sowieso nicht mehr arbeiten. So wahr ich Bertha Homann heiße.«

Wieder setzte Frau Meyerdink ihr falsches Lächeln auf. »Es wird Ihnen auch nichts anderes übrig bleiben. Übrigens: Die Kündigung gilt erst ab übermorgen. Morgen früh servieren Sie uns noch das Frühstück wie gewohnt. Und natürlich die anderen Mahlzeiten. Aber dann ist Schluss.« Und damit drehte sie sich um und knallte die Tür hinter sich zu.

Wenig später, Aline hockte mit Bertha und Madeleine bei Kerzenlicht in der Küche, um zu beraten, wie es nun weitergehen sollte, klopfte es abermals an der Tür.

»Jetzt reicht es mir aber!«, zischte Aline. »Wenn es wieder die Meyerdink ist, werde ich mich nicht mehr beherrschen können!«

»Schlag ihr die Fresse ein!«, knurrte Bertha.

Madeleine warf ihr einen ungläubigen Blick zu. Sie hatte Bertha noch nie gewalttätig erlebt.

Bertha bemerkte ihren Blick. »Der Krug geht so lange zu Wasser«, dozierte sie mit erhobenem Zeigefinger, »bis er kaputt is und das ganze Wasser ausläuft!«

Aber nicht Madame Meyerdink war es, die vor der Tür stand und darauf wartete, dass sich endlich jemand bequemen würde zu öffnen.

Es war Käthe.

Friedrich sah stirnrunzelnd die Gästeliste durch. Plötzlich schlug er sich vor die Stirn. Natürlich! Sie hatten die Meyerdinks vergessen! Aline würde zwar nicht sonderlich erfreut darüber sein, sie bei ihrer Hochzeit zu sehen, aber sie hatten eben gesellschaftliche Pflichten zu erfüllen, und je eher Aline das einsah, desto besser. Im Übrigen übertrieb sie in ihren Schilderungen von Madame Meyerdink, seiner Meinung nach. Natürlich war die Frau autoritär, davon hatte er sich selbst überzeugen können, und für seinen Geschmack hielt sie auch den armen Otto ein bisschen zu sehr unterm Pantoffel, aber deswegen war sie ja noch lange kein Monster.

Er schmunzelte und streckte die Füße dem lodernden Kaminfeuer entgegen. Nächsten Monat um diese Zeit würden sie schon ihr neues Heim im Berliner Charlottenburg bezogen haben. Aline würde nicht schlecht staunen, wenn er ihr morgen erzählen würde, wie weit die Vorbereitungen gediehen waren. Bislang hatte er sie in dem Glauben gelassen, dass sie noch eine Weile in Blankenese wohnen würden. Mit dem Studieren war es dann natürlich vorbei. Und das würde Aline schon zu schätzen wissen. Wer, fragte sich Friedrich, während er sich genüsslich seine Pfeife mit amerikanischem *finest blend* stopfte, war schon so dumm, freiwillig zu arbeiten, wenn er auch ohne Geldverdienen prächtig auskam?

»Hast du schon eine Brautjungfer?«, fragte Käthe atemlos. Aline starrte sie wortlos an. Schließlich steckte sie sich einen Finger ins Ohr, um kräftig darin zu rütteln. »Ich hab was mit den Ohren«, stellte sie fest. »Hast du gefragt, ob ich eine Brautjungfer habe?«

Käthe nickte. Ihre Augen leuchteten fiebrig.

»Moment.« Aline holte ihren Mantel vom Haken neben der Küchentür. »Lass uns rausgehen. Ich will dir den Anblick unserer Absteige ersparen.«

»Glaubst du, dass *ich* es mittlerweile zu 'ner Villa gebracht habe?« Käthes Stimme klang rauer und tiefer, als Aline sie in Erinnerung hatte. Während sie den von Petroleumlampen erleuchteten Weg entlangschritten, holte Käthe ein Paket Zigaretten hervor. Sie bot Aline eine an. »Danke.« Aline winkte ab. »Ich nehme von Verrätern nichts an.«

Käthe blies den Rauch in Kringeln aus. »So siehst du mich also.«

»O nein«, brachte Aline hervor. »Das Wort Verräter ist ein Euphemismus. Ha! Du glaubst, du kämest mit der simplen Etikettierung ›Verräter‹ davon, ja? In meinen Augen bist du herzlos, egoistisch, auf dich selbst fixiert und paranoid.«

Käthe schwieg. Ihre Schritte hallten über das Kopfsteinpflaster. In der Ferne tutete ein Schiff.

»Ist das alles, was du zu deiner Verteidigung vorzubringen hast?«, fragte Aline.

Wieder nahm Käthe einen tiefen Zug. »Ja.«

»Ich meine, du lässt dich über ein Jahr nicht blicken, du meldest dich nicht einmal nach Vaters Tod, du erfährst, dass wir aus dem Haus ausziehen müssen, und lässt dich nicht einmal dazu herab, uns in diesem ekelhaften Anbau zu besuchen, und dann kommst du vorbei und fragst, ob ich eine Brautjungfer brauche. Sag mal, tickst du eigentlich noch richtig?«

Käthe drehte sich um und blickte ihr voll in die Augen. »Ich habe riesengroßen Mist gebaut. Es tut mir Leid.« Sie nahm Aline in die Arme. Aline ließ es mit sich geschehen. »Ich weiß nicht, was damals in mich gefahren ist«, murmelte Käthe. »Ich versteh mich selbst nicht mehr. Als ich begriffen hab, was für ein Dreck ich war, war es zu spät. Ich hab mich nicht mehr getraut. Aber jetzt trau ich mich. Es tut mir Leid, Liebes. Du hast mir schrecklich gefehlt. Lass uns wieder Freundinnen sein.«

Aline fühlte, wie die Tränen in ihr aufstiegen. »Du hast mir auch gefehlt.« Sie nahm Käthes Geruch wahr, der anders war als der, den sie in Erinnerung hatte. Sie roch irgendwie derber, nach Teer und Tabak. »Wo wohnst du jetzt eigentlich?«, fragte sie.

»Oben in Ottensen«, erklärte Käthe. »Ich hab bei einer Witwe ein Zimmer gemietet. Wenn du willst, zeig ich's dir morgen. Wollen wir runter an den Fluss?«

Aline lächelte. »Ich würd jetzt doch gern eine von der Verräterin nehmen.«

Käthe reichte ihr die Schachtel. Dann holte sie aus ihrem Strumpfband eine kleine silberne Flasche hervor. Sie gab Aline Feuer, schraubte den Deckel auf und prostete ihr zu. »Auf die schönste Frau von Oevelgönne. Die beste Freundin auf der ganzen Welt. Auf uns!«

Aline inhalierte vorsichtig. Dies war die erste Zigarette ihres Lebens. Sie schmeckte furchtbar. Aber das Gefühl, sie in der Hand zu halten, dabei in Käthes strahlendes Gesicht zu blicken und dann den Absinth hinunterzustürzen, dieses Gefühl war überwältigend. Ein Freudenfeuer. »Nein«, sagte sie.

»Was nein?«, fragte Käthe besorgt.

»Nein, ich habe noch keine Brautjungfer. Na ja, ich habe da diese Cousine aus Uhlenhorst. Aber das ließe sich ändern.«

Sie nahmen die Treppe zum Fluss hinunter. Ihre Schritte versanken im weichen Sand. »Und du meinst es ernst mit dieser Hochzeit?«, fragte Käthe vorsichtig.

»Ja, sicher«, erklärte Aline.

»Was ist mit Nathan?«

»Wir haben uns im Guten getrennt. Manchmal begegnen wir uns an der Uni. Dann lächeln wir uns zu.«

Käthe blickte sie von der Seite an. »Er ist verrückt nach dir.«

Aline starrte auf die Wellen, die ein vorüberziehendes Dampfschiff an den Strand schlug.

»Ich habe ihn gestern getroffen.«

»Was macht er so?«, fragte Aline leise. »Außer Studieren? Malt er noch?«

»Oh, danach habe ich ihn gar nicht gefragt.« Käthe warf ein Steinchen ins Wasser. »Er spielt Lotto.«

»Sieh an.« Aline ließ den feuchten Sand durch ihre Finger laufen. »Das hat mein Vater auch getan.« Sie riss Käthe die Flasche aus der Hand. »Trink nicht alles allein. Ich sag's doch, die Frau denkt nur an sich!« Sie legte den Kopf in den Nacken und trank. Als sie wieder absetzte, bemerkte sie, dass die Sterne tanzten. »Schöne Nacht eigentlich«, bemerkte sie.

»Liebst du ihn noch?«, fragte Käthe. »Du kannst es mir ruhig sagen. Ich bin darüber hinweg.«

»Klar liebe ich ihn noch«, lallte Aline. »He, gib mir noch so eine Zigarette! Die Marke ist echt klasse.«

Käthe musterte die Freundin grinsend von der Seite. »Gott, hast du mir gefehlt!«, flüsterte sie. Aline lehnte den Kopf an ihre Schulter, als sie den Rauch ausblies. »Und du mir erst! Hast du gesehen, dass die Sterne Ballett tanzen?«

»Das tun sie immer, wenn es etwas zu feiern gibt auf der Erde.« Käthe hörte sich auf einmal an wie Bertha mit ihren Geschichten.

»Eins macht mich sehr traurig«, erklärte Aline. »Bertha muss ausziehen. Die Feldwebelin hat sie gefeuert!«

»Wer ist die Feldwebelin?« Käthe streichelte Aline beruhigend über das Haar.

»Eigentlich heißt sie Getrude Meyerdink. Sie ist mit ihrer Division, das heißt, mit Mann und Kindern in unser Haus eingerückt. Maman und ich hatten nicht das Geld, es zu halten. Wir sind bankrott, musst du wissen.«

»Ich weiß«, flüsterte Käthe. »Und die Feldwebelin und ihre Familie sind jetzt eure Mieter, nicht? Ich habe davon gehört. Die Frau ist nicht sonderlich beliebt in Oevelgönne.«

Aline holte tief Luft. »Stell dir den Drachen vor, den wir in der Volksschule zeichnen mussten. Und mach die Zeichnung hundertmal so groß und gefährlich. Lass den Drachen Fleisch und Blut werden. Ganze Dörfer auslöschen. Pest und Krieg über die Erde bringen. Das ist in etwa Frau Meyerdink.«

Käthe seufzte mitfühlend. »Klingt ungut, irgendwie.«

»Die Kinder sind nach Herrschern benannt: Julius Cäsar, Kleopatra, Marcus Antonius.«

»Da hat Herr Meyerdink wohl den Lateinunterricht geliebt.«

Aline stieß den Rauch ihrer Zigarette aus. Allmählich schmeckte ihr das Zeug richtig gut. »Ich bezweifle, dass Herr Meyerdink das Glück hatte, an der Namensgebung seiner beiden Ältesten beteiligt zu sein. Immerhin hat er Frau Meyerdink zum Zeitpunkt ihrer Empfängnis noch nicht gekannt.«

»Dann ist die Feldwebelin also allein verantwortlich für die Renaissance des römischen Elements?«

»So weit würde ich in meinen Behauptungen nicht gehen. Die Namen ihrer drei Kinder sind vermutlich die einzigen drei lateinischen Wörter, die sie kennt.«

Käthe blickte betrübt auf den Boden ihrer Flasche. Sie war leer. Zum Glück hatte sie sich unter das andere Strumpfband eine zweite Flasche geklemmt. Entschlossen schraubte sie sie auf. »Wahrscheinlich weiß sie nicht einmal, wer die drei waren. Oder aber sie ist pervers. Ich jedenfalls würde meinen Kindern nicht die Namen einer *amour à trois* geben. Glaubst du, die Beziehung der Geschwister ist inzestuös?«

»Sieht mir nicht danach aus. Ich halte eher ihre Mutter für ignorant. Im Übrigen hat Kleopatra ja nicht mit beiden gleichzeitig ihren Spaß gehabt. Soweit ich unterrichtet bin, war die Julius/Marc-Anton-Kiste ein klassischer Fall von serieller Monogamie.«

Käthe reichte ihr die Flasche und nickte zustimmend. »Aber

das berechtigt die Feldwebelin auf keinen Fall, sich so aufzuspielen. Typisch für diese Parvenüs. Quo vadis Germania?«

Aline blickte in den Himmel. Die Sterne hatten wieder aufgehört zu tanzen. »Manchmal denke ich, alles, was wir ihnen entgegenzusetzen haben, ist unsere humanistische Bildung.« Sie schlug sich vor den Kopf. »Und da tritt man nun für die Sache der Frau ein!«

Käthe schüttelte den Kopf. »Wieso, ist doch auch richtig, oder? Isadora Duncan sagt …«

»Isadora Duncan hat Gertrude Meyerdink nicht kennen gelernt«, erklärte Aline. »Die Glückliche! Bestimmt ist das der Grund, warum sie immer fröhlich weitertanzt.«

Käthe fingerte aus ihrer Handtasche ein Stück Papier und reichte es Aline. »Hier«, sagte sie.

»Was ist das?«

»Der eigentlich Grund, warum ich gekommen bin. Nathans Adresse. Damit du ihn nie wieder suchen musst.«

Aline sah sie an und lachte. »Das ist zwar nicht ganz die Aufgabe, die zu erfüllen man von einer Brautjungfer erwartet. Aber für den Anfang ist es in Ordnung.« Sie umarmte die Freundin. »Vielen Dank. Das ist das schönste Geschenk, das ich seit langem bekommen habe.«

Friedrich durchmaß den Salon mit langen, würdevollen Schritten. »Jetzt gehst du definitiv zu weit, Mäuseohr. Ich kann die Meyerdinks nicht einfach wieder ausladen, wo denkst du hin?«

Aline stampfte mit dem Fuß auf. »Warum hast du sie überhaupt eingeladen? Du hättest mich zumindest vorher fragen können! Außerdem hasse ich es, wenn du mich Mäuseohr nennst! Kannst du mich nicht zur Abwechslung mal bei meinem richtigen Namen nennen?«

Friedrich warf ihr einen wütenden Blick zu. »Lern dich beherrschen, Aline. Du kannst deinen Kopf nicht immer und überall durchsetzen. In zwei Wochen bist du eine verheiratete Frau, und bis dahin solltest du begriffen haben, dass wir zu zweit sind, Entscheidungen zu treffen.«

»Genau!«, schrie Aline. »Zu zweit! Das sollte vielleicht auch mal in deinen verfluchten Dickschädel rein!«

Friedrich starrte sie verdutzt an. »Hat dein Vater dir beigebracht, Männer in einem solchen Ton zu adressieren?«

»Lass meinen Vater aus dem Spiel!«, brüllte Aline. »Entweder du hast Gertrude Meyerdink bei deiner Hochzeit oder mich! Du hast die Wahl!« Und damit stürmte sie davon.

Draußen am Strand holte er sie wieder ein. »Hör zu, Mäus…, ich meine, Aline. Es tut mir Leid, ich hätte dich vielleicht wirklich fragen sollen vorher. Aber ich wusste schon, dass du dagegen sein würdest. Wir müssen sie trotzdem einladen.«

Aline funkelte ihn wütend an. Mit ihren flatternden Haaren und dem offenen Mantel, der im Wind zauste, sah sie aus wie eine Furie. Friedrich bemerkte, dass sie die Hände zu Fäusten geballt hatte. »Wir müssen heiraten, Friedrich. Das ist alles! Wen wir dabeihaben wollen, ist verdammt nochmal unsere Sache!«

»Warum sagst du, wir müssen?«, fragte Friedrich. Er stemmte sich gegen den Wind. Die Wellen schäumten laut tosend auf den Strand. Vielleicht hatte er sich verhört.

Aline musterte ihn schweigend. Dann lachte sie höhnisch auf. »Erzähl mir nicht, das ist eine Liebesheirat. Du hast meinem Vater etwas versprochen, nun hältst du Wort.«

Friedrich wankte vor und zurück. »Wie kannst du nur so etwas sagen, Mäus… Aline! Ich heirate dich doch nicht, weil ich es deinem Vater versprochen habe! Ich heirate dich, weil ich dich liebe! Wir sind füreinander bestimmt.« Er breitete die Arme aus. »Komm her, mein … Aline. Sag, dass du mich aus freien Stücken heiratest. Weil du mich liebst!«

Aline zögerte kurz, dann ging sie auf ihn zu und ließ sich in seine Umarmung fallen. Ob ihr Vater sie jetzt irgendwie sehen konnte?

»Du brauchst nichts zu sagen«, flüsterte Friedrich. Wegen des starken Windes konnte Aline ihn nicht richtig verstehen. »Sie murmelte etwas wie »starker Wind heute«, in der Hoffnung, er könne sie ebenso wenig hören wie sie ihn.

»Ich dich auch!«, sagte Friedrich laut und vernehmlich. Aline zuckte zusammen.

»Lass uns jetzt reingehen, Mäuseohr«, lächelte er und gab sie wieder frei. »Es weht zu stark. Außerdem wollte ich dir noch sagen, welchen Trauspruch ich ausgewählt habe.«

Aline nickte gehorsam. Auch dieser Nachmittag würde irgendwann vorübergehen.

Sie wusste nicht, wie lange sie schon so dalag im Dunkeln. Vom Nachbarbett hörte sie das sanfte Atmen der Mutter. Aus der Küche drang das Schnaufen der neuen Köchin, Hildegard. Sie vermisste Bertha wie wild. Es war schrecklich, auf derart begrenztem Raum mit einem Menschen zusammenzuleben, den man nicht kannte. Nur noch drei Tage bis zur Hochzeit. In ihrer Hand brannte das Stück Papier, das Käthe ihr gegeben hatte. Es war weich vom vielen Anfassen. Bertha würde ihr jetzt sagen können, ob es richtig wäre, zum Grindelberg zu gehen und mit ihm zu sprechen. Käthe war davon natürlich überzeugt. Aber Käthe lebte für das Vergnügen und sonst nichts. Und sie, Aline, hatte ein Versprechen gegeben. Sie hatte es ihrem Vater versprochen.

Wieder dachte sie an den Trauspruch, den Friedrich ausgewählt hatte, und Ärger keimte in ihr auf. Ausgerechnet Hesekiel: »Ihr sollt wissen, dass ich der Herr bin.« Hesekiel meinte damit unzweifelhaft den lieben Gott, aber Aline war nicht sicher, ob Friedrich das begriffen hatte. Schließlich sah er sich selbst als Herrn.

Sie hatte das Gefühl, dass dieser Trauspruch eine subtile Form der Demütigung war. Sie hasste ihn. Warum hatte Friedrich nicht etwas Tröstlicheres gewählt? Ihr fiel der Spruch aus dem ersten Korintherbrief ein: »Nun aber bleiben Glaube, Hoffnung, Liebe, diese drei; aber die Liebe ist die größte unter ihnen.« Warum hatte Friedrich überhaupt allein gewählt und sie nicht mitentscheiden lassen? Auf einmal hasste sie den Gedanken an Friedrich. Sie hasste die Vorstellung an all die freudigen Gesichter in der Kirche. Am allermeisten hasste sie den Gedanken an die Meyerdinks, die dabei sein würden.

Sie spürte, wie ihr übel wurde. Sie legte den Zettel auf ihr Kissen und legte den Kopf darauf. Endlich schlief sie ein.

Nathan traf Heinrich auf dem Vorplatz des Universitätsgebäudes. »Du siehst nicht gut aus«, stellte Heinrich fest. »Morgen heiratet Aline«, bemerkte Nathan ohne Umschweife.

»Weiber.« Heinrich spuckte aus. Nathan hielt ihn am Arm fest. »Nicht in diesem Ton, Heinrich. Da versteh ich keinen Spaß.«

»Tut mir Leid.« Heinrich blinzelte und sah zu Boden. Die Wunde auf seiner Wange hatte sich zu einer richtig kräftigen, breiten Narbe entwickelt. »Aber ich versteh nicht, wie du so an ihr festhalten kannst. Sie ist jetzt weg – fertig aus. Es gibt so viele hübsche Mädchen in Hamburg. Aline ist doch nicht die Einzige.«

Nathan begann das Gespräch zu bereuen. Heinrich kapierte offenbar gar nichts. Aber vielleicht hatte er keine Ahnung davon, wie es war, verliebt zu sein. »Wie steht's bei dir?«, fragte Nathan.

»Geht so. Hab die letzten Klausuren in den Sand gesetzt. Muss mich jetzt mehr ranhalten.«

»Ich meine, mit Mädchen.«

Wieder blinzelte Heinrich. »Hab keine Zeit für sowas. Vormittags Uni. Nachmittags die Paukstunden. Abends Versammlungen und so.«

»Saufabende, meinst du.« Nathan grinste. »Meine Güte, wenn ich so viel saufen würde wie ihr Brüder, würde ich meine Klausuren auch in den Sand setzen. Auf Dauer kann das doch nicht gesund sein!«

»Es härtet ab!«, protestierte Heinrich. »Wer das durchsteht, steht später alles durch.«

»Ich muss jetzt«, sagte Nathan. »Mein Seminar fängt an.« Er

rannte los, mehr in dem Bestreben, von Heinrich wegzukommen, als aus Verlangen danach, dem stets leicht verwirrt lächelnden Professor Meyerdink zuzuhören, wie er die grundlegenden Aspekte von Analysis zu erklären versuchte. Etwas an dem, was Heinrich gesagt hatte, hallte in ihm nach. An ihr festhalten. Hatte er an Aline festgehalten? Nein. Er hatte von ihr geträumt, Tag und Nacht, und sich in seinem Unglück gesuhlt. Es wurde Zeit, dass er etwas unternahm. Immerhin hatte er nur noch einen Tag Zeit dafür.

Die Hochzeitsprozession schritt feierlich über den gepflasterten Weg an den Gräbern vorbei zum Hauptportal der Kirche. Wie passend für diese Hochzeit, dachte Aline, an den Toten vorbeizudefilieren. Die mythische Verwandtschaft von Eros und Todesgott Thanatos schoss ihr durch den Kopf, und sie erschauerte leicht. Onkel Jean-Baptiste an ihrem Arm lächelte, was eine an ihm völlig ungewohnte Gesichtsregung war. »Ist dir kühl?«, fragte er. Aline schüttelte den Kopf und fühlte, wie ihr schon wieder schlecht wurde. Sie wünschte, ihr Vater hätte sie zum Traualtar geleiten können und nicht dieser Mann an ihrer Seite, den sie seit seinem letzten Besuch in Oevelgönne nicht mehr ausstehen konnte, aber er war nun mal ihr nächster männlicher Verwandter. Als sie vor den beiden Säulen der Christianskirche angelangt waren, blieb Aline ruckartig stehen.

»Was ist?«, fragte ihr Onkel. »Hast du etwas vergessen?«

Aline legte den Kopf in den Nacken und bemerkte mit einem leichten Schwindelgefühl, dass sie den Turm mit der Uhr aus den Augen verloren hatte. Sie stand so dicht darunter, dass die Zeit einfach verschwunden war. Sie fühlte, wie sie von Panik erfasst wurde. »Nein«, sagte sie.

Von innen dröhnte die Orgel den Hochzeitsmarsch. Aline spürte, wie ihr die Beine zitterten. Lieber Gott, mach, dass das hier nur ein Albtraum ist, betete sie. Die Gesichter links und rechts in den Kirchenstühlen verschwammen vor ihren Augen.

Sie fühlte, wie der Boden unter ihr wegsank. Der Altar wankte, und mit ihm die hohen, bunten Fenster. Hätte der Onkel sie nicht gehalten, sie wäre gestolpert. Dann, in der vordersten Reihe, ihre Mutter. Madeleines Gesicht war so stolz und gerührt, dass es Aline in der Seele wehtat. Wenn du wüsstest, dachte sie. Dann war sie am Altar angelangt. Sah Friedrich in seinem Frack, strahlend und selbstzufrieden. Das Gefühl, dass sie den Blick auf die Kirchturmuhr verpasst hatte, wallte erneut in ihr auf. Sie fühlte sich immer kleiner werden und die Welt um sie herum riesengroß, ohne Zeit. Sie biss sich auf die Lippen und pries den Schleier, der ihr Gesicht verbarg. Endlich. Da stand sie. Käthe, ebenfalls in Weiß, lächelte schelmisch. Sie drückte ein Auge zu. Wird schon werden, sollte das heißen. Käthe wusste, wie es um sie stand. Gott sei Dank, dass sie da war. Am liebsten wäre sie ihr um den Hals gefallen. Jetzt gab Onkel Jean-Baptiste sie frei. Nun war Friedrich an ihrer Seite. Stille senkte sich über das Kirchenschiff.

»Liebe Gemeinde«, erklang Pastor Weidemanns Stimme. »Wir haben uns heute hier versammelt, um ein junges Paar in den heiligen Stand der Ehe zu versetzen. Wenn jemand etwas gegen diese Verbindung einzuwenden hat, so soll er es sagen, hier und jetzt.«

Nathan, dachte Aline. Ist er auch hier? Wenn er mich wirklich liebt, warum hat er es dann nicht gesagt? Warum erhebt er keinen Einspruch? Sie blickte Käthe hilfeheischend an. Na los!, dachte sie. Nun sag schon was! Aber Käthe konnte ihr Gesicht hinter dem Schleier natürlich nicht erkennen. Außerdem war sie offenbar damit beschäftigt, die ganze Zeremonie in sich aufzusaugen, zweifelsohne, um daraus später einen fabelhaften Tanz zu machen, den sie »Peer Gynts Entführung der Braut in modernen Tönen« nennen würde oder so. Käthe nickte vor sich hin, beeindruckt und mächtig inspiriert, wie Aline schien. In dem Moment fühlte sie, wie sich ihr der Magen umdrehte. Unwillkürlich krampfte sie sich zusammen. O Gott, dachte Aline. Bitte mach, dass ich mich jetzt nicht übergeben muss, nicht vor der versammelten Gemeinde, nicht vor Pastor Weidemann. Auf einmal dachte sie daran, wie sie den gütigen Mann als kleines Kind für Gott gehalten hatte, und musste lächeln. Der Krampf ließ wieder nach.

»Und darum frage ich euch beide jetzt. Aline Benedicte Jacoby, möchtest du diesen Mann hier an deiner Seite, Friedrich Wilhelm von Alvesloh, zu deinem rechtmäßigen Ehemann nehmen?«

Wieder war das Schweigen überwältigend. Aline fühlte, wie Friedrich sich zu ihr umdrehte. Seine Augen blickten zärtlich und zuversichtlich. Sekunden verstrichen, die zu Minuten wurden. Pastor Weidemann räusperte sich. Im Saal schienen die Menschen den Atem anzuhalten. Man hätte eine Stecknadel zu Boden fallen hören.

»Nun, Aline«, Pastor Weidemann wurde die Stille offenbar unangenehm. Aus Friedrichs Gesicht war die Zärtlichkeit gewichen. Die Zuversicht auch. Aber noch immer hatte Aline das Gefühl, ihr sei der Mund zugewachsen. Sie sah, wie der Pastor lächelte. Die folgenden Worte klangen weniger zeremoniell. »Vielen Brautpaaren bleibt vor Überwältigung die Sprache weg«, lächelte er. »Du darfst auch leise antworten, Aline. Möchtest du Friedrich Wilhelm von Alvesloh aus Blankenese zu deinem rechtmäßig angetrauten Gatten nehmen?«

»Ich weiß nicht«, platzte Aline heraus.

Die nachfolgende Stille war noch gewaltiger. Ein solches Schweigen hatte die Christianskirche noch nie erlebt, nicht mal in ihren längsten Schweigeminuten, wenn die Gemeinde im stillen Gebet vereinigt war. Aline fühlte ihr Herz rasen. Friedrichs Blick wich sie vorsichtshalber aus. Stattdessen bemerkte sie, wie Käthe sich ihr zugewandt hatte. Käthes Augen waren groß wie Teller, milchig weiß und nur mit einem Fünkchen Gelächter darin.

»Was soll das heißen, mein Kind, du weißt es nicht?« Pastor Weidemanns Stimme zitterte leicht. Er waltete nun seit über vierzig Jahren seines Amtes, aber eine solche Trauung hatte er noch nie erlebt. Er war nicht ganz sicher, wie er damit umgehen sollte.

»Das heißt, dass ich mir nicht ganz sicher bin«, erklärte Aline mit fester Stimme. Aus den Augenwinkeln bemerkte sie, dass Friedrich sehr weiß war im Gesicht.

»Dann geh noch einmal in dich, Kind.« Pastor Weidemann lächelte Friedrich zuversichtlich zu. In diesem Moment tat Friedrich ihr entsetzlich Leid. O Gott, wie konnte ich nur, dachte Aline. O Gott! Natürlich liebe ich ihn nicht. Aber warum habe ich ihm das nicht früher gesagt? Es ist entsetzlich, ihm das hier anzutun! Und außerdem ist es sowieso zu spät. Nein, ich werde ihn heiraten. Die Gedanken schossen Aline innerhalb von Sekundenbruchteilen durch den Kopf. Sie dachte an Käthes Ratschlag, sich Nathan als Liebhaber zu nehmen. Genau. So würde sie es tun. In diesem Moment bemerkte sie Friedrichs Trauzeugen. Sie hatte nicht gewusst, dass es Julius Cäsar war. Julius bedachte sie mit einem schmierigen Blick, starrte ihr aufs Dekolleté. Warum hatte Friedrich ausgerechnet diesen ekelhaften Kerl für ihre Trauung gewählt? Hatte er keine besseren Freunde? Und warum hatte sie ihn vorher eigentlich nie danach gefragt? Bevor sie es sich versah, waren die Worte heraus. »Ich habe es mir überlegt.«

»Ja?« Pastor Weidemann lächelte, gottgleich, wie er war.

Aline dachte an Christian, den geliebten Vater, sie dachte an Madeleine, und dann dachte sie: Vergebt mir. Bitte, vergebt mir eines Tages. Sie drehte sich zu Madeleine. »Es tut mir Leid, Maman«, sagte sie in die fürchterliche Stille des Kirchenschiffs hinein. »Ich hoffe, du wirst mir eines Tages verzeihen.« Dann drehte sie sich zu Friedrich. »Entschuldige«, flüsterte sie. »Die Antwort ist Nein.« Und damit drehte sie sich um und lief aus der Kirche hinaus, so schnell ihr Kleid mit der Schleppe und all den prachtvoll gesteckten Falten es ihr gestattete.

Draußen, zwischen den Gräbern, sah sie ihn. Er war blass und ganz in Schwarz gekleidet, als ginge er zu einem Begräbnis. Er war dünner geworden. Aline fühlte, wie etwas in ihr aufsprang.

Sie riss sich den Schleier vom Gesicht, raffte die Schleppe mit beiden Händen und rannte auf ihn zu. Er machte ein paar Schritte zu ihr hin, still vor Staunen und Bewunderung. Dann streckte er eine Hand nach ihr aus. Aline presste sie an ihren Mund und küsste sie. »Du hast mir schrecklich gefehlt!«, keuchte sie. »Aber jetzt sollten wir besser von hier verschwinden!«

Nathan deutete auf eine Droschke hinter ihnen auf der Straße. »Wenn es dir nichts ausmacht, schöne Frau. Ich muss nur noch eine Ladung Bier abliefern.«

9. Kapitel

Käthe balancierte den Brotlaib auf ihrer Hand wie ein Silbertablett mit erlesenen Köstlichkeiten. »Man gewöhnt sich ja daran, dass die Leute immer verrückter werden«, erklärte sie theatralisch. »Aber die Preise! Man möchte meinen, Preise sind eine feste Größe, von der Art, wie vernünftige Mathematiker sie errechnen und für logisch befinden! Hättest du dir früher träumen lassen, dass du mal 118 000 Mark für ein Pfund Brot ausgeben würdest?«

Aline schüttelte den Kopf. »Ich hätte mir so manches nicht träumen lassen«, lächelte sie. »Zum Beispiel, dass ich aktives Mitglied im Wandervogel werden würde.«

Käthe setzte das Brot mit Nachdruck auf die kleine Anrichte in der Küche. Ihre Armgeschmeide klirrten dabei. Sie war bereits komplett angekleidet für den Ausflug, mit einem Stirnreif auf den Haaren, mit fein gearbeitetem Kunsthandwerkerschmuck um Hals, Finger und Arme und in einem fußfreien langen Kleid mit einem Rock, der beim Gehen angenehm mitschwang. Käthe für ihren Teil war froh, dass die weiblichen Wandervogelmitglieder keine Pfadfinderinnenkluft mehr tragen mussten. Die neue Bekleidung war viel romantischer. Dann fiel ihr auf, dass ihr Schmuck in diesem finsteren Raum regelrecht leuchtete. Wie dunkel es hier war! Selbst ihr eigenes kleines Zimmer in Ottensen war nicht so dunkel. Sie begann das Brot in Stücke zu schneiden. »Um mit dem Harmlosesten anzufangen.

Schließlich hast du noch weitaus aufregendere Dinge erlebt als Brot zu kaufen und wandern zu gehen, *darling.*« Seit Charleston und Foxtrott über Hamburg geschwappt waren, hatte sich Käthe in eine glühende Amerika-Verehrerin verwandelt. Das hatte neuerdings zur Folge, dass sie mit englischen Vokabeln um sich warf. »*Never ever* werde ich diese legendäre Hochzeit vergessen! Willst du, Aline Benedicte Jacoby, den hier anwesenden Friedrich zu deinem Mann nehmen? – Hmm, ich weiß noch nicht so recht! *O God*, musste ich mich beherrschen! Ich hab noch nie in meinem Leben so mit dem Lachen gekämpft wie auf deiner Hochzeit! Nicht mal, als Herrn Dürkheim im Rechnen die Hose platzte und er es nicht gemerkt hat, weil er so in die trickreichen Tiefen der Multiplikation mit gebrochenen Zahlen versunken war …«

Aline presste Käthe die Hände auf den Mund. »Hör auf, ich will nichts mehr davon hören. Mir tut Friedrich so schrecklich Leid! Er hat das nicht verdient. Und ich warne dich: Wenn Maman dabei ist, hältst du bitte dein großes Maul! Sie ist noch immer nicht darüber hinweg!«

»*Aye aye, Sir!*«, Käthe salutierte zackig. »Übrigens, was macht *sexy* Julius Cäsar drüben in eurem Haus?«

»Wenn du den ekelhaften Narbenkerl meinst, er ist Feldwebelins Sohn. Hin und wieder besucht er sie. Vermutlich, um sich neue Marschbefehle abzuholen. Obwohl ich bezweifle, dass er sich herumkommandieren lässt. Schätze, da prallen zwei Heerführer aufeinander.« Sie legte den Kopf zur Seite und lauschte. Käthe betrachtete sie entzückt. Aline trug ein Kleid, das Käthe schon seit Jahren an ihr kannte, das entsprechend verschlissen war und kein bisschen der Wandervogelmode entsprach, aber sie sah beneidenswert blühend und rosig darin aus. Liebe machte eben schön.

Ein paar verpatzte Tonleitern wehten herüber. »Die Kleine wird es nie lernen«, murmelte Aline. »Ich verstehe nicht, wie die Feldwebelin sie so quälen kann, wenn sie offenbar nicht das geringste Fünkchen Talent besitzt.« Sie stockte. »Womit sollen wir die Brote bestreichen? Mit Kaviar, Räucherlachs oder französischem Ziegenkäse?«

Käthe spitzte die Lippen. »Ich nehme alle drei.«

Aline fingerte in der Luft herum, als hole sie die Zutaten heraus. Dann strich sie mit dem Messer oberhalb der Brotscheiben herum. Sie ächzte. »Der Ziegenkäse ist ganz schön hart. Gut abgehangen, würde ich sagen.«

Käthe lachte und klatschte in die Hände. »Komm zu uns ins Hansa-Theater!«, jubelte sie. »Du wirst immer besser mit dieser Nummer!«

Aline kratzte sich im Gesicht. »Dieses Wort *sexy*. Heißt das, jemand sieht so anregend aus, dass man seine Geschlechtsteile näher begutachten möchte?«

Käthe hielt sich den Bauch vor Lachen. »Ich liebe deine medizinischen Definitionen!«

Aline schüttelte sich. »Wie kannst du ein solches Wort nur auf diesen Julius anwenden? Er ist widerlich! Ehrlich gesagt war es sein Anblick, der mir den Rest in der Kirche gab.«

Käthe kicherte. »Ob du es glaubst oder nicht, ich *habe* seine Geschlechtsteile begutachtet!«

»Und? Wie sahen sie aus?« In Aline erwachte die Medizinerin.

Käthe lachte immer noch. »Sie bestehen aus drei Teilen!«

Aline runzelte die Stirn. »Ist was nicht normal mit ihm?«

Das war zu viel für Käthe. Sie krümmte sich über der Anrichte und schlug dabei so wild um sich, dass Aline sicherheitshalber die Brotscheiben ein Stück entfernte. »Mann, denk doch mal nach!«, johlte sie. »Was legen die Hühner?«

»Ach so, Eier«, nickte Aline. »Du zählst sie doppelt.«

Jetzt lief Käthe blau an. Mit einem erstickten Schrei fiel sie auf den Küchenfußboden, wo sie sich, den Bauch haltend, hin und her wälzte.

Aline schüttelte den Kopf. »Ich fürchte bloß, dass der Testosteronspiegel dieses Mannes gesundheitsschädlich ist.« Sie blickte auf die hilflos japsende Käthe herab. »Und dies ist der Beweis dafür. Aber jedem das Seine. Auch unterbelichtete Neandertaler müssen sich vermehren.« Sie fühlte, wie Käthe nach ihr griff und wich mit knapper Not einer Ohrfeige aus. »Immer ruhig Blut!«, mahnte sie. »Ich habe nicht von dir gesprochen, sondern vom Eiermann!«, Sie quetschte sich aus der Tür und lief, die laut kreischende Käthe im Schlepptau, den Durchgang zur Straße hinaus. »Ich schwöre!«, schrie sie. »Du bist keine Neandertalerin! Nur der Eiermann ist ein Neandertaler!«

In diesem Moment wurde im ersten Stock ein Fenster aufgerissen, und Madame Meyerdink steckte den Kopf heraus. »Ruhe da unten!«, herrschte sie. »Kleopatra übt Klavier!«

Aline presste die Lippen zusammen. Alles, was sie tun konnte, war, Käthes Hände hinter ihrem Rücken festzuhalten, damit diese nicht salutieren und *aye aye, Sir!* rufen konnte. »Diese Ausdauer im Drangsalieren nötigt mir Respekt ab«, presste Aline zwischen den Zähnen hervor, als sie in den Anbau zurückkehrten. »Ich stelle mir vor, es waren Menschen wie Gertrude Meyerdink, die das römische Imperium aufgebaut haben.«

Käthe suchte nach Trost. »Das römische Imperium ist irgendwann zusammengebrochen.«

»Ich schicke mich an, es ihm gleichzutun, wenn mich diese Ziege weiterhin terrorisiert!«

»Bitte nicht.« Käthe drückte der Freundin einen Kuss auf die Wange. »Du kannst mich arme Plebejerin doch nicht einfach so im Stich lassen!«

Die galoppierenden Preise waren auch Thema bei den Wandervögeln, die am Neumühlener Anleger bereits auf Käthe und Aline warteten. Nathan schloss Aline begeistert in seine Arme, als er sie sah. Rainer begrüßte die Freunde wie immer mit einem lang gezogenen Pfiff. Er hatte eine Klampfe dabei, zur großen Freude von Caroline, die nichts lieber tat, als beim Wandern zu singen. Alle hatten sie Rucksäcke auf dem Rücken und Wolldecken, die sie darunter festgezurrt hatten. Nathan hatte seinen

Zeichenblock in den Rucksack gepresst, in der Hoffnung, dass dieser nicht zu sehr verknickte.

»Ich sag dir«, Meta fuchtelte verzweifelt in der Luft herum. »Ich bin fast hintenüber gefallen, als mir der Eiermann sagte …«

»Der Eiermann?«, jubelte Käthe. »Wir haben auch gerade darüber gesprochen!«

Meta kniff die Lippen zusammen. »Ich weiß nicht, was daran so besonders lustig sein soll, Käthe. Der Mann sagt doch tatsächlich, das macht 43 000 Mark. Ich bitte dich: 43 000 Mark für ein einziges verfluchtes Ei!«

»Tja«, machte Siegfried. »Ich weiß nicht, wie es euch geht, aber ich weiß schon gar nicht mehr, wie Butter *aussieht*. Meta und ich wollten erst noch welche kaufen, für die Brote. Aber wer hat mal eben 20 Milliarden Reichsmark für Butter übrig?«

Käthe war immer noch albern. »Wie viele Eier hatte der Eiermann denn, Meta?«

Meta dachte kurz nach. »Ich habe sechs Stück gezählt«, antwortete sie ernsthaft. Woraufhin Käthe einen erneuten Anfall bekam.

»Was ist nur mit ihr los?«, wunderte sich Nathan, der Aline fest im Arm hielt.

»Sie hat Kicherwasser getrunken«, sagte Aline. »Dabei braucht sie das gar nicht. Sie ist als Kind in den Topf mit Kicherwasser hineingefallen.«

Die Gruppe teilte sich auf zwei Boote auf. Die Tide war günstig. Wenn sie Glück hatten, waren sie in einer Stunde drüben in Waltershof bei Bauer Bremer. Von dort wollten sie weiter gen Süden wandern, um bei anbrechender Dunkelheit ihre Zelte in der Nähe von Meckelfeld aufzuschlagen. Ihr nächstes Ziel war Lüneburg, von wo aus sie den Weg an der Alten Salzstraße entlang nach Lauenburg und Mölln wandern wollten. Aline lehnte sich aufatmend im Boot zurück. Nathan setzte sich neben sie, so eng, dass sie erschauerte. Sie betrachtete Siegfried, der die Ruder ergriff und einen misstrauischen Blick auf das Liebespärchen vor ihm warf. »Aber nicht die ganze Zeit schmusen, Kinder«, mahnte er. »Ich will unterwegs auch mal abgelöst werden.«

Aline nickte lächelnd. Wie schön das Leben war, wie gut es ihnen ging! Wäre da nicht Maman gewesen, die über die verpatzte Hochzeit vor zwei Jahren immer noch nicht völlig hinweg war. Anfangs war das Zusammenleben mit ihr in dem engen Schlafzimmer die reinste Hölle gewesen. Aline hatte mit der Idee gekämpft, zumindest vorübergehend zu Käthe nach Ottensen zu ziehen, aber das hätte den Bruch zwischen ihnen nur noch verstärkt. Also hatte sie es ausgesessen. Erst Monate später war Madeleine so weit gewesen, mit ihr zu sprechen. Aline war nicht ganz sicher, ob sie wirklich verstanden hatte, warum Aline die Hochzeit abgeblasen hatte, aber zumindest machte sie ihr nun keine Vorwürfe mehr. Dass sie sich in Nathan verliebt hatte und ihn sah, wo und wann sie nur konnte, ahnte die Mutter aber immer noch nicht.

Und dann war da noch die Sache mit den Meyerdinks. Ursprünglich hatten sie einen Mietvertrag über zwei Jahre abgeschlossen, aber soweit Aline unterrichtet war, ruhten die Reparaturarbeiten an ihrem Haus in Teufelsbrück, weil sie die Baumaterialien nicht mehr bezahlen konnten. Niemand, nicht mal mehr ein Mathematikprofessor an der Hamburger Universität, konnte sich auf sein Einkommen verlassen. Am Ersten des Monats, wenn die Gehälter ausgezahlt wurden, standen die Leute Schlange, um für Hunderttausende von Reichsmark ein paar Kartoffeln und einen Laib Brot zu kaufen. Das Geld verlor schneller an Wert, als man »Dollar« sagen konnte. Und so ging ihnen Madame Meyerdink weiter auf die Nerven. Aline lächelte. Trotzdem war das Leben herrlich. Hier auf der Elbe an einem sonnigen Spätsommertag mit Nathan, Käthe und den anderen, unterwegs zu einem neuen Abenteuer voller Gesang, Lagerfeuer und frischer Luft. Nathan drückte sie an sich. »Worüber ist mein Mädchen so glücklich?«, flüsterte er. »Über den süßesten Jungen der Welt«, flüsterte sie und drückte ihm einen Kuss auf den Mund.

Madeleine kam mit einem Einkaufskorb nach Hause, der mit den Monaten immer leichter wurde. Nach dreistündigem Schlangestehen war es ihr gelungen, zwei Pfund Kartoffeln für 350 000 Mark zu ergattern. Sie setzte den Korb vor der Tür zum Anbau ab und begann in ihrer Manteltasche nach dem Schlüssel zu kramen.

»Frau Jacoby!«, hörte sie es aus dem Fenster im ersten Stock rufen.

Müde drehte sie sich um. Es war die Meyerdink, wie nicht anders zu erwarten.

»Ich muss einmal ein ernstes Wort mit ihnen reden!« Madame sah aus, als trüge sie ein schweres Leiden mit sich herum, das allein Madeleines Verschulden war. Madeleine zuckte unwillkürlich zusammen. Sie durfte ihre Mieter nicht verärgern, sonst würde sie sie verlieren. Und wer würde dieser Tage noch ein teures Haus in Oevelgönne mieten wollen? Die Angst vor dem Hungertod suchte Madeleine nachts in ihren Albträumen heim, und die waren noch schlimmer als die Vorstellung von dieser unglaublich demütigenden, alles in den Schatten stellenden, abgebrochenen Hochzeitszeremonie in der Christianskirche. In die sie seither nie mehr einen Fuß gesetzt hatte, weil sie nicht den Mut aufbrachte, Pastor Weidemann in die Augen zu sehen.

»Sie wünschen, Madame?« Ohne dass sie es beabsichtigt hatte, hatte Madeleines Stimme einen unterwürfigen Ton angenommen.

»Warten Sie, ich komme herunter.« Mit einem Knall wurde das Fenster wieder geschlossen. Madeleine stand regungslos da, den Korb mit den zwei Pfund Kartoffeln in der Hand. Eine Verurteilte, die auf ihren Richter wartete. Eine Minute später riss Frau Meyerdink die Tür zum Hinterhof auf. »Ich kann diese Verhältnisse nicht länger tolerieren!«, rief sie der verängstigten Madeleine entgegen. »Ihre Tochter benimmt sich unmöglich. Sie ist so laut, dass Kleopatra ihr eigenes Klavierspiel nicht mehr hört. Und dabei ist es so wichtig für die arme Kleine, dass sie endlich Fortschritte macht. Aber bei dem Lotterleben hier im Hinterhof …«

Ein Rest von Stolz und Ärger wallte in Madeleine auf. Noch vor drei Jahren hätte sie ein mit französischen Schimpfworten gespicktes Donnerwetter auf das Haupt ihres Gegenübers regnen lassen, das es wagte, ihre Tochter zu beleidigen. Doch selbst jetzt wollte es ihr nicht gelingen, die Meyerdink zu ignorieren. »Das ist schwer vorstellbar«, sagte sie leise.

»Wie?« Gertrude Meyerdink war überrascht. Sollte es dieses heruntergekommene Weib wagen, ihre Aussage zu bezweifeln?

»Meine Tochter Aline lernt für ihre Examina. Wenn Ihre Tochter Klavier spielt, kommt die Ruhestörung wohl eher aus Ihrem Haus.«

Gertrude Meyerdink schnappte nach Luft. »Das ist ja wohl …! Aber das wird Folgen haben, Frau Jacoby, das sage ich Ihnen! Das wird Folgen haben!«

Madeleines Schultern fielen wieder nach vorn. Augenblicklich bereute sie ihre Worte. »Es tut mir Leid«, sagte sie. »Das war nicht als Affront gegen das Klavierspiel Ihrer Tochter gemeint …«

Aber Madame Meyerdink hatte sich schon umgedreht und war ins Haus verschwunden.

Mein Haus, dachte Madeleine und ging gesenkten Kopfes in den dunklen Anbau zurück, in dem es nach Zwiebeln und Fleisch roch. Die neue Köchin der Meyerdinks, ein unscheinbares junges Ding namens Rosalind, war dabei, das Mittagessen zuzubereiten. Der Herr allein weiß, woher sie die Millionen für das Fleisch nehmen, dachte Madeleine, als sie grußlos an dem Mädchen vorbei in ihr Schlafzimmer ging. Da war mehr als das Gehalt eines Professors im Spiel.

Käthe suchte mit Hilfe des Neuen in der Gruppe einen Stapel Holz zusammen. »Ich weiß gar nicht, warum ich immer alles alleine machen muss«, sagte sie laut in die Runde. Ihr Gesicht war schwarz von der Erde, wodurch die Augen ein fast unheimliches Leuchten bekamen. »Rainer und Caroline haben sich der Musik verschrieben, und Aline und Nathan nehmen sowieso niemanden außer sich selber wahr. *It's so unfair!*«

Rainer blickte von seiner Klampfe auf. »Einer muss doch hier für die Stimmung sorgen! Außerdem hast du Wilhelm, der dir hilft. Wo sind Meta und Siegfried eigentlich?«

»Das Mädchen- und das Jungenzelt aufbauen.«

»Ach ja.« Nathan riss sich von Alines Augen los. »Wir müssen unser Zelt auch noch aufbauen, bevor es dunkel wird.«

»Nichts da.« Siegfried kam hinter einem Gebüsch hervor. »Es gibt keine gemischten Zelte bei den Wandervögeln. Das steht in der Satzung.«

»Nu sei nich so 'n Spielverderber, Siegfried!«, befahl Käthe. »Dieses entzückende Pärchen hat doch sonst keinen Ort, wo es sich treffen kann. Du warst doch auch mal jung, *weren't you*?«

Als Antwort warf Siegfried einen Blechtopf in ihre Richtung, der nur knapp an ihrem Kopf vorbeisegelte. »Ich bin der Jüngste hier in der Gruppe, falls dir das entgangen sein sollte!«

»Ja, aber im Kopp schon ein Greis, wie es scheint.«

Siegfried warf Aline und Nathan einen scheelen Blick zu. »Warum heiratet ihr nicht einfach und zieht zusammen?«

»Weil da kein Geld für is!« Käthes Beschützerinstinkt war erwacht. »Außerdem«, sie warf ihrer Freundin einen schelmischen Blick zu, »der Pastor, der sich traut, Aline zu verheiraten, muss erst noch gefunden werden. Die haben alle Angst, sich die Blamage ihres Lebens abzuholen.« Sie bemerkte Wilhelms irritierten Blick. »Das ist eine lange Geschichte. Vielleicht erzählt sie dir Aline heute Abend am prasselnden Feuer.«

»Nicht schon wieder«, gähnte Aline. »Außerdem wirft diese Geschichte ein völlig falsches Licht auf mich. Ich bin mein Leben lang sehr brav gewesen. Nur erinnert sich da komischerweise keiner mehr dran. Alles, woran die Leute denken, wenn sie *Aline*

Jacoby hören, ist: Hui, ist das nicht die Braut, die vor versammelter Gemeinde mitten in der Trauung zu ihrem Bräutigam gesagt hat, dass sie es sich anders überlegt hat? Kolossale Sache! Davon, dass ich arm und voller Entbehrungen als fleißige Studentin in einem finsteren Hinterhof mit meiner Mutter lebe, kommt nie ein Wort.« Dass sie im kommenden Wintersemester ihre Examina schreiben würde, um als jüngste Studentin überhaupt ihre Promovierung zu beginnen, erwähnte sie lieber nicht. Es klang entsetzlich angeberisch.

Wilhelm blickte sie ehrfurchtsvoll an. »So etwas hast du wirklich getan?«

Aline nickte.

»Kolossal!«

»Was sag ich«, seufzte sie.

Mit einem Knall ließ Käthe den letzten Arm voll Holz auf den Boden fallen. Wilhelm zückte sein Feuerzeug – ein goldenes, wie Aline mit Erstaunen feststellte – und entzündete den Stapel Blätter und Zeitungspapier, den er aufgeschichtet hatte. Eine Schlagzeile in dem zerknüllten Papier fiel ihr besonders ins Auge: »Beliebtester Filmstar des Jahres: Asta Nielsen!« Darunter das Bild einer immer noch erstaunlich jungen und schönen Frau mit dunkler Ponyfrisur. Siegfried neben ihr fischte den Sportteil heraus. Er überflog den Artikel über einen Kurzstreckenläufer, dann schüttelte er den Kopf. »Der schnellste Mann der Welt ist Finne und läuft immer mit einer Stoppuhr in der Hand«, erklärte er mit aufgerissenen Augen, an die Runde gewandt.

»Ist doch klar«, murmelte Käthe. »Er hat halt immer Angst, zu spät zu kommen.«

»Hier.« Nathan wedelte mit einem anderen Stück Zeitung. »Wusstest ihr, dass die japanische Hauptstadt Tokyo komplett dem Erdboden gleichgemacht ist?«

Meta runzelte die Stirn. »Wer hat das getan?«, fragte sie streng.

Käthe kicherte. »Ich bin unschuldig!«

Nathan studierte den Bericht. »Erst gab es ein Erdbeben, dann einen Feuersturm. Die armen Menschen.«

»Hallo.« Wilhelm machte mit seiner Hand Zeichen, dass er die Zeitungsseiten wiederhaben wollte. »Informiert ihr euch eigentlich nie, oder warum seid ihr wie ausgehungert auf das Weltgeschehen?«

»Ausgehungert ist das Stichwort«, murmelte Käthe und schielte auf die Brote in Alines geöffnetem Rucksack.

»Zeitungen sind teuer.« Siegfried sah sich als Einziger in Erklärungsnot.

Danach beobachteten sie schweigend, wie die Flamme in ihrer Mitte größer wurde und auf das Geäst übersprang.

»Wenn ich daran denke, dass wir noch fünf Tage so weiterwandern!«, rief Aline. Das Feuer färbte ihre Wangen rot, und der lodernde Schein schimmerte auf ihrem kastanienbraunen Haar. Nathan strich ihr selig über die Wange. Es gab Augenblicke, da fürchtete er, verrückt zu werden vor Glück. Über ihnen waren die Sterne aufgegangen. Rainer legte die Klampfe beiseite. »Genug gesungen«, bestimmte er. »Ich hab einen Kohldampf, ich könnt hier die Hasen fressen.«

»Ich habe Angelzeug mitgebracht«, erklärte Siegfried. »Wir sollten morgen unbedingt eine längere Angelrast einlegen. Dann gibt es abends gebratenen Fisch!«

»Enorm!« Aline leckte sich die Lippen. Sie war mittlerweile zu einer echten Angelspezialistin geworden. Manchmal fragte sie sich, was Maman und sie ohne die Elbe vor der Haustür getan hätten. Vermutlich wären sie vor Hunger gestorben.

Wilhelm packte seelenruhig ein Paket Butter, mehrere gekochte Eier und einen in Butterbrotpapier gewickelten geräucherten Schinken aus. »Also, wer Hunger hat«, sagte er, »der greife zu.«

Aline, Nathan, Käthe, Siegfried, Meta und Rainer fielen fast die Augen aus dem Kopf. »*Goodness, heaven!*«, japste Käthe endlich. »Wo hast du denn diese Schätze her?«

Wilhelm grinste. »Gekauft«, erklärte er.

»Was«, fragte Käthe, als sie sich genüsslich eine Scheibe Schinken unter die Nase hielt und daran roch, »hast du gesagt, bist du noch mal von Beruf?«

»Bankdirektor«, lächelte Wilhelm, als wäre das für einen Dreiundzwanzigjährigen das Natürlichste von der Welt.

In dieser Nacht war nicht an Einschlafen zu denken. Die Freunde saßen am Feuer und diskutierten über Dollarkurse, Aktienhandel und andere Arten des Geldverdienens, bis der Himmel allmählich wieder heller wurde. Rainer ließ eine Flasche Apfelmost herumgehen, und als die alle war, holte Wilhelm unter allgemeinem Gejubel eine Flasche gepresster Wildkirschen hervor. »Meine Devise heißt kaufen«, bemerkte er bescheiden. »Und das ist das Vernünftigste, was man tun kann, Leute. Das Geld, das ihr in der Hand haltet, ist ja Stunden später schon nichts mehr wert.«

Alle nickten eifrig. Diese Erfahrung hatten sie schon allzu häufig gemacht. Doch bislang hatte es bei ihnen an frisch nachwachsendem Geld gemangelt, mit dem sich die Einkäufe dann fortsetzen ließen. Käthe schlug sich vor den Kopf. »Aktien, natürlich«, sagte sie. »Dass ich da nicht schon früher drauf gekommen bin! Dabei habe ich alles ausprobiert! Ich habe sogar nach Störtebekers Schatz gesucht!«

»Ach ja?«, fragte Wilhelm, den alles interessierte, was mit Wertanhäufung zusammenhing. »Ich nehme nicht an, dass du ihn gefunden hast.«

Käthe wurde rot, was im Schein des Feuers glücklicherweise niemand bemerkte. »Ich bin um ein Haar einem fürchterlichen Betrüger aufgesessen.«

Wilhelm nickte. »Die Geschichte ist mir zu Ohren gekommen. Dieser Archivar aus Hadeln, der behauptet hat, den Schatz gefunden zu haben. Wollte der nicht eine Million Goldmark Finderlohn dafür haben? Mein Gott, vor zwei Jahren, da war ja selbst eine Million Papiermark noch ein Vermögen wert!«

Meta nickte zustimmend. »Heute kriegst du nicht mal ein Pfund Butter dafür.«

Käthe kicherte. »Ganz zu schweigen von zwei frischen Eiern!«

»Aber woher wolltest du den Finderlohn nehmen?«, fragte Wilhelm interessiert.

»Ich habe Lotto gespielt. Guckt mich nicht so an!« Käthe warf verärgerte Blicke in die Runde. »Das tun viele Leute! Nathan hat das auch eine Weile getan, nicht wahr?«

Nathan wurde so rot wie die Glut. Er wand sich. Aline bemerkte seine Verlegenheit. »Aber das muss dir doch nicht peinlich sein, Schatz«, erklärte sie. »Mein Vater hat auch hin und wieder Lotto gespielt.« Sie küsste ihn, weil er so süß aussah. »Du kannst ja richtig schüchtern werden«, flüsterte sie. Nathan nahm sie in den Arm, glücklich, dass sie sein Gesicht nicht sehen konnte. Niemals sollte sie erfahren, was er damals getan hatte. Es wäre ihr unendlich peinlich, davon war er überzeugt. Vermutlich würde sie darauf bestehen, ihm das Geld zurückzuzahlen.

Als die Sterne allmählich verblassten und die Vögel mit einem gemeinsamen Zwitscherchor den neuen Tag ankündigten, hatten die Freunde an ihrem fast verloschenen Lagerfeuer einen Plan geschmiedet: Bei ihrer Rückkehr würden sie all ihr Geld zusammenlegen, um es einem unter ihnen zu vermachen, den sie per Würfelverfahren auswählen würden. Dieser würde die Summe in Aktien anlegen, die er an Wilhelms frisch eröffneter Bank kaufen würde. Aus dem Spekulationsgewinn würde dieser dann den anderen ihr Geld plus Zinsen zurückzahlen, woraufhin sie, abzüglich dessen, was sie zum Leben brauchten, dem Nächsten in der Gruppe ihr Geld übergeben würden.

»Das System ist todsicher«, erklärte Wilhelm. »Ich habe meine Quellen und weiß, welche Aktien ihr kaufen müsst. Man muss nur sehr schnell sein, das ist das ganze Geheimnis.«

Allein Rainer schüttelte nachdenklich den Kopf. »Ich bin nicht wirklich begeistert von der Idee«, sagte er. »Letztendlich stärken wir damit bloß das Kapital. Und das Kapital ist es, das Arbeiter wie mich ausbeutet. Es mag ein kurzfristiger Sieg sein, aber keiner, der dem Proletariat weiterhilft.«

Käthe schlug ihm jovial auf den Rücken. »Hier geht's nicht ums Proletariat! Hier geht's ums Fressen!« Und wie zur Bestätigung öffnete sie die nächste Flasche, die Wilhelm ihr gereicht hatte. Es war ein Apfelsaft, der offenbar schon länger gegärt hatte. Mit einem Plopp zischte der Korken in den Himmel, und das Nass schoss heraus, löschte blubbernd die Glut in ihrer Mitte, woraufhin Käthe so lange lachen musste, dass sie Schluckauf bekam. Wilhelm holte zwei Würfel hervor. »Die höchste Augenzahl gewinnt!«

Es war Aline, die die zwei Sechser machte.

Es verging eigentlich kein Tag, an dem der Engelsraum nicht in Benutzung war. Gertrude Meyerdink fand die anderen Räume dunkel und schäbig. Der Engelsraum mit seinen glänzenden Seidentapeten und dem Marmorkamin war der einzige, der ihren Vorstellungen von einem gutbürgerlichen Speiseraum entsprach. Julius Cäsar hob eine Augenbraue, als Rosalind die dampfenden Platten hereintrug.

»Sehr mager, dieses Fleisch«, bemerkte er.

»Wie kannst du das wissen?«, krähte der kleine Marcus. »Du hast es doch noch gar nicht probiert!«

Julius schauderte. »Das habe ich auch nicht vor.«

»Du willst das Fleisch nicht probieren?«, schnaubte Gertrude. »Was ist das für eine neue Mode? Otto, wartest du eigentlich darauf, dass es kalt wird, bis du es anschneidest, oder wie soll ich dein Zögern deuten?«

Otto Meyerdink lächelte entschuldigend und erhob sich von seinem Platz, das Messer in der Hand.

»Ich meinte eure Köchin«, erklärte Julius.

Seine Mutter warf ihm einen wütenden Blick zu. »Keine Schweinereien vor Kleopatra!«

Julius zuckte gleichgültig die Achseln. »Woher habt ihr eigentlich das Geld für so einen Braten? Der muss doch ein Vermögen gekostet haben!«

Sein Vater lächelte. »Über Geld spricht man nicht, man hat es.«

»Jetzt mal offen heraus! Ich könnte eine solche Quelle auch gut gebrauchen. Wir werden im Verbindungshaus zwar gut versorgt, aber was alles andere anbelangt, bin ich pleite.«

»Not macht erfinderisch«, erklärte Gertrude.

»Jeder kehre vor seiner eigenen Tür!«, lachte Marcus. »Schuster, bleib bei deinen Leisten!«

Julius betrachtete ihn nachdenklich. Wieder wurde ihm bewusst, wie sehr sich sein kleiner Bruder vom Rest der Familie unterschied. Nun ja, er war eben auch nur ein halber Bruder. Dabei war er mit seinen zehn Jahren definitiv zu gewitzt für sein Alter. Wenn man nicht sehr aufpasste, würde aus dem Kerlchen mal ein Neunmalkluger werden.

Gertrude überlegte kurz. Sie konnte es ihrem Ältesten genauso gut erzählen, Familienmitglieder durften keine Geheimnisse voreinander haben, ihre alte Devise, und wenn die Wahrheit noch so ungehörig erschien.

»Wir haben das Familiensilber versetzt«, erklärte sie zwischen zwei Happen.

Julius Cäsar warf das Messer hin, als hätte er sich daran verbrannt. »Wie konntet ihr? Der Dollarkurs wird sich irgendwann beruhigen, und dann stehen wir ohne Silber da! Das ist diese Mahlzeit nun auch nicht wert!«

Kleopatra duckte sich. Sie hasste erregte Stimmen bei Tisch. Überhaupt verängstigten sie laute Stimmen in letzter Zeit.

Gertrude lächelte diabolisch. »Nicht *unser* Silber.«

Julius sog die Luft ein. »Du willst sagen, du hast …« Er warf seinem Vater einen Blick zu, der seelenruhig an einem Stück Fleisch kaute und dabei vor sich hin lächelte. Wurde er langsam debil?

Gertrude nickte. »Diese unkultivierten Weiber da hinten in ihrem dreckigen Loch merken den Unterschied doch sowieso nicht mehr. Das Besteck, das du da in der Hand hältst, ist eine identische Ausgabe in Stahl. Das gleiche Familienwappen, alles gleich … bloß das Metall stimmt nicht mehr.«

Siegfried grinste. Seine Mutter wusste sich wirklich zu helfen. »Und wenn sie es herausfinden?«

»Dann werden sie Himmel und Hölle in Bewegung setzen, um uns dranzukriegen. Aber wozu haben wir meinen Bruder?« Sie warf ihrem Mann einen hämischen Blick zu.

Otto blickte verwirrt auf. »Hast du mich etwas gefragt, Liebes?«

»Ja, ich habe gefragt: Wozu haben wir meinen Bruder?«

Otto legte den Kopf schief, wie immer, wenn er überlegte. »Damit er uns in schwierigen Rechtsfragen aus der Patsche hilft?«, riet er.

Julius schüttelte den Kopf. Sein Vater wurde wirklich gaga. Aber was kümmerte ihn das schon? Er war ja nicht sein leiblicher Vater. Sollte der Schwachsinn ruhig in seinen Genen liegen. Dann würde nur Marcus was davon abbekommen. Er prostete seiner Mutter zu. Sie war schon ein widerliches Biest. Aber erfolgreich. Das musste man ihr lassen.

Eine aufregende Zeit begann, eine Zeit, an die sich Aline ihr Leben lang erinnern würde und die alles so grundlegend veränderte, dass ihr zuweilen schwindlig wurde. Das Geld, das ihr die Freunde bei ihrer Rückkehr nach Altona überreichten, setzte sie noch am selben Abend bei Wilhelm in Aktien um. Am nächsten Tag, als sie auf die Tafel in Wilhelms Bank blickte, auf der die Aktienkurse notiert waren, wollte sie ihren Augen nicht trauen: Statt der 700 000 Mark, die sie nur zwölf Stunden zuvor in Händen gehalten hatte, besaß sie nun drei Millionen!

»Ich möchte sofort die Mieter aus dem Haus meiner Eltern haben!«, erklärte sie sogleich.

Wilhelm lächelte. »Nicht so hastig. Erst mal musst du neu investieren! Du willst doch nicht alles gleich auf den Putz hauen, ohne neue Aktien in Händen zu halten. Denk dran: Schon morgen werden dir die drei Millionen nicht mal für ein Gramm Butter reichen. Ich würde dir raten, mit dem Geld einen Kredit aufzunehmen und damit Grundbesitz zu erwerben. Den beleihst du, bis er im Wert gestiegen ist. Dann zahlst du den Kredit zurück und kaufst mit dem Überschuss neue Sachwerte. Nebenbei investiert du natürlich fleißig in Aktien.« Er lächelte Nathan zu. »Aber erst mal musst du den anderen ihr Geld zurückzahlen. Und dann wird neu gewürfelt.«

Diesmal war die Reihe an Rainer. »Hol's der Teufel!«, bemerkte der schließlich. »Ich werde das Geld meiner Partei spenden. Alle Macht dem Volke!«

Währenddessen überlegte Aline fieberhaft, was sie für ein Grundstück erwerben konnte. Es war Käthe, die sie auf eine teuflische Idee brachte. »Warum kaufst du nicht das Haus der Meyerdinks in Teufelsbrück? Die Bauarbeiten liegen sowieso brach. Die werden froh über das Geld sein. Außerdem glauben sie, dass sie noch ewig bei euch wohnen können. Die haben sich doch da schon eingenistet wie die Maden im Speck!«

Aline kicherte. »Und wenn ich genug beisammen hab, schmeiß ich sie raus! Und dann haben sie kein Zuhause mehr! Das Gesicht der Meyerdink möchte ich jetzt schon sehen!« Aber dann wurde sie ernst. »Aber sie verkaufen das Haus nie und nimmer, wenn sie erfahren, dass ich die Käuferin bin. Außerdem ist es sowieso komisch, als Frau einen Hauskauf zu tätigen. Da wird doch jeder misstrauisch!«

Käthe zuckte die Achseln. »*So what?* Frauen gehen in die Fabriken, Frauen werden Straßenbahnschaffnerinnen, Frauen studieren an der Universität, wieso verdammt nochmal können Frauen da keine Häuser kaufen?«

Auch Nathan hatte das teuflische Glimmen im Gesicht, das sie dieser Tage alle trugen. »Ich könnte das Haus in meinem Namen erwerben. Da schöpfen sie bestimmt keinen Verdacht!«

Und genauso sollte es geschehen.

Gertrude Meyerdink studierte das Angebot mit großem Interesse. »Sehr geehrter Herr Dr. Otto Meyerdink!«, stand da. »Wir interessieren uns für Ihr Wohnobjekt an der Elbchaussee, Höhe Teufelsbrück. Falls Sie an seinem Verkauf interessiert sein sollten, melden Sie sich bitte unter Telephon 471. Hochachtungsvoll, Nathan Sandstein.«

Gertrude runzelte die Stirn. Offenbar ein Jude. Sollte sie ihre alte Maxime über Bord werfen, niemals Geschäfte mit Juden zu machen? Andererseits – sie lächelte tückisch –, das Haus war mittlerweile so verkommen, es war wirklich nichts mehr wert. Sollte sich so ein fetter Jude doch die Zähne daran ausbeißen. Das Geld würden sie jedenfalls gut gebrauchen können. Sie knallte den Umschlag so heftig auf den Tisch, dass ihr Gatte aus seinem Nickerchen auffuhr. »Wir werden das Haus in Teufelsbrück verkaufen!«, verkündete sie mit Donnerstimme. Otto lächelte. »Eine gute Idee. Es verliert ohnehin an Wert und ist uns nur ein Klotz am Bein.« Er kratzte sich verschlafen am Kopf. »Aber den Käufer möchte ich sehen, der so dumm ist, für die Bruchbude auch noch Geld hinzublättern.«

Wenn Gertrude gute Laune hatte, konnte sie direkt freundlich sein. »Weißt du, Otto«, erklärte sie. »Was auch immer man über die Juden sagt, von wegen gerissene Geschäftsleute. Ich habe da einen gefunden, der macht den Fehler seines Lebens!«

Otto gähnte und zog die Wolldecke um seine Beine zurecht. »So etwas Schönes«, murmelte er zufrieden. »Dann kann ich ja beruhigt weiterschlafen.«

Mittlerweile hatte auch Nathan seine Gewinnausschüttung gehabt. Gemeinsam mit Aline war er zu einem der besten Herrenschneider am Jungfernstieg gegangen und hatte einen Maßanzug bestellt. Aline selbst hielt sich, was Kleidung anbelangte, noch bescheiden zurück. Ihrer Mutter gegenüber hatte sie nichts von ihrem neuen Reichtum erwähnt, um bei Meyerdinks keinen Verdacht zu wecken. Sie kicherten wie Kinder, die einen lustigen Streich ausheckten, als sie am Altonaer Hauptbahnhof in eine Pferdedroschke stiegen, um sich zu Nathans Herrenausstatter kutschieren zu lassen. »Weißt du, wovon ich träume?«, fragte Aline, während sie sich an Nathan kuschelte. »Von so einer schmucken Benzindroschke, die uns ganz allein gehört. Ich würde so gern ein Automobil steuern lernen!«

»Dann solltest du das tun, Schatz!«, lächelte Nathan und strich ihr zärtlich über ihr Haar, das er so liebte und das sie neuerdings kurz geschnitten und offen trug.

Aline bewunderte Nathan. Mit seinem schwarzen Seidenanzug, dem weißen Hemd mit dem angeknöpften Stehkragen, der Oscar-Wilde-Krawatte und dem Kaschmirschal sah er aus wie ein englischer Dandy, zynisch und elegant.

»Die alte Kuh wird dir das Geschäft nicht abschlagen können«, bemerkte Aline. »Aber pass auf, dass sie dich nicht unter irgendeinem Vorwand ins obere Stockwerk lotst. Da sind nämlich die Schlafzimmer. Zwei uneheliche Kinder hat sie schon.«

»Meinetwegen soll sie so viele haben, wie sie ihrem Gatten unterjubeln kann«, bemerkte Nathan, während er sich von allen Seiten musterte. »Aber mich wird sie da schön aus dem Spiel lassen.«

Der Verkäufer tat, als wäre er taub. Die neue Generation von Gentlemen, lebensuntüchtige Bürschchen, wenn man ihn nach seiner Meinung fragte, aber mit dem richtigen Riecher für Geld, hatte ihn an die merkwürdigsten Dinge gewöhnt. Es waren eben verrückte Zeiten, was sollte man machen? »Wie wünscht der Herr zu zahlen?«, fragte er. »Wenn Sie bar und auf der Stelle zahlen, mache ich Ihnen selbstverständlich ein besonderes Angebot.«

Nathan fischte in der Tasche seiner alten Hose nach ein paar Milliardenscheinen. »Bar«, sagte er. »Was denn sonst?«

Inzwischen taten Stadt und Verwaltung alles in ihrer Macht Stehende, um die lawinenartige Geldentwertung aufzuhalten. In Altona druckten die Banken Vierteldollarscheine als Notgeld, die durch Grundbesitz gedeckt wurden. Bürgermeister Brauer veranlasste, dass ein Teil des Lohns der städtischen Angestellten und Beamten in so genannten Gasmarken ausgezahlt werden sollte, die nicht an Wert verloren und die sicherstellten, dass die Bürger weiterhin kochen und heizen konnten. Einzelne Gemeinden gaben Notgeld heraus, das mit lustigen Bildern und Sprüchen bedruckt war, wie zum Beispiel die Gemeinde Stellingen. Es zeigte einen Affen, der grinsend eine Flasche Cognac umklammerte. Darunter stand: »De Minsch stammt von Apen / Wenn he is besapen«, zweifellos in Anspielung an den Taumel von trunkener Endzeitstimmung auf den Straßen und in den wie Pilze aus dem Boden schießenden Tanzlokalen. Ein Konsortium, das unter anderem aus Bankiers und dem Werftbesitzer Rudolf Blohm bestand, gründete die »Hamburgische Bank von 1923«. Verschiedene Firmen gaben dieser neuen Bank Devisen, die auf Dollarkurs umgerechnet wurden. Für den Dollarbetrag erhielten die Firmen »Bankmark«, die auf den Vorkriegskurs umgerechnet wurde, nämlich 4 Mark 20 pro Dollar. Wer sich auf seine Lebenserfahrung verließ oder sich mit schnellen Entscheidungen schwer tat, war verloren. Es war die Stunde der Jungen und derjenigen, die schnell und impulsiv handeln konnten. Dreiundzwanzigjährige Bankdirektoren wie Wilhelm Ludwigsen traten auf, und Primaner, die an der Börse spekulierten, unterhielten ihre verlegenen Väter, deren Gehalt am Tag nach der Auszahlung nichts mehr wert war. Täglich las Aline in der Zeitung von neuen Selbstmorden. Fabriklöhne wurden mittlerweile täglich ausgezahlt. Die Frauen warteten vor den Fabriktoren, um den Lohn entgegenzunehmen und so schnell wie möglich damit einzukaufen, denn gegen Mittag wurden die Preise neu festgesetzt, und so manch ein Ehemann hatte bis dahin das Geld versoffen. Immer neue merkwürdige Parteien und Vereine wurden gegründet, man verlor schnell den Überblick, wenn man nicht ständig versuchte, politisch auf dem Laufenden zu bleiben, so wie Rainer, dem die

Politik ans Herz gewachsen war. Aus der Deutsch-Sozialistischen Partei oder DSP, einer Arbeiterpartei, die im Gegensatz zur KPD die nationale Sache vertrat, entwickelte sich eine so genannte Sturmabteilung. Später nannte sich die DSP in NSDAP um und wurde vom Hamburger Senat wegen judenfeindlicher Tendenzen verboten. Die Partei löste sich auf, nicht so aber die Sturmabteilung, die sich in »Blücher, Turn-, Sport- und Wandervereinigung von 1923« umbenannte und die vier Fs ihres Vereinsmottos – frisch, fromm, fröhlich, frei – in Form eines Hakenkreuzes auf der Fahne trug. Siegfried besuchte die Wandervereinigung ein paar Mal und versuchte, die Freunde davon zu überzeugen, mitzukommen, aber Rainer weigerte sich, da er die Meinung vertrat, dass die Organisation, die dahinter stand, Verrat an der Sache des Arbeiters betreiben würde, und Aline hatte zu viel mit der Uni zu tun, um sich in weitere Vereine einzubringen.

Dann kam der Tag, an dem Nathan seinen großen Auftritt im Haus in Oevelgönne hatte und seine Unterschrift unter den Verkaufsvertrag setzte. Otto Meyerdink, gutmütig und verträumt, schaukelte dabei in einem Lehnstuhl am Fenster, offenbar ohne Nathan, der immerhin ein paar Semester lang seine Seminare besucht hatte, wiederzuerkennen. Schon am nächsten Tag verkaufte Nathan das Objekt an einen Oberprimaner weiter, der beschlossen hatte, von zu Hause auszuziehen.

Es war kurz vor Weihnachten, und Aline war glücklich. Sie hatte alle ihre Prüfungen mit Auszeichnung bestanden und schickte sich an, ihre Doktorarbeit zu beginnen. Gleichzeitig lernte sie Auto fahren.

Es war etwa um diese Zeit herum, dass Gertrude Meyerdink sich an den Namen Sandstein erinnerte und von einem leichten Unwohlsein heimgesucht wurde. Doch das verscheuchte sie schnell wieder. Sandstein war immerhin kein besonders seltener Name. Und außerdem lag die Sache nun schon weit zurück. Kein Mensch würde sich jemals daran erinnern. Wilhelm Sandstein, erinnerte sie sich aufatmend, war seit fast vierundzwanzig Jahren tot.

Aline legte einen Arm um ihre Mutter und sah ihr in die Augen: »Möchtest du gern Frau Meyerdink aus deinem Blickfeld verbannen und in unser Haus wieder einziehen?«

Madeleine seufzte. »Es schickt sich nicht, mit den Sehnsüchten der Menschen zu spielen. Seit deiner ... Hochzeit habe ich die Hoffnung begraben, jemals wieder hier herauszukommen.«

»Dann hör mir jetzt einmal gut zu.« Aline strich ihrer Mutter eine weiße Strähne aus dem Gesicht. »Ich habe Geld. Sehr viel Geld.«

»Um Gottes Willen, Aline, du hast dich doch nicht versündigt!« Madeleine stand der Schrecken ins Gesicht geschrieben. Sie wusste, dass in diesen Zeiten der Not die Prostituion an allen Ecken und Enden blühte. In der Zeitung hatte sie gelesen, dass sechs von zehn deutschen Frauen – egal, ob Mütter, Fabrikarbeiterinnen oder Studentinnen – ihr kärgliches Haushaltsgeld mit Dirnendiensten aufbesserten.

»Ich habe an der Börse spekuliert.« Aline blickte ernst. »Wir beide tun jetzt Folgendes: Wir gehen da jetzt rüber in das Haus, das uns gehört, und schmeißen die Meyerdinks raus.«

Sie fühlte, wie ihre Mutter anfing zu zittern. »Das können wir nicht tun«, flüsterte sie. »Wir müssen erst ein *rendez-vous* machen.«

»Unsinn, Maman. Die alte Schreckschraube kommt doch zu uns auch, wann es ihr passt.«

»Ich habe Angst.«

»Möchtest du, dass ich alleine rübergehe?«

Madeleine überlegte kurz, dann strich sie ihre Röcke glatt. »Nein. Ich möchte nicht, dass du dich in eine solche Gefahr begibst.«

Aline lachte. »Maman! Ich weiß, sie hat eine *allure*, als ob sie einen bei lebendigem Leib fressen möchte, aber sie ist bloß ein unzufriedener Mensch, der gern ein bisschen mit seiner Macht spielt.«

Madeleine blickte ihre Tochter zweifelnd an. »Das sind die Schlimmsten.«

Aline stand auf. »Ich gehe jetzt. Kommst du mit?«

Madeleine hielt sich an ihrem Ärmel fest, so wie Aline es früher bei ihr getan hatte. Merkwürdig, wie die Rollen irgendwann getauscht wurden. »Bist du auch sicher, dass wir keinen Fehler machen? Hast du genügend Geld, um das Haus unterhalten zu können? Werden wir genug zum Leben haben?«

Aline legte ihre Hand auf die Hand der Mutter, dort, wo sie sie festhielt. »Das kann man im Moment nicht genau wissen. Ich habe genug, dass wir in der nächsten Zeit über die Runden kommen. Danach wird mir etwas anderes einfallen. Falls alle Stricke reißen, können wir wieder Mieter aufnehmen. Hauptsache, wir werden die Meyerdinks los.«

Madeleine nickte tapfer. Aline sah, wie sie all ihren Mut zusammennahm. »*Eh bien alors*. Ich komme mit.«

Gertrude Meyerdink sah aus, als würde sie ihnen am liebsten die Tür vor der Nase zuschlagen. »Warum kommen Sie nicht durch den Hintereingang wie die anderen Dienstboten auch?«, fragte sie statt einer Begrüßung.

»Weil wir keine Dienstboten sind«, erklärte Aline. »Sondern die Eigentümer dieses Hauses. Und als solche sprechen wir Ihnen hiermit die Kündigung aus. Sie haben eine Woche Zeit für den Umzug.«

Gertrude Meyerdink griff sich an die Brust. »Otto!«, brüllte sie. »Komm her! Auf der Stelle!«

Aline konnte ein Lächeln nicht unterdrücken. Ihr Blick glitt über die Wände im Flur zur Treppe hinüber. Die Ölgemälde, die sie von Kindheit an gewohnt war zu sehen, waren verschwunden. Stattdessen hatte Frau Meyerdink die Bilder ihrer eigenen Vorfahren hier aufgehängt. Lauter Porträts mit medaillengeschmückten Offizieren und Generälen, einige mit den colorierten Schärpen bekannter schlagender Verbindungen dekoriert. Otto Meyerdink humpelte die Treppe herunter. Er lächelte verschlafen. Auf der Wange trug er das Knittermuster einer Wolldecke, was ihm etwas Kindliches gab. »Was ist denn, Liebling?«, fragte er. Dann bemerkte er Aline und ihre Mutter. »Guten Tag«, lächelte er. »Was verschafft uns die Ehre?«

»Du brauchst hier nicht deinen Charme spielen zu lassen!«, blaffte die Meyerdink. »Die werfen uns raus!«

Otto Meyerdink kratzte sich sichtlich verwirrt den Kopf. »Aber warum?«

»Der Mietvertrag war auf zwei Jahre begrenzt«, erklärte Aline. »Die Frist ist schon vor einiger Zeit abgelaufen. Jetzt möchten wir das Haus wieder für uns nutzen.«

»Die geben uns eine Woche für den Auszug!« Gertrude Meyerdink brüllte ihre Worte.

»Aber ich bin doch nicht taub, Liebes.« Otto bemühte sich wie so oft um Schadensbegrenzung. »Bestimmt ließe sich über einen längeren Zeitraum verhandeln.«

Aline blieb hart. »Nichts zu machen, leider. Sie hätten schon längst ausziehen müssen. Unsere Frist war mehr als großzügig.«

Madeleine blieb vor Bewunderung die Luft weg. Sie hatte nicht gewusst, dass Aline eine solch hartnäckige Verhandlungspartnerin abgab. Stolz wallte in ihr auf, Stolz auf ihre Tochter, ein Stolz, den sie seit dem Gang durchs Kirchenschiff nicht mehr empfunden hatte, damals bei der Hochzeit. Sie fühlte sich fast übermütig werden.

»Aber wir haben unser Haus in Teufelsbrück verkauft!« Gertrudes Worte waren ein Aufschrei.

Aline blieb unbewegt. »Ihre Angelegenheiten gehen mich nichts an. Sollten Sie länger als eine Woche für den Auszug benötigen, steht bei Ihnen der Gerichtsvollzieher vor der Tür. Und es hat keinen Zweck, Ihren Advokaten zu bemühen. Wir brauchen das Haus für uns selbst. *Eigenheimnutzung* ist der juristische Terminus, wenn ich mich recht entsinne. Damit wäre wohl alles geklärt. Wünsche Ihnen noch einen schönen Tag.«

»Parasiten!«, platzte die Meyerdink heraus.

»Wie meinen?« Aline, die sich schon umgedreht hatte, erstarrte in der Bewegung.

»Ja, Sie haben ganz recht gehört! Ich habe es dem Herrn von Alvesloh gleich gesagt. Diese Familie wird Sie ausnutzen. Sie sind nichts als schäbige Parasiten. Ach, gehen Sie doch wieder in Ihre vergammelte Rattenfalle, wo Sie hingehören!«

Noch nie war Aline so kurz davor gewesen, einen Mord zu begehen. Aber sie riss sich zusammen. »Parasiten«, erklärte sie, »können recht nützlich sein. Parasitäre Bakterien beispielsweise sind für die Verdauung im menschlichen Organismus zuständig. Um es auf Deutsch zu sagen: Ohne Parasiten würden Sie, Madame, überhaupt keinen Stuhlgang haben. Komm, Maman, wir gehen.«

Madeleine bemerkte aus den Augenwinkeln, dass Gertrude Meyerdink der Mund immer noch offen stand, als sie in den Weg zum Hinterhof einbogen. »Sie kann einem direkt Leid tun«, flüsterte sie. »Warum war sie auch so dumm und hat ihr Haus verkauft?«

Aline zog sie in den Anbau und schloss fest die Tür hinter ihr. Dann sah sie sich um. Nein, Meyerdinks Köchin hatte ja heute Ausgang. »Weil ich ihnen sehr viel Geld dafür geboten habe«, kicherte sie. »Aber sie wissen nicht, dass ich die Käuferin war. Ich habe einen Freund geschickt.«

Madeleine brauchte mehrere Minuten, um diese Nachricht zu verdauen. Dann brach sie in Gelächter aus, das sich nur Sekunden später in Weinen verwandelte. Erschrocken legte Aline den Arm um sie. »Aber was ist denn, Maman?«, fragte sie erschrocken.

»Nichts.« Madeleine schluchzte und zog ihre Tochter zu sich heran. »Ich wünschte nur, dass Papa eben dabei gewesen wäre. Es hätte ihm so gefallen.«

»Papa ist immer bei uns.« Aline lächelte. »Da bin ich mir sicher.«

10. Kapitel

Die Meyerdinks zogen natürlich nicht innerhalb einer Woche aus. Tatsächlich sollte es noch zwei Monate dauern, bis der erste Karton gepackt war und das neue Mädchen der Meyerdinks, ein Wesen, das noch zittriger und blasser wirkte als das vorherige, Bilder, Pflanzen und Bücher auf die Straße schleppte. Aline hatte einen Advokaten beauftragt, den Auszug zu beschleunigen, der aber erklärte ihr, dass sie früher oder später schon zu ihrem Recht kommen würde, in diesem besonderen Falle aber eher mit später rechnen müsse. Am Ende bot Aline den Meyerdinks eine beträchtliche Summe Geld, eine Art monetäre Erinnerungsstütze an die Kündigung, die Madame allerdings nicht für ausreichend befand und die Aline am Ende zähneknirschend aufstocken musste. Von dem Geld leisteten die Meyerdinks, wie Aline später erfuhr, die Anzahlung für ein schönes Haus, das ebenfalls in Oevelgönne lag, wenn auch nach Neumühlen hin, so dass die Meyerdinks Nachbarn wurden. Aline begegnete Frau Meyerdink vor allem am Wochenende, wenn sie mit Käthe, Nathan oder ein paar Freunden am Fähranleger angeln ging, und jedes Mal grüßte die Meyerdink mit solch zuckersüßer Freundlichkeit, dass Aline misstrauisch wurde. Später bemerkte sie, dass die Grüße nicht ihr, sondern Nathan galten, und da wusste sie, dass die Meyerdink ihn als den Käufer ihres Hauses in Teufelsbrück wiedererkannt hatte und nun, da sie ihn an Alines Seite sah, schließen musste, dass Aline hinter der Sache gestanden hatte. Ihr wurde etwas unbehaglich bei dem Gedanken, aber sie verdrängte die Sorge schnell wieder.

Es war herrlich, wieder zu Hause zu sein. Ihre erste Amtshandlung bestand darin, Bertha zurückzuholen. Bertha hatte mittlerweile eine Anstellung im Holsteinischen gefunden, in der Nähe ihrer Schwester. Als Aline ihr die frohe Kunde übermittelte, kündigte sie sofort. Zwei Tage später stand sie vor der Tür. Gemeinsam machten sie Inventur. Aline richtete sich das ehemalige Arbeitszimmer ihres Vaters als Studierstube ein. Obwohl nun kaum noch Geld vorhanden war, beschloss Aline, die Buntglasscheiben im Wohnzimmer herauszureißen und durch großes Glas zu ersetzen. Die neue Helligkeit im Haus versetzte sie alle in gute Stimmung. Der einzige Wermutstropfen war der Engelsraum. Hier hatten sich die Meyerdinks offenbar die meiste Zeit aufgehalten. Die Seidentapeten waren mit Kerzenwachs bekleckert, die Teppiche waren an einigen Stellen durchgescheuert, und eine Ecke des marmornen Kamins war abgeschlagen. »Das hat sich rächen wollen, das Weib«, bemerkte Bertha. Aline erklärte, dass sie einen geschickten Bekannten hatte, der ihr sicherlich beim Tapezieren helfen würde. In welcher Verbindung sie zu Nathan stand, mochte sie ihrer Mutter immer noch nicht sagen.

Als sie mit Nathan eines Sonntagnachmittags vor dem Kapitänshaus stand, fiel ihr etwas ein. »Es gibt da etwas, was ich dich schon immer fragen wollte.«

»Ich bin ledig und habe keine Kinder aus zweifelhaften Nebenverbindungen. Meine Absichten sind die eines Ehrenmannes.«

Aline lachte. »Ich wollte dich fragen, ob dir dieses Haus bekannt vorkommt.«

»Es beherbergt die schönste Frau von ganz Preußen.«

»Sei doch einmal ernst! Bist du hier schon mal gewesen?«

Nathan blickte sich nach allen Seiten um. »Ja«, flüsterte er. »Aber das darf niemand wissen. Ich habe hier einen gewissen Hauskauf getätigt, woraufhin sich deine Mieterin die Pest an den Hals geärgert hat.«

»Und früher? Als kleiner Junge? Kann es sein, dass du am Sedantag eine kleine Französin vor Übergriffen geschützt und nach Hause geleitet hast? Hier in dieses Haus?«

Nathan stutzte. »Nicht, dass ich mich entsinne. Nein, so etwas habe ich mit Sicherheit nie getan. Wir waren mit der Familie manchmal unten am Strand, als wir noch in der Flottbeker gewohnt haben. Aber an ein kleines Mädchen in Nöten kann ich mich nicht erinnern.«

Aline hätte ihn am liebsten geküsst, vielleicht, um ihm zu versichern, dass diese neue Erkenntnis nichts an ihren Gefühlen änderte, obwohl genau das in diesem Augenblick der Fall war. Seltsam, aus wie vielen verschiedenen Gründen die Menschen einander küssen, dachte sie. Aus Mitgefühl, als symbolische Geste für andere Anwesende, aus Einsamkeit, aus Langeweile. Aus Lust. In diesem Augenblick sah sie, wie sich eine Gardine im ersten Stock bewegte. Madeleine sah auf sie herab. »Lass uns hineingehen«, sagte Aline.

Aline hatte ein glattes schönes Papier mit Rosenmuster gefunden, das auch ihrer Mutter gefiel. Seidentapeten würden sie sich fürs Erste nicht leisten können, so viel Luxus konnte dann doch nicht sein. Gemeinsam mit Nathan krempelte sie an diesem Tag die Ärmel hoch und machte sich an die Arbeit. Nathan war äußerst geschickt in handwerklichen Dingen. Er hatte auch für kleine Dinge Geduld, im Gegensatz zu Aline, die schnell nervös wurde. Nathan gelang es, den Kamin wieder so zu richten, dass das fehlende Stück nur einem überkritischen Betrachter auffiel. Dass das Klavier komplett verstimmt war, brachte vor allem Madeleine in Rage. »Wir müssen den Meyerdinks eine Rechnung über den entstandenen Schaden schicken«, verkündete sie in ihrer neu gewonnenen Zuversicht.

Aline lachte trocken auf. »Die wird Frau Meyerdink in der Luft zerreißen«, bemerkte sie. »Aber versuchen können wir es ja.«

Als das Haus wiederhergestellt war, ging Bertha mit einer Schale voll brennender Salbeikräuter durch das Haus. Das diene dazu, die Luft wieder gesund zu machen, erklärte sie, denn Salbei sei aseptisch. Es stank fürchterlich, so dass sie anschließend stundenlang lüften mussten. »Jetzt ist die Luft wieder rein«, freute sich Bertha.

Zu dritt beschlossen sie, ein kleines Fest zu feiern. Dazu luden sie die Nachbarn ein, die auch fast alle kamen. Nathan mitzubringen, traute Aline sich noch nicht, es wäre eben doch zu verdächtig gewesen. Es war wieder ein Sonntag, Aline hatte am Tag zuvor Stör geangelt, aus dem Bertha eine große Portion Kaviar gearbeitet hatte, und sie gedachten, im Engelsraum zu feiern und zu diesem Anlass das Familiensilber hervorzuholen.

Madeleine war die Erste, die es bemerkte.

Beim Anblick des weichen Metalls brach sie in Tränen aus. Sie fuhr mit dem Finger über die Linien des Familienwappens und weinte. Hemmungslos.

»Was ist passiert, Maman?« Aline war hinter ihre Mutter getreten. Wieder einmal hatte sie das Gefühl, sie beschützen zu müssen.

Madeleine schüttelte den Kopf. Wieder und wieder streichelte sie das Familienwappen eines Messers, als könne sie es nicht glauben. So vorsichtig sie konnte, nahm Aline ihr das Messer aus der Hand. Als sie das Blech berührte, erstarrte sie. Sie legte eine Hand auf den Rücken ihrer Mutter und spürte, wie er vor Schluchzen bebte. Eine Wut stieg in Aline empor, so gewaltig, dass ihr einen Augenblick lang schwarz vor Augen wurde. Endlich gelang es ihr zu sprechen.

»Sie wird uns das ersetzen müssen, Maman. Das waren keine Einbrecher. Das hier ist sowas von eindeutig! Wir fragen Haussmann, ob er einen guten Advokaten kennt. Das lassen wir ihr nicht durchgehen.« In ihrer Rocktasche fingerte sie nach den Billionenscheinen. Das Knistern der Scheine mischte sich in ihren Ohren mit den Lauten, die ihre Mutter ausstieß und die schnell waren und hoch wie bei einem verwundeten Tier.

Aline fühlte, wie sich ihr die Haut kräuselte. Die Verbindung dieser beiden Geräusche trieb ihr eine Gänsehaut über den Rücken.

In diesen Monaten war Aline manchmal zumute, als säße sie in einem Zug, dessen Fahrplan aus der Feder eines Verrückten stammte. Niemand schien zu wissen, in welche Richtung es ging, in Oevelgönne nicht, oben in Altona nicht, nicht in Hamburg und schon gar nicht in Berlin. Nur eines war offensichtlich, und das war das Tempo in der ganzen Sache. Kurz nach der Einweihungsfeier gab es am Hafen einen Aufstand, von dem es später hieß, es sei eine Revolution gewesen. Diese Revolution ging aber so schnell vonstatten, dass sie schon wieder vorbei war, bevor Aline sie noch richtig bemerkt hatte. In Thüringen und Sachsen, so stand es im »Intelligenzblatt« zu lesen, gab es danach auch Aufstände, aber die wiederum waren noch schneller zu Ende und hatten darum noch viel weniger die Zeit, Revolutionen zu werden. Die Reichsmark wurde abgeschafft, noch während Aline ihre medizinischen Bücher in dem kleinen Arbeitszimmer im Dachgeschoss einräumte, quasi über Nacht. Die neue Währung wurde in Rentenmark umbenannt. Eine Rentenmark war so viel wert wie eine Billion Inflationsmark, was das Einkaufen ungemein erleichterte. Als es so kalt wurde, dass im Kapitänshaus die Zentralheizung eingeschaltet werden musste, gab es abermals einen Aufstand, diesmal in Bayern, nur dass dieser Aufstand diesmal Putsch genannt wurde, was nichts mit der Geschwindigkeit zu tun hatte, in der dieser vonstatten ging, sondern mit den politischen Zielen seiner Akteure, einem gewissen Adolf Hitler und seiner Sturmabteilung. Der Mann wurde zu fünf Jahren Festungshaft verurteilt, eine Zeit, die er in Wirklichkeit kaum absitzen musste und die er nutzte, um ein Buch zu schreiben, was Bertha später zu der Bemerkung veranlasste, sie würde auch gern mal für ein paar Monate eingesperrt werden, denn sie hätte ebenfalls einiges zu sagen.

Und dann wurde es Winter, der erste Winter nach so langer Zeit wieder im Haus. Der Fluss fror zu, und die Budenbesitzer stellten sich am Strand entlang auf, um Glühwein und gezuckerte Mandeln zu verkaufen. Allein ein Würstchenverkäufer beschloss, sich von dem allgemeinen Gedränge abzusetzen, indem er seinen Ofen auf die Fläche schleppte, die für Schlittschuhläufer glatt gekratzt worden war. Nachdem er das Geschäft seines Lebens gemacht hatte, brach er ein und versank. Er ertrank, noch bevor ihm die Schlittschuhläufer zu Hilfe eilen konnten.

Ein Kollege von Rainer, der bei Blohm und Voss als Anstreicher arbeitete, kaperte im Frühjahr eine Fähre nach Finkenwerder und ließ sie so lange auf dem Strom hin und her fahren, bis er den Passagieren das Gesamtwerk seiner selbst verfassten Gedichte zu Ende vorgelesen hatte. Von einem Reporter später befragt, wie ihm die Gedichte gefallen hätten, antwortete einer der Passagiere, es sei ihm merkwürdig vorgekommen, dass der verkannte Dichter beim Lesen den Lauf einer Vorderladerpistole an die Stirn des Fährkapitäns gehalten hatte, wo doch die Gedichte vom Weltfrieden handelten. Der unglückliche Schreiberling wurde in die Irrenanstalt von Alsterdorf eingewiesen und für schuldunfähig befunden.

Als Aline in der Zeitung las, dass in der Schlüterstraße ein Fernsprechamt für Radiosendungen eingerichtet wurde, kaufte sie sogleich einen Apparat. Sowohl Bertha als auch Madeleine waren wenig begeistert von dieser neuen Erfindung. Es hieß, dass die Radio-Apparate bei Gewitter lebensgefährlich waren, wenn man vergaß, die Stecker zu erden. Aline stellte das Radio in ihrem Arbeitszimmer auf einem Regal über ihrem Schreibtisch auf, konnte aber nie mehr als ein Rauschgemisch aus Stimmen, Musikfetzen und etwas, das wie Brandung klang, empfangen. Erst Monate später erfuhr sie, dass die Reichweite des Senders nur zwölf Kilometer betrug. Für Oevelgönne war das nicht genug.

Eines Tages begegnete sie am Strand einer Frau, die ihr bekannt vorkam: Es war Ilse, eine der vier Asta-Ähnlichen, der sie auf dem schrecklichen Ball in der Palmaille begegnet war, Friedrichs Schwägerin. Ein Anflug von Schuldgefühl durchzuckte Aline, und sie wollte sich schon abwenden, als die Frau sie ansprach. »Na sieh mal einer an, die Kleine vom Friedrich. Oder Ex-Kleine, sollte ich besser sagen.« Sie perlte ihr hinreißendes Lachen in die Luft, das immer noch klang wie champagnergeschäumt. Aline starrte sie an, dann zwang sie sich zu einem Lächeln. »Wie geht es Friedrich?«, fragte sie.

»Oh, nun mach nicht so ein Gesichtchen!«, kicherte Ilse. »Friedrich hat sich mit der Politik verheiratet. Ist nach Berlin gegangen, wie du sicher weißt. Macht Karriere. Im Mai tritt er bei den Reichstagswahlen an. Völkischer Block, du weißt schon. Kein Mensch räumt denen viele Stimmen ein, aber mein Schwager hat so seine Ideale. Alexander will ihn dazu bringen, sich im Zentrum zu engagieren, aber Friedrich will davon nichts hören. Wenn du mich fragst, für mich ist das alles dasselbe, Zentrum, Konservative, Ultrakonservative, warum dann nicht gleich für die antreten, die die meisten Stimmen bringen, aber Friedrich meint, in den kleineren Parteien sei es leichter, an höhere Posten zu gelangen.« Ilse legte einen Zeigefinger an die Stirn, ein beredter Hinweis auf ihre Denkfähigkeit. »Also doch nicht so viel Idealismus, wenn man näher drüber nachdenkt. Aber ich rede schon wieder viel zu viel. Wie geht es dir, meine Liebe? Wir duzen uns doch noch, oder? Schließlich wären wir fast Schwippschwägerinnen geworden!« Sie lachte. Aline lächelte auch. Aber bevor sie antworten konnte, redete Ilse schon weiter. »Ein hübsches Kleid trägst du da! Hast du dir jemand Reiches geangelt?«

Aline schüttelte den Kopf.

»Na ja, geht mich ja auch gar nichts an, nöch? Also, einen frohen Tag wünsche ich dir noch. Und wenn du mal in der Bernadottestraße sein solltest, besuch uns ruhig! Muss jetzt zum Bahnhof, meinen Alex vom Zug abholen.« Sie winkte mit ihrem spitzenbewehrten Sonnenschirm und entschwand so rasch, wie sie aufgetaucht war.

Der Zug. Wieder fiel Aline dieses Bild ein, das sie in den vergangenen Monaten vor Augen gehabt hatte. Manchmal kam es ihr so vor, als ob die rasende Fahrt sich auch auf die Sprache niedergeschlagen hätte. In Ilses Fall allemal.

Die Wanderausflüge wurden seltener. Rainer war damit beschäftigt, bei Blohm und Voss neue Streiks zu organisieren, Käthe hatte ein zusätzliches Engagement an den Kammerspielen in einem Stück für drei Tänzer erhalten, und Nathan, den es danach dürstete, endlich von zu Hause auszuziehen, hatte sich mit vollen Kräften ins Studium gestürzt.

Ein bisschen diente ihm die Arbeit auch dazu, sich von seinen Sorgen abzulenken. Er hatte das Gefühl, dass Aline ihm etwas entglitten war. Wann genau das begonnen hatte, konnte er nicht sagen, aber Tatsache war, dass sie ihm kühler begegnete als zuvor. Außerdem widerstrebte es ihr immer noch, ihn ihrer Mutter vorzustellen. Warum eigentlich? Die verpatzte Hochzeit war nun schon so lange her. Kein Mensch würde ihr einen neuen Verlobten verübeln können, schon gar nicht Madeleine Jacoby, eine Dame, die er mittlerweile zu schätzen gelernt hatte. Bei ihnen zu Hause im Grindelviertel ging Aline immerhin auch selbstverständlich ein und aus. Obschon auch ihre Besuche dort seltener geworden waren.

Aline, die sich während ihres Studiums zuletzt besonders für Tropenhygiene begeistert hatte, schrieb ihre Doktorarbeit über die Schlafkrankheit, kam aber entgegen den Gesetzen der Zeit nur äußerst schleppend voran. Seit der Währungsreform war es vorbei mit der Aktienspekuliererei, und sie musste auf neue Einnahmequellen sinnen. Glücklicherweise gelang es ihrem Doktorvater, Professor Bernhard Nocht, ihr eine Stelle als Bibliothekarin zu verschaffen, so dass sie ein kleines Auskommen hatte. Das aber hinten und vorne nicht reichte – schließlich musste sie ihre

Mutter und Bertha mitfinanzieren. Als es dazu kam, dass sie nicht einmal mehr die Rechnungen für den elektrischen Strom bezahlen konnte, besann sie sich auf das Ottenser Wohnhaus, in dem Käthe Mieterin war. Aline hatte dieses Wohnhaus während ihrer monetären Glanzzeiten für einen ziemlich überhöhten Preis dem damaligen Eigentümer abgekauft, weil Käthe ein schreckliches Missverständnis mit dem Mann passiert war. Sie hatte versehentlich mit ihm geschlafen, es später arg bereut und diese Reue vielleicht ein wenig zu heftig verbalisiert. Es wurde Herbst, als es Aline endlich gelang, dieses Haus weiterzuverkaufen, denn Immobilienverkäufe waren zu jener Zeit ein äußerst schwer gehendes Geschäft. Auch darunter musste die Doktorarbeit ein bisschen leiden.

Ihre Mahlzeiten brachte Bertha Aline oft in das Zimmer hinauf, damit sie überhaupt etwas aß. Pellkartoffeln wechselten sich mit Bratkartoffeln ab, Kartoffelmus mit Kartoffelpuffer. Aline ließ das Essen häufig stehen, so sehr verknotete es ihr den Magen, zu denken, was noch alles vor ihr lag. Die Speisen trockneten ein, und die Teller endeten mit sämigen, verkrusteten Resten auf dem Fenstersims und zwischen Bergen von Büchern. Nebenher übte Aline für ihre Führerscheinprüfung. Sie musste die polizeilichen Vorschriften mit allen sieben Warnzeichen auswendig wissen, sie musste wissen, wie das Automobil funktionierte, wobei die technischen Fragen sie tatsächlich auch interessierten, und sie musste vor allen Dingen das Automobil sicher durch die Stadt lenken können. Käthe sah in dieser Zeit fast jeden Abend vorbei, den Flachmann in den Strumpfhalter geklemmt, und erging sich in Schwärmereien über die Zeit nach Alines Doktorwerdung, in der sie endlich wieder gemeinsam weggehen konnten. Und vor allem: *wegfahren!*

»Ich will auch so einen Führerschein haben!« Käthe nickte nachdrücklich, während sie aus der Schnapsflasche trank, wodurch Alines Kopfkissen ein bisschen Alkohol abbekam. »Am besten, du bringst mir jetzt schon mal bei, was die Warnzeichen zu bedeuten haben. Obwohl – bei den meisten weiß ich es bereits.« Sie reichte Aline den Flachmann hinüber, den die aber dankend ablehnte. Käthe runzelte die Stirn. »Ich bin mir nicht sicher, ob die Einführung dieser Warnzeichen nicht eher eine Gefahrenquelle für den Automobilisten darstellt. Fahren und Schilder entziffern gleichzeitig – wer tut sowas Bekloppptes?«

»Das Geheimnis besteht darin, die Schilder so gut zu kennen, dass man sich nicht lange mit ihrer Entzifferung aufhalten muss.« Aline betrachtete den Beutel mit Eisstückchen, den Käthe sich nun auf ihre geschwollenen Knöchel presste. Das Eis stammte aus dem Vorrat von Johnny Hück bei Nummer 17, der auf die geniale Idee verfallen war, seinen Keller im Winter mit riesigen Eisschollen voll zu stopfen, die er von der Elbe herschleppte, um so im Sommer besser seine Fische zu kühlen. Normalerweise verkaufte er sein Eis teuer, wenn es draußen warm wurde, aber Käthe konnte er nie einen Gefallen abschlagen.

»Ich kann dich die Schilder abfragen, wenn du willst.« Aline klappte erleichtert das Heft mit ihren Arbeitsnotizen zu. »Also aufgepasst: Wozu ist das Zeichen mit dem Wassergraben?«

»Schätze, das ist ein Trick, um diejenigen Automobilisten zu bestrafen, die nicht ausreichend für die Prüfung gelernt haben. Nach dem Motto: Wer nicht hören will, muss fühlen. Verdammt, sieh dir diese Füße an! Sind die nicht kolossal geschwollen? Sie sehen aus, als gehörten sie zu jemandem, der doppelt so groß ist wie ich. Und doppelt so dick.«

»Wassergräben wurden also eigens für lernfaule Automobilisten ausgehoben?«, fragte Aline listig.

Käthe wackelte schelmisch mit dem Finger. »Darauf falle ich jetzt aber nicht herein, meine Liebe! *Manche* Wassergräben, ja, aber bei weitem nicht *alle!* Verdammt, ich bin *gut*! Lass mich die Prüfung machen, falls du keine Lust dazu hast oder vorher Lampenfieber bekommst. Wir sagen einfach, ich bin du.«

Aline breitete geschäftig Papiere vor sich aus. »Gut, Fräulein. Ich bin Prüferin Jacoby. Willkommen bei der Prüfung über die polizeilichen Vorschriften. Erste Frage: Was würdest du machen, wenn jemand von rechts kommt?«

»Hupen, damit er nicht auf die Idee kommt, weiterzufahren und mir womöglich eine Beule in meinen Bentley mit 4-Komma-5-Kompressor-Motor zu machen. Was anderes fahre ich nämlich nicht! Aber darf eine Prüferin die Fahrschüler duzen?«

»Kompressor-Motor, *oh là là*! Du kennst dich ja direkt aus!« Aline tat, als hätte sie die letzte Bemerkung überhört.

»Oh, sicher!« Käthe strich sich durchs Haar. »Bentleys sind doch die Wagen, die die 24 Stunden von Le Mans gemacht haben, oder? Ganz starke Motoren, können bis zu 200 Stundenkilometer fahren!«

»Was ist deine neuste Eroberung eigentlich von Beruf?«, erkundigte sich Aline. »Rennfahrer oder Mechaniker?«

»Mechaniker«, erklärte Käthe gleichgültig. »Aber ich bin ein modernes Mädchen und halte nichts von Standesdünkel. Also, nächste Frage!«

Aline drehte sich kurz um, damit Käthe ihr Lachen nicht sah. »Was würdest du tun, wenn der Mensch, der von rechts kommt, nicht anhält – obwohl du gehupt hast?«

»Ihn erschießen«, erklärte Käthe.

Aline seufzte. »Ich glaube, ich mach die Prüfung doch lieber selbst.«

Die praktische Führerscheinprüfung fand einen Tag nach der Reichstagswahl statt, so dass Aline völlig vergaß, wählen zu gehen. Und das, obwohl es ihre erste Reichstagswahl war, schließlich war sie erst seit drei Jahren volljährig. Später las sie, dass der völkische Block, bestehend aus Völkischen, Nationalsozialisten und Ultrakonservativen sechs Prozent der Stimmen erhalten hatte. Als sie sich Friedrich in seinem Berliner Parteibüro vorstellte, empfand sie eine Mischung aus Ablehnung, Schuldgefühlen und Zärtlichkeit. Jubelnde Freude erfüllte sie hingegen nach der Führerscheinprüfung. Sie hatte bestanden und konnte in den darauf folgenden Wochen an nichts anderes mehr als an Nockenwellen, Viertaktzyklen und Kolbenhuber denken, denn Autos zu lenken war eine Sache. Sie zu verstehen, eine andere. Bis zu ihrem ersten eigenen Wagen würde es allerdings noch eine Weile dauern.

Valeska, die eigentlich fand, dass keine Frau so gut sein konnte, dass sie gut genug für ihre Söhne war, hatte Aline schnell ins Herz geschlossen. Das lag nicht zuletzt an Alines Interesse für die Religion. Alines Neugier war schier unstillbar, was die Rituale und Gebräuche anging, die Valeska praktizierte. Nie zuvor war sie in einem jüdischen Haushalt gewesen, und nun war ihr, als tauche sie ein in eine fremde Welt. »Dabei ist sie evangelisch«, wie Valeska den Nachbarinnen gegenüber nicht müde wurde zu betonen. Doch evangelisch war nicht mehr das Wort, das Aline für sich in Anspruch nahm, wenn sie über ihren Glauben nachdachte. Sie hatte sich nach ihrer abgebrochenen Hochzeit von der Kirche fern gehalten, zunächst, weil es ihr peinlich war, Pastor Weidemann gegenüberzutreten, später, weil sie meinte, dass sie ihren Gott auch zu Hause fand, im Arbeitszimmer, bei Bertha im Hinterhof, beim Klavierspielen, selbst im Schlaf. Sie hatte eine eigentümliche religiöse Auffassung entwickelt in diesen Jahren der Umwälzung und war mittlerweile davon überzeugt, Gott überall zu finden. Diese Überzeugung erkannte sie auch in Valeskas Worten, wenn sie mit ihr sprach. Am meisten rührte sie, wie selbstverständlich Valeska sie schon als ihre Tochter betrachtete, obschon sie mit Nathan nicht verheiratet war und nicht einmal wusste, ob sie es jemals sein würde. Valeska mischte in ihren Gedanken Gläubigkeit mit Toleranz, was Aline ungewöhnlich fand für eine Frau ihres Alters. Wenn sie die Nacht im Haus der Sandsteins verbrachte, saß sie am morgendlichen Frühstückstisch, als gehöre sie dazu, und in gewisser Weise tat sie das auch.

Eine große Überraschung war die Begegnung mit Henny, die sie bereits als Gesellin bei den Schwestern Kolbek im Mode-

Atelier kennen gelernt hatte. Mittlerweile war Henny arbeitslos, so wie fünf Millionen andere Deutsche auch, aber sie half ihrem Bruder Max in seiner Praxis und besserte an den Abenden ihr Taschengeld mit Näharbeiten zu Hause auf. Zu Valeskas Ärger und Sorge verschwand Henny allerdings auch ganze Tage lang. Dann wusste keiner, wo sie war und was sie tat. Ein paar Mal nahm Nathan es auf sich, seine Schwester ein bisschen auszuquetschen, doch bislang stets ohne Erfolg.

Als es Juni wurde, lud Wilhelm Ludwigsen, der Mann, dem Aline und Nathan ihren zeitweiligen Wohlstand schuldeten, das junge Paar zu seinem vierundzwanzigsten Geburtstag ein. Als sie vor seiner Haustür in der Palmaille standen, fiel es Nathan wie Schuppen von den Augen. Ludwigsen, natürlich. Vor dieser Tür hatte er damals gestanden und geklingelt, doch keiner hatte ihm geöffnet. Warum hatte er Wilhelms Namen nicht schon früher mit seinem Vater in Verbindung gebracht? Seitdem er mit Aline zusammen war, hatte er die Geschichte auf sich beruhen lassen. Als das Dienstmädchen der Ludwigsens ihnen endlich öffnete, spürte Nathan sein Herz stärker klopfen.

Jetzt oder nie, dachte er. Er spürte Alines verwirrten Blick, sah, dass Wilhelm ihn anlächelte, als sie zu zweit, Hand in Hand, wie sie nun immer gingen, den Salon betraten, begrüßte Wilhelms Vater, schluckte und fragte diesen so unvermittelt, dass es ihn selbst schockierte: »Kannten Sie einen gewissen Wilhelm Sandstein?«

Sofort wurden die beiden Ludwigsens ernst. Der Raum begann, sich vor Nathans Augen zu drehen. Er umklammerte Alines Hand. Gott sei Dank war sie da, hielt ihn fest.

»Der Arzt meines Bruders«, erklärte Wilhelms Vater. »Ich habe meinen Sohn nach ihm benannt.«

»Er war mein Vater«, sagte Nathan.

Valeska Sandstein hörte die Schritte ihrer Tochter im Treppenflur. Sie zählte sie, achtundvierzig, neunundvierzig, ein schlechter Tag also, sie nahm jede Stufe einzeln, und dann auch noch so langsam, gleich war sie da, ihre Schritte kamen Valeska an diesem Tag seltsam unrhythmisch vor. Nun drehte sich der Schlüssel im Schloss. Valeska wartete, dass Henny sie begrüßte, aber nichts geschah. Stille.

»Henny, bist du da?«, fragte Valeska und zählte die Sekunden bis zur Antwort.

Langsam und vorsichtig, wie um die Mutter nicht zu erschrecken, steckte Henny den Kopf durch den Türspalt. Valeska schrie auf.

Henny machte einen Schritt nach vorn, dann fiel sie um. »Max!« Valeskas Schreie waren abgehackt. »Komm! Schnell!«

Max stürzte aus seinem Kabinett am Ende des Gangs. Als er seine kleine Schwester sah, wie sie blutüberströmt auf dem Teppich im Wohnzimmer lag, fühlte er sich auf einmal ganz ruhig, so als hätte er den Unfall seit langem erwartet und sich darauf vorbereitet. »Wir tragen sie auf die Liege im Kabinett«, wies er seine Mutter mit sanfter Stimme an. »Vorsichtig. Du nimmst sie bei den Füßen, ich trage ihre Schultern. So.«

Valeska begann zu schluchzen. »Was ist mit Henny geschehen? Meinst du, sie ist unter die Räder gekommen?«

»Ganz ruhig jetzt«, sagte Max. »Das werden wir gleich sehen. Beruhige dich und nimm ihre Füße. So ist es gut. Hast du sie? Schön.«

So sachte sie konnten, betteten sie Henny auf die Liege in Maxens Kabinett. Max entkleidete sie. Henny hatte am ganzen Körper Prellungen. Ihr linker Knöchel war verstaucht. Die Nase war geschwollen. Vorsichtig betastete er sie. Sie war gebrochen. Er fühlte ihren Puls. Henny war in Ohnmacht gefallen, aber ihr Atem ging regelmäßig.

»Sie ist nicht unter die Räder gekommen«, erklärte Max seiner Mutter, die sich ein Taschentuch vor den Mund gepresst hatte, um nicht laut aufzuweinen. »Jemand hat sie überfallen und verprügelt.«

Sie saßen im Wohnzimmer der Ludwigsens. Die Gläser waren gefüllt, aber niemand rührte sie an. Aline war dicht an Nathan herangerückt und hielt seine Hand. Sie spürte, dass er am ganzen Körper zitterte. »Ich versuche nun schon so lange, Licht in diese Geschichte zu bringen«, erklärte Nathan. »Aus den Krankenakten meines Vaters konnte ich ersehen, dass er einen gewissen Theodor Ludwigsen im Oktober 1899 wegen verschiedener Brandwunden und einer Alkoholvergiftung behandelt hatte. Der Patient tauchte während dieses Monats in den Akten öfter auf als irgendjemand sonst. Mein Vater hat ihm jeden Tag, bis zu seinem Tod drei Wochen später, einen Hausbesuch abgestattet. Seltsamerweise hat er danach aufgehört zu praktizieren. Bislang bin ich davon ausgegangen, dass er seinen Patienten falsch diagnostiziert oder behandelt hatte, also an seinem Tod Schuld trug. Warum sonst hätte er danach keine Patienten mehr empfangen sollen? Er muss ein sehr schlechtes Gewissen gehabt haben.«

Wilhelms Vater hatte Nathan schweigend zugehört. »Das Gegenteil war der Fall, Nathan. Ihr Vater war ein sehr mutiger Mann. Er hat das Menschenmögliche getan, um meinem Bruder zu helfen. Er war täglich zur Stelle, um seine Brandwunden zu desinfizieren, sein Fieber zu lindern und der Familie eine Stütze zu sein. Ich war damals etwa in Ihrem Alter und erinnere mich noch sehr gut daran. Er drängte meinen Vater, Strafanzeige zu stellen gegen die Männer, die meinem Bruder das angetan hatten. Aber mein Vater weigerte sich. Aus Angst. Schließlich hat Ihr Vater die Sache selbst in die Hand genommen. Er war ein solch engagierter Arzt. Und Menschenfreund. So kämpferisch. Ich habe mich oft gefragt, warum er das für unsere Familie getan hat. Heute glaube ich, dass er einfach Idealist war. Er konnte Ungerechtigkeit nicht ausstehen. Sein Tod hat uns schwer getroffen.«

Nathan blickte von Wilhelms Vater zu Wilhelm und schließlich zu Aline. Alines Nicken war für niemanden wahrnehmbar außer für Nathan. Nathan gab sich einen Ruck. Sie hatte Recht. Die Frage musste er stellen. Jetzt oder nie.

»Glauben Sie, dass er sich umgebracht hat?«

»Nein«, antwortete Herr Ludwigsen. »Wir gehen davon aus, dass er ermordet wurde.«

11. Kapitel

Dicke weiße Schwaden umfingen Nathan und Aline, als sie Stunden später zurück auf die Straße traten. Wilhelm und sein Vater standen am Hauseingang und schauten ihnen noch lange hinterher. Zumindest nahm Aline das an, denn sie hörte die gewaltige hölzerne Tür erst ins Schloss fallen, als sie sich schon ein ganzes Stück entfernt hatten. Der Nebel legte sich in winzig kleinen Tropfen auf ihre Gesichter. Aline spürte, dass Nathan am ganzen Körper zitterte. Schweigend machten sie sich auf den Weg die Kai-Straße hinunter nach Neumühlen. Von der Elbe hörten sie das dumpfe, lang gezogene Horn eines Schiffes, das sich seinen Weg durch die Suppe bahnte. »Was wirst du jetzt tun?«, fragte Aline leise. »Wirst du es deiner Mutter sagen?«

Nathan schüttelte den Kopf. »Max.«

Aline versuchte sich Nathans Bruder vorzustellen, wie er die Nachricht aufnahm. Sie hatte Nathan Max gegenüber immer nur schlecht gelaunt erlebt.

»Aber natürlich wird er mir kein Wort glauben. Er wird meinen, dass ich wieder mal durchdrehe, und alles auf die Malerei schieben.« Er stieß die Luft aus. »Als ob das so einfach wäre!«

Auf einmal bemerkte Aline, wie ihr die Füße wehtaten. Ihre Schuhe hatten Löcher, und sie hatte es immer wieder hinausgeschoben, sie zum Schuster zu bringen, weil einfach keine Zeit dafür war. Unendliche Müdigkeit überkam sie. Sie sehnte sich nach ihrem Bett. Bei Käthes Eltern, bemerkte sie, brannte noch Licht. War Käthe etwa zu Besuch?

Der Nebel war so dick hier unten, dass sie um ein Haar Hein, den Laternenanzünder, anrempelten. »Nanu, immer noch auf?«, lallte Hein. Er musste an diesem Abend tüchtig einen im Kahn haben, denn es ging auf Mitternacht zu, und so weit Aline erkennen konnte, waren noch längst nicht alle Laternen angezündet. Hein musterte sie vergnügt. »Un nich allein? Mit zwei Herrn in Begleitung?«, grinste er. Durch den Nebel warf die Laterne vor ihnen ein trübes Oval auf Nathans Gesicht. Aline bemerkte, wie Nathan den Mund öffnete, um etwas zu erwidern. »Schon gut, Hein«, warf sie schnell dazwischen. »Nur mein Cousin, der mich vom Familienessen nach Hause begleitet.« Sie schob Nathan rasch weiter.

»Warum erfindest du solche Sachen eigentlich immer, wenn wir unterwegs sind?«, fragte er. Aline hatte ihn noch nie zuvor so gereizt gehört.

»Weil ich nicht möchte, dass er meiner Mutter was erzählt.« Aline fühlte, wie sie jetzt ebenfalls ärgerlich wurde. »Das habe ich dir doch schon hundert Mal erklärt!«

»Besoffen wie der ist, hat er es doch morgen sowieso vergessen!«

»Na und? Ich möchte trotzdem das Risiko nicht eingehen!«

Sie waren vor dem Haus angelangt.

»Aline.« Nathans Stimmer klang ernst. »Du wirst demnächst fünfundzwanzig. Meinst du nicht, dass du dir so langsam deinen Mann selbst aussuchen kannst?«

»Darum geht es doch überhaupt nicht! Es geht um Mamans Gefühle. Wenn Maman nicht so frühzeitig Witwe geworden wäre und wenn ich sie nicht mit dieser Hochzeitszeremonie so fürchterlich blamiert hätte und sie nicht diese entsetzlichen Jahre mit den Meyerdinks im Haus hätte durchstehen müssen – dann wäre das etwas völlig anderes! Das weißt du auch!« Sie fühlte eine unerklärliche Wut in sich aufsteigen. Sie wollte allein sein. Jetzt sofort. Niemanden mehr sehen oder hören. Mein Gott, konnte sie nicht ein einziges Mal in Ruhe gelassen werden? Sich einmal nicht rechtfertigen müssen für das, was sie tat oder zu tun wünschte?

»Bitte«, Nathan nahm ihr Gesicht in beide Hände und blickte sie flehentlich an. »Lass mich heute Nacht bei dir bleiben! Ich möchte jetzt nicht nach Hause! Ich weiß nicht, wie ich Max und meiner Mutter und Henny unter die Augen treten soll! Lass uns deiner Mutter alles sagen. Lass uns … Ich möchte dich heiraten, Aline.«

Aline fühlte ihren Körper schlaff werden vor Erschöpfung. »Ich doch auch«, murmelte sie. »Ich könnte mir nichts Schöneres vorstellen.«

»Worauf warten wir denn noch?«

»Ich weiß es nicht.« Noch eine Minute, dachte sie. Und ich falle um. Der Abend kam ihr vor wie der anstrengendste ihres ganzen Lebens. Es war ja keine Geburtstagsfeier gewesen. Zumindest keine herkömmliche. Stattdessen hatte Nathan diese Sache erfahren. Sie hatten bestimmt fünf Stunden ohne Unterbrechung geredet. Ihr schwirrte der Kopf. Sie wusste, dass sie ihm jetzt beistehen musste. Sie wusste auch, in einem entfernten Winkel ihres Hirns, dass sie ihn liebte. Richtig liebte, mit Herzklopfen und Lust und Verzweiflung. Aber ihre Gefühle schienen in diesem Augenblick hinter einer ähnlichen Nebelwand zu liegen wie die Schiffe auf der Elbe.

»Es tut mir Leid«, sagte sie. »Aber ich kann nicht.«

Kurz vor der Bürgerschaftswahl hatte sich die Stadt in einen Schilderwald verwandelt. Aline betrachtete mit gerunzelter Stirn das Wahlplakat des Völkisch-sozialen Blocks, das hier an der Grindelallee aufgestellt war. Es stand breit und auffordernd, wenn auch schon ein wenig aufgeweicht vom vielen Regen, an der Straßenbahnhaltestelle Grindelallee, so dass die Fahrgäste genug Muße hatten, es durch die Fensterscheiben anzusehen.

»Vernichtet diesen« prangte es in großen weißen Lettern vom Kopf des Plakats. Wer mit »diesem« gemeint war, ging aus dem Plakat nicht hervor, zumindest nicht in schriftlicher Form. Die gesamte Bildmitte war von einem Spinnennetz ausgefüllt, in dessen Mitte eine Spinne mit Menschenkopf saß, die ihre Hände um prall gefüllte Geldsäcke geklammert hielt. Darunter stand: »Wählt: Völkisch-sozialer Block.« Aline schüttelte den Kopf. Die Botschaft war ihr nicht ganz klar. War Friedrich etwa unter die Kritiker des Kapitals gegangen?

Als sie wenig später über den Vorplatz zur Uni schritt, kam ihr Professor Meyerdink entgegen. Er grüßte freundlich, wobei er seinen Hut zog. Aline nahm ihn kaum wahr. Ihre Gedanken wanderten schon wieder, wie so oft in letzter Zeit. Von Parasiten und Lymphknotenschwellungen zu unlustigen Aufgaben wie Gasleitungen prüfen lassen und Assistenzstelle suchen für die Zeit nach der Promotion. Außerdem wollte sie nun endlich einmal die Mutter ausführen, es konnte ja nicht sein, dass die sich überhaupt nicht mehr aus dem Haus herausbewegte, und der Kontakt zu den Lassens war auch nicht gerade das, was man unter geistig anregendem Austausch verstehen konnte. Während sie unter dem nieselgrauen Regen ihrem Seminarraum entgegenwanderte, dachte sie auch an den Brief, den sie wegen der Sache mit dem Familiensilber an die Meyerdinks geschrieben hatte und auf den sie immer noch keine Antwort erhalten hatte. Sollte sie die Sache vor Gericht bringen? Die Rechtsbehörden waren chronisch überlastet, bis zur Anklage konnte es Jahre dauern. Jahre, in denen sie mit Gertrude Meyerdink in Verbindung stehen würde. Aline seufzte. Sie hatte einfach keine Kraft mehr für Streitereien. Sie wollte studieren, endlich vorankommen dürfen. Endlich ihre Ruhe haben. Endlich Frieden. War das zu viel verlangt?

Erst als sie die Tür öffnete und ihre Kommilitonen an ihren Pulten sitzen sah, fiel ihr Nathan ein. Sie fühlte sich auf einmal schrecklich schuldbewusst. Wie hatte sie nur so an sich selbst denken können gestern Abend, an ihre belanglose Müdigkeit und die Sorgen um das Haus und das, was ihre Mutter möglicherweise denken oder nicht denken konnte. Warum nahm sie nicht endlich ihren Mut zusammen und bekannte sich zu Nathan?

Ein Gefühl der Erschöpfung überkam sie, als sie hinter ihr eigenes Pult rutschte. Sie hatte immer geglaubt, dass Liebe etwas Einfaches wäre, etwas Lineares, ein Gefühl, das irgendwo beginnt und niemals wieder aufhört, auf einer geraden Strecke immer weiterwandernd. Aber alles, was sie um sich herum sah, bewies ihr das Gegenteil. Da war Käthe mit ihren wechselnden Liebschaften, mit Männern, in die sie nicht einmal verliebt sein musste, um mit ihnen ins Bett zu gehen. Und jetzt ihr eigenes Gefühl für Nathan, mal zerbrechlich, mal so stark, voller Gefahr für das, was ihr Leben bislang ausgemacht hatte. Wieder schüttelte sie den Kopf. Statt Entzündungsherden hätte sie das Wesen der Liebe erforschen sollen. Es erforderte mindestens ebenso viel wissenschaftliche Aufmerksamkeit wie die Krankheiten des menschlichen Körpers, hatte aber den Nachteil, nicht objektiv messbar zu sein. Aline versuchte, die heranstürmenden Gedanken zu Ruhe und Ordnung zu rufen. Jetzt betrat der Professor den Raum. Das Seminar war dran. Den Rest musste sie wegschieben.

Nathan war mit dem festen Vorsatz nach Hause marschiert, Max zur Rede zu stellen. Er musste von dem Patienten Wilhelm Ludwigsen gewusst haben, und von dem Engagement des Vaters für den jungen Studenten ebenso. Auch wenn Max zum Zeitpunkt seines Todes erst zehn Jahre alt gewesen war, er musste die Heimlichtuerei um Vater bemerkt und seine eigenen Schlüsse daraus gezogen haben. Warum sonst hatte er die Krankenakten so sorgfältig hinter seinem Schreibtisch verborgen? Warum wurde im Haus nicht über den Vater gesprochen?

Als er in der Nacht nach Hause kam, war Max jedoch schon zu Bett gegangen. Alles war still in der Wohnung, aber es war eine unerhört neue Stille, eine, die erdschwarz war, weich und schwer.

Nathan schlief angezogen ein, und das Letzte, das er vor sich sah, war Alines Gesicht, das sich mit dem Gelb der Gaslaterne unten am Grindelberg vermischte. Er träumte unruhig und mit schwerem Kopf. Am Morgen tat ihm alles weh.

Die Mutter saß allein am Frühstückstisch. Sie sah fürchterlich aus, mit Linien, die ihr Gesicht durchpflügten, tiefer als sonst. »Nathan«, sagte sie und legte eine Hand auf seine. Nathan bemerkte, dass sie zitterte. »Was ist passiert?«, fragte er.

Da endlich brach sie in Tränen aus.

Eine halbe Stunde später öffnete Max die Tür. Auch er sah müde aus. »Es geht ihr besser«, sagte er. In seiner Stimme schwang Angst.

»Bist du zur Polizei gegangen?«, fragte Nathan.

Max schüttelte den Kopf.

»Dann tue ich es«, erklärte Nathan und stand auf. »Wir müssen die Schweine anzeigen, die das getan haben!«

Max legte ihm eine Hand auf den Arm. »Tu das nicht. Es hat keinen Sinn. Die finden sie sowieso nicht mehr. Es sind dieser Tage so viele Schlägertrupps unterwegs. Die Hauptsache ist jetzt, dass Henny schnell wieder gesund wird, und die Chancen stehen sehr gut. Und jetzt vergessen wir die Sache wieder.«

Nathan schlug mit der Faust auf den Tisch. »Das ist feige, Max. Nur weil du Angst vor denen hast! Was glaubst du, was die tun?«

»Ich weiß es nicht«, entgegnete Max. »Ich weiß nur, dass Henny immer wieder in Schwierigkeiten gerät, wenn sie so weitermacht. Jetzt, wo die Nazis ihr Parteibüro im Grindelviertel haben, muss sie aufpassen, wie sie sich in der Öffentlichkeit verhält. Wir müssen alle aufpassen.« Nathan bemerkte, dass er die Hände ineinander krampfte. Als er sie wieder losließ, waren die Druckstellen alabasterweiß.

»Vater hätte es getan. Vater hätte sich das nicht gefallen lassen. Nicht, wenn es dabei um seine Tochter gegangen wäre. Und überhaupt.« Nathan keuchte seine Worte.

Max fuhr hoch, als hätte Nathan ihn geschlagen. »Du weißt überhaupt nichts von Vater. Du warst ein kleines Kind. Du hast ihn nicht kennen gelernt.«

»Hört sofort auf!«, schrie Valeska. Die Brüder beachteten sie nicht.

»Ich weiß mehr, als du glaubst«, sagte Nathan. Er hatte seine Stimme wieder in der Gewalt. »Ich habe mit ihnen geredet. Mit Ludwigsens.«

Jetzt wurde Max auch im Gesicht weiß. »Ich kenne keine Ludwigsens.«

»Warum lügst du mich an?« Nathan fühlte, dass er seine Fäuste ballte.

Max blickte von seiner Mutter, die zitternd ihre Tasse Tee umklammerte, zurück zu seinem kleinen Bruder. »Um dich zu schützen«, sagte er leise. »Um Henny zu schützen. Uns alle.«

»Aber wovor?« Auch Nathan sah seine Mutter an.

»Vor denen, die uns das angetan haben«, erklärte Max. »Und vor dir selbst.« Damit verließ er die Küche wieder. Den Hut hatte er immer noch auf.

Aline schlang ihre Arme um Nathan. Sie wollte ihn fest drücken, um ihm zu zeigen, wie sie mit ihm litt, aber es war ein Gefühl in ihr, das sie in diesem Moment überwältigte, eine Zärtlichkeit, wie sie sie nie zuvor für Nathan empfunden hatte. Sie strich über seine Arme, seine Schultern, seinen Hals, über seine rauen Wangen, und sie bedeckte ihn mit Küssen. Sie wusste, es war nicht ihre Lust, die er jetzt brauchte, es war ihr Mitgefühl. Aber ihre Lust war stärker.

Der Wind fuhr über ihr Gesicht, als sie so am Wasser standen, hinter dem Strandgebüsch, das schon so viele Liebespaare vor ihnen vor neugierigen Blicken bewahrt hatte. Sacht löste Aline ihre Arme und blickte ihm ins Gesicht. Seine Augen schienen riesengroß, der Kummer war verschwunden in diesem Augenblick, aber auch das Lachen. Sein Blick verriet, dass er genauso empfand wie sie. Sie öffnete ihre Lippen und schloss die Augen, spürte seinen Mund auf ihrem und versank. Ein Räuspern hinter ihnen ließ sie zusammenfahren. Aline schwang herum.

»Wegen des Briefes, den Sie uns geschrieben haben«, Gertrude Meyerdink ließ ein trockenes Lachen ertönen. »Den betrachten wir selbstverständlich als gegenstandslos. Ihre Anschuldigungen sind lächerlich. Und das Geld für Ihr marodes Haus müssen Sie sich schon an anderer Stelle besorgen. Sollten Sie nun mit dem Gedanken spielen, Ihre Forderungen mit Hilfe eines Advokaten zu wiederholen, wäre ich entzückt, Madame Jacoby zu einem vertraulichen Gespräch von Mutter zu Mutter zu begegnen. Sie wäre vielleicht überrascht zu erfahren, dass ihre kostbares Fräulein Tochter sich mit einem jüdischen Großkapitalisten eingelassen hat.« Sie ließ ihren Blick über Nathans makellosen Anzug wandern. »Immobilienspekulation ist nicht ganz legal, wie Sie vielleicht wissen, junger Mann. Wünsche noch einen schönen Tag.« Gertrude Meyerdink rauschte davon, so wie sie gekommen war, nicht ohne Kleopatra an die Hand zu nehmen, die dem Gespräch mit aufgerissenen Augen gelauscht hatte.

Aline drückte Nathan einen Kuss auf den Mund. »Wir lassen uns von der Ziege doch nicht die Laune verderben«, lächelte sie. »Und wenn sie es noch so sehr wünscht. Komm, wir gehen zu dir!«

»Du weißt, dass ich es mein Lebtag mit der Wahrheit sehr genau genommen habe.« Käthe streckte genüsslich die Beine in Alines kleinem Arbeitszimmer aus. Sowohl der Tisch als auch der Teppich waren mit losen Papierhaufen und aufgeschlagenen Büchern bedeckt. Unten am Strand wanderte eine nicht abreißende Schlange von Menschen einher. Die Damen trugen Hüte und Ausgehkluft, die Herren Nadelstreifen und Spazierstock. Diejenigen unter ihnen, die nicht in Damenbegleitung waren, trugen ihre Hüte keck auf einem Ohr sitzend. Jungverheiratete trugen die Hüte leicht in den Nacken geschoben. Die Älteren trugen sie sehr gerade auf dem Kopf. Ein Mann mit einem gefährlich aussehenden Hund an der Leine trug den Hut in die Stirn gedrückt. Es war erstaunlich, dachte Aline manchmal von hier oben, wie viele Dinge ein Mann allein durch die Art verriet, in der er seine Kopfbedeckung platzierte. Es war Sonnabend, und der Frühling lag in der Luft.

»Wen hast du nun schon wieder vor den Kopf gestoßen?«, fragte Aline schläfrig. Sie lag in den letzten Zügen mit ihrer Arbeit, der Abgabetermin rückte täglich näher, und sie kämpfte immer öfter mit dem Drang, an ihrem Schreibtisch einfach einzuschlafen. Was vielleicht und bedingt mit dem Thema ihrer Arbeit zusammenhing: *Schlafkrankheit – Ähnlichkeiten und Unterschiede zwischen Narkolepsie und Trypanosomen-Krankheit*. Es hatte schon etwas Ermüdendes, in allen Details die Auswirkungen eines Schlafzwangs zu beschreiben. Manchmal dachte sie, dass alles, was sie herausgefunden zu haben schien, die Tatsache war, dass sie unwissend war. »Ist dir schon mal aufgefallen, dass man immer weniger weiß, je länger man lernt?«, gähnte Aline. »Das Wenige, was ich dennoch zusammentragen konnte, trittst du übrigens gerade mit Füßen.«

Käthe reckte ihre Beine in einer Art Luft-*pliez* in die Höhe und beugte sich vor, um die bezeichneten Seiten zu betrachten. Es sah sehr avantgardistisch aus. »Nein. Meine zugegebenermaßen ignorante Meinung über das Universitätsstudium war immer, dass man lernt, um sein Wissen zu vermehren.« Sie betrachtete das Papier mit gerunzelten Brauen. »*Die tropische Trypanosomenerkrankung erfolgt durch den Stich der Tse-tse-Fliege. Der Übergriff der Parasiten auf das zentrale Nervensystem hat ein vermehrtes Schlafbedürfnis zur Folge. Die Narkolepsie hingegen entspringt einer Funktionsstörung des Gehirns* … Mein Gott, was schreibst du auch über so einschläfernde Dinge?«

»Das ist ja bloß die Einleitung.« Aline hielt sich die Augenlider mit zwei Fingern auseinander. »Die Auflösung kommt später. Da wird es dann auch interessant.«

»Hättest du nicht statt über das Schlafen über das Lachen schreiben können? Ich bin sicher, kein Mensch hat jemals das Lachen untersucht! Lachen ist doch auch so eine Art körperlicher Vorgang, oder nicht? Und du würdest dich beim Schreiben die ganze Zeit totlachen, anstatt zu gähnen!«

»Lachen ist nicht gefährlich«, versuchte Aline sich zu verteidigen. »Die Medizin hat die Aufgabe, die Gefahren zu bannen, die einem Menschen begegnen können. Und wenn jemand ständig einschläft, *ist* das gefährlich. Die Trypanosomenerkrankung ist sogar lebensgefährlich! Mein Vater hatte mal solche Fälle an Bord. Drei Männer sind ihm damals daran gestorben.«

»Wenn jemand sich den ganzen Tag totlacht, könnte das auch gefährlich werden«, sinnierte Käthe. »Vor allem für ihn selbst. Die würden ihn in die Irrenanstalt stecken. Eigentlich komisch, oder? Jemand, der immer mit Leichenbittermiene rumläuft, geht als normal durch, aber jemand, der sich vor Frohsinn schüttelt, gilt als verrückt. Irgendwas ist da nicht normal! Hallo, bist du noch wach?«

»Ja, entschuldige.« Aline rieb sich die Augen. »Ich weiß auch nicht, was in letzter Zeit mit mir los ist. Wahrscheinlich bin ich einfach überarbeitet. Aber wolltest du mir nicht etwas Bestimmtes sagen?«

»Ja. Ich habe nachgedacht.«

»Nun, das ist ja mal wirklich was Neues«, spöttelte Aline. »Hat es sehr weh getan?«

Käthe warf ein Kissen nach der Freundin. »Ich finde, dass diese Leute an der Uni einen sehr schlechten Einfluss auf dich haben. Aber das werde ich schon zu unterbinden wissen. Heute Abend geht es in den Alsterpavillon!«

»Ach ja?« Aline gähnte. »Haben die da auch Betten? Ich mag nicht gern im Sitzen schlafen.«

»Hör auf, Unsinn zu reden. Wir werden tanzen. Und ich werde mit meinem neuen Experiment beginnen.«

»Mit welchem Experiment?« Aline war auf jede Art von Erhebung neugierig.

»Wie schon gesagt, kennst du mich als jemanden, der es mit der Wahrheit sehr genau nimmt. Oder genau nehmen möchte. Und dafür habe ich schon viel zu oft gelogen in meinem Leben. Ich habe früher meine Eltern angelogen, als ich im Hansa-Theater anfing, und ich habe auch schon viele Männer angelogen.«

»In der Liebe wie im Krieg …«, begann Aline.

»Erinnere mich nicht an diesen dummen Spruch! Um die Menschheit wäre es viel besser bestellt, wenn wir alle ehrlich zueinander wären!«

»Was für einem Irrglauben bist du denn da schon wieder aufgesessen!«, seufzte Aline. »Nun sag mir nur noch, dass du auch Vegetarierin geworden bist und heimlich der Freikörperkultur frönst! Unsere Gesellschaft ist durch und durch verlogen! Wer nicht mitmacht, kann sich gleich die Kugel geben.«

»Aber das ist es ja gerade! Wenn die Leute endlich den Mut hätten, die Wahrheit zu sagen, gäbe es keine Missverständnisse mehr! Es wäre eine Welt des Friedens und der Klarheit!«

»Es wäre Mord und Totschlag«, erklärte Aline.

»Nicht unbedingt. Die Leute müssten nur lernen, einander *freundlich* die Wahrheit zu sagen! Höflichkeit und Respekt wären oberstes Gebot!«

Aline sah skeptisch aus. »Und *du* willst ein Exempel statuieren?«

Käthe sah freudig erregt aus. »Ich. Genau. Und ich fange heute noch damit an!«

»Und wie lange willst du das durchhalten?«

»Na, für immer natürlich! Ich weihe mich hiermit der absoluten Wahrheit! Bis an mein Lebensende.«

»Und wenn nicht? Wenn du es nicht durchhältst? Was krieg ich dann?«

»Aber ich *werde* es durchhalten!«

»Komm schon!« Trotz ihrer Müdigkeit musste Aline grinsen. »Ich will wetten. Also – was, wenn du es nicht schaffst, immer nur die Wahrheit zu sagen? Würdest du etwas wirklich Unangenehmes tun? Würdest du ein Kilo rohe Heringe essen, Frau Meyerdink auf den Mund küssen und im Nachthemd vor dem Altonaer Rathaus *vive la république* rufen?«

Käthe zögerte keine Sekunde. »Natürlich. Und du wirst sehen: die Wahrheit sagen ist weniger schlimm, als man denkt!«

Drei Stunden später schlenderten die beiden in Richtung Neumühlen. Aline trug ein paillettenbesticktes Abendkleid, das Käthe ihr aus ihrem Zimmer in Ottensen mitgebracht hatte. Das Kleid war sehr hübsch, wenn es um den Bauch herum auch merkwürdig spannte, und Käthe war wie immer in Weiß. Sie hielten sich an den Händen, wie früher, als sie zur Schule gingen. »Schade, dass die alte Dorfschule am Schulberg weg ist«, sagte Käthe plötzlich. »Jetzt würde ich die Lehrer nicht mehr zum Fürchten finden. Um die Wahrheit zu sagen«, sie schenkte Aline ein strahlendes Lächeln, »finde ich jetzt die Polizisten zum Fürchten, die da drin sitzen. Wusstest du, dass die aus ihrem Revier heraus auf die Spatzen schießen? Ich finde das gar nicht gut!«

»Nein, Käthe! Tu's nicht!«, flehte Aline. Doch zu spät. Käthe stapfte bereits entschlossen den Weg zur Wache empor.

»Ich wünsche Ihnen einen wunderschönen Abend, meine Herren!«, hörte sie sie gerade noch sagen. Aline blieb wie angewurzelt stehen. Das Letzte, was sie jetzt vertragen hätte, wäre eine Nacht in der vergitterten Zelle. »Ich wollte Ihnen nur sagen, dass es mich persönlich stört, wie Sie ihre Teschings immer auf die armen Spatzen richten. Die trifft ja nun wirklich keine Schuld! Tschüss, jetzt geh ich wieder.« Und damit trat sie wieder zur Tür heraus. »Siehst du«, flüsterte sie. »Die Herzchen waren so verdutzt, dass sie gar nichts erwidert haben. Ich sag ja: Man muss nur höflich bleiben! Aber jetzt gehen wir lieber wieder schnell, falls sie es sich anders überlegen.«

Aline fasste sich an die Stirn. »Sag bloß, das geht jetzt den ganzen Abend so!«

Es ging den ganzen Abend so. An der Neumühlener Baustelle, auf der der englische Weltunternehmer Lancashire ein Kühlhaus errichten ließ, blieb Käthe vor einem zylindergeschmückten Herrn stehen, der gerade seiner Luxusdroschke entstieg. »Mein Herr«, lächelte Käthe. »Schön, Sie zu sehen, denn ich liebe Herren. Die meisten jedenfalls. Aber dieses Gebäude, das Sie da planen, und ich nehme an, dass Sie mit dem Bau befasst sind, nicht wahr? Dieses Kühlhaus finden wir Anwohner überhaupt nicht schön. Es versperrt uns die Sicht auf die Elbe. Ich nehme an, Sie bauen es, um Profit zu erzielen. Das geht immer zu Lasten der Arbeiter, was ja schon mal nicht so nett von Ihnen ist. Aber in diesem Fall geht es auch noch zu Lasten der Neumühlener, die ihren schönen Elbblick verlieren. Alles sehr unangenehm. Aber ich wünsche Ihnen trotzdem noch einen schönen Tag!«

Dem Herrn blieb der Mund offen stehen.

»Siehst du«, erklärte Käthe, als sie außer Hörweite waren. »Es ist überhaupt nicht schwer!«

Der Alsterpavillon mit seinen palmengeschmückten Terrassen war ein prächtiger Anblick. Aline fühlte sich ein bisschen wie auf einem anderen Stern, als sie vom Gänsemarkt kommend den Jungfernstieg hinaufsah. Gleich fünf Taxen hielten vor dem ausladenden weißen Bau aus rheinischem Tuffstein, edel gewandete Herrschaften entstiegen ihnen, um den breiten Vorplatz zum Eingang zu überqueren. Die Töne des Orchesters wehten zu ihnen herüber. Vom Dach des Pavillons flatterte die rot-weiße Flagge der Hansestadt. »Und in etwas so Schickes führst du mich aus?«, fragte sie staunend. »Mich, die ich seit mindestens einem halben Jahrhundert nicht mehr ausgegangen bin?«

»Ich habe dabei nur an mich selbst gedacht«, bekannte Käthe. »Ich brauchte mal wieder Abwechslung von dem Herrn, der mich zur Zeit als sein Eigentum betrachtet.«

»Von dem hast du mir ja gar nichts erzählt«, wunderte sich Aline.

»Ist auch nicht der Rede wert.«

Käthe hielt sich wie stets nicht lange mit Getränken auf. Nach einem Glas Sekt stürzte sie sich augenblicklich auf den neben ihr stehenden Jüngling und zerrte ihn auf die Tanzfläche. Der Mann war zu verblüfft, um Widerstand zu leisten. Aline, die lieber die Leute beobachtete, blieb am Rand der Tanzfläche stehen. Da sich ihre Beine immer noch schwer und müde anfühlten, schleppte sie sich zu einem der eleganten Stühle. Noch bevor das Lied zu Ende war, sah sie Käthe, wie sie sich durch die Menge der Tanzenden wieder auf sie zubewegte. Sie war allein. »Wo ist der Prinz?«, fragte Aline.

»Ach der.« Käthe machte eine unwirsche Handbewegung. »Hat schon während der ersten Takte das volle Programm gespielt. Ob ich öfter hierher käme. Dass er noch eine regelmäßige Tanzpartnerin suche. Ob ich professionelle Tänzerin wäre – weißt du, damit wollen sie einem immer schmeicheln, das würden die selbst Frauen wie dich fragen.«

»Danke schön«, brachte Aline zwischen zusammengekniffenen Lippen hervor.

»Ob er mich nach Hause begleiten dürfte, da ich ja ohne männliche Begleitung sei. Und da habe ich halt Nein gesagt. Die Wahrheit eben. Mein Gott, der Kerl war ein fleischgewordener Fragenkatalog.«

»Und deswegen rauschst du wie ein Racheengel über die Tanzfläche zurück zu mir?« Aline nippte an ihrem Sekt. Seltsamerweise schmeckte ihr das prickelnde Gesöff an diesem Abend überhaupt nicht. Um es mit Käthes neuer Doktrin zu halten und die Wahrheit zu sagen, wurde Aline sogar regelrecht schlecht davon.

»Deswegen nicht. Ich war wütend, weil er mir eine geknallt hat.«

»Um Gottes willen! Ist der Kerl wahnsinnig? Wir sollten ihn anzeigen!« Aline verschüttete fast ihr Glas.

»Na ja, als er sagte, ich solle mich nicht so haben, meinem Auftreten nach zu urteilen, wäre ich wohl nicht nur eine professionelle *Tänzerin*, habe ich ihn gefragt, warum die Kerle, die wegen ihrer zu klein geratenen Genitalien Minderwertigkeitsgefühle haben, sich eigentlich immer bemüßigt fühlen würden, feinen Damen gegenüber herablassende Kommentare zu machen, und da hatte ich dann eine sitzen.« Sie lächelte Aline aufmunternd zu. »Aber jetzt wollen wir uns weiter amüsieren, nicht?«

Aline blickte von der wogenden Tanzfläche, den schwarz-weiß livrierten Kellnern hinauf zu den prächtigen Kronleuchtern und zurück in Käthes strahlendes Gesicht. Sie seufzte, wobei sie ein Gähnen unterdrückte. »Deswegen sind wir hier, stimmt's?«

Es dauerte noch drei weitere Wochen, bis Aline sich ganz sicher sein konnte. Als es so weit war, rückte sie in ihrem Arbeitszimmer den Sessel vor den Spiegel ihres Toilettentisches und stellte sich darauf, so dass der Spiegel statt ihres Gesichts ihren kleinen runden Bauch zeigte. Sie drehte sich ein bisschen nach links, und sie drehte sich ein bisschen nach rechts. Plötzlich musste sie lächeln. Sie konnte Pneumonien diagnostizieren, den Stich einer Tse-Tse-Fliege von dem einer Mücke unterscheiden, ein Mikroskop bedienen und jedes menschliche Organ mit lateinischem Namen benennen. Aber sie hatte drei Monate gebraucht, um ihre eigene Schwangerschaft zu erkennen.

Von nun an verordnete Bertha ihr jeden Morgen ein Glas Pfefferminztee gegen die Übelkeit. Aline konnte noch so sehr darauf beharren, dass ihr überhaupt nicht schlecht war – Bertha blieb stur. Als Bertha dazu überging, die Brennesseln im Garten zu pflücken, um ihr eine Suppe daraus zu kochen, wurde es Aline zu bunt. Eines Tages fuhr sie kurzerhand in das medizinische Universitätslabor, um den Brennnessel-Extrakt zu analysieren. Dabei fand sie heraus, dass die Brennnessel außerdordentlich viel Eisen enthielt. Da sie wusste, dass Eisen im Blut enthalten war und dass sie während der Schwangerschaft ihr Blut mit dem heranwachsenden kleinen Leben in ihrem Bauch teilen musste, betrachtete sie Berthas Arzneien von nun an mit etwas mehr Wohlwollen. Aber streiten tat sie sich mit ihr immer noch gern.

Nathan wurde vor Freude fast wahnsinnig. Er wirbelte Aline durch die Luft, setzte sie vorsichtig wieder ab, und dann erkundigte er sich mit gedämpfter Stimme, ob sie sich nun nicht lieber hinlegen wolle, er würde ihr einen Kamillentee bringen. Aline wollte sich schier ausschütten vor Lachen. »Ich bin schwanger, nicht krank!«, sagte sie, als sie sich endlich beruhigt hatte. »Und jetzt schreibe ich zuallererst meine Arbeit zu Ende!«

Die einzige Sache war – sie wusste nicht recht, wie sie Madeleine die Neuigkeit überbringen sollte. Schließlich hatte sie ihrer Mutter gegenüber all die Jahre den Mann an ihrer Seite verheimlicht. Sie fragte Käthe, wie sie die Sache angehen solle. Ihre Antwort war eine, die Aline selbstverständlich erwartet hatte. Sie solle die Wahrheit sagen. Ganz einfach.

Der Weg zum Dachboden führte von Alines Arbeitszimmer aus über eine schmale Leiter nach oben. Madeleine klopfte sicherheitshalber an, bevor sie die Tür öffnete. Als sie die ausgebreiteten Papiere auf dem Sekretär ihrer Tochter bemerkte, juckte es ihr in den Fingern, darin zu lesen. Zeit ihres Lebens hatte Madeleine die Privatsphäre anderer Menschen respektiert, selbst Christians – und das, obwohl sie sich oft die Frage gestellt hatte, was ein Seemann ohne seine Frau in den Häfen so trieb. Aber Aline gab ihr noch größere Rätsel auf. Seit ihrer verpatzten Hochzeit vor über fünf Jahren hatte sich ihre Tochter in einen Schildkrötenpanzer verkrochen, in dem sie unabhängig von den äußeren Widrigkeiten ihr eigenes geheimnisvolles Leben zu führen schien. Madeleine beschloss, sich ein Orakel aufzugeben: Wenn das unterste Blatt auf der Schreibfläche intime Aufzeichnungen enthielt, durfte sie alles lesen, was sich hier im Raum befand. Wenn nicht, musste sie ihren Weg auf den Dachboden fortsetzen, und zwar so unwissend, wie sie gekommen war.

»Das Spätstadium der Trypanosomenerkrankung ist von neurologischen Symptomen gekennzeichnet: verwaschene Sprache, Gang- und Koordinationsstörungen.« In Ordnung, dachte Madeleine und öffnete die Tür zu Alines Schrank, in der sie die Hakenstange vermutete, mit der sich die Luke zum Boden öffnen ließ. Es geht mich ja auch wirklich nichts an.

Schuldgefühle überkamen sie beim Blick in den Schrank. Wie verschlissen die Kleider alle wirkten! Und wie wenig ihre Tochter überhaupt besaß! Madeleine dachte an ihre eigene Jugendgarderobe, die so umfangreich gewesen war, dass sie in einem eigenen Ankleidezimmer verwahrt wurde, an ihre handgearbeiteten Korsetts mit den Satinbändern, den spitzenbesetzten, regelmäßig gebleichten Unterröcken, den gespreizten Reifröcken und den kostbaren Kleidern, die je nach Jahreszeit und Anlass aus Samt, Kattun, Caffa und Seide gefertigt wurden. Was hatte sich die Mode seither verändert! Nicht unbedingt zu ihrem Vorteil, wenn man ihre, Madeleines, bescheidene Meinung hören wollte, aber was zählte noch eine Stimme unter Tausenden? Madeleine schob die Kleider beiseite, doch die Stange war nirgendwo zu entdecken. Wo hatte Aline sie bloß hingeräumt? Unter das Bett? Madeleine schüttelte den Kopf. Sie konnte nicht begreifen, wie man in seinem eigenen Schlafzimmer arbeiten konnte. Jetzt, da sie die Zimmeraufteilung so gestalten konnten, wie sie wollten, hatte sie Aline vorgeschlagen, Arbeits- und Schlafbereich zu trennen, aber ihre Tochter hatte abgelehnt mit der Begründung, sie würde sich so müde arbeiten, dass ihr der kürzeste Weg ins Bett gerade kurz genug sei. Wieder schüttelte Madeleine den Kopf. Es war nicht gut für Aline, sich so zu überanstrengen. Manchmal fürchtete sie, die alte Schlafsucht könnte sie wieder überkommen. Sie sah in letzter Zeit nie anders als erschöpft aus. Da, unter dem Bett, endlich! Die gesuchte Hakenstange. Vorsichtig fischte Madeleine sie heraus, wobei sie sich vornahm, Bertha aufzutragen, hier einmal Staub zu wischen. Wie hatte Aline es nur so weit kommen lassen? Mit einem Schaudern dachte sie an die Zeit im Hinterhof, mit den pelzigen kleinen Tierchen als Gesellschaft. Solche Zeiten wollte sie doch wohl nicht wieder erleben?

Als Madeleine sich erhob, stand sie plötzlich ihrem eigenen Gesicht gegenüber. Sie erschrak. Der Spiegel über Alines Toilettentisch zeigte eine faltige, vom Bücken hochrote Frau mit weißen, streng nach hinten gekämmten Haaren. Trauer stieg in ihr auf und Wut zugleich, auf die verlorene Zeit und das, was niemals wiederkommen würde. Sie zwang sich, den Blick abzuwenden. Mit mühsam unterdrückten Tränen reckte sie sich, um die Luke zu öffnen, die zum Boden führte.

Aline sah, dass die Luke zum Dachboden offen stand. »Maman?«, rief sie. Keine Antwort. Sie fühlte, wie ihr der Schweiß ausbrach. Wer war da oben? Was war da los? Mit zitternden Knien stieg sie die Leiter empor. Oben angekommen war es so dunkel, dass sie einen Moment brauchte, bis sie etwas erkennen konnte. In einer Ecke, die Schlittschuhe in der Hand, saß ihre Mutter, die Schultern bebten, sie weinte leise. Aline schob sich durch die Öffnung. Ihre Mutter sah nicht auf. Aline legte ihre Arme um sie. »Maman«, sagte sie noch einmal.

Jetzt erst blickte Madeleine sie an, die Augen gerötet und geschwollen. Aline bemerkte, dass sie die Schlittschuhe streichelte.

»Verzeih mir«, sagte sie unter Tränen. »Ich bin so kindisch.«

Vorsichtig, so sachte sie konnte, strich Aline ihrer Mutter über die Wange. Sie fühlte sich weich an und schlaff. »Aber warum?«, flüsterte sie.

Madeleine probierte ein kleines Lächeln. »Eigentlich bin ich auf der Suche nach Briefen hier hochgekommen. Dein Vater hat so schöne Briefe geschrieben. Und dann hab ich die hier gefunden.«

»Deine Schlittschuhe«, sagte Aline. »Sie sehen gut aus. Die Kufen sind immer noch scharf.«

»Aber ich bin jetzt zu alt dafür, und du hast dich fürs Schlittschuhlaufen nie interessiert. Es wird sie nie wieder jemand tragen.«

Aline nahm ihren ganzen Mut zusammen. »Ich glaube doch«, sagte sie. »Wenn es auch erst noch ein bisschen wachsen muss.« Sie schluckte. »Mein Kind.«

Die Glocken waren schon an der Biegung zu hören, an der die Kai-Straße in die Klopstock-Straße mündete. Aline schloss die Augen. Das Glockengeläut vermischte sich mit dem Trappeln der Hufe und dem Geschepper der Blechbüchsen, die Nathan hinten an der Kutsche festgebunden hatte. Sie öffnete die Augen wieder und sah Nathan an, der sich vom Kutschbock vorne zu ihr umgedreht hatte. Er sah so angespannt aus, dass sie unwillkürlich lachen musste. »Du brauchst dir keine Sorgen zu machen«, schrie sie gegen den ganzen Lärm. »Ich bin keine Frau, die grundsätzlich vor dem Altar Panik schiebt!« Ein Blick ihrer Mutter brachte sie zum Schweigen. Madeleine war an diesem Morgen nicht zu Späßen aufgelegt. Ob es die Erinnerung an die frühere Hochzeit oder eine allgemeine Verstimmung ob der Tatsache war, dass Aline mit beträchtlich gerundetem Bauch heiratete, war nicht auszumachen. Jean-Baptiste hingegen konnte sich ein Grinsen nicht verkneifen. Ursprünglich hatte Aline sich dagegen gewehrt, am Arm ihres Onkels den Weg durch das Kirchenschiff zurückzulegen, aber er war nun mal ihr einziger männlicher Verwandter, da gab es keine Entschuldigung.

»Sind Sie so fröhlich, weil Sie glauben, dass Ihre Nichte einen zweiten Skandal provoziert und Ihr Familienzweig sich dann in einem noch besseren Licht zeigen kann?« Käthes verbale Haltung war wie immer eine muntere Mischung aus neugierig und direkt.

»Herrschaftszeiten, Käthe!« Aline war ehrlich erzürnt. »Könntest du wenigstens an meinem Hochzeitstag deine große Klappe halten?«

Jean-Baptiste, der bei dem ohrenbetäubenden Glockengeläut und Blechgeklapper nur die Worte »Ihr Familienzweig« verstanden hatte, beugte sich vor: »Aus Uhlenhorst, meine Liebe. Schon seit Generationen. Das heißt, seitdem unser Vorfahr, der herzogliche Jean d'Arlon, aus dem schönen mediterranen Marseille nach Hamburg gezogen ist.«

»Der arme Mann muss ziemlich gefroren haben«, bemerkte Käthe mit ausgesuchter Höflichkeit und nur leicht zitternder Stimme. Aline, die in diesem Moment keine Lust auf eine von Käthes rekordschallwellenartigen Lachsalven hatte, tippte ihr leicht auf die Schulter. »Guck mal, Wilhelm ist schon da. Sieht er nicht außergewöhnlich gut aus in diesem schwarzen Anzug?«

Käthe blinzelte, um die Menschenmenge ins Auge zu fassen, die vor der Kirche versammelt stand. Nathans Trauzeuge Wilhelm stand ein wenig abseits von den anderen. Er winkte der Kutsche eifrig zu, wobei er einen Strauß Blumen schwenkte.

Käthe kniff misstrauisch die Augen zusammen. »Ich weiß, dass du mich mit einem feinen Bankkaufmann verkuppeln willst. Gutmütig, wie ich bin, gehe ich davon aus, dass deine Absichten nobel sind. Aber gib dir keine Mühe. Ich mag nur solche, die es nicht verdienen. Ein *bisschen* aufopfernd muss man als Frau schon sein.« Und damit sprang sie von der Kutsche, noch ehe Nathan sie richtig zum Stehen bekommen hatte.

Nathan lief zur anderen Seite und öffnete den Wagenschlag. Während Jean-Baptiste seiner Schwester heraushalf, nahm Nathan Aline in die Arme und hob sie herunter wie ein Kind.

Aline blickte in die strahlenden Gesichter um sich herum und fühlte, wie ihr Herz klopfte. Emilie, ihre ehemalige Kommilitonin an der Uni, war gekommen und natürlich der gesamte Wandervogel. Rainer trug seinen offenbar besten und doch sehr abgenutzt aussehenden Anzug, und auch Siegfried und Meta hatten sich schwer in Schale geworfen. Henny strahlte Aline verlegen und verschwörerisch zugleich an, sie erinnerte sich an die Braut, die Aline sechs Jahre zuvor gewesen war und die Henny schon damals bewundert hatte. Dann kam Valeska auf sie zugeschritten, um sie in die Arme zu schließen. Sie strahlte, es war die erste Hochzeit nach evangelischem Ritual, der sie beiwohnte, und Aline hatte sie gefragt, ob sie traurig darüber sei, dass ihr Sohn auf diese Weise heiraten werde, doch Valeska hatte Nein gesagt. Nachdem sie Valeska gedrückt hatte, drehte sie sich zu ihrer Mutter um. Madeleine sah noch immer nicht glücklich aus.

»*Ca va, Maman?*«, fragte Aline leise. Statt aller Antwort nahm Madeleine ihre Hand. Aline drückte ihr einen Kuss auf die Wange.

Pastor Weidemann war der gesündeste und energiestrotzendste 82-jährige Pastor in ganz Preußen und guter Dinge obendrein. Die Gesellschaft, die sich an diesem Tag in seiner Kirche eingefunden hatte, wirkte ein bisschen zusammengewürfelt, und er freute sich auf ihren Gesang, der seiner Erfahrung nach immer dann besonders laut war, wenn irgendwer seinem Nachbarn besonders zu imponieren gedachte. Doch diese Gesellschaft war lauter als irgendeine andere, an die er sich erinnern konnte. Selbst als die Orgel Mendelssohn Bartholdys Hochzeitsmarsch zu spielen anhub, wollte das Füßegeraschel, Schnupfen, Flüstern und Gekicher kein Ende nehmen. In dem Moment tauchte die Braut am Arm ihres Onkels auf. Die Köpfe fuhren herum wie bei einem Feueralarm. Pastor Weidemann gestattete sich einen Moment der Rührung. Er kannte Aline, seit sie ein Baby war. Er hatte sie getauft, er hatte sie konfirmiert, er hatte sie einmal ergebnislos getraut, und jetzt traute er sie ein zweites Mal. Er konnte ihr Gesicht durch den Schleier kaum erkennen, aber er sah, dass sie lachte. Offenbar gab sie sich große Mühe, nicht nach rechts oder links zu sehen, in die Reihen, in denen ihre Gäste saßen, knisternd vor Erwartung. Als sie den halben Weg zurückgelegt hatte, fiel ihr Blick auf ihren Bräutigam. Nathan Sandstein stand still vorne am Altar, seinen Gesichtsausdruck konnte Pastor Weidemann nicht erkennen, aber er fühlte mit seiner jahrzehntelangen Erfahrung in diesen Dingen, dass sein Körper unter Hochspannung stand. Dann war Aline am Altar angekommen, und die

Orgel verstummte. In diesem Moment wurde es in der Kirche endlich still. Sein Einsatz.

»Liebe Gemeinde«, hörte er sich sagen. »Wir haben uns heute hier versammelt, um ein junges Paar in den heiligen Stand der Ehe zu versetzen. Wenn jemand etwas gegen diese Verbindung einzuwenden hat, so soll er es sagen, hier und jetzt.«

Er fühlte die Nervosität durch den Raum flackern wie Scheinwerfer. Jeder drehte sich nach jedem um. Aber keiner sagte etwas. Er sah Braut und Bräutigam, ihre Blicke ineinander versenkt, beide mit einem Lächeln auf den Lippen. »Und darum frage ich euch jetzt: Aline Benedicte Jacoby, möchtest du diesen Mann hier an deiner Seite, Nathan Alexander Chaim Sandstein, zu deinem rechtmäßigen Ehemann nehmen?«

Er sah, wie die Braut ihren Mund öffnete, aber es kam kein Ton heraus. Sie versuchte es noch einmal. »Ja«, hörte er sie endlich sagen. Ein Raunen ging durch die Menge.

»Nathan Alexander Chaim Sandstein, möchtest du Aline Benedicte Jacoby zu deiner rechtmäßigen Ehefrau nehmen?«

Nathans Ja war laut, überwältigend.

»Dann erkläre ich euch hiermit zu Mann und Frau.«

In diesem Moment passierte etwas, das Pastor Weidemann in seiner gesamten Amtszeit als Pastor der Christiansgemeinde zu Ottensen noch nie erlebt hatte. Einige der jüngeren Gäste in den hinteren Bänken brachen in Beifall aus. Der Applaus bahnte sich seinen Weg durch die Reihen nach vorn. Als der Bräutigam von seinem Trauzeugen das Kissen mit den beiden Ringen entgegennahm, bemerkte Pastor Weidemann, dass Aline über das ganze Gesicht lachte. Sie lachte so breit, dass er alle ihre Zähne sehen konnte. Und das durch den Schleier hindurch.

»Du darfst die Braut jetzt küssen«, erklärte Pastor Weidemann feierlich.

Aline schlug den Schleier zurück und beugte sich vor. Und dann geschah das Unfassbare. Pastor Weidemann konnte es gar nicht mit ansehen. Das Brautpaar küsste sich *mit offenem Mund.*

Die Brautjungfer, eine keck wirkende weißblonde Frau, brach in Jubelschreie aus. Und die Gemeinde tobte wie bei Kriegsausbruch anno 1914, einem Tag ähnlich wie diesem, warm und verheißungsvoll.

Aline trat in die Sonne hinaus. Ein Meer aus Blüten und Reis regnete auf sie nieder. Sie musste immer noch lachen, Nathan fest an der Hand. In der Menge sah sie Käthes Gesicht aufblitzen, strahlend und weiß. Sie nahm ihren Brautstrauß und zielte. Und auf einmal war ihr zumute, als sähe sie die Zeit doppelt und dreifach. Ganz, ganz langsam löste sich der Strauß aus ihren Händen und segelte durch die Luft. Sie sah ihm zu, wie er scheinbar minutenlang gen Himmel flog, dann einen Bogen beschrieb und direkt auf Käthe zuflog. Sie sah Käthe lachend ausweichen und den Strauß die Person treffen, die hinter Käthe stand. Es war ihre Mutter. Madeleines Gesicht schien in Verblüffung zu erstarren, und ihre Hände schlossen sich um den Strauß. Von dem Moment an schien die Zeit normal weiterzulaufen. Mit großem Gejohle wandten sich alle der Brautmutter zu und klatschten. Madeleine aber war hochrot geworden.

12. Kapitel

Es war ein ungewöhnlich heißer Junitag. Aline, die von ihrer Stelle als Medizinalassistentin im Institut für Tropenkrankheiten Abstand nehmen musste, um das süße Kleine, wie sie ihren kolossalen Bauch nannte, nicht in Gefahr zu bringen, langweilte sich zu Tode. Sie war mittlerweile um das Dreifache ihres ursprünglichen Volumens angeschwollen, was Käthe in den vergangenen Wochen veranlasst hatte, von ihrer besten Freundin nur noch in der Mehrzahl zu sprechen. An diesem Tag hatte Käthe vorgeschlagen, mit den »Aline'schen Massen« spazieren zu gehen. Planlos wanderten sie den schmalen Weg zur Flottbeker Chausse hinauf und nahmen Kurs auf Richtung Bahnhof, als sie laute Marschmusik hörten. Hunderte von Männern in braunen Uniformen zogen über die Chaussee.

Käthe wischte sich den Schweiß von der Stirn. »Dass denen gar nicht heiß ist! Oder langweilig!« Sie ahmte die Schritte nach. »Allerödester Zweivierteltakt, und das über Stunden! Ich würde sterben! Aber so sind sie, die Männer. Wer nicht tanzt, der marschiert.«

Aline schnaufte. Die Gesetze der Schwerkraft am eigenen Leib zu spüren war ein ungemein ermüdendes Unterfangen. »Glaubst du eigentlich, dass sie gefährlich sind?«

Käthe zog eine schneeweiße Augenbraue gen Haaransatz. »Gefährlich? Diese Neandertaler, die Charleston wahrscheinlich immer noch für den Chef eines englischen Kohlebergwerks halten? Nie im Leben! Warum? Weil sie so stampfen beim Gehen?«

»Erinner dich nur an dieses Wochenende im März kurz nach unserer Hochzeit und an diese Prügeleien …« In diesem Moment marschierte ein Mann vorbei, der ihr bekannt vorkam. »Aber das ist ja Heinrich!«, rief sie. »Huhu, Heinrich!« Sie schwenkte die Arme. Käthe, die ihrem Blick gefolgt war, tat es ihr gleich. Aber entweder gingen ihre Rufe im Getöse der Menge unter, oder Heinrich sah sie wirklich nicht.

»Wenn ich Heinrich wäre«, grinste Käthe, »hätte ich euch jetzt auch nicht erkannt.«

»Komisch irgendwie«, meinte Aline. »Nicht, dass er uns nicht erkannt hat. Aber dass er bei diesen Leuten mitmacht.«

Käthe zuckte mit den Schultern. »Der Junge probiert halt immer was Neues aus. War schon immer so. Aber was meint ihr mit den Prügeleien, du und dein Bauch? Sind da nicht die von der anderen Seite, die Kommunisten, auch mit dran schuld?«

»In Wandsbek, keine Ahnung, wir waren … ach verflucht, hör endlich mit diesem bescheuerten Plural auf … Ich war nicht dabei. Aber hier in Altona mit diesem Redner aus Berlin, den sie hatten, wie hieß der noch gleich, Josef Goebbels … Mir gefällt das nicht, wie die über Juden reden. Meine Schwiegermutter ist Jüdin.«

»Na, und Nathan doch wohl auch! Schließlich wollte er mal Rabbi werden!«

»Für Nathan ist die Religion nicht mehr wichtig.«

Käthe versuchte, sich über die Musik und die im Gleichklang knallenden Schritte hinweg verständlich zu machen. »Jüdischsein ist doch nicht nur eine Frage der Religion!«, brüllte sie. »Das ist doch auch eine Volkszugehörigkeit, oder nicht?«

Aline schüttelte den Kopf. »Nathans Familie ist preußisch. Sein Bruder Max hat im Krieg sogar irgendwelche Medaillen bekommen, weil er bei Verdun ein paar Kameraden das Leben gerettet hat.«

Käthe lachte und fasste Aline um die Taille. »Ihr seht richtig beleidigt aus, wenn man über eure Angeheirateten was sagt, verehrte Massen! Ich meinte es nicht böse! Meinetwegen können sie Chinesen sein, das ist mir doch egal.« Sie tanzte probehalber einen Foxtrott auf den Zweivierteltakt, was Aline um ein Haar ins Stolpern gebracht hätte. Dabei winkte sie hinter Alines Rücken jemandem zu. »Huhu, Julius, hallo!«, schrie sie. Aline drehte sich um. Das Narbengesicht marschierte in diesem Moment an ihnen vorbei, schien aber ebenso vertieft wie Heinrich zuvor. Käthe gestikulierte noch ein bisschen wilder.

»Wie du nur mit diesem Eiermann – au, verdammt!« Aline hielt sich die Nase.

Käthe drehte sich freudestrahlend um. »Du kannst das nicht verstehen, er ist … Huch, hab ich dir wehgetan?«

»Was zum Teufel?« Aline betrachtete ungläubig ihre Hand. Blut troff herab.

»Um Gottes willen!« Käthe schlug die Hände über dem Kopf zusammen. »Eine Hochschwangere, und ausgerechnet ich prügele sie krankenhausreif!« Sie durchsuchte fieberhaft ihre Handtasche. »Warte, *darling*, das hätten wir gleich!« Sie zog ein spitzenbesetztes Taschentuch hervor.

»Danke vielmals«, presste Aline zwischen zusammengebissenen Zähnen hervor. Das Taschentuch stopfte sie sich in das blutende Nasenloch.

»Was machst du da?« Käthe wirkte fassunslos.

»Die Blutung aufhalten«, näselte Aline. »Das macht man gemeinhin so.« Es war irgendwie seltsam, mit einem Taschentuch in der Nase zu sprechen.

»Aber es ist mein einziges Spitzentaschentuch!«, brachte Käthe hervor. »Du bist dabei, es vollkommen zu zerknüllen! Reicht das nicht, wenn du ein bisschen tupfst?« Auf einmal brach sie in so lautes Gelächter aus, dass die Umstehenden zusammenzuckten. »Wie du aussiehst!«, lachte sie. »Mit diesem riesigen Bauch! Und – haha! – mit diesen Brüsseler Spitzen, die dir aus der Nase hängen! Haha, haha, ich glaube, ich habe noch nie, aah … « Sie hielt sich den Bauch vor Lachen, wie von spastischen Krämpfen geschüttelt.

Aline rollte mit den Augen. »Bist du bald fertig?«

Käthe schnappte nach Luft. »Für den Fall, dass du nach der Niederkunft deine Stelle als Medizinalassistentin doch nicht bekommen solltest, kannst du immer noch im Kuriositätenkabinett auftreten. Ich werde das im Hansa-Theater schon einzurichten wissen!«

Aline bleckte die Zähne. »Pass nur auf, wie kurios ich *noch* werden kann! Mit dem Beil auf Blondinen losgehen ist da noch das geringste!« Und sie stürmte auf Käthe los, so schnell es ihr schwerfälliger Elefantenkörper erlaubte. Aber wie üblich war Käthe schneller als sie.

Als Aline, die Hände noch zu Klauen geformt und das blutgetränkte Taschentuch im rechten Nasenloch, hinter Käthe herwatschelte, erkannte sie Friedrich, der nur einen halben Meter von ihr entfernt stand und sie anstarrte, als käme sie geradewegs vom Mond.

»Oh«, machte sie und versuchte, das Taschentuch herauszuziehen. Es war mittlerweile festgekrustet. Sie zog ein bisschen stärker. Sofort setzte die Blutung wieder ein.

»Guten Tag, Aline«, sagte Friedrich ohne zu lächeln. Er trug die Uniform mit seinen Ehren-Medaillen. Aline hatte nie gelernt, welche Auszeichnung eigentlich was bedeutete. Immerhin erkannte sie das Eiserne Kreuz. Das hatte er bekommen, als er ihren Vater und die anderen Männer an Bord gerettet hatte. Er musterte ihren Bauch. »Dabei hatte ich dir immer gesagt, du sollst nicht so viel essen.«

Aline versuchte, ein Lächeln zustande zu bringen. »Ich kann nichts dafür«, sagte sie. »Ich bin schwanger.«

Jetzt sah Friedrich so eisig aus wie zehn Kübel Sekt. »Du kannst nichts dafür, nein«, sagte er. »Ich nehme an, du hast *wieder* geheiratet.«

In diesem Moment tauchte Käthe auf, die es satt hatte, allein ohne Verfolgerin durch die Menge zu laufen. Sie erkannte Friedrich nicht. Schließlich war sie ihm nur ein einziges Mal begegnet, und das war bei der verpatzten Hochzeit in der Kirche gewesen. Damals hatte Friedrich sechs Jahre jünger und etwa zwanzig Pfund leichter ausgesehen. »Meine Freundin hat einen furchtbar patenten Kerl geheiratet. Fruchtbar wie eine ganze Blumenwiese. Dieser Bauch spricht Bände, finden Sie nicht? Ich sag immer, das ist kein Bauch mehr, das ist ein Zeppelin.« Sie bemerkte Friedrichs entsetzten Blick und tätschelte ihm die Schulter. »Kein Grund, so komisch zu gucken. Wir waren schließlich alle mal in so einem Bauch. Wobei«, sie schenkte Aline ein strahlendes Lächeln. »Aus *so* einem Bauch zu kommen, ist schon etwas Besonderes. Vielleicht wird der Kleine später mal Physiker. Mit astronomischen Maßen wird er sich jedenfalls auskennen müssen.«

»Danke schön«, schnaufte Aline, nachdem Friedrich sich verabschiedet hatte. »Du hast die Situation ganz wunderbar gerettet. Das ist Friedrich gewesen.«

Käthe schnappte nach Luft. »Der, dem du …?«

»Der, dem ich in der Kirche vor versammelter Gemeinde gesagt habe, dass ich ihn lieber doch nicht heiraten möchte. Genau der. Und was machst *du*?«

Käthe lehnte sich mit der Stirn an eine Litfasssäule. »Kaufen Sie mehr von Dr. Kruses Seifenlauge«, prangte es da in großen schwarzen Lettern. »Denn Dr. Kruses Seifenlauge ist die beste.«

»Oh, mein Gott«, stöhnte Käthe. »Das hab ich eben nicht getan, oder?«

Aline gab sich Mühe ihr Lachen zu bezwingen.

»Du lachst!«, rief Käthe.

Aline platzte heraus. »Galgenhumor«, sagte sie.

»Sie sieht schrecklich aus!«, bemerkte Friedrich. Erregt durchmaß er das Wohnzimmer der Meyerdinks, energisch, als marschiere er. »Wer ist der Kerl, der sie geschwängert hat?«

»Ein Jude«, bemerkte Gertrude Meyerdink. Fast klang es triumphierend. Es klang wie: Ich hab's doch immer gesagt! Und, zu dem Mädchen gewandt, das seit einer Woche ihren Dienst bei den Meyerdinks versah: »Was stehst du hier noch herum? Hast du keine anderen Aufgaben, die du erledigen musst?« Das Mädchen knickste eilig und verschwand. »Und ein reicher obendrein«, fügte sie, zu Friedrich gewandt, hinzu. »Nun ja, wie die meisten von denen. Er hat uns das Haus in Teufelsbrück abgekauft. Und das mitten in der Inflation! Und dann hat er Ihrer Verlobten, Verzeihung, Ihrer ehemaligen Verlobten, zugeredet, uns vor die Tür zu setzen. Das muss der Aline so imponiert haben, dass sie ihn vom Fleck weg geheiratet hat. Sie hat uns ja noch nie leiden können. Und ich weiß nicht mal, warum. Wir haben ihr nie etwas Böses getan, oder bist du da anderer Meinung, Otto?«

Otto Meyerdink, der in einem Sessel am Fenster saß und versonnen die Schiffe auf der Elbe betrachtet hatte, zuckte zusammen. »Gewiss nicht.«

Gertrude schnaufte. »Im Gegenteil, würde ich sagen. Ich meine, wenn sie uns als Mieter nicht gehabt hätten, wären die elendig untergegangen, die beiden ... Damen. Aber so ist das nun mal. Undank ist der Welten Lohn.«

Friedrich schritt immer noch von einer Wand zur anderen. »Entsetzlich«, sagte er. »Und sie hat diesen Juden kennen gelernt, als er Ihnen Ihr Haus abgekauft hat, sagen Sie?«

»Aber nein.« Gertrude setzte ein Lächeln auf, das so etwas wie Mitleid ausdrücken sollte. »Sie hat ihn doch schon in der Tanzschule kennen gelernt, wussten Sie das denn nicht, mein Lieber? Der Jude war es ja auch, der ihr die Hochzeit mit Ihnen ausgeredet hat. Ein hartnäckiger Bursche, man muss schon sagen.«

Friedrich wurde weiß wie die Wand. »Das ist nicht wahr ... In der Tanzschule?«

»Sicher. Aber ich dachte, das wäre Ihnen klar gewesen, dass sie Sie all die Jahre hintergangen hat. Otto, würdest du mir bitte den Zucker reichen? Dieser Tee ist so bitter, ich weiß nicht, wo dieses neue Mädchen Teemachen gelernt hat, Preise hat sie damit sicher nicht gewonnen.«

Nur mit Mühe gewann Friedrich seine Fassung zurück. »Aber wie kann sie nur auf die Straße treten, wenn sie guter Hoffnung ist?« Den Gedanken an den Juden verschob er für den Augenblick. Das war mehr, als er ertragen konnte. Er musste in Ruhe einen Beschluss fassen, und dann – ja, dann würde man weitersehen. »Ist Aline denn nicht Ärztin geworden? Sie sollte doch wissen, dass Schwangere den ganzen Tag liegen müssen?« Hass wallte in ihm auf, so heftig, dass er plötzlich zu zittern begann. Rache. Bei Gott, er würde Rache üben.

»Oh, sie *ist* Ärztin geworden.« Gertrude Meyerdink schwieg bedeutungsvoll. Sie schwieg so lange, dass Friedrich gezwungen war, mit der Marschiererei aufzuhören und sie anzusehen. »Aber ich sage Ihnen nicht, mit welchem Abschluss! Sie hatte sich unten am Hafen in diesem Institut um eine Stelle beworben. Da, wo die ganzen Tropenkrankheiten wüten, Malaria und Pest und Cholera und was weiß ich. Da, wo kein vernünftiger Arzt je freiwillig arbeiten würde! Nicht mal da haben sie sie genommen!«

»Sie hatte auch noch ein Mädchen dabei – es war schrecklich vulgär!« Für Friedrich war die Sache mit dem Tropeninstitut zweitrangig. Und auch das Mädchen war ihm eigentlich egal. Aber alles war besser, als über Alines Ehe mit diesem … Juden nachzudenken. »Ich habe mich gefragt, wie kann sie ihrem Hausmädchen erlauben, in ihrer Gegenwart fremde Männer anzusprechen? Dieses Frauenzimmer hat sich doch tatsächlich erdreistet, mir einen ganzen Vortrag zu halten! Und so besserwisserisch obendrein!«

»War das so eine Weißblonde?«, erkundigte sich Madame interessiert. »Dann war das nicht ihr Mädchen. Im Übrigen, glaube ich, haben sie gar kein Mädchen. Ich sag es ja immer. Sie sind zwar reich, diese Juden. Aber sie sind geizig. Vermutlich hängt das eine mit dem anderen zusammen. Nein, also dieses Mächen ist ihre Freundin.«

»Was?« Für Friedrich war die Qual mittlerweile körperlich spürbar. Es war, als stochere ihm jemand mit dem Degen in seinen Eingeweiden herum. Erschöpft ließ er sich auf den nächststehenden Sessel fallen. »Was pflegt Aline denn für einen Umgang?«

»Ich habe nicht vor, Sie zu erschrecken, Friedrich.« Madame fuhr mit einer sorgfältig glättenden Geste über die Serviette in ihrem Schoß. »Aber die Leute sagen, dieses Mädchen, ihre Freundin, sei eine … na, Sie wissen schon. Mein Sohn Julius Cäsar hat sie in einer kompromittierenden Situation gesehen.«

»Lassen Sie uns von etwas anderem reden«, befahl Friedrich mit mühsam unterdrückter Erregung in seiner Stimme.

In diesem Moment trat Kleopatra ein. Sie trug ihr Sonntagskleid mit den bonbonfarbenen Schleifen und sah bleich und erschöpft aus. »Darf ich ein bisschen in den Garten gehen?«, fragte sie.

Ihre Mutter lächelte. »Aber natürlich darfst du das.«

Als Kleopatra den Raum verlassen hatte, wandte sie sich zu Friedrich um. »So ein liebes Mädchen, unsere Tochter. Schon zweiundzwanzig Jahre alt, aber immer noch sehr gehorsam.Wie es sich für höhere Töchter eben schickt. Leider ist das arme Ding sehr angegriffen. Sie leidet entsetzlich darunter, dass sie nicht mehr Klavier spielen darf. Der Jude hat uns das Haus in Teufelsbrück mit allem abgekauft, was darin steht. Damals konnten wir das Klavier nicht transportieren. Aber ich erzähle immer nur von uns. Wie geht es Ihnen eigentlich, lieber Friedrich? Ich bin ja so froh dass Sie uns mal wieder einen Besuch abstatten!«

Friedrich stutzte. Für eine Zweiundzwanzigjährige sah das Mädchen ein bisschen zurückgeblieben aus. Aber vielleicht lag das an ihrer Angegriffenheit. Er nahm einen Schluck Tee, holte tief Luft und hatte sich alsbald wieder in der Gewalt. Und so begann er von Berlin zu erzählen.

Es war sehr warm, als die Hebamme den Schulberg nach Oevelgönne hinunterstieg, und das, obwohl die Sonne schon vor einer Stunde untergegangen war. Auf dem letzten Stück geriet die Hebamme so ins Schwitzen, dass sie sich die Stirn wischte, wobei sie fast das Gleichgewicht verlor und stürzte. »Herrgott noch mal!«, fluchte sie. »Die Straße hier ist immer noch genauso schlecht!« Vor dem halbrunden Mond quoll der Rauch eines Dampfschiffes aus dem Schornstein, die Hebamme seufzte. Als Junge hätte man geboren sein müssen. Aber so.

Sie wandte sich nach rechts. Die Straße wirkte verlassen, wenn man von einem betrunken torkelnden Laternenanzünder absah.

Im Schein der Gaslaterne entzifferte sie den Namen: Jacoby, wohnten die hier also immer noch. Ein weißblondes Mädchen öffnete ihr die Tür, führte sie tänzelnden Schrittes durch den verglasten Vorbau und von dort die Treppe hinauf.

»Sie hat entsetzliche Schmerzen«, erklärte das Mädchen aufgeregt. »Sie schreit ohne Unterbrechung. Wir wissen nicht mehr, was wir tun sollen.«

»Nun, ich nehme an, sie kriegt ein Kind«, erklärte die Hebamme trocken. »Also, heißes Wasser, saubere Tücher und wo es langgeht, bitte. Das heißt, wenn es das Schlafzimmer ist, kenne ich den Weg vermutlich selbst.« Die Hebamme hatte ein ausgezeichnetes Raumgedächtnis.

Aline lag in dem breiten Bett, das einst ihren Eltern gehört hatte, und bäumte sich gerade auf, als Käthe und die Hebamme das Zimmer betraten. Sie war darauf gefasst gewesen, dass so eine Geburt weh tun könnte, aber dass die Wehen sie regelmäßig an den Rand des Wahnsinns schickten, damit hatte sie nicht gerechnet. Jedes Mal, wenn sie meinte, dass es nun nicht mehr schlimmer werden könnte, *wurde* es schlimmer. In einem merkwürdig klaren Winkel ihres Gehirns registrierte sie, dass die Grenzen ihrer Schmerztoleranz mit jeder Wehe weiter wurden. Was vermutlich damit zusammenhing, dass die Schmerzen immer *größer* wurden. Die reinste Expansionspolitik. Sie wollte sprechen, ein Grußwort oder Ähnliches an die Hebamme richten, stattdessen brachte sie nur einen gellenden Schrei hervor.

»Sehen Sie?« Käthe verkrampfte die Hände ineinander. »Sie *müssen* etwas tun!«

Die Hebamme seufzte schwer. »Dazu bin ich ja nu da. Im Gegensatz zu den Dingen, um die ich eben bat.« Die Hebamme hielt Käthe offenbar für das Dienstmädchen.

Aus einem verschwommenen Winkel ihrer schmerzgetrübten Augen bemerkte Aline, wie Käthe wieder davonrannte. In diesem Moment verlor sie das Bewusstsein.

Madeleine saß auf dem Canapé im Salon und stöhnte, den weißen Schopf in den Händen vergraben. Erinnerungen blitzten auf, an Christian und die langen Winterabende hier oben. An Chantal, die Gouvernante aus Marseille, und an Alines Kinderzeit. Es kam ihr so vor, als wäre das alles erst vor kurzem gewesen, die Zeit verging so schnell, und je älter man wurde, desto mehr galoppierte sie einem davon. Am Ende glich das Leben den Bildern, die an einem vorbeiflitzten, wenn man in der Eisenbahn saß. Lautes Rattern und eine nur mehr ungefähre Ortskenntnis, rasende Dörfer, Menschen, Töne. Schon war man alt. Die Schreie ihrer Tochter im Schlafzimmer erinnerten sie an ihre eigene Niederkunft, viele Lebensstationen früher, Stationen, an denen sie um ein Haar ausgestiegen wäre, wenn nicht ... ja, was eigentlich? Was trieb einen dazu an, immer weiterzufahren bis hin zum Abstellgleis? Was für Schmerzen das damals gewesen waren! Madeleine erinnerte sich heute noch daran. Das war etwas, was eine Frau nie vergaß. Sie musterte das Ölporträt von Aline, das an der Wand ihr gegenüber hing. Nathan hatte es Aline zur Hochzeit geschenkt, aber er musste es schon vor etlichen Jahren gemalt haben. Madeleine erkannte die kindlichen Züge ihrer Tochter, die sie schon lange verloren hatte. Das Bild zeigte ein junges Mädchen mit runden roten Wangen, strahlenden Augen und langen Haaren. Wie lange die beiden sich wohl schon kannten, sinnierte sie, nicht zum ersten Mal.

Auch der junge Mann neben ihr fixierte das Porträt. Plötzlich stand er auf und ging zur Tür. Dort drehte er wieder um und kehrte zum Tisch zurück. Von da wanderte er zum Fenster, die Hände an die Schläfen gepresst. Dann lauschte er in den Flur hinaus.

»Bleib«, sagte Madeleine. Sie konnte sich immer noch nicht recht daran gewöhnen, dass er ihr Schwiegersohn war, er war so ganz anders als der erfolgreiche, dominant auftretende Typ Mann, den sie sich für ihre Tochter immer vorgestellt hatte. Aber irgendetwas an ihm gefiel ihr. Vielleicht war es seine freundliche Natur, die Art, wie er lächelnd seine Bilder malte, wie er über seine Mathematikschüler am Christianeum sprach, ihre Tochter umarmte und schweigend die Dinge in Haus und Garten richtete, die getan werden mussten. Er liebte Aline, so wie Friedrich sie nicht geliebt hatte, das war selbst Madeleine klar. Er liebte sie auf eine Art, die verstand, nicht fragte, sie nahm, wie sie war. Was war es nur, das ihn so vertraut erscheinen ließ? Natürlich, die Ähnlichkeit mit seinem Vater. Madeleine dachte an die Nacht zurück, in der sie selbst in den Wehen gelegen hatte. Das vergebliche Warten auf Dr. Sandstein. Die Nachricht später, er habe sich umgebracht.

Wieder musterte sie Nathan. Dieselben ernsten, schönen Züge. Sie hatte sich nie getraut, ihren Schwiegersohn auf seinen Vater anzusprechen und darauf, dass sie ihn gekannt hatte, und sie würde es auch jetzt nicht tun. Aber wie seltsam der Gedanke doch war, dass Aline von ihrem Schwiegervater auf die Welt geholt worden wäre, wenn nicht … Ach, es war ja müßig, darüber nachzudenken. Das alles lag nun schon so lange zurück. Madeleine schüttelte den Kopf. »Kein Mann kann seiner Frau bei so etwas zusehen. Es ist zu intim.«

»Aber ich möchte ihr helfen!«, brachte Nathan hervor. »Ich ertrage das nicht länger! Wer weiß, wenn ich vielleicht ihre Hand halten könnte …«

»*Parbleu*, du würdest *das* erst recht nicht ertragen«, unterbrach Madeleine. Sie lauschte in den Flur hinein. Die Schreie hatten aufgehört. Aber es war auch kein Babygeschrei zu hören. Was war da los? Vor Angst verkrampfte Madeleine ihre Hände ineinander. Egal, was Aline angeordnet hatte. Sie musste nach ihr sehen.

Aline wurde unsanft von einer neuen Wehe geweckt. Die Ohnmacht hatte nur wenige Minuten gedauert, ein paradiesischer Zustand, in dem die Schmerzen vorübergehend wie von Zauberhand verschwunden waren. Diesmal glaubte sie endgültig, es zerreiße ihr das Becken. Als die Wehe abgeebbt war, erkannte sie Bertha, Käthe, ihre Mutter und eine unbekannte hünenhafte, steinalte Frau, die um ihr Bett herum standen. Die unbekannte Frau sah etwas verstimmt aus und war ganz offensichtlich die Hebamme. Jetzt erst bemerkte Aline, dass die Frau schon seit geraumer Zeit da war. Hatte sie sie überhaupt begrüßt? Vermutlich war sie gerade dabei, sich wie das allerniederste Fischweib aufzuführen. Nein, niemand sollte von ihr sagen können, sie hätte beim Geburtsvorgang ihre guten Manieren verloren.

»Guten Tag, Frau Hebamme«, brachte sie mühsam hervor. »Ich heiße Aline Sandstein.« Daraufhin hörte sie Käthe hysterisch auflachen. Und eine Frage stellen: »Wird sie verrückt?«

Die Antwort der Hebamme ging in der nächsten Schmerzwelle unter. Etwas in ihrem Unterleib schien sich zu öffnen, und sie begann zu pressen.

»Es geht los.« Das war die Stimme der Hebamme.

»Fabelhaft, *darling*. Du machst das ganz kolossal!« Unverkennbar Käthe.

Die Augen der Mutter, groß und voller Angst. Bertha, die ihr zulächelte wie ein stiller fremder Engel. Bertha, die immer für sie da gewesen war. Ein Ruck ging durch ihren Körper, er öffnete sich, und dann spürte sie die Erleichterung. Das Kind war draußen. Käthe, die nach Luft schnappte. »Ein Mädchen«, ihr Ausruf. »Ein wunderschönes Mädchen!«

Aline versuchte zu lächeln. Aber die Schmerzen dauerten an.

Wieder zerriss es sie. Wieder schrie sie auf vor Schmerz. Wieder fühlte sie, dass sie pressen musste.

Sie sah nicht mehr, wie die Hebamme das Neugeborene der verdutzten Bertha in die Hand drückte. Sie hörte nicht die gellenden Schreie des Kindes und die Ausrufe der Frauen an ihrem Bett. Sie war sicher, dass sie sterben würde. Aber ihre letzten Kräfte sollten dem zweiten Kleinen zugute kommen, das sich in ihrem Leib befand.

13. Kapitel

Käthes Wahrheitsexperiment zeitigte verblüffende Folgen. Nur wenige Wochen, nachdem ihre Freundin entbunden hatte, verlor sie ihre Stelle im Hansa-Theater. Weil sie laut über die Beziehung zwischen Einfluss und Dickbäuchigkeit nachgedacht hatte. Nicht, wie die Angsthasen es taten, hinter dem Rücken des Direktors. Sondern vor ihm, in seiner Gegenwart. Sie ging, nicht ohne zu betonen, dass sie ihren Rausschmiss bedauerte, da sie wie andere normale Menschen auch ein Gewohnheitstier war, zugleich aber sicher war, etwas weitaus Besseres zu finden. In ihrer Kleidung wechselte sie von Weiß zu Schwarz, um ihrem Idol Isadora Duncan zu huldigen, die vor kurzem an den Folgen eines Autounfalls gestorben war. Sie schminkte sich die Augen mit Khol und begann, mit zahlreichen Herren zu dinieren, die allesamt behaupteten, Beziehungen zum Film zu haben, denn dieses Medium faszinierte sie, und sie war überzeugt, dass es eine große Zukunft für sie bereithielte. Allerdings bemerkte sie recht bald, dass die Herren, die tatsächlich in der Filmindustrie beschäftigt waren, zahlenmäßig denjenigen unterlegen waren, die es bloß behaupteten – nur um mit einer jungen Frau ausgehen zu können. Vor allem in einer Stadt wie Hamburg, die nun mal keine Filmstudios hatte. Käthe verschwand für kurze Zeit nach Berlin, kehrte aber überraschend schnell wieder zurück, ohne jemals über ihre Erfahrungen zu berichten. Aline gegenüber erwähnte sie lediglich ein Treffen mit ihrer alten Bekannten Caroline, die, wie sie es ausdrückte, in Berlin »ein Glanz« geworden war, ganz Pelz und Seide und überlebensgroßes Gesicht an den Litfasssäulen. Da Käthe plattdeutsch konnte und ein gewisses komisches Talent besaß, sprach sie erfolgreich an der niederdeutschen Bühne vor. Aufgrund ihrer burschikosen Art bekam sie meistens Hosenrollen, die sie machtvoll auszufüllen wusste, weshalb sie sich manchmal auch in der Öffentlichkeit in Hosen zeigte, ein Umstand, der in Neumühlen zu allerlei Tratsch führte. Die Bühne verfügte über keine eigene Spielstätte, weshalb die Proben in einer Zahnarztpraxis an der Esplanade stattfanden, und zwar zu immer anderen Zeiten, je nachdem, wie lang der letzte Patient geblieben war. Käthe liebte die Atmosphäre in diesem Wartezimmer, dieses Aufeinandertreffen von Zahnkranken und Wortkünstlern, Mundfaulen und laut Deklamierenden. Sie liebte auch den Zahnarzt, für kurze Zeit. Am allermeisten aber liebte sie ihre Patentöchter, Judith und Jesabel.

Bertha, ein von Natur aus grundgütiger Mensch, duldete nur in einer Hinsicht keinen Widerspruch, und das war, wenn es um ihre Arzneien ging. Sie war besorgt, dass Aline nicht genug Milch für Zwillinge haben könnte, und brachte ihr täglich mehrere Liter Tee aus Anis, Kümmel, Fenchel und Dill. Außerdem zwang sie sie, zu jeder Mahlzeit einen ganzen Kopfsalat zu essen, so lange, bis Aline die Befürchtung äußerte, sie würde sich in ein Kaninchen verwandeln. Außerdem verordnete Bertha ihr regelmäßige Waschungen mit Kamille, um die Geburtswunde schneller verheilen zu lassen.

Es war ungefähr zu jener Zeit, dass Aline sich eines weit zurückliegenden Ereignisses besann. »Was ist eigentlich aus meiner Mitgift geworden, Maman?«, fragte sie eines Morgens am Frühstückstisch, jeweils einen der beiden Zwillinge im Arm.

Madeleine runzelte die Stirn. »Fest angelegt auf der Bank, so wie dein Vater es bis zu deiner Heirat gewünscht hat.«

»Aber Maman«, lachte Aline, wobei sie Nathan die schlafende

Judith hinüberreichte, um eine Hand frei zu bekommen. »Dir wird doch nicht entgangen sein, dass ich mittlerweile verheiratet *bin.*«

»Ja, aber nicht mit Friedrich«, versetzte Madeleine, während sie ein wenig Milch in ihren Tee rührte. Sie blickte kurz zu Nathan hin. »Das ist jetzt nicht persönlich gemeint.«

Aline knallte ihr Buttermesser auf den Tisch. »Das ist sehr wohl persönlich gemeint, Maman! Wie kannst du nur so taktlos sein!« Jesabel öffnete die Augen und begann zu weinen.

»Egal«, ließ sich Nathan vernehmen. »Ich habe Aline nicht des Geldes wegen geheiratet. Sie hatte nämlich gar keines.« Und nach einer kurzen Pause: »Das war jetzt auch nicht persönlich gemeint.«

Jesabel verstummte wieder. Sie betrachtete Nathans Hände, die mit Messer und Brot hantierten. Dann riss sie die Lippen auseinander. Es sah wie ein Lächeln aus.

Madeleine schluckte. »Tut mir Leid. Ich wusste einfach nicht, was ich damit machen sollte. Christian hatte in seinem Testament ausdrücklich verfügt, dass Friedrich es bekommen sollte.«

»Wie genau lautete die Formulierung?« Alines Sprechweise war mitunter von der jahrelangen Lektüre wissenschaftlicher Texte geprägt.

»*Mon Dieu*, isch 'abe dieses Testament nischt auswendig *gelernt!*«

»Stand da was von ›Friedrich‹ oder von ›Ehemann‹?« Aline ließ nicht locker.

»Das war für Christian selbstverständlich das Gleiche.«

»Aline«, Nathan legte ihr beruhigend eine Hand auf den Arm. »Ich will dieses Geld überhaupt nicht. Lass uns diese Diskussion beenden. Mein Gehalt als Lehrer sollte doch reichen.«

»Aber *ich* will es! Mich würde einfach interessieren, wo es hingekommen ist! Ob es die Entwertung während der Inflation überlebt hat, wie viel es ist, wo es sich jetzt befindet! Das ist doch nicht zu viel verlangt, oder? Es würde uns allen zugute kommen. Dir auch, Maman!«

»Nun gut«, entschied Madeleine. »Ich werde mich erkundigen.«

Die Nachforschungen ergaben, dass das Geld die Umwandlung in Rentenmark nahezu unbeschadet überstanden hatte und auf einem von Christians Sonderkonten lag – tatsächlich dem einzig verbliebenen Sonderkonto.

Es war eine hübsche Summe, und sie reichte für ein Automobil: einen fabrikneuen Tourer mit Klappdach und beigefarbener Karosserie. Weil es in Oevelgönne keine Garage gab, beschlossen sie, den Schuppen am Grindelberg als Stellplatz zu nutzen. Nathans Schimmel, die Gazelle, war vor einiger Zeit verstorben, seither war der Anbau zu einer Geräte- und Schutthalde verkommen.

Es war Herbst, die Sonne wärmte schon nicht mehr, aber sie leuchtete tief und golden auf die rot belaubten Bäume und die funkelnden Dächer der Stadt.

»Dreimal rund um die Außenalster«, verlangte Käthe, während sie die Schutzkappe auf ihren Kopf stülpte. Seitdem sie Sprechunterricht erhalten hatte, redete sie auch in Alltagssituationen, als wären ihre Gesprächspartner schwerhörig.

Aline hielt in ihrer Bewegung inne. »Was für ein geschliffener Akzent«, säuselte sie. »Man bekommt direkt Angst, dich in die Nähe der Reifen zu lassen.«

Käthe kratzte sich die Stirn. »Hä? Der war entweder schlecht, oder aber ich habe ihn nicht verstanden.«

Aline lachte entzückt und rieb sich die Hände. »Weißt du, *wie* lange ich mich auf diese Ausfahrt gefreut habe?«

»Nein, aber du wirst es mir zweifelsohne gleich erzählen.« Käthe klang immer noch ein bisschen beleidigt.

»Huhu!« Aline winkte zum Fenster im zweiten Stock hinauf, hinter dem Nathan mit den Babys stand. Sie waren übereingekommen, dass er ein paar Stunden mit den Kindern bei seiner

Mutter verbringen würde, während Aline und Käthe sich mit dem Automobil vergnügten.

»Ich liebe ihn«, erklärte Aline, »weil er so schön ist und so stark!«

Käthe streifte sich die Handschuhe über. »Du brauchst mir das nicht ständig unter die Nase zu reiben«, brummte sie, während sie ebenfalls zum Fenster hochwinkte. »Ich weiß um seine Qualitäten. Oder willst du mich eifersüchtig machen?«

»Nichts läge mir ferner«, erklärte Aline, während sie sich hinter das Steuerrad schwang. »Aber ich bin nun mal so begeistert! Weißt du, dass er richtiggehend schnurrt, wenn er erst mal hochgekommen ist?«

»Ich hatte nie das Vergügen, das festzustellen«, murrte Käthe.

Aline startete den Motor. »Kennst du das? Man ist sich nicht sicher, ob man etwas nur geträumt hat oder ob es wirklich passiert ist. Bis ich ihn tatsächlich berührt habe, dachte ich, es wäre alles nur ein Traum.«

»Wirklich, Aline, so langsam glaube ich dir ja, dass du mit ihm glücklich bist.« Käthe spuckte die Worte nur so aus.

»Hör mal!«, lächelte Aline, während sie zärtlich über das Lenkrad strich. »Erst schnurrt er ganz leise, und wenn man dann beschleunigt, wird er ein bisschen lauter. Aber eben nur ein bisschen! Das Getriebe ist übrigens für 65 Stundenkilomter ausgelegt. Toll, was? Damit kann man ganz schön schnell fahren!« Sie drehte sich zu Käthe um. »Bist du von meinen Autofahrkünsten beeindruckt, oder warum starrst du mich so an?«

Käthe warf den Kopf in den Nacken und lachte schallend. Aline lenkte den Wagen in die Kurve. Die weißen Villen der Hallerstraße sausten an ihnen vorbei. »Könntest du mich bitte einweihen, wenn du fertig bist?«

Käthe sog die Wangen ein, wie immer, wenn sie versuchte, mit Lachen aufzuhören. »Hast du eigentlich die ganze Zeit von deinem Automobil geredet?«, erkundigte sie sich, nun schon weniger geschliffen.

Zwischen den Bäumen am Ende der Straße tauchte die St.-Johannis-Kirche auf. »Natürlich!«, zischte Aline. »Von was denn sonst?«

Eine Zeit der Ausflüge begann. An den Wochenenden startete Aline mit Nathan, den Zwillingen und manchmal mit Madeleine ins Grüne. Ein einziges Mal konnte Aline auch Bertha dazu überreden, mitzukommen, aber die alte Köchin stand dabei solche Höllenängste aus, dass Aline schon am Ende der Elbchaussee gezwungen war, umzukehren. Unter der Woche ließ Aline die Zwillinge zu Hause und düste mit Käthe alleine los. Käthe wollte unbedingt auch fahren lernen, und so übte Aline mit ihr am Deich in Wedel. Käthe brachte für diese Übungsstunden immer etwas gegen den Durst mit, doch Aline, die während der Stillzeit einer Art persönlicher Prohibition unterlag, lehnte die Schlücke eisern ab. Eines Abends, Aline musste auf ihrem Beifahrersitz kurz eingenickt sein, erwachte sie davon, dass der Fahrtwind an ihren Haaren zauste und der Wagen verdächtig schlingerte.

»Nicht so schnell!«, kreischte Käthe, während sie entsetzt die Schnapsflasche in ihrer Rechten umklammerte.

Aline rieb sich die Augen. »Darf ich dich daran erinnern, dass *du* diejenige bist, die den Fuß auf dem Gaspedal hat? Verdammt, da kommt ein Schaf auf uns zu, halt an!!«

Käthe presste die Hände auf die Augen, wobei sie ein bisschen was verschüttete. »Zu Hilfe!«, schrie sie. Aline griff in das Lenkrad und riss es nach rechts herum. Das Schaf, nur knapp geschrammt, blökte verblüfft, blieb aber links hinten zurück. »Fuß hoch!«, schrie Aline.

Käthe reckte ihre Beine in die Luft. Der Wagen kam mit einem Ruck zum Stehen. Langsam traute sich Käthe, die Hände vom Gesicht zu nehmen. »Ende gut, alles gut«, deklamierte sie präzise wie bei einer Leseprobe, während sie mit den Füßen wackelte. »Aber was müssen die Leute immer so rasen? Wenn du willst, *darling*, fahr ich jetzt wieder. Du musst dich erst mal erholen.«

Aline seufzte schwer. »Nein danke«, sagte sie und kletterte

über Käthe hinweg auf die Fahrerseite. »Ich teile mein Lenkrad nicht so gern. Da bin ich Egoist. Und jetzt rutsch rüber.«

Käthe rutschte beiseite und schlief auf der Stelle ein.

Aline genoss diese ersten Wochen und Monate als junge Mutter und faulenzte, so gut sie konnte. Wenn sie mit den Kindern zusammen war – und das war sie, von den Ausflügen mit Käthe abgesehen, die ganze Zeit –, hatte sie allerdings nur wenig Gelegenheit zum Ausruhen, denn Judith und Jesabel hielten nichts von gemeinsamem Schlaf. In ihren jeweiligen Wachphasen machten sie sich ein besonderes Vergnügen daraus, von ihrer Mutter unterhalten zu werden, und das schloss weiß Gott nicht nur Stillen ein. Dabei bevorzugte jede ihr eigenes Programm. Jesabel beispielsweise, die zwei Minuten Jüngere, liebte es, wenn Aline mit ihr Zeppelin spielte, wobei Jesabel die glückliche Rolle des Zeppelins zufiel. Judith hingegen war ein eher stilles Baby, das es liebte, wenn man es auf den Rücken legte, ihm den Bauch kitzelte und ihm Geschichten erzählte. Am schönsten waren die Abende, wenn Nathan seine Arbeiten korrigiert hatte und sie im Musikzimmer beisammen saßen. Aline und Madeleine wechselten sich am Klavier ab, die Zwillinge machten ihre Krabbelversuche – wobei Jesabel sich in Zusatzdisziplinen wie Vorhangklettern und Schränkeausräumen übte. Madeleine verstand es aber auch, das junge Ehepaar allein zu lassen. Nathan hatte ihr Alines ehemaliges Mädchenzimmer im Dachgeschoss hergerichtet, mit Vorhängen aus dunkelblauer Baumwolle und einem wunderschönen rustikalen Bauernschrank für ihre Kleider. Auch ein Regal hatte er Madeleine geschreinert für ihre Lieblingslektüre. An der Wand, die dem Bett gegenüber stand, hatte sie ein Ölporträt von Christian aufgehängt, das einzige Bildnis in diesem Zimmer. Sowohl Bett als auch Toilettentisch hatte Nathan auf ihren Wunsch hin dunkel gebeizt, wodurch das Zimmer schwerer und ein bisschen trauriger wirkte als zuvor, aber Madeleine mochte es so, es wäre einer Witwe angemessen, betonte sie, und sie zog sich gern dorthin zurück. Auch ging sie wieder spazieren. Nur die Schlittschuhe benutzte sie nicht mehr.

Doch so schön und neu und aufregend diese Zeit für Aline auch war, mit ihrem weichen, überfließenden Körper, einer Stimme, die auf magische Weise leiser und sanfter geworden war, den heftig wallenden Gefühlen für ihre Babys – irgendwann begann sie ungeduldig zu werden. Das Haus kam ihr auf einmal wieder eng vor, dunkel und immer gleich. Sie bewarb sich erneut um die Stelle als Medizinalassistentin im Tropeninstitut, in der Hoffnung, sie könne sie in einem Jahr antreten. Die Antwort kam vom Direktor persönlich, Professor Nocht, ihrem ehemaligen Doktorvater. Wenn sie, Aline Sandstein, die Stelle wirklich wolle, so müsse sie sie jetzt antreten, und zwar pünktlich in zwei Tagen.

»Zwillinge sind in unserer Familie nichts Ungewöhnliches.« Valeska schenkte ihrer Schwägerin ein strahlendes Lächeln. »Ich bin übrigens selbst ein Zwilling. Aber ich glaube, das habe ich schon erwähnt.«

Madeleine nickte ergeben. Ihre Schwägerin hatte schätzungsweise schon hundert Mal erwähnt, dass sie ein Zwilling war. Sie sagte es manchmal in einer Art, die Madeleine mitzuteilen schien, die Zwillinge seien etwas Sandstein'sches und nicht etwas, das von den Jacobys oder Darlons käme.

»Alle sagen, dass Judith meine Augen hat«, bemerkte Madeleine, die ihre Lieblingsenkelin im Arm schaukelte.

Valeska schwieg verblüfft. Aber nicht lange. »Judith hat genau die gleichen Augen wie Jesabel«, stellte sie fest.

»Ach ja?«, flötete Madeleine mit einer nur leisen Spur von Ironie. »Das mag sein. Sie sehen sich ja ziemlich ähnlich.«

»Sie sehen sich *sehr* ähnlich«, betonte Valeska. »Schließlich sind sie Zwillinge.«

So konnte es stundenlang gehen, wenn die beiden Großmütter gemeinsam die Zwillinge hüteten. Nachbarn gegenüber behauptete Madeleine, dass sie ihre Schwägerin aus dem Grindelviertel für etwas einfältig hielt, dass sie ihr fremd erschien mit ihrer Gläubigkeit und ihren Synagogengängen, in Wahrheit aber freute sie sich über deren Besuche, die mit der Zeit immer häufiger wurden. Tatsächlich fühlte sie sich allein überfordert mit der Pflege der Zwillinge, vor allem was die unternehmungslustige Jesabel anbelangte. Dass Bertha diejenige war, die die Knochenarbeit verrichtete, wie Windeln waschen, kochen und die beiden ins Bett bringen, fiel Madeleine nicht weiter auf. Sie setzte nur ungern einen Fuß in den finsteren Hinterhof-Anbau, da er sie an Zeiten erinnerte, an die sie nicht erinnert werden wollte. Ihrer neuen Freundin gegenüber erwähnte sie diese Zeiten nicht, und Valeska schien davon auszugehen, dass Madeleine schon immer diejenige gewesen war, die sie kannte: eine etwas hochmütige Frau, die ihren französischen Akzent sicher wie eine Waffe einzusetzen wusste und deren Launen wechseln konnten wie das norddeutsche Wetter. Das schien in diesem Sommer einer Art Ausnahmeregel zu folgen: Warm, blau und fröhlich waren die Tage, mit wolkenlosem Himmel. Tag für Tag saßen die beiden Frauen also auf der Bank im Garten unter der Linde, tranken Tee und blickten auf den Fluss hinaus, auf dem die Schiffe immer größer zu werden schienen. Jesabel erkundete mit Vorliebe die Geschmacksrichtung von Rasen und Hasenkot, während Judith zusammengekuschelt auf dem Schoß einer ihrer Großmütter saß und am Daumen lutschte. Vom Strand drangen die Rufe der Händler herauf. »Eis, lecker Eis! Tomaten mit Salz und Pfeffer!«

»Von ihrer Persönlichkeit her sind sie *véritablement* unterschiedlich«, stellte Madeleine fest. »Sehen Sie nur, Valeska, wie sich Judith immer an mich schmiegt. Jesabel hingegen ist ein rechter Wildfang.«

Valeska, die nun eine Stickerei hervorgeholt hatte, lächelte. Sie freute sich jedes Mal, wenn sie die Namen ihrer Enkelkinder hörte. Sie klangen so hübsch. Sie freute sich, dass ihre Schwiegertochter bereit gewesen war, ihnen hebräische Namen zu geben.

»Ihr Bild haarscharf, klar und deutlich!« Das war der Ruf des Fotografen, der im Sommer seinen Stand hier unten am Wasser aufgebaut hatte. In einem plötzlichen Anflug von Leichtsinn und Abenteuer sagte Madeleine: »Kommen Sie, Valeska! Wir lassen ein Bild von uns machen!«

»Von uns beiden?«, fragte Valeska verblüfft.

»Mit unseren Enkeln natürlich!« Madeleine wurde ungeduldig. »Es ist vielleicht nicht das normale Familienbild, aber was ist auch heutzutage schon normal?«

Valeska bedachte diesen Satz nicht lange. »Nichts«, entschied sie. Sie sagte es mit einer solchen Ernsthaftigkeit, dass Madeleine plötzlich lachen musste. »Ich glaube«, lachte sie, »es ist Zeit, dass wir Du zueinander sagen.« Sie wusste nicht, wie Valeska ihren *faux-pas* aufnehmen würde, schließlich hätte sie als die Jüngere von beiden abwarten sollen, wann Valeska von sich aus darauf zu sprechen kam. Aber Valeska stopfte bloß die Stickerei zurück in den Korb und warf ihr dann ein Lächeln zu. »Einverstanden«, sagte sie.

Ein Strand mit riesig langen Beinen. Wenn der Kopf, der über den Beinen saß, mit einem sprechen wollte, musste man sich ganz weit zurückbeugen, so weit oben war die Stimme. Jesabel, die wie immer um sie herumhüpfte und viel lauter sprach als sie selbst. Ein Mann, der von sehr weit oben sagte, sie solle stehen bleiben neben ihrer Schwester, und der auch die Omas bat, sich jetzt nicht mehr zu bewegen. Später erinnerte sich Judith an ihre Angst vor dem Mann, der unter ein schwarzes Tuch gekrochen war und mit dumpfer, erstickter Stimme rief: »Der Vogel kommt! Der Vogel kommt!« Er rief es so aufgeregt, dass sie und Jesabel ihre Hände ineinander krampften, bis ihnen die Finger weh taten. Danach fragte der Mann: »Und wer holt mir jetzt ein bisschen Wasser aus der Elbe, damit ich dieses hübsche Bild auch entwickeln kann?« Und natürlich war es Jesabel, die loslief, während sie selbst das Bedürfnis hatte, den Daumen in den Mund zu schieben.

Zu Hause schenkte ihnen der Vater einen goldverzierten Bilderrahmen, und noch am selben Abend hing das Bild im Zimmer an ihrer Wand: zwei Mädchen, die aussahen wie eines, mit aufgerissenen Augen, die Lippen fest zusammengepresst, und dahinter die Großmütter.

Das Institut für Tropenkrankheiten mit seinem charakteristischen Turm ragte schon von weitem auf. Aline hatte Herzklopfen, als sie die Straße entlanglief. Normalerweise liebte sie ihren Weg zur Arbeit, der von Oevelgönne aus immer an der Elbe entlangführte. Wenn sie langsam ging, ließ ihr der Weg ausreichend Zeit, ihren Gedanken nachzuhängen, wozu sie seit der Geburt der Zwillinge nicht sonderlich viel Zeit gehabt hatte. Das war einer der Gründe, warum sie nicht mit dem Tourer zur Arbeit fuhr. Sie hatte das Automobil mittlerweile in einem Bootsschuppen in Neumühlen untergebracht und hätte es auch im Innenhof des Instituts parken können. Aber der Hauptgrund, den Wagen stehen zu lassen, war ihr Kollegium. Als Medizinalassistentin mit einem Ford vorzufahren, wäre zweifelsohne ein bisschen provokant erschienen. Ihr Stand war schon schwierig genug.

An diesem Morgen war sie eine halbe Stunde zu spät, weil Judith und Jesabel sie festgehalten hatten. Ihr Weinen hatte sie noch auf der Straße gehört, also war sie noch einmal zurückgegangen, um die beiden in den Arm zu nehmen und zu herzen, bis Madeleine sie endlich mit dem Hinweis verscheuchte, dass Zuspätkommen während der Probezeit eine Sünde war, die nur deshalb nicht von der Kirche verfolgt wurde, weil es, als die Todsünde erfunden wurde, noch keine Uhr gegeben hatte. Madeleine schien ihre alte Bissigkeit wiedergefunden zu haben, ein außerordentlich gutes Zeichen bei ihr.

Kaum war Aline in ihren weißen Kittel geschlüpft, wurde sie von einer der Schwestern zum Oberarzt gerufen. In der vergangenen Nacht waren zwei Matrosen mit Trypanosomen-Erkrankung eingeliefert worden, Alines Spezialgebiet.

»Frau *Medizinalassistentin*«, sagte der Arzt, als sie endlich atemlos in seinem Zimmer auftauchte, wobei er boshafterweise das »Guten Morgen« wegließ.

»Das Zuspätkommen tut mir sehr Leid«, erklärte Aline mit gesenktem Blick, weil sie ein Lächeln unterdrückte. Denn just in diesem Augenblick kam ihr Käthe mit ihrem Wahrheitstick in den Sinn, und sie malte sich deren Antwort aus.

»Wenigstens sind Sie gut gelaunt«, stellte der Arzt fest. »Was man von den beiden Burschen mit der Schlafkrankheit nicht behaupten kann. Ihr Schiff ist gestern in den Hafen eingelaufen. Aus Obervolta. Böse Sache.«

Wieder musste Aline ein Lächeln unterdrücken. Der Arzt sagte Obervolta, als wäre das Land noch immer deutsche Kolonie. Sie wusste nicht, warum, aber aus irgendeinem Grund kam ihr das irrsinnig komisch vor.

Der Arzt warf ihr einen mürrischen Blick zu. »Vielleicht gelingt es Ihnen ja, die beiden Matrosen mit Ihrer guten Laune anzustecken. Wenn nicht, so zöge ich eine anständige *medizinische* Behandlung vor.«

»Selbstverständlich«, nickte Aline. Sie überlegte kurz, ob sie dem Arzt ihr Problem als berufstätige Mutter zweier Kinder schildern sollte, entschied sich aber dagegen. Es war ihre Sache, sie hatte sich das nun einmal so ausgesucht, fertig.

Die beiden Seeleute sahen nicht gut aus. Beide waren stark abgemagert, und die Gesichter wirkten geschwollen. Aline untersuchte Arme und Beine, die von roten Striemen bedeckt waren. »Das kommt vom Juckreiz«, erklärte Aline, zum Oberarzt gewandt.

»Ich weiß«, antwortete der. »Halten Sie mich für komplett unwissend?«

»Ich wollte damit nur sagen, dass man den Patienten die Nägel sehr kurz feilen müsste, damit die Haut geschont wird.« Aline fand es manchmal schwierig, anderen Kollegen mit ihrem Fachwissen zur Seite zu stehen, ohne deren Eitelkeit zu verletzen. Das

Institut hatte sich auf Malaria-Erkrankungen spezialisiert und damit international beachtliche Erfolge feiern können. Sie allerdings war die einzige Medizinerin hier, die über Trypanosomen promoviert hatte, wenngleich die anderen, die bei Professer Nocht Tropenhygiene gelesen hatten, über die Krankheit ebenfalls Bescheid wussten. Aline spürte, dass der Oberarzt sie an diesem Morgen nicht ausstehen konnte. Mehr denn je war sie sich bewusst, dass sie noch in der Probezeit war. Sie befühlte die Lymphknoten am Hals der Männer. Bei einem der beiden waren sie etwas stärker angeschwollen. »Haben Sie den Stich der Fliege bemerkt?«, fragte sie ihn.

Der Mann verzog das Gesicht. »Das will ich meinen. So'n Oschi hatt ich danach auf'm Arm!« Er deutete die Größe eines Fußballs an, was ganz offensichtlich übertrieben war. Aline lächelte.

»Hübsche Frauen ham Se hier«, sagte der Matrose zum Oberarzt gewandt.

Der verzog das Gesicht. »Hübschsein ist nicht alles.«

Aline unterdrückte den aufsteigenden Ärger. »Wie ist Ihr Schlaf?«

»Och, kann nich klagen. Normal, würd ma so sagen. Aber kommt drauf an, wer gerade Nachtwache macht.« Er zwinkerte Aline verschwörerisch zu. »Machen Sie manchmal Nachtwache?« Aline nickte. »Manchmal ja.«

»Also, Frau *Medizinalassistentin*?« Wie schaffte es der Oberarzt bloß, das »Medizinalassistentin« immer ironisch auszusprechen? »Ihre Diagnose, bitte.«

Aline überlegte kurz. »Da es sich um die westafrikanische Form der Trypanosomenerkrankung handelt, ist eine Spontanheilung nicht ausgeschlossen. Immerhin sind die Parasiten noch nicht auf das zentrale Nervensystem übergegangen. Der Schlaf scheint normal, auch ist das Sprachzentrum im Gehirn nicht angegriffen. Ich würde eine Blutprobe entnehmen und die Temperatur stündlich überprüfen lassen. Und an die Fingernägel denken. Der Juckreiz wird durch das ewige Kratzen nur verstärkt.«

»Ich habe Sie nicht darum gebeten, einen Behandlungsplan aufzustellen«, zischte der Oberarzt, als sie wieder draußen waren. »Sie sollten lediglich meine Diagnose verifizieren. Und im Übrigen möchte ich Sie bitten, mit den Patienten nicht zu flirten.«

»Nicht zu – was?« Aline verschlug es die Sprache. Doch sie hatte sich schnell wieder in der Gewalt. »Das versteht sich ja wohl von selbst«, lächelte sie. Kühl und professionell, wie sie hoffte.

Als sie in das Büro zurückkehrte, das sie mit den anderen Medizinalassistenten teilte, seufzte sie. Die Arbeit im Institut war spannend und machte großen Spaß. Aber es gab Tage, da hätte sie am liebsten alles hingeschmissen.

»Happy birthday, darling!«, Käthe schwenkte eine Notenpartitur. »Entschuldige, dass ich sie nicht eingepackt habe. Aber ich gehe wohl recht in der Annahme, dass du das Geschenkpapier gleich aufgerissen hättest, und darum habe ich mir die Arbeit gespart.«

Aline schüttelte den Kopf. »Was ist das jetzt wieder für eine neue Mode? Ebenso gut könntest du dich fragen, warum du dich *anziehst*, wenn du mit einem Mann ausgehst.«

Käthe überlegte kurz. »Diese Frage hatte ich mir tatsächlich auch schon mal gestellt.«

»Mama«, krähte Jesabel begeistert, die neben Aline auf dem Sofa saß.

»Ja, mein Liebling?«

»Da da Te te!«

»Ja, das ist deine Tante Käthe«, erklärte Aline lieblich. »Sie wirkt ein bisschen verrückt, aber das ist bei ihr normal.« Sie beäugte die Partitur. »Was ist das eigentlich für Musik?«

»Moderne Tänze«, erklärte Käthe und ließ sich zufrieden seufzend in den Sessel gleiten. »Foxtrott, Charleston, Tango, Shimmy … war nicht leicht, diese Sammlung zu finden, also zeig gefälligst ein wenig Dankbarkeit!«

So sachte sie konnte, hob Aline Judith in die Höhe, die in ihrem Arm eingekuschelt lag, den Daumen im Mund.

»Gib es zu!«, sagte sie und reichte ihre Tochter zu Käthe hinüber. »Du wolltest ganz dringend tanzen und wusstest nicht, wo du auf die Schnelle ein Grammofon herbekommen solltest.«

»Genau.« Käthe hatte genießerisch die Augen geschlossen und schnupperte an Judiths Haar. »Deine Tochter riecht fantastisch auf dem Kopf. Und jetzt spiel, Aline *darling*, oder wozu sind Geburtstage da?«

»Das frage ich mich in der Tat auch«, grummelte Aline und erhob sich. Käthe bekam die Freundin an einem Rockzipfel zu fassen und zog sie zu sich herunter. »Alles Liebe, ein langes Leben, weiterhin so schöne Kinder und immer eine Handbreit Wasser unterm Kiel!« Sie drückte ihr kichernd einen Kuss auf die Wange. »Ich hab dich lieb!«

»Ich dich auch«, sagte Aline.

Nathan betrat den Salon in dem Moment, in dem Aline, nur um Käthe zu ärgern, »An der schönen blauen Donau« auf dem Klavier spielte. Dazu sang sie aus vollem Hals, während die Zwillinge sich an den Händen fassten und durch den Raum hüpften. Käthe hielt sich krampfhaft die Ohren zu und brüllte: »Aufhören! Das ist nicht gerecht! Hör sofort auf!« Bis Aline nicht mehr weitersingen konnte und von Lachkrämpfen geschüttelt halb auf der Tastatur lag, was ihre Finger nicht daran hinderten, weiterzuspielen. Er wünschte, er könnte teilhaben an der Fröhlichkeit der beiden Frauen, aber er war an diesem Morgen schon traurig aufgewacht. Nicht dass Aline an diesem Tag 29 Jahre alt wurde, hatte er gedacht. Sondern dass sein Vater heute seit 29 Jahren tot war. Dass er ihn nie richtig kennen gelernt hatte. Und dass er immer noch nicht wusste, warum er überhaupt gestorben war. Leise und ohne dass die vier ihn bemerkten, machte er die Tür wieder zu.

14. Kapitel

Eduard Marquardt liebte alles, was sich rauchen ließ. Als Offizier in den Schützengräben von Verdun hatte er sogar Heu geraucht. In seinen Jahren als Polizeimeister von Altona war er zusehends dem Luxus von Zigarren verfallen, edlen Havannas oder schmauchigen Henry Clays, die er sich statt eines herkömmlichen Frühstücks genehmigte. Seine Frau hatte sich Zeit ihres Lebens nicht an den Geruch von Zigarren gewöhnen können, nun da sie tot war, gab sich Eduard seinem Laster mit aller ihm verbliebenen Leidenschaft hin. Sein Bruder, der verstorbene Ordinarius von Neumühlen und Oevelgönne, hatte ihn zwar stets auf die Gesundheitsrisiken hingewiesen, die ein solch starker Tabakgenuss nach sich zöge – geraucht aber hatte auch er. Überhaupt, so argwöhnte Eduard, verbot so manch ein Quacksalber seinen Patienten, was er unter Gewissensbissen selbst verbrach: scharf gewürztes Fleisch, literweise schwarzen Kaffee, Alkohol und Tabak – um nur einige Sünden des ältesten der Marquardt-Geschwister aufzulisten.

Als Eduard an einem sonnigen Morgen im April 1930 ein leichtes Fieber verspürte, dachte er zunächst an einen Schnupfen. Doch das Fieber weitete sich im Laufe des Tages zu etwas unangenehm Grippeähnlichem aus, mit Bronchienrasseln und Gliederschmerzen. Seine Haushälterin weigerte sich unter diesen Umständen, den Haushalt weiter zu versorgen, denn nichts war ihr so eklig wie Bazillen. Als alles Bitten und Flehen nichts half, tat Eduard etwas, das ihm bislang noch schlimmer als Kranksein erschienen war: Er bat seine Schwester, das herrschsüchtige, laute Wesen, ihn bei sich aufzunehmen. Gertrude Meyerdink, der Störungen ihrer Alltagsroutine normalerweise unangenehm waren, willigte ein. Familienangelegenheiten, betonte sie, hätten oberste Priorität.

Aline schaltete ihr Mikroskop aus, stand auf und reckte sich. Sie spürte, wie ihre Wirbelsäule knackte. Seit der Schwangerschaft litt sie immer wieder an Rückenschmerzen, aber viel schlimmer war das Gefühl, auf der Stelle zu treten. Ihre Assistenzzeit war vorbei, und sie sehnte sich nach neuen Aufgaben im Institut. Doch die schien ihr niemand zu geben. Was sollte sie tun? Ihren Tatendrang beim Professor einklagen? Die Kollegen würden ihr vorwerfen, als ehemalige Schülerin Nochts Verbindungen spielen zu lassen oder, schlimmer noch: Fraternisierung mit dem Chef.

Sie zog ihren Kittel aus und ging zum Waschbecken hinüber, um sich die Hände zu waschen. Das war nun schon beinahe ein Tick von ihr geworden: Seitdem sie im Krankenhaus arbeitete, hatte sie ständig das Gefühl, sich zu beschmutzen, selbst wenn sie nur Aufzeichnungen machte. In dem Moment ging die Tür auf, und der Oberarzt betrat den Raum. »Schon Feierabend?«, fragte er. Seitdem sie keine Medizinalassistentin mehr war, ließ er die Anrede ganz weg, so als brächte er es nicht übers Herz, sie »Ärztin« zu nennen. Da er sie infolgedessen auch nicht mehr grüßte, schwebten seine Befehle und Fragen merkwürdig leer und schmucklos im Raum. »Ergebnisse aus der Malaria-Kultur notiert?«

»Ja«, sagte sie.

»Urintopf von Patient in Raum 12 geleert?«

Aline, die gerade in ihren Mantel schlüpfen wollte, erstarrte. »Seit wann ist das Aufgabe der Ärzte?«

»Nun.« Der Oberarzt zündete sich eine Zigarette an und lehnte sich an das geöffnete Fenster. »Da Sie über die Vorgänge im Institut Bescheid wissen *sollten*«, er inhalierte tief, »müssten Sie auch über den krankheitsbedingten Ausfall von Schwester Irmgard unterrichtet sein. Die Aufgaben der Schwester sind an Sie weitergeleitet worden.«

»Ach ja?« Auf einmal fühlte Aline Wut in sich aufsteigen. »Weil ich der einzige weibliche Arzt hier bin, richtig? Weil eine solche Arbeit männlichen Ärzten natürlich nicht zuzumuten ist? Darf ich Sie darauf aufmerksam machen, dass ich heute bereits seit elf Stunden im Dienst bin? Ich erledige alle möglichen Aufgaben, auf die die männliche Ärzteschaft keine Lust zu haben scheint. Aber alles hat seine Grenzen!«

Der Oberarzt musterte sie aus zusammengekniffenen Augen, während er an seiner Zigarette sog. »Sie sollten sich trotzdem darum bemühen, einen kühlen Kopf zu wahren. Nüchternheit im Urteil ist bei uns Medizinern oberstes Gebot. Wenn Sie beruflich weiterkommen möchten, sollten Sie versuchen, sich zu profilieren. Unangenehme Aufgaben zu übernehmen gehört leider nun mal dazu.«

Mit einem entschlossenen Ruck griff Aline nach ihrer Handtasche. Verzweifelt suchte sie im Kopf nach einer Retourkutsche, aber ihr fiel nichts ein. Als sie die Tür zum Gang öffnete, brachte sie lediglich ein »Guten Abend« heraus. Das unerwidert blieb.

Draußen auf der Straße griff sie sich an den Kopf. Was hätte sie nicht alles entgegnen können! »Danke für die charmante Aufklärung, Herr *Oberarzt«,* Letzteres natürlich ironisch betont. Oder: »Schön, wenn zumindest einer aus dem Kollegium seinen Anspruch auf Faulheit so eloquent zu verbalisieren weiß.« Oder … Ach, es war ja alles einerlei, nun war es sowieso zu spät.

Wütend stapfte sie die Straße zum Fischmarkt hinunter. Mittlerweile war es dunkel geworden. Die Petroleumlampen warfen einen matten Schein auf das Kopfsteinpflaster. Die Steine glänzten, offenbar hatte es gerade geregnet. Als sie den Marktplatz bei Eier-Cohrs hinter sich gelassen hatte, schoss ein Hund an ihr vorbei, sprang an ihr hoch und kläffte ihr wütend ins Gesicht. Aline schrie, so dass der Hund von ihr abließ und weiterschoss. Vor Schreck taumelte sie ein paar Schritte zur Seite. Dabei stolperte sie über ein Bündel Kleider. Das Bündel bewegte sich, es war ein Mann, der nur aus einem Rumpf bestand, ohne Arme und ohne Beine, und der sie aus großen Augen anstierte. »Hunger«, sagte das Bündel. Aline fingerte in ihrer Handtasche nach Münzen. Aber was sollte sie dem Mann Geld geben, wenn er noch nicht einmal in ein Geschäft gehen konnte, um sich etwas Essbares zu kaufen? Die Schinkenstulle, die Bertha ihr für die Mittagspause geschmiert hatte, fiel ihr ein. Wieder einmal hatte sie für eine Pause keine Zeit gehabt. Die Stulle steckte immer noch in ihrer Manteltasche, wo Bertha sie am Morgen hineingeschoben hatte.

»Hier«, sagte sie und reichte dem Mann zu ihren Füßen das in Pergament eingewickelte Paket.

»Kann nicht essen«, sagte der Mann. »Keine Hände.«

»In Ordnung«, erwiderte Aline. Eine Woge von Ekel stieg in ihr auf. Es würde ihr nichts anderes übrig bleiben, als den Mann hier zu füttern. Nun gut, sie hatte schon Schlimmeres gesehen. Sie ging in die Hocke, wobei sie darauf achtete, dass ihr heller Mantel nicht in einer der Pfützen schleifte. Der Mann sperrte gehorsam den Mund auf. »Sie sind eine gute Frau«, krächzte er zwischen zwei Bissen.

Aline versuchte zu lächeln. »Eigentlich nicht. Aber ich habe so einen komischen Eid geleistet.« Sie riss ein Stück Stulle ab und versuchte, es dem Mann in den Mund zu stecken, ohne seine Lippen zu berühren. Der Mann kaute und schluckte, öffnete den Mund, kaute abermals. Nachdem er das ganze Brot gegessen hatte, wollte Aline aufstehen, aber der Mann hielt sie mit einem Blick zurück. »Was für ein Eid?«

»Den hippokratischen.«

Der Mann nickte. »Ich wollte auch Arzt werden. Aber dann ist der Krieg dazwischengekommen.«

Auf einmal fühlte Aline, wie müde sie war. »Das tut mir Leid«, sagte sie. Sie wanderte zum Fischmarkt zurück, um sich am Bassin mit der Fontäne die Hände zu waschen. Jetzt tat ihr der Rücken erst recht weh. Was für ein Unglück, dachte sie. Fast körperlos zu sein und dennoch so klar denken zu können. Sich selbst zu sehen, verstümmelt und unvollkommen, in einem Leben ohne Ausweg.

In den folgenden Wochen tauchte der Mann immer wieder in ihren Träumen auf. Sie sah ihn als jungen Abiturienten, stark und verliebt, voller Pläne für die Zukunft. Als Soldaten, immer noch hoffnungsfroh. Wenn sie erwachte, waren die Bilder fort. Der Alltag umfing sie, verzehrender noch als sonst, denn die Zwillinge hatten die Windpocken bekommen. Dr. Marquardt, der ihr Hausarzt war, so lange sie zurückdenken konnte, war gestorben, und sowohl Madeleine als auch Bertha fühlten sich mit der Versorgung der Zwillinge vollkommen überlastet. Schließlich gelang es Aline, ein paar Tage im Institut frei zu nehmen. Sie eröffnete eine provisorische Krankenstation im Haus. Sie kaufte Spritzen, Thermometer, einen Sterilisator mit Spiritusflamme, um die Geräte auszukochen, ja sogar ein Stethoskop. Sie kaufte diese Dinge wie im Rausch, als hätte sie selbst ein Fieber, voller Angst davor, dass es den Kindern an etwas mangeln könne, dass sie nie mehr gesund werden würden. Bertha lächelte, als sie Aline dabei beobachtete, wie sie Spekula, Klemmen und Trichter in den Sterilisator warf. »Du siehst wie eine richtige Ärztin aus«, lächelte Bertha.

Aline holte tief Luft. Bertha hatte ihre Gereiztheit nicht verdient. Aber sie traf nun mal einen wunden Punkt. »Ich *bin* eine richtige Ärztin«, presste Aline hervor.

Bertha bückte sich, um verstreut liegende Handtücher und Wäschestücke der Zwillinge aufzuheben. »Das erinnert mich da an, wie du mit der Schule fertig warst und diesen Plan hattest.«

»Welchen Plan?«, fragte Aline. Sie konnte es nicht leiden, wenn Bertha in der Vergangenheit schwelgte, ein Zeitvertreib, dem die Köchin sich zunehmend gern hingab.

»Das war, als ihr kein Geld mehr hattet. Du wolltest im Haus ein Zimmer mieten, für später mal, wenn du Ärztin wärst.«

Aline ließ die Hand sinken, in der sie das Thermometer hielt. Auf einmal schienen die roten Punkte auf Judiths Arm zu tanzen. Sie drehte sich zu Bertha um. »Was hast du da gesagt?«

»Ich hab mich nur erinnert, wie du gesagt hast, du wolltest eine Praxis im Haus aufmachen. Du meintest, du zahlst deinem Vater Miete, dann hat er Geld.«

»Meine Güte«, grinste Aline. »Und ich dachte immer, ich wär die mit dem guten Gedächtnis.«

Bertha winkte bescheiden ab. »Dafür kann ich nich so gut Formeln. Aber nu sag ma: Heut is ja schon Mittwoch, wann musst du eigentlich wieder zum Dienst?«

Aline grinste immer noch. »Überhaupt nicht mehr.«

»Was?« Bertha wirkte verdutzt. »Haben sie dich entlassen?«

Aline drückte Bertha einen Kuss auf die Wange. »Ich entlasse mich selbst. Danke, Bertha. Ich wüsste nicht, was ich ohne dich täte!« Und damit eilte sie davon, um Madeleine für diesen Tag mit ihren Aufgaben als Schwesternhelferin vertraut zu machen, um sich umzuziehen, zur Bank zu gehen, einen Kredit zu verlangen und überhaupt, um all die Millionen Dinge zu erledigen, die den Beginn eines neuen Lebensabschnitts einläuteten.

»Mit Jefühl / Durchs Jewühl. / Locken bammeln, Strumpfband rutscht, /Liebe stammeln, / abjelutscht. / Kess und knorke jeden Fall / Is man uff dem Witwenball.« Käthe sang Resi Langers Witwenlied kopfüber an der Wand stehend, von der Nathan vor kurzem die Tapeten entfernt hatte. Ihre Stimme hallte in dem leeren Raum dramatisch wider.

»Was tust du da?«, fragte Aline, die in Hut und Mantel unter dem Türrahmen stand.

Käthe winkte mit den Füßen. »Also, da gibt es wirklich nicht viele Möglichkeiten. Enweder ich spiele Karten, oder ich stehe auf dem Kopf. Möchtest du raten oder den Joker ziehen?«

Aline stellte behutsam ihren Arztkoffer ab. So lange das Ordinationszimmer noch nicht fertig war, machte sie Hausbesuche. Sie konnten es sich einfach noch nicht leisten, auf ein Einkommen zu verzichten. Nicht jetzt, wo sie den Umbau beschlossen hatte. »Käthe, darf ich dich daran erinnern, dass du in zwei Monaten dreißig wirst?«

Käthe kam mit einem Sprung wieder auf die Füße. »Ein interessantes Alter, nicht wahr? Und wer hat nicht schon alles darüber geschrieben! Mit dreißig bringt man sich entweder um, oder man beschließt, sein Liebesleben aufzuforsten. Ich persönlich tendiere zu Letzterem.«

Aline ließ sich seufzend auf dem staubigen Boden nieder. Von oben drangen die Stimmen ihrer Töchter. »Wie kannst du ein Liebesleben aufforsten, das so dicht und dunkel ist wie der Sachsenwald? Ich meine, das klingt, als ob ein Metzger sagte, er hätte mal wieder Lust auf ein Stück Fleisch.«

»Quantität ist nicht gleich Qualität, mehr sag ich nicht.« Käthe versuchte, geheimnisvoll auszusehen. »Und was hast du so getrieben, den Tag über? Nathan meinte, du wärst um fünf zurück. Seitdem warte ich auf dich, treulose Seele.«

»Ich war bei einer Grippe, einer aufgerissenen Oberlippe und einem schweren Fall von Hypochondrie.« Aline gab ihren Patienten gemeinhin die Namen ihrer Krankheiten. »Und dann war ich noch bei Wilhelm Ludwigsen, wegen meiner Hypothek.«

»Wilhelm, *wow.* Ein sehr undeutscher Mann. Einer, der das Stadium des Tellerwäschers generös übersprungen hat, um direkt Millionär zu werden.« Im Taumel ihrer Amerika-Verehrung hatte Käthe die Mythen des Landes schwer verinnerlicht.

»Er ist kein Millionär mehr. Das war er nur während der Inflation. Die Bank musste er schon kurz nach Einführung der Rentenmark auflösen. Aber seine Ratschläge sind nach wie vor Gold wert. Ein echtes Naturtalent, der Junge.« Sie schlug die Hände über dem Kopf zusammen. »O Gott, Käthe, ich brauche sooo viel Geld!«

»Wer braucht das nicht?« Käthe hatte ihre realistischen fünf Minuten.

»Nein, ehrlich. Hab ich dir von unseren Plänen erzählt? Wir wollen alles umbauen hier im Haus! Wir werden fließend Wasser hier in das Ordinationszimmer legen, das braucht man einfach. Und wir wollen den Anbau im Hinterhof erweitern. Fenster einbauen, es tut mir in der Seele weh, wenn ich denke, wie finster das da ist und dass die arme Bertha da immer noch hausen muss! Außerdem will ich ein Bad für meine Patienten im Hinterhof einrichten.«

Käthe nickte. »Ich würde diejenigen, die sich nie waschen, auch nicht so gerne anfassen.«

»Quatsch, darum geht es nicht.« Aline begann, sich in Rage zu reden. »Die Lotsenfamilien hier unten sind alle sehr sauber. Und die feinen Herrschaften von der Flottbeker oben sowieso.«

»Kriegst du keine Klientel aus Ottensen? Verlauste kleine Arbeiterkinder und so?« Käthe rollte die Tapetenreste zu kleinen Kugeln und begann, sie aus dem Fenster zu schießen.

»Hör mir doch einmal zu, du weißt ja gar nicht, was ich sagen will!«, ereiferte sich Aline. »Ich will Salzbäder einrichten für Rachitische, Kohlensäurebäder und, wenn es klappt, ein kleines Inhalatorium installieren! Ich will, dass diese Praxis etwas ganz Besonderes wird! Ich will, dass die Leute nicken und sagen: Oevelgönne, sitzt da nicht die berühmte Ärztin Aline Sandstein?«

Käthe nickte. »Verstehe. Du willst auch ein Glanz werden. Nur eben in der Medizin.«

Aline überlegte kurz, dann nickte sie. »Es ist komisch. Aber es passiert so wahnsinnig viel, und es gibt so kolossal viele Menschen, die verrückte Dinge tun, und vielleicht leben wir auch gerade in einer total verrückten Zeit, und da will man irgendwie ein Zeichen hinterlassen, damit man nicht komplett untergeht, stimmt's?«

Käthe drückte ihr einen Kuss auf die Wange. »Das stimmt. Aber wir beide, *darling*, kriegen das schon hin.«

Seitdem Franz von Papen Reichskanzler war, hatte auch Friedrich einen Posten im Kabinett. Mit seinem Adelstitel befand er sich in bester Gesellschaft. Papen hatte so viele Adelige um sich herum versammelt, dass seine Regierung »Kabinett der Barone« genannt wurde. Von Bertha erfuhr Aline, dass Friedrich auf dem Weg nach ganz oben war, was auch immer das heißen mochte. Bertha wiederum hatte es von der neuen Köchin der Meyerdinks, die sie mitunter auf dem Fischmarkt traf. Offenbar pflegte Friedrich immer noch regen Kontakt mit den Meyerdinks. Von der Köchin erfuhr Bertha ebenfalls, dass der Bruder von Madame, der pflegebedürftig war und keine Kinder hatte, die sich um ihn kümmern konnten, zu seiner Schwester nach Oevelgönne gezogen war.

»Nein, Eduard, du wirst nicht rauchen!« Gertrude Meyerdink entriss ihrem Bruder die Zigarre mit einer Kraft, die er ihr trotz ihres resoluten Auftretens nicht zugetraut hätte.

»Aber ich rauche doch nicht auf Lunge!« Eduard, der es sich in einem Lehnstuhl am Fenster gemütlich gemacht hatte, die Decke über seine Beine gebreitet, sah sich schon um die einzige kleine Freude dieses Morgens gebracht. Was scharwenzelte seine Schwester auch ständig um ihn herum! Hatte sie keine Einkäufe zu erledigen wie andere Hausfrauen auch? »Haben wir Karpfen im Haus?«, fragte er listig.

Gertrude sah verwirrt aus, aber nur für einen Augenblick. »Karpfen, nein. Wieso? Wie kommst du jetzt auf so was?«

»Willst du deinem großen Bruder mal einen ganz großen Gefallen tun?« Eduard Marquardt hatte das Gefühl für zweckorientierte Befragungen nicht verloren, ohne Zweifel ein Relikt aus seiner Zeit bei der Polizei.

»Nun ja.« Gertrude wusste, wann jemand begann, sie um den Finger wickeln zu wollen. »Du willst Karpfen zum Mittagessen, so weit hab ich es schon verstanden. Warum Karpfen, um Gottes willen?«

Eduard quetschte sich ein paar Tränen aus dem Auge. »Weil Hermine, Gott hab sie selig, immer so prächtigen Karpfen zubereitet hat. Ich möchte heut gern an Hermine denken. Es ist unser Hochzeitstag.«

»Nun, wenn es so ist«, Gertrude erhob sich seufzend, »werde ich dem Mädchen Bescheid geben, sie soll nach Ottensen hinauf. Warum hast du es nicht gestern gesagt? Sie hätte den Karpfen vom Fischmarkt mitbringen können!«

Eduard gähnte laut. »Ich habe einfach nicht daran gedacht.« Zwischen halb geschlossenen Augen beobachtete er seine Schwester, die an ihrem Sekretär in der Ecke der Wohnstube mit Papieren raschelte. »Hast du nicht gesagt, Line hätte am Montag Ausgang?«

Wütend klappte Gertrude ihre Mappe zu. »Das habe ich in der Tat. Gut, dir liegt sehr viel an diesem Karpfen. Dann gehe ich eben selbst!«

Eduard schmunzelte. »Bist ein Schatz, Gertrudchen.« Aus den Augenwinkeln sah er die Freude über das Gesicht seiner Schwester huschen. Musste lang her sein, dass sie ein Kompliment bekommen hatte.

Als sie außer Sichtweite war, lauschte er ihren energischen Schritten auf dem Kopfsteinpflaster noch eine Weile hinterher. Seine Hände zitterten, und in seinem Körper pulsierte die Sucht. So schnell er konnte, huschte er zum Kaufmann nach Neumühlen und kaufte sich die heiß ersehnte Zigarre, auf die er seit Tagen schon gejiepert hatte. Drei Schachteln Zigaretten erstand er gleich dazu. Als er aus dem Laden ins Helle trat, zitterte er so sehr, dass er sich schon im Gehen auf der Straße eine anzündete. Dabei stieß er mit einem elegant gekleideten jungen Mann zusammen. Der Mann lächelte ihn an, verträumt, wie ihm schien, und entschuldigte sich. Eduard Marquardt schüttelte den Kopf.

Wenn Nathan eine Idee im Kopf hatte, wurde er komplett weltentrückt. Aline hatte das schon öfter an ihm beobachtet, aber in den vergangenen Wochen schien er überhaupt nicht mehr anders als körperlich anwesend zu sein. Er hatte es sich in den Kopf gesetzt, sowohl sein Arbeitszimmer als auch Alines Ordinationszimmer mit anschließendem Warteraum neu zu gestalten. Möbel zu entwerfen war eine Tätigkeit, die ihn vollständig mit Beschlag belegte. Der Gedanke, dass Kunst nun nicht mehr nur eine rein ätherische Angelegenheit war, sondern auch praktisch sein konnte, faszinierte ihn ungemein. Obwohl er sich vor all den Jahren gegen das Studium am Bauhaus entschieden hatte, verfolgte er doch dessen Werdegang durch Gazetten und Ausstellungen. Die neue Schlichtheit der Formen war die Antwort auf vieles, was in diesem Jahrzehnt mit den Menschen geschah, ein Versuch, Ordnung in das Chaos zu bringen und den Arbeitsalltag zu vereinfachen. Besonders die niederländischen Designer um Piet Mondrian und Gerrit Rietveld hatten es ihm angetan. Seinen eigenen Arbeitsraum unter dem Dach hatte Nathan ganz in Schwarz, Weiß und Grau gehalten. An der Wand hing jetzt nur noch ein einziges Bild, und das war ein Aquarell, das er von den Zwillingen gemalt hatte. Normalerweise hielt er nichts davon, seine Gemälde im Haus zur Schau zu stellen, aber dieses besondere Werk brachte ihm seine Töchter auf eine so erfreulich friedliche Weise nah wie sonst nur, wenn sie schliefen: leise, hübsch und umgänglich. Nathan seufzte manchmal, wenn er es betrachtete.

Aline gefielen die schlichten Formen der neuen Möbel, aber sie hielt nichts von den Farben. »Sollen meine Patienten depressiv werden, während sie auf ihre Behandlung warten?«, hatte sie geantwortet, als Nathan ihr seine ersten Entwürfe für das Wartezimmer zeigte. Was Nathan wiederum mit der Bemerkung konterte, sie müsse aufpassen, in welchem Ton sie zu ihm spräche und ob der Geist der Frau Meyerdink wohl noch in diesen Räumen spuke. Aline hatte sich also für die drei Grundfarben entschieden: Blau waren die Stühle, rot der Teppich auf dem Fußboden und gelb die zwei niedrigen runden Tische, die diagonal zueinander in jeweils einer Ecke des Raumes standen. Die Wände waren schlicht weiß gehalten. Da von diesem Raum auch die Treppe abging, die in den ersten Stock hinaufführte, hatte sie die Ölporträts ihrer Vorfahren vom Aufgang entfernt. Sie passten schließlich weder zu einem Wartezimmer noch zum geometrischen Design des Raums.

Und so glich der Gang durchs Haus allmählich einer Zeitreise, die sich im Kreis bewegte: unten die Moderne, im ersten Stock der Engelsraum, das Schlafzimmer und der Musik- und Wohnraum im Stil des Zweiten Empire, oben unter dem Dach Madeleines Raum im undefinierbaren Madeleine-Stil, das Kinderzimmer kunterbunt und Nathans kleines Arbeitszimmer wiederum modern in Schwarz-Grau-Weiß und wie mit dem Lineal vermessen. Eines Tages, so beschlossen sie, würden sie die Einrichtung und Dekoration im Kapitänshaus vereinheitlichen. Aber noch hatten sie selbstverständlich auch Madeleines Wünsche zu berücksichtigen.

Aline war so beschäftigt mit all den Baumaßnahmen und ihrer Praxis, die täglich ein bisschen mehr nach einem Ort aussah, wo man kranke Menschen behandeln konnte, mit ihren Patienten und mit den Zwillingen, vor allem mit der quirligen, offenbar völlig unterforderten Jesabel, dass sie kaum noch wahrnahm, was sonst noch in der Welt geschah. Allein die Mitteilung von Rainers Tod brachte sie kurzzeitig aus dem Gleichgewicht. Er war in eine Schießerei der Nationalsozialisten geraten. 7500 Männer der SA und SS waren vom Altonaer Bahnhof aus durch Ottensen und zurück nach Altona gezogen. Bei ihrem Feuerüberfall auf eine Gruppe von Arbeitern hatte Rainer, und mit ihm achtzehn andere Menschen, sein Leben verloren. Die Altonaer sprachen von einem Blutsonntag.

Zu Rainers Begräbnis erschienen alle ehemaligen Wandervögel, bis auf Heinrich, und die meisten von ihnen weinten. Selbst Käthe sah leichenblass aus und sprach kein Wort. In der Kirche sah Aline zum ersten Mal auch Rainers Eltern. Sie hatte immer geglaubt, es seien einfache Leute, Handwerker, Fabrikarbeiter oder Hilfsangestellte wie Rainer selbst. Jetzt, bei Pastor Weidemanns Trauerrede, erfuhr sie, dass der Vater ein reicher Kaufmann war und Rainer sogar die Oberrealschule besucht hatte. Seine vermeintliche Unbelesenheit, die proletarische Lebensweise – ein jahrelanges Theaterstück, in dem er fehlerfrei deklamierend aufgetreten war. Aus irgendeinem Grund machte Aline diese Tatsache besonders traurig. Rainer war tot – und keiner von ihnen hatte sich je die Mühe gemacht, ihn richtig kennen zu lernen.

Aber das Leben musste ja weitergehen. Nur wenige Wochen nach der Reichstagswahl im Juli konnte Aline ihre Praxis endlich eröffnen. Nathan malte ein Schild, das er an die Pforte hängte, die zur Straße hinausführte. Das Schild sah schlicht und kunstvoll aus, und es las sich wie folgt: Dr. A. Sandstein. Medizinisches Kabinett. Aline und Nathan beschlossen, ein kleines Sommerfest zu geben.

Nathan nahm die Einkäufe selbst in die Hand. Schließlich waren noch Sommerferien, und er hatte die Vorbereitungen für das kommende Schuljahr weitgehend abgeschlossen. Judith und Jesabel sollten mitkommen nach Ottensen. Er hoffte, dass der Gang ihn ein wenig aufmuntern würde, denn er fühlte sich in letzter Zeit häufig niedergedrückt, obwohl es eigentlich keinen Grund dafür gab.

Als er den Spritzenplatz in Ottensen erreichte, erschrak er. Jesabel war die Erste, die die Frage stellte: »Warum liegt der Mann hier auf der Erde, Papa?« Sie deutete auf ein menschliches Bündel, das vor Möllers Eck lag und das ein eiliger Passant wohl mit einem Altkleiderhaufen verwechselt hätte, wäre da nicht bei näherer Betrachtung ein unrasiertes Gesicht mit starren Augen zum Vorschein gekommen.

Nathan, der es bis dato sogar vermieden hatte, seinen, wie er meinte, zartfühlenden Töchtern Grimms Märchen vorzulesen, sah sich in akuter Erklärungsnot. »Er sucht bestimmt sein Geld«, sagte er endlich.

Ein heiseres Hohngelächter war die Antwort. »Kalle ist bestimmt kein Geld runtergefallen«, dröhnte es hinter ihm. »Kalle hat nämlich keins!«

Nathan vermied es, sich umzudrehen. Stattdessen drückte er Jesabels und Judiths Hände. »Weiter, Kinder«, sagte er. »Wir wollen doch nicht erst dann ankommen, wenn der Milchmann schließt!«

Ein paar Meter weiter, auf der Bismarck-Straße, rempelte sich eine Gruppe Besoffener an. Ein verhärmtes Wesen, von dem nicht klar war, ob es ein Mann war oder eine Frau, suchte den Papierkorb vor dem Bäckerladen nach Essbarem durch. Und je näher sie dem Bahnhof kamen, umso wilder schien die Szenerie zu werden.

Er hatte es in der Zeitung gelesen, er wusste, dass es seit vergangenem Winter sechs Millionen Arbeitslose in Deutschland gab – eine unvorstellbare Zahl. Er wusste auch, dass die Wohlfahrtsempfänger von dem leben mussten, was die Gemeinden in der Kasse hatten, und dass das in Ottensen nicht sehr viel war. Aber die Armut an allen Ecken und Enden zu sehen, zu hören und zu riechen – das war etwas, das er von seinen gewohnten Gängen zwischen Kapitänshaus und Christianeum nicht kannte – und womit er nicht recht umgehen konnte. Er überlegte, wann er zuletzt in Ottensen gewesen war. Es musste mindestens ein Jahr her sein. Der israelitische Friedhof tauchte zu seiner Linken auf, und er dachte an die vielen Vorfahren seiner Mutter, die hier lagen. Ein Gedanke, der ihn an seiner geistigen Gesundheit zweifeln ließ, schoss ihm durch den Kopf: Was, wenn die Seelen der Verstorbenen hier herumflögen? Was würden sie denken von dieser Zeit? Und warum konnte er nur ihre Gräber besuchen, nicht aber das Grab seines Vaters? Er dachte an die Ausflüchte, die ihm seine Mutter erzählt hatte, als er klein war: dass Vaters Grab weit, weit weg läge, in einem anderen Land, so fern, dass sie es nicht besuchen konnten. Heute wusste er, dass sein Vater als vermeintlicher Selbstmörder überhaupt kein Grab bekommen hatte. Ob Mutter wusste, wohin sie seinen Leichnam gebracht hatten? Und wenn ja, konnte er sie danach fragen? Er spürte Judiths Blick. »Du kannst Bonsche haben«, sagte sie leise und reichte ihm das zerzauste Stoffwesen, das sie stets mit sich herumtrug. Bonsche nannte Judith ihre Puppe, um daran zu erinnern, wie süß sie war. Nathan drückte ihr die Puppe zurück in den Arm, weshalb er kurz Jesabel loslassen musste. »Erwachsene Papas spielen nicht mit Puppen, Judith-Schatz«, lächelte er. »Aber trotzdem vielen Dank.«

Er wusste nicht, warum sie so weit gegangen waren, denn am Milchmann waren sie schon längst vorbei, aber plötzlich standen sie vor dem backsteinernen Altonaer Bahnhof mit den neugotischen Zinnen und Türmen und den ausladenden Seitenflügeln. Durch das Portal unter dem Rundbogen huschten geschäftig aussehende Frauen und Männer mit Koffern in der Hand. Wegfahren, dachte Nathan. London, Warschau, Paris. Ich war noch nirgendwo.

Jesabel, die sich vom Plätschern des Stuhlmannbrunnens offenbar animiert fühlte, bemerkte laut: »Ich muss mal, Papa!«

»Na, sieh einer an!«, hörte er im selben Moment eine vertraute Stimme hinter sich. »Familienausflug, oder was ist das?«

Nathan drehte sich um. Es war Siegfried, der da barfuß vor ihm stand. Sein Haar war ungewöhnlich lang. Nathan, dem dieser Aufzug seltsam erschien, lächelte unsicher. »Siegfried, mein Alter. Lang nicht mehr gesehen.«

»Seit Rainers Begräbnis vor vier Wochen.« Siegfried schien es noch immer genau zu nehmen. »Euch geht es aber wieder gut, wie ich sehe.« Sein Blick wanderte über die dunkelblauen Kleider der Zwillinge mit ihren gestreiften Matrosenkrägen und den Lackschühchen hin zu Nathans tadellos sitzendem Anzug.

Nathan wich seinem Blick aus. Jesabel hatte begonnen, auf und ab zu hüpfen wie eine Dohle, das Unglück konnte jeden Moment losgehen. »Wenn wir uns ein wenig von diesem Brunnen fortbewegen könnten«, sagte Nathan. »Meine Tochter scheint das Geräusch nicht zu mögen.« In diesem Moment fiel sein Blick auf die Blechbüchse in Siegfrieds Hand. »Sammelst du für die Heilsarmee?«, lächelte er.

Siegfried schüttelte den Kopf. »Für mich selbst. Bin seit sieben Monaten arbeitslos, wusstest du das nicht?«

Nathan schüttelte den Kopf. »Das tut mir Leid.«

Siegfried schnaufte. »Leid, so so. Mir tut das auch Leid. Du weißt, was sieben Monate bedeuten?«

Wieder schüttelte Nathan den Kopf. Langsam wurde ihm unbehaglich zumute.

»Sechseinhalb Monate lang bekommen Arbeitslose Unterstützung. Danach müssen sie ihre Bedürftigkeit nachweisen. Wer gesund ist und arbeiten *könnte*, ist aber nicht bedürftig. Und ich bin gesund.« Er warf Nathan einen Blick zu, der Nathan unwillkürlich zusammenzucken ließ. »Oder was würdest du sagen? Deine Frau ist doch Ärztin! Die weiß doch Bescheid! Seh ich gesund aus oder nicht?«

»Papa, jetzt halt ich's aber wirklich nicht mehr aus!«, schimpfte Jesabel.

»Ich muss jetzt auch«, warf Judith schüchtern ein.

»Ich weiß es nicht«, erwiderte Nathan ehrlich.

Aber Siegfried schien ihn gar nicht richtig wahrzunehmen. »Mitglieder der Sozialversicherung sind natürlich weiter abgesichert. Aber ich war nie Mitglied. Wie auch? Kost ja 'ne Menge Geld. Hatt ich noch nie, 'ne Menge.« Er klapperte mit seiner Büchse. »Und weißt du, was ich am Tag da reinbekomme?«

Nathans Kopfschütteln war jetzt fast unmerklich.

»Wie auch.« Siegfried schnaufte. »Meta hat ihre Arbeit übrigens auch verloren.«

»Hör zu«, sagte Nathan. »Aline und ich, wir geben ein kleines Sommerfest, unten in Oevelgönne. Warum kommt ihr nicht einfach vorbei, Meta und du? Freitag nach Sonnenuntergang. Wir würden uns sehr freuen. Aber jetzt muss ich los.« Und damit drehte er sich rasch um. Dabei wäre er um ein Haar über ein zerlumptes Männlein gestolpert, das an den Brunnen gelehnt saß und eine Flasche in der Hand hielt. Das Männlein brüllte, als hätte Nathan es getreten.

»He, Nathan!«, hörte er Siegfried hinter sich herrufen.

Nathan tat, als hätte er den Ruf nicht gehört.

»Nathan«, kicherte das Männlein. »'n Judenname. Ihr Juden habt uns das eingebrockt. Scheißjuden.«

»Was sind Juden?«, fragte Jesabel, als sie das Stück die Bismarckstraße wieder hinaufliefen.

»Das erklär ich euch, wenn wir wieder zu Hause sind«, keuchte Nathan.

Die Lampions im Garten leuchteten blau, rot, gelb und grün. Neben der Bank unter der Linde hatte Käthe ihr Grammofon aufgestellt. Billy Barton, Teddy Stauffer und Cab Calloway sollten den Ton angeben, andere Möglichkeiten gab es nicht, denn Käthe besaß nur diese drei Platten. Während Aline riesige Platten mit geräuchertem Aal, Matjes, Pellkartoffeln und Schüsseln voller Löwenzahnsalat in gezuckerter Öl- und Essigmarinade heruntertrug, versuchte Käthe eines ihrer beiden Patenkinder schrittweise in die Welt des Lindy Hop einzuführen. Sie war die Einzige im familiären Umfeld der Jacoby-Sandsteins, die noch nicht gelernt hatte, zwischen Judith und Jesabel zu unterscheiden, was die Zwillinge immer zu großem Gelächter reizte. An diesem Abend hatte sie beschlossen, die Hosenrolle zu spielen, und zwar nicht irgendeine. Mit ihrem Nadelstreifenanzug und der seidenen Krawatte, dem hellen Fedora-Hut und den schwarz-weiß gemusterten Two-Tone-Shoes sah sie aus wie einer dieser amerikanischen Gangster, deren Bilder man hin und wieder in der Zeitung sah. Sogar die Haare hatte sie sich mit Pomade zurückgestrichen und an den Schläfen so zu Kringeln geformt, dass sie entfernt an Koteletten erinnerten.

»Hör zu, Jesabel, du musst deinen Fuß genau zwischen meine Beine schwingen. Aua, nicht gegen das Schienbein!«

»Ich bin nicht Jesabel«, krähte Jesabel begeistert. »Ich bin Judith!«

»Nun gut, Judith, du musst …«

»Ich bin *doch* Jesabel!« Jesabel lachte so heftig, dass sie alle ihre Milchzähne auf einmal zeigte.

»Es gibt nur ein Mittel.« Aline balancierte ein gigantisch aussehendes Tablett mit Weißweingläsern vor sich her. »Du musst sagen: Du bist das dümmste Kind, das ich je gesehen habe! Wenn das Kind dich verdattert anguckt, ist es Judith. Wenn du eine sitzen hast, ist es Jesabel.«

Von seinem Platz unter der Linde intonierte Cab Calloway »Minnie The Moocher«. Käthe beugte sich zu ihrer kleinen Tanzpartnerin herunter. »Du bist das dümmste Kind, das ich je gesehen habe!«, erklärte sie mit ihrem geschliffenen Akzent, wobei sie ihren dunkel geschminkten Blick in die Augen des Mädchens versenkte. Das Klatschen hallte mindestens bis zum Haus. Käthe hielt sich die Wange. »Ich glaube, das war Jesabel«, sagte sie mit anklagendem Blick auf Aline.

Alines Grinsen sah nur andeutungsweise teuflisch aus. »Natürlich. Deswegen hatte ich dir diesen Satz ja auch vorgeschlagen.« Sie beeilte sich, schnell wieder davonzueilen, bevor Käthe auf die alte Idee verfallen konnte, Dinge nach ihr zu werfen oder Kriegen zu spielen. Käthe war immer noch schneller als sie.

Wenig später trafen die Gäste ein: Wilhelm Ludwigsen mit seiner Verlobten, einem schüchtern aussehenden Mädchen aus Flottbek, Käthes derzeitige Flamme, Daniel, ein Bühnenkollege und fabelhafter Tänzer, wie Käthe versicherte – Aline konnte den Verdacht nicht loswerden, dass dies das hauptsächliche Kriterium bei Käthes Partnerwahl war –, Alines ehemalige Kommilitonin Emilie und ihr Verlobter, Siegfried und Meta und Henny mit ihrem Verlobten. Aline hatte den jungen Mann bisher nicht kennen gelernt und betrachtete ihn neugierig. Sie war überzeugt, ihn schon mal irgendwo gesehen zu haben, oder vielleicht erinnerte er sie auch nur an jemanden. Er war blond und blauäugig und sah recht skandinavisch aus. Er hielt sich die ganze Zeit in Hennys Nähe auf und legte beschützerisch den Arm um sie, sobald sich ihr jemand näherte. Als sie sich einmal küssten, bemerkte Henny Alines Blick und sah errötend zur Seite.

Nathan hatte ein paar Lehrerkollegen eingeladen, aber wer nicht kam, war Nathan selbst. Vom Garten aus konnte Aline erkennen, dass in seinem Arbeitsraum, ihrem ehemaligen eigenen Zimmer, noch Licht brannte, und sie musste ihn fünfmal rufen, bis er sich endlich herbeibequemte.

»Haben es dir die geistigen Ergüsse der Fachliteraten so angetan, dass du dich nicht von ihnen losreißen kannst?«, erkundigte sich Käthe zwischen zwei wilden Sprüngen am Arm ihres Daniel zu Billy Bartons »Kickin' a hole in the sky«, aber ausnahmsweise schien Nathan ihre Scherze nicht lustig zu finden. Statt aller Antwort griff er nach einem Glas Wein und leerte es in einem Zug.

Daniel hatte eine Flasche Martini mitgebracht. Das war bei den Swing-Leuten jetzt *das* Modegetränk, aus welchem Grund auch immer. Käthe fand Martini weniger anregend als Absinth, aber Martini erfüllte derzeit die gleiche gesellschaftliche Funktion wie der Anisschnaps noch vor wenigen Jahren. Martinitrinker hörten Swing, waren also Amerikafreunde und überhaupt Vorboten einer neuen, lockereren Zeit. Im Grunde war es Käthe egal, was sie trank, Fusel blieb Fusel. »Auf den genialsten, solidesten und wissendsten Ordinarius, den dieser Teil von Preußen je gesehen hat!«, schrie sie und hob ihr Glas, und selbst Judith und Jesabel krähten und reckten ihre Limonadengläser in die Höhe. Aline lächelte geschmeichelt.

Die Party spaltete sich bald in kleine Gruppen auf. Am oberen Ende des Gartens, zum Gehweg hin, blieben Käthe und all jene, die nicht genug vom Tanzen bekommen konnten, weiter unten, beim Strand, standen Aline und Nathan mit Wilhelm Ludwigsen und Nathans Lehrerkollegen und redeten über Politik. Aline hatte Nathan gegenüber ein paar Mal angedeutet, dass sie auch Lust zu tanzen hatte, aber entweder hatte Nathan sie nicht richtig verstanden, oder aber er hatte keine Lust auf Lindy Hop, eine Schrittfolge, die weder er noch Aline beherrschte.

»Es ist ein Elend«, erklärte Wilhelm. »Jetzt, wo Deutschland endlich die Reparationsschuld erlassen wird, zieht das Ausland die Kredite ab. Wenn das so weitergeht, gute Nacht. Der Export ist schon jetzt dramatisch zurückgegangen.«

»Moment mal!«, warf einer der Lehrer ein. »Wir müssen immer noch drei Milliarden Reichsmark aufbringen!«

»Was sind drei Milliarden Reichsmark gegen die ursprünglichen 226 Milliarden Goldmark?« Wilhelm nippte entspannt an seinem Martini. »Ich will Ihnen was sagen. Die Amerikaner werden uns die drei Milliarden auch erlassen.«

»Jetzt, wo die selbst solche Probleme haben?« Der Lehrer schnaufte verächtlich. »Erzählen Sie das Ihrer Großmutter!«

»Hoover ist einer, dem das Wohl der Menschen über alles geht. Er hat nach Kriegsende Millionen Europäer vor dem Hungertod bewahrt, sogar die Sowjets. Er wird nicht zulassen, dass das Deutsche Reich in die Hände einiger politischer Wirrköpfe gerät, nur weil wir hier nichts zu futtern haben.« Wie um seine Behauptung zu untermauern, ließ Wilhelm ein besonders großes Stück Räucheraal in seinem Mund verschwinden.

Aline musste lachen. Wilhelm war gut in Form an diesem Abend.

»Starker Tobak, den Sie da auftischen.« Der Lehrer klang immer noch nicht überzeugt. »Allein, dass Sie den Begriff *Europäer* verwenden. Ich meine, gibt es beispielsweise etwas Widersprüchlicheres als Deutsche und Franzosen? Genauso gut könnten Sie ja *Weltbürger* sagen! Absurd, sage ich! Oder sind Sie etwa Kommunist?«

Töne von Teddy Stauffers »I'm gonna lock my heart« wehten herunter und mischten sich mit Käthes Gelächter. Und dem

Quietschen der Zwillige, das eindeutig daher rührte, dass Käthe und Daniel die beiden durch die Luft wirbelten.

Wilhelm verschluckte sich beinahe. »Gott bewahre!«, rief er aus. »Aber ich glaube an die Universalität des Geldes. Das eint uns Menschen auf diesem Planeten.«

»Schön gesagt.« Aline füllte ihren Teller wieder mit Matjes auf. Nathan nippte an seinem zweiten Martini, wie sie jetzt bemerkte. Er hatte immer noch nichts gegessen. »Hast du gar keinen Hunger, Schatz?«, flüsterte sie. Nathan schüttelte den Kopf.

Ein wenig abseits standen Siegfried und Meta und aßen alles, was sie in die Finger bekamen. Aline mutmaßte, dass keiner von ihnen in den vergangenen Monaten so richtig satt geworden war, nach dem, was Nathan ihr erzählt hatte. Sie nahm sich vor, die Freunde öfter einzuladen. Sie musterte Metas Aufmachung und empfand plötzlich eine Mischung aus Ekel und Mitleid für sie. Armut macht hässlich, dachte sie und verachtete sich zugleich für diesen Gedanken. Meta hatte jüngst einen Zahn verloren, ihre Haare waren ungemacht, und ihr Kleid mit dem abgerissenen Saum hatte ölige Flecken. Selbst jetzt, im Schein der bunten Lampions, sahen sie und Siegfried krankhaft blass aus. Skorbut, dachte sie. Ich sollte alle beide untersuchen und sie ermuntern, mehr Obst zu essen. Mit einem entschlossenen Ruck nahm sie die Schüssel mit dem Löwenzahnsalat vom Tisch und wanderte hinüber zu den beiden. »Ein bisschen was Grünes gefällig?«, lächelte sie. Meta griff ohne Überlegen zu, aber Siegfried linste abfällig hinein. »Bin nicht so der Blümchentyp«, erklärte er.

Aline nickte. »Ich fand die Dekoration mit den Schlüsselblumen zuerst auch etwas komisch. Aber ich schwöre, der Salat ist sehr gesund.«

»Ich kann diese Scheiße nicht mehr ausstehen.« Siegfried schob sich noch eine Pellkartoffel in den Mund. »Wenn Mutter uns zu Hause was Gesundes machen wollte, gab es auch nie was anderes als Sachen, die sie draußen irgendwo gepflückt hatte.«

»Wie wär's, wenn ihr nächste Woche mal zur Ordination kommen würdet?« Aline versuchte, sich ihren Ärger über Siegfrieds Unhöflichkeit nicht anmerken zu lassen.

»Bin nicht krank«, murmelte Meta und spuckte ein Stück Stengel auf den Rasen.

»Können wir uns außerdem nicht leisten.« Siegfried sprach immer noch mit vollem Mund.

»Ihr braucht nicht zu zahlen«, beharrte Aline. »Ihr kommt als Freunde. Also, wie wär's?«

Siegfried starrte sie an, und auf einmal hatte Aline das Gefühl, dass er sie hasste. Was hatte sie ihm bloß getan? »Wir brauchen dein Mitleid nicht«, sagte er und wandte sich zu seiner Schwester um. »Fertig, Meta? Dann lass uns gehen!«

Meta lächelte mit geschlossenen Lippen, um ihren fehlenden Zahn zu verbergen. »Danke für alles, Aline. Und viel Glück mit deinem Kabinett!«

Henny und ihr Verlobter verabschiedeten sich kurze Zeit später. »Bist du vielleicht ein Bruder von dem, der im Hansa-Theater als Kellner gearbeitet hat?«, fragte Aline. »Von Heinrich?«

Der Blonde schüttelte den Kopf. »Den kenn ich nicht«, erklärte er. Henny errötete abermals.

»Komisch«, entfuhr es Aline. »Du siehst ihm zum Verwechseln ähnlich.«

Henny starrte auf ihren Verlobungsring, so als müsste sie ihn hypnotisieren.

Nachdem die beiden gegangen waren, kam Käthe auf Aline zugehüpft. »Komm, tanzen!«, befahl sie.

»Aber ich kann keinen Lindy Hop!«, protestierte Aline übellaunig. Metas und Siegfrieds Abgang hatten sie mehr als verstimmt.

Käthe war unnachgiebig. »Dann wirst du es eben lernen!«

Wilhelm kam mit seiner Verlobten im Arm den Garten hochgeschlendert. »Genug der ernsten Gespräche!«, lachte er und nahm die Barton-Platte wieder zur Hand. »Jetzt ist Billy dran!« Und zu »Kickin' a hole in the sky« verrenkten sie sich, so gut sie konnten: Daniel mit Emilie, Wilhelm mit seiner Verlobten, und endlich auch Gangster-Käthe mit Aline. Aline stellte fest, dass Swing eine Musik war, die sie gar nicht kennen musste, um danach zu tanzen. Wenn man sich einmal darauf einließ, schoss einem der Rhythmus wie von selbst ins Blut. Sie tanzte, bis die Sonne aufging und einen matten, orangezarten Schimmer auf den Fluss unter ihnen zauberte. Da erst warf sie sich ins Gras, trunken vor Martini und Glück und Müdigkeit. Dass Nathan schon um kurz nach Mitternacht ins Bett gegangen war, war ihr kaum aufgefallen.

Es war erst in den darauf folgenden Tagen, dass Aline eine Veränderung in Nathans Verhalten bemerkte. Nachdem ihr Ordinationszimmer fertig hergerichtet war, hatte er Alines ehemaliges Arbeitszimmer im Dachgeschoss übernommen. Hierhin zog er sich für gewöhnlich zurück, um die Arbeiten seiner Schüler zu korrigieren oder um, wie jetzt in den Ferien, Bücher zu lesen. Es war Madeleine, die Aline auf den Geruch von Farbe und Leinöl aufmerksam machte, die aus seinem Zimmer drang.

Die Sonne malte einen hellen Fleck auf den Platz, den Nathan für seinen Schemel und die Staffelei ausgesucht hatte. Er fühlte sich auf eine wärmende Art zufrieden, zum ersten Mal seit Wochen. Das Bild auf seiner Leinwand begann Gestalt anzunehmen, nicht mehr realistisch, so wie früher, sondern aufgesplittert in eckige Formen, die es dem Betrachter erlaubten, den Schemel, das Seil, die Luke, Hennys Puppe und Maxens Schaukelpferd von allen Seiten gleichzeitig zu sehen. Nur die Frage nach dem Warum war geblieben, immer noch. Es klopfte zaghaft. »Herein«, sagte er.

Aline umarmte ihn, er merkte, dass ihr Geruch sich verändert hatte. Sie roch nicht mehr nach dem Mädchen, das er kennen gelernt hatte, sondern nach etwas Medizinischem, Lysoform oder Kresolseifenlösung. Es erinnerte ihn an Max, und es machte ihn wütend. »Ich möchte allein sein«, sagte er. Er fühlte, wie sie hinter ihm stehen blieb, zögernd, nur ein Schatten. Sie schwiegen, bis die Sonne ihren Fleck verlagert hatte. Das helle Viereck wärmte nun den Schreibtisch mit den geschlossenen Heften und Büchern. Nathan atmete kaum.

»Ich wünschte, ich könnte dir helfen«, hörte er sie flüstern. Ihr Hauch war eine Zärtlichkeit auf seinem Nacken. Er hielt seinen Blick weiter auf die Leinwand grichtet. »Das kann niemand«, erwiderte er. »Auch du nicht, Doktor Sandstein.« Der Titel hielt sie auf Abstand. Doktor Aline Sandstein. Ehefrau. Mutter von zwei Kindern. *Seinen* Kindern.

»Ich bin dafür, dass die Obdachlosen aus der Stadt entfernt werden.« Gertrude Meyerdink nahm noch einen Bissen Leber mit Zwiebelringen, dann schob sie ihren Teller weg. »Nein, ehrlich, es kann einem direkt der Appetit vergehen, wenn man das Gesindel sieht. Ich musste heute auf dem Weg zur Fettwarenhandlung über einen der Penner *hinwegsteigen*. Er lag mitten auf dem Bürgersteig, zu betrunken, um mich wahrzunehmen. Warum tut die Regierung eigentlich nichts dagegen? Otto, hörst du mir zu?«

Otto Meyerdink lächelte. »Selbstverständlich.«

»Ach ja?« Gertrude Meyerdink nippte an ihrem Wein. »Was habe ich denn zuletzt gefragt?«

Otto brauchte nicht lang zu überlegen. »Ob ich dir zuhöre.«

»Hoffnungslos.« Gertrude wedelte mit ihrer Serviette durch die Luft, so als könnte die Bewegung die Dummheit ihres Ehemanns vertreiben.

Eduard Marquardt, der eben zu einer Antwort ansetzen wollte, brach in einen plötzlichen Hustenanfall aus.

Gertrude knallte die Serviette zurück auf den Tisch. »Eduard! Wann gehst du endlich zum Arzt?«

Ihr Bruder konnte vor Husten nichts erwidern.

»Die meisten Ärzte sind weniger schlimm als ihr Ruf.« Gertrude bemühte sich ganz offensichtlich, konstruktiv zu sein. »Und wir haben hier in Altona ja Ärzte. Es ist nicht so, dass du ans Ende der Welt reisen müsstest.«

Eduard wedelte hustend mit der Hand.

»Was soll das werden, Eduard? Ein Einwand? Aber ich kann dir sagen, geh nicht zu der Sandstein. Weiblichen Ärzten ist nicht zu trauen.« Sie schüttelte den Kopf. »Ich werde nie verstehen, wie die ihre Zulassung bekommen konnte.«

»Warum ist weiblichen Ärzten nicht zu trauen?« Marcus Antonius, der schon seit geraumer Zeit den Stimmbruch hinter sich gelassen hatte, sprach mit vollem Bass.

»Nun ja, sie sind weniger vernünftig als Männer. Frauen sind Gefühlswesen, das weiß jeder, und diejenigen Frauen, die es nicht sind, sind widernatürlich. Nicht, dass ich etwas gegen Frauen hätte.« Gertrude glättete die Serviette auf ihrem Schoß.

»Du bist doch selbst eine Frau«, lachte Marcus.

Eduards Husten ging in Lachen über. Das Lachen hielt ganze zehn Sekunden an, dann wurde es wieder Husten. Der Anfall ließ ihn rot anlaufen.

»Du rauchst doch nicht etwa wieder?«, fragte Gertrude streng.

Eduard, immer noch hochrot, schüttelte den Kopf. »Quatsch. Hast du mich in den vergangenen Monaten einmal rauchen gesehen?« Ein erneuter Anfall zwang ihn dazu, aufzustehen. Auf einmal fühlte er, wie ihm das Essen hochkam. Er konnte sich gerade noch beeilen, das Toilettenhäuschen aufzusuchen. Er erreichte es mit knapper Not. Als er über die Schüssel gebeugt stand, schien sich sein Magen nach außen zu stülpen, und alles, was er gegessen hatte, floss ihm sturzbachartig heraus.

Es war noch nicht ganz Mitternacht, als Aline mit dem Kopf auf ihrem Schreibpult im Ordinationszimmer erwachte. Sie musste über ihrer Zeitschrift »Die Ärztin« eingeschlafen sein, dem Presse-Organ des Bundes Deutscher Ärztinnen, dem sie seit ein paar Monaten angehörte. War das ein Klopfen, das sie an der Haustür gehört hatte? Schwankend vor Müdigkeit erhob sie sich, um nachzusehen. Da, wieder. Diesmal war es nicht zu überhören. Rasch ordnete sie ihren Kittel. Draußen stand ein junger

Mann, den sie nicht kannte. »Mein Onkel hat einen Anfall!«, war alles, was er keuchend hervorbrachte. Er musste offenbar gerannt sein.

»Ich komme«, hörte Aline sich sagen. Wie lange sie wohl geschlafen hatte? Sie fühlte sich, als sei sie gerade aus tiefsten Meereswelten aufgetaucht, aus von seltsamen Lebewesen bewohnten kobaltblauen Wogen. Begierig sog sie die frische Luft ein, die ihr von der geöffneten Haustür entgegenwehte. Dann drehte sie sich um. Ihr Arztkoffer – wo stand der gleich? Am Fuß der Treppe. Eilig inspizierte sie den Inhalt: Omnadin, Spritze, Physostigmin. »Was für einen Anfall hat Ihr Onkel?«

»Husten.«

»Ist Ihr Onkel asthmatisch?«, rief sie, während sie in das Ordinationszimmer hinüberflitzte, um das Kodein zu holen.

»Ich habe keine Ahnung!«, rief der junge Mann zurück.

Aline griff nach dem Pulver aus Datura stramonium und Belladonna, das sie im Wandschrank neben dem Kodein gelagert hatte, sicher war sicher. Von oben hörte sie Türen schlagen und das Gemurmel eines verschlafenen Kindes. Darum würden sich Nathan oder ihre Mutter kümmern müssen. Sie griff nach ihrem Mantel. »Los geht's!«, sagte sie. »Ist es weit?«

Der junge Mann starrte sie verwundert an. »Kennen Sie mich gar nicht mehr? Ich bin Marcus Meyerdink. Wir haben mal in Ihrem Haus gewohnt.« Er lächelte. »Der Fußweg beträgt nur ein paar Minuten.«

Gertrude Meyerdink füllte mit ihrer schwarzen Silhouette den Türrahmen aus. Aus dem Flur hinter ihr drang helles Licht. Ihr Gesicht konnte Aline nicht erkennen. »Armer Marcus«, hörte sie sie klagen. Die Stimme ließ sie zusammenfahren. Es war Jahre her, dass sie die Stimme der Meyerdink gehört hatte, aber sie hasste sie immer noch. »Du brauchtest doch Dr. Sandstein nicht extra zu behelligen. Wir haben dem Ordinarius in Flottbek Bescheid gegeben. Er wird gleich hier sein.« Sie trat einen Schritt vor, so dass ihre Gestalt von der Lampe über der Tür angestrahlt wurde. Sie lächelte. »Nett von Ihnen, sich hierher bemüht zu haben, Dr. Sandstein. Aber Sie können jetzt wieder gehen.«

»Mutter.« Marcus griff instinktiv nach Alines Ärmel, während er sprach. »Du weißt, dass Dr. Bergmann keinen Wagen hat. Er wird Ewigkeiten brauchen, um zu dieser Stunde eine Droschke aufzutreiben. Willst du Onkel Eduards Tod auf dem Gewissen haben?«

Gertrude Meyerdink schnappte nach Luft. »Deine Übertreibungen sind kindisch, überflüssig und enervierend obendrein.« Dann formte sich ihr Mund erneut zu einem Lächeln. »Wirklich, danke für Ihre Mühe, ... *Doktor* Sandstein. Sie können jetzt gehen.«

Aline zögerte. Durfte ein Mediziner sich von den Angehörigen eines ernsthaft Erkrankten wieder wegschicken lassen? Sie beschloss, die Frage in der nächsten Ausgabe der »Ärztin« aufzuwerfen, aber bis dahin war der Meyerdink-Verwandte vermutlich tot. Oder von einem anderen Arzt behandelt.

»Sie sind sicher, dass Dr. Bergmann gleich auftauchen wird?«, fragte sie, während sie einen Schritt näher trat. Auf einmal war sie dem Gesicht der Meyerdink so nah wie nie zuvor. Sie betrachtete es: die breiten Kieferknochen, die Falten auf ihrer Stirn, das kurz geschnittene graue Haar. Nein, Aline hatte keine Angst mehr, dieser Frau gegenüberzustehen. Der pestbringende Drache war verschwunden, ein Relikt aus ihrer Jugendzeit. Mit Erstaunen bemerkte Aline, wie glatt die Haut der Meyerdink um die Augen herum war. Die Frau mochte knapp fünfzig Jahre alt sein, aber sie hatte keine einzige Lachfalte.

»So sicher, wie ich hier stehe«, erklärte Gertrude Meyerdink, Alines Blick aufrecht erwidernd.

»Dann überlegen Sie sich bitte beim nächsten Mal im Voraus, wie viele Ärzte Sie konsultieren. Beschränken Sie sich dabei auf ein Mindestmaß, und lassen Sie die anderen weiterschlafen.« Aline fühlte, wie der Ärger ihre Wangen rot färbte. »Gute Nacht.«

Sie drehte sich um und trat den Rückweg an, wobei sie das Gefühl hatte, dass der Arztkoffer ihr beim Gehen den Arm in die Länge zog. Wie müde sie war! Zu Hause angekommen fand sie Nathan im Kinderzimmer. Judith und Jesabel hatten sich an ihn gekuschelt und lauschten hingerissen der Geschichte von Hänsel und Gretel. Nathan blickte nicht auf.

»Hallo Mama. Gibt es eigentlich Hexen in Wirklichkeit?«, fragte Jesabel. »Papa sagt, nein.«

Aline küsste alle drei der Reihe nach auf die Stirn. »Ich bin eben einer begegnet. Sie wohnt in Oevelgönne, aber ihr Knusperhäuschen sieht aus wie ein ganz normales Haus. Und Kindern tut sie nichts.«

Jesabel runzelte die Stirn. »Dann ist sie keine richtige Hexe«, befand sie.

Aline lächelte. »So gesehen, nein. Ich gehe jetzt ins Bett. Kommst du auch gleich, Nathan?«

»Ja.«

Sie spürte mehr als dass sie es wusste, dass Nathans Schroffheit nichts mit ihr zu tun hatte. Aber seine Haltung tat ihr trotzdem weh. Den Zwillingen gegenüber war er immer freundlich. Aline fühlte einen Stachel der Eifersucht und drehte sich um, bevor die Kinder oder Nathan ihr Gesicht sehen konnten.

Es musste gegen vier Uhr morgens sein, als abermals an die Haustür geklopft wurde. Aline öffnete die Augen. Im Schein, der von den Gaslaternen draußen hereindrang, erkannte sie Nathans Umrisse neben sich im Bett. War er in der Nacht aufgestanden, um die Vorhänge aufzuziehen? Er sah unglücklich aus, selbst im Schlaf. Er hatte einen Arm um sie gelegt, wie um sich mit der beschützenden Geste zu trösten, genau wie Judith mit ihrer Puppe Bonsche.

Das Klopfen wurde lauter.

»Verdammt«, murmelte Aline. »Ob man wohl mal eine einzige Nacht durchschlafen darf? Oder ist das zu viel verlangt?« Vorsichtig rutschte sie unter Nathans Arm hervor. Dann schlich sie zum Fenster hinüber und öffnete es. Marcus Meyerdink stand vor der

Tür. Er war nicht allein. Ein Mann hing halb über seiner Schulter. Wie ein nasser Sack. Nur der Kopf taumelte hin und her.

Was hatte der junge Bursche eigentlich vor? Eine Art »jeden Tag eine gute Tat«-Aktion mit zusätzlicher Nachtschicht?

»Es tut mir Leid!«, rief sie hinunter, so leise sie konnte. »Aber einen Ausnüchterungsraum habe ich hier nicht. Legen Sie den Mann da wieder ab, wo Sie ihn gefunden haben. Und stellen Sie ihm eine Flasche Wasser daneben. Darüber wird er sich freuen, wenn er aufwacht.«

»Er ist nicht betrunken«, erklärte Marcus. Und dann, als ob das eine Begründung wäre: »Er ist mein Onkel!«

»Ich komme«, sagte Aline und schloss das Fenster.

Es dauerte eine Weile, bis Aline begriff, was sich in den vergangenen Stunden zugetragen hatte. Sie half Marcus, seinen Onkel auf dem Behandlungssessel abzulegen, und nahm seine Temperatur, während sie sich gleichzeitig bemühte, alles zu verstehen. Offenbar war Dr. Bergmann erst gekommen, als der Onkel wieder eingeschlafen war. Die Hustenanfälle hatten ein Ende genommen, und es gab nichts, was Dr. Bergmann hätte tun können, also war er ausbezahlt worden und wieder nach Hause gegangen.

Aline lächelte. »Du magst deinen Onkel, stimmt's?« Ohne dass sie es bemerkt hatte, war sie plötzlich ins Du verfallen. Sie konnte sich auf einmal wieder an Marcus erinnern, wie er als kleiner Junge durch das Haus geflitzt war und seine Mutter wütend gemacht hatte. Marcus zuckte die Schultern. »Er bringt Leben ins Haus. Und ich schätze, er ist der Einzige, der sich von meiner Mutter nichts gefallen lässt.«

»Du lässt dir doch auch nichts gefallen«, grinste Aline. Marcus grinste zurück.

Jetzt hatte sie die Temperatur. Aline pfiff leise durch die Zähne. »41,2. Wir müssten ihm eiskalte Wickel machen, um das Fieber herunterzubekommen. Besser noch wäre ein kaltes Bad. Aber lass mich erst seine Lunge untersuchen. Wenn die angegriffen ist, muss ich auf andere Mittel zurückgreifen.«

In diesem Moment öffnete der alte Mann die Augen. »Wer sind Sie?«, fragte er in Alines Richtung. »Los, antworten! So einfach kommen Sie mir nicht davon.«

Marcus kicherte. »Er war früher Polizeimeister. Ich glaube, den Tonfall wird er nie mehr los.«

»Das erklärt natürlich einiges«, lächelte Aline, während sie dem Mann das Hemd öffnete. Seine Brust war riesig und behaart. Vorsichtig hauchte sie das Stethoskop an. »Wir wollen ihm ja keinen Kälteschock verpassen«, erklärte sie und fühlte noch einmal nach. »Mein Gott, das Ding ist wie Eis. So, jetzt wird es gehen.« Und in die Richtung des Polizeimeisters: »Ich bin Dr. Sandstein. Sie sind hier, weil Sie sehr hohes Fieber haben. Vermutlich haben Sie auch eine Lungenentzündung. Aber das werden wir gleich feststellen.«

Sie stöpselte sich die Enden des Stethoskops in die Ohren und blickte zur Seite, um sich besser auf das Geräusch in den Bronchien konzentrieren zu können. Darum entging ihr der fassungslose Blick ihres Patienten.

»Dr. Sandstein?«, hörte sie ihn röcheln. »Aber … das ist nicht möglich!«

»Nicht sprechen jetzt«, mahnte sie. »Bitte nur tief ein- und ausatmen.«

In der Tat ging der Atem des Mannes jetzt äußerst schwer. »Aber«, hörte Aline ihn jetzt sagen, was komisch klang durch die Stöpsel. »Sie können nicht Dr. Sandstein sein. Dr. Sandstein ist tot. Seit zweiunddreißig Jahren schon.«

»O Gott, wie er fantasiert«, seufzte Marcus.

Aline legte das Stethoskop beiseite. Die Bronchien machten einen Lärm wie eine ganze Spielzeugbude voller Kinderrasseln, aber nicht das war es, was sie irritierte.

»Seit wie vielen Jahren, sagten sie, ist Dr. Sandstein tot?«, fragte sie ruhig, doch noch während sie sprach, fühlte sie, wie auch ihr Herz jetzt schneller schlug.

Der alte Mann begann zu weinen. »Ich war es nicht, Dr. Sandstein. Bei meinem Ehrenwort. Aber ich weiß, dass ich Sie hätte warnen müssen.«

Ihre Gedanken rasten. Sie durfte sich jetzt nicht ablenken lassen, sie musste sich darauf konzentrieren, den Mann zu retten. »Ich werde Ihnen jetzt eine Spritze geben«, sagte sie. Der Alte hob abwehrend seine Hände. »Bitte, tun Sie das nicht!«, weinte er. »Ich wollte ja nicht, dass Sie sterben! Ich habe nur gesagt, dass ich den Fall nicht bearbeiten kann. Was waren Sie auch so dumm und sind zu der Polizeidienststelle nach St. Pauli gegangen!« Seine Augen waren voller Anklage und Mitgefühl zugleich.

»Was ist los mit ihm?«, fragte Marcus. »Wovon redet er?«

»Ich habe keine Ahnung«, log Aline. »Er hat Fieber. Helfen Sie mir, ihn umzudrehen. Ich werde ihm eine Spritze geben.« Auf einmal wurde ihr bewusst, dass der junge Kerl ein Meyerdink war. Und Meyerdinks waren Feinde, oder? Ohne sich darüber bewusst zu sein, siezte sie ihn wieder.

Der alte Mann war inzwischen auf seine Knie gerutscht. Die Tränen liefen ihm über das Gesicht. Die Hände hielt er gefaltet, als ob er beten würde. »Ich weiß, dass ich die hätte anzeigen sollen, die das getan haben. Aber dann wäre ich selber dran gewesen. Bitte, Dr. Sandstein, Sie müssen mir vergeben! Ich bin kein schlechter Mensch!«

Aline streckte eine Hand aus und berührte seine Stirn. Sie war glühend heiß. »Natürlich vergebe ich Ihnen. Aber Sie müssen mir alles in Ruhe erzählen. So, wie es sich zugetragen hat. Und nichts auslassen, einverstanden?«

Eduard Marquardt vergrub das Gesicht in seinen Händen. »Ja«, schluchzte er. Aline drehte sich zu Marcus um. »Ich möchte Sie bitten, ins Wartezimmer zu gehen. Ich denke, dass das, was Ihr Onkel mir zu erzählen hat, persönlich ist.«

Marcus zögerte. Sein Blick wanderte zwischen seinem Onkel und Aline hin und her, und dann blickte er auf die Spritze, die sie in der Hand hielt. »In Ordnung«, sagte er schließlich und ging hinaus.

[illegible]

[illegible]

[illegible]

[illegible]

[illegible]

[illegible]

[illegible]

15. Kapitel

»Ich bin froh, dass es endlich heraus ist.« Max klang nicht wirklich überzeugt. Sie saßen in seinem Ordinationszimmer in der Wohnung am Grindelberg. Nathan hielt den Blick auf den Sekretär gerichtet, in dem er vor so vielen Jahren die Krankenakten seines Vaters gefunden hatte. Die Gewissheit, von Max ausgeschlossen worden zu sein, so lange schon, sein ganzes Leben, machte ihn traurig und stumm. Er spürte Alines Hand in seiner, und die Berührung gab ihm Wärme. Die Stille im Raum wurde fast übermächtig. Von unten brodelte das Treiben der Stadt herauf, Schritte klapperten auf dem Pflaster, und Stimmen schwirrten. Nathan lauschte auf die nassen Autoreifen, die einen verregneten Nachmittag auf die Straße malten. »Warum hast du es mir nie gesagt?«

Max blickte langsam auf. Nathan hätte ihn schütteln können. »Wach doch endlich auf!«, wollte er brüllen.

Max schwieg immer noch. In seinem Schweigen verschwanden die Geräusche von draußen, bis der Raum von Atem erfüllt war. Nathans Atem, schnell und unterdrückt. Alines Atem, der ruhig ging. Und Max' Atem, der nahezu unhörbar war. Nathan blickte zu der Wand hinüber, an der das Ölbildnis hing. Mehr denn je erkannte er die Ähnlichkeit zwischen dem Gesicht des Vaters und seinem eigenen. Er schluckte.

»Woher hast du gewusst, dass Vater sich nicht … dass es kein Selbstmord war?«, brachte er endlich hervor.

Max holte eine lederne Mappe hervor. »Seitdem ich die hier gefunden habe.« Nathan bemerkte, dass die Hand seines Bruders zitterte, als er ihm die Mappe reichte. Er blickte zu Aline hinüber. Aline erwiderte seinen Blick. Plötzlich war er schrecklich dankbar dafür, dass sie da war. Dass sie sich ohne Worte verstanden. Ihr Geruch stieg ihm in die Nase, sie hatte ein bisschen geschwitzt, als sie sich beeilt hatten, ins Grindelviertel zu fahren, und dieser Duft weckte eine uralte Erinnerung in ihm, ein Bild von sehr edlem, dickem Samt. Er reckte sich vor und nahm die Mappe entgegen.

Die Briefe waren datiert und handgeschrieben, aber trugen keine Unterschrift. Der erste war vom 5. November 1899. Die Briefe begannen alle gleich.

»Sehr geehrter Dr. Sandstein,

wie wir erfahren haben, mischen Sie sich in Dinge ein, die Sie nichts angehen …«

Der zweite Brief war in einer anderen Handschrift abgefasst und wurde offenbar nur drei Tage später geschrieben. Dann kam zwei Wochen lang gar nichts. Die darauf folgenden Schreiben waren alle mit ungeraden Zahlen datiert: 23., 25., 27. November, und so weiter, bis zum 21. Dezember. Der Brief zum 23. Dezember bestand aus einer Zeichnung. Ein Weihnachtsbaum, an dem drei Kinder hingen, die mit den Hälsen in einer Schlinge steckten. Darunter stand: »Ihre Kinder sind schön.«

»Ab diesem Zeitpunkt hat Vater offenbar von der Strafanzeige Abstand genommen«, sagte Max. Er blickte Nathan jetzt offen an. »Er hat das sogar in einem Brief geschrieben, aber da er nicht wusste, wohin er ihn schicken sollte, hat er ihn wohl behalten. Siehst du, da ist er.«

Es war das nächste Papier in der Mappe. Nathan nahm den Brief in die Hände. Die Handschrift seines Vaters, so vertraut von den Krankenakten, die er studiert hatte. Er blätterte weiter. »Warum haben die ihm weiter gedroht?«, fragte er. »Inzwischen hatte er die Anzeige doch bestimmt zurückgezogen.« Seine eigene Stimme klang ihm fremd in den Ohren. Als ob ein anderer an seiner Stelle spräche.

Max nickte. »Er ist wieder zu der Polizeidienststelle nach St. Pauli gegangen. Aber sein Gesuch konnte nicht sofort bearbeitet werden, weil Heiligabend war und dann die Feiertage kamen. Bis zum offiziellen Rückzug der Klage in Göttingen war es Mitte Januar geworden. Siehst du den vorletzten Brief?« Max schloss die Augen, während er sprach. »Er ist vom 14. Januar 1900 datiert.«

Nathan nahm das Blatt Papier zwischen die Finger. Die Mitteilung bestand aus ausgerissenen Zeitungsbuchstaben. »Wir kriegen dich«, stand da.

Wieder wurde es still im Zimmer. Nathan fuhr sich über die Augen, unfähig, die vielen Fragen zu formulieren, die ihm in diesem Moment gleichzeitig durch den Kopf schossen.

Max wandte sich an Aline. »Was hat der Polizeimeister … Eduard Marquardt … was hat er dir genau gesagt?« Obwohl sie nun schon seit fünf Jahren seine Schwägerin war, hatte er sie nie zuvor geduzt.

Aline antwortete, ohne Nathans Hand loszulassen. »Er hielt mich in seinem Fieberwahn für euren Vater. Er bat um Verzeihung und erklärte, dass er mit der Sache nichts zu tun habe. Er machte sich offenbar Vorwürfe, weil er sich feige aus allem rausgehalten hatte.«

»Hat er denn nicht erwähnt, dass er meinen Vater gewarnt hatte?« Max klang ruhig und sachlich.

Wieder fühlte Nathan Ärger in sich aufsteigen. Würde Max wohl jemals seine Maske fallen lassen? War es wohl möglich, dass sich hinter diesem feisten, unbeweglichen Gesicht Gefühle verbargen?

»Doch, das hat er. Aber er hat Dr. Sandstein … euren Vater … nicht darüber in Kenntnis gesetzt, von wem die Drohungen kamen. Die kamen natürlich von Personen aus jener Verbindung, die dem jungen Theodor Ludwigsen diese schlimmen Verletzungen zugefügt hatten. Er selbst war in seiner Studienzeit Mitglied dieser Verbindung gewesen …«

»Marquardt hat studiert?« Jetzt wirkte Max doch ein wenig verblüfft.

»Er war Jurist, ja, aber er hat nie als solcher gearbeitet.«

»Ist Vater eigentlich auch Verbindungsstudent gewesen?«, fragte Nathan, atemlos.

Max nickte. »Ja, und zwar in einer nicht schlagenden Verbindung. Irgendein Turnerverband, wenn ich mich recht erinnere.« Max lächelte. »Er ist immer sehr für Sport gewesen, hat Mama erzählt. Hielt körperliche Ertüchtigung für ein hervorragendes Mittel gegen Krankheiten.«

»Er wirkt wie ein Mensch, der seiner Zeit voraus war.« Alines Überlegung ließ die beiden Männer aufblicken.

»Das ist bestimmt richtig«, nickte Max. »Auch als Arzt hatte er Ideen, die nicht immer die Zustimmung seiner Kollegen fanden.« Nathan blickte auf. Wie seltsam es war, Max auf einmal so entspannt zu sehen. »Von der Zustimmung seiner Patienten ganz zu schweigen.«

»Zum Beispiel?«, fragte Aline neugierig.

»Er war zum Beispiel der Meinung, dass bestimmte Nahrungsmittel den Verlauf einer Krankheit beeinflussen können. Er verschrieb nicht nur Arzneien, sondern auch Gerichte. Er war dagegen, dass Kranke Schwein essen, und plädierte stattdessen für Hühnerfleisch. Er schlug vor, Kartoffeln immer ganz zu kochen, weil er herausgefunden hatte, dass die Wirkstoffe, darunter auch solche, die das Abwehrsystem eines Menschen stärken, sich in der Schale befinden. Er war für absolute Hygiene, und gleichzeitig war er dafür, dass Kinder nicht von Krankheitskeimen fern gehalten werden sollten, um sie abzuhärten. Das heißt, er wusste über …«

»… das Ansteckungsprinzip und über die Natur von Viren Bescheid!« Alines Gesicht hellte sich ebenfalls auf. Wie gern hätte sie diesen Mann kennen gelernt! Was für Gespräche hätte sie mit ihm führen können!

»Ja«, lächelte Max, »und das achtzehn Jahre, bevor Dujarric de la Rivière …«

»… sich das Blutfiltrat eines Grippekranken injizierte.« Aline bekam richtig Freude daran, die Sätze ihres Schwagers zu vollenden. Sie lachte ihn an, und er lachte zurück.

Nathan traute seinen Augen kaum. »Diese schlagende Verbindung, in der mein Freund Heinrich sich engagiert hat«, grätschte er dazwischen, »ist das dieselbe, in der auch Theodor Ludwigsen Mitglied war?«

Max nickte.

»Aber woher wusstest du das?« Nathan fühlte, wie sein Puls raste. »Du hast dich nie mit ihm unterhalten! Du wusstest doch überhaupt nicht, in welcher Verbindung er war!«

»Ich habe es an den Farben erkannt«, erklärte Max.

In diesem Moment betrat Valeska den Raum. Sie trug ein Tablett mit einer Kanne Saft und Gläsern. »Ich nehme an, ihr braucht etwas zu trinken«, sagte sie. Nathan fand, dass ihr Lächeln schuldbewusst wirkte. Nachdem seine Mutter den Raum verlassen hatte, wollte er fragen, wie viel sie eigentlich über die Geschichte wusste, als Aline mit einem Knall ihre Tasse absetzte. »Jetzt wird mir einiges klar! Eduard Marquardt war, genau wie heute sein Neffe, Julius Cäsar Meyerdink, in derselben Verbindung, in die auch Theodor Ludwigsen eingetreten war! Als euer Vater Anzeige gegen diese Verbindung erstattet hat, weil einige ihrer Mitglieder seinen Patienten lebensgefährlich verletzt hatten, wurde Marquardt gewarnt. Er hat die Anzeige nicht weiter bearbeitet, so dass euer Vater gezwungen war, nach St. Pauli zu gehen.«

Max nahm eines der Gläser zur Hand und fuhr mit dem Finger darüber. »Das ist richtig. Die Wache auf St. Pauli hat die Anzeige ordnungsgemäß bearbeitet. Die in Frage kommenden Studenten sollten wegen fahrlässiger Tötung angeklagt werden.«

»Aber warum haben diese Burschenschaftler eurem Vater überhaupt dermaßen gedroht?« Aline begann, sich in Rage zu reden. »Ich nehme doch an, dass die spitzfindige Advokaten in ihren Reihen haben, und die hätten die Jungs doch da rausgehauen!«

Max schüttelte den Kopf. »Nicht sicher. Vater hatte Beweise genug. Und spitzfindige Advokaten kannte er selbst, nehme ich an. Das geht aus einem anderen Brief hervor, dem letzten in der Mappe.«

»Wie viel weiß Mama davon?«, platzte Nathan endlich heraus.

Max nahm einen Schluck Saft. »Mehr oder weniger alles. Und bevor du jetzt fragst: Ich hätte es dir auch eines Tages gesagt. Wenn ich sicher gewesen wäre, dass du jeglicher Form von Rache abschwören würdest. Ich wollte nicht, dass unsere Familie ein zweites Mal in Gefahr gerät.« Er musterte Nathan. Wieder machte sich Schweigen im Raum breit, aber es war kein gedrücktes Schweigen mehr. Als Nathan endlich die Augen von dem letzten Brief in der Mappe hob, bemerkte er, dass sich die Augen seines Bruders mit Tränen füllten. »Du bist unserem Vater ähnlicher, als du denkst«, sagte Max.

An diesem Punkt erklärte Aline, dass sie die Toilette aufsuchen müsse. Draußen im Flur wartete sie eine geschlagene Viertelstunde. Erst dann traute sie sich wieder, die Tür zu öffnen. Sie drückte die Türklinke herunter, so sacht und leise, dass keiner der beiden Brüder sie bemerkte. Nathan und Max standen vor dem Schreibtisch, an dem Max gewöhnlich seine Ordinationen schrieb, und hielten sich umarmt. Aline seufzte, unhörbar, wie sie hoffte. Da drehte Max sich um, ließ seine Arme wieder sinken und sah sie an. »Ich vergaß zu fragen. Hat Marquardt eigentlich überlebt?«

Aline lachte. »Der Mann ist zäh wie Pferdefleisch. Ich habe sein Fieber runtergedrückt und ihm Kodein gegeben gegen den Husten. Wenn er das Rauchen ein bisschen reduziert, wird er hundert Jahre alt. Ich habe ihm aber davon abgeraten, ganz aufzuhören.«

Max nickte. »So mache ich es auch immer. Gewohnheiten im hohen Alter zu brechen ist für den Organismus ein Schock.«

Nathan schlug Max lächelnd auf die Schulter. »Kluger Kerl, mein Bruder«, sagte er ironisch. Aber es war auch ein bisschen Stolz dabei.

An Hennys Hochzeitstag regnete es leicht. Die Tropfen fielen in einem dünnen, nassen Schleier vom Himmel, so dass Hennys fußlanger Rock benetzt wurde. Nathan, der am Steuer des Tourers gesessen hatte, sprang heraus, um Henny die Tür aufzuhalten, obwohl das nicht nötig gewesen wäre, denn Aline war ihm bereits zuvorgekommen.

Valeska sah stolz und glücklich aus an diesem Tag. Immer wieder blickte sie ihre Tochter an, zupfte eine Falte zurecht oder streichelte einfach ihre Hand.

Vor der Synagoge am Bornplatz war eine regelrechte Menschenmenge entstanden, denn David hatte eine riesige Familie aus Geschwistern, Cousins, Onkel und Tanten, die allesamt im Grindelviertel lebten. Eine ältere Frau löste sich aus der Menge und bewegte sich gemessenen Schrittes auf das Automobil zu, um Henny in Empfang zu nehmen.

»Davids Mutter«, sagte Valeska, zu Aline gewandt. »Nach jüdischem Ritual wird die Braut von ihrer Mutter und Schwiegermutter zum Altar geleitet.« Aline nickte. Für den Moment fehlten ihr die Worte, alles wirkte so fremd, wie eine Welt inmitten einer anderen Welt. Sie betrachtete den ausladenden Bau mit seiner runden Kuppel und den runden Seitenfenstern, die wie Blüten aussahen, jedes Stück Fenster ein Blatt.

»Wenn ich groß bin, will ich auch hier heiraten!«, erklärte Judith in einem ungewohnten Anfall von Entschlossenheit. »Diese Kirche ist viel schöner als unsere Kirche zu Hause.«

»Erstens, mein Schatz«, erklärte Madeleine, »besitzen wir keine eigene Kirche. Und zweitens ist dies hier eine Synagoge.«

»Ich will gar nicht heiraten«, warf Jesabel ein.

»Aber warum denn nicht, Liebling?« Aline strich ihrer Tochter zärtlich über das Haar.

»Das ist ekelhaft. Man muss Spucke mischen mit dem, den man heiratet. Ich will keine Spucke mischen.«

»Siehst du dieses Gebäude da?« Nathan hatte Alines Hand genommen und deutete nach links. »Das ist die Talmud-Tora-Schule. *Meine* Schule.«

Aline hörte den Stolz aus seiner Stimme und lächelte. »Muss ja eine kolossal gute Schule sein, wenn da so süße Jungen wie du hingegangen sind ...«

Nathan streichelte ihr über die Wange. »Die beste überhaupt.«

Sie waren jetzt die Einzigen auf dem Platz, Madeleine war mit den Zwillingen schon vorgegangen, und auch die anderen hatten sich vor dem Regen gerettet.

Auf einmal warf Aline den Kopf in den Nacken. »Spucke mischen!«, lachte sie

»Bitte wie?« Nathan sah ratlos aus.

Aline drückte ihm einen Kuss auf den Mund. »Vergiss es einfach.« Sie nahm seine Hand in ihre, und so betraten sie die Synagoge.

David stand unter dem Chuppah, dem Hochzeitsbaldachin, flankiert von Max und einem älteren grauhaarigen Herrn. Max sah nervös aus. Seine Hände rangen in stummem Zweikampf miteinander, und sein Blick schweifte durch den Raum. In diesem Moment trat Henny ein, begleitet von Valeska und der Dame, die ihr eben entgegengekommen war. Hennys Gesicht konnte Aline unter dem Schleier nicht erkennen.

Es wurde vollkommen still.

Dann begann der Rabbiner zu sprechen, in einer Sprache, die Aline nicht verstand. Sie bemerkte, wie Jesabel hin und her rutschte und flehentlich zu ihr und Madeleine aufsah. Da sie ihre Mutter und ihre Großmutter in Sachen Fremdsprachen für Expertinnen hielt, erwartete sie offenbar eine Art Simultanübersetzung. »Du musst Papa fragen«, flüsterte Aline ihrer Tochter zu. Aber Nathan war nicht anzusprechen. Aline bemerkte, wie andächtig er lauschte. Sie lächelte. Er konnte noch so oft behaupten, Atheist zu sein; die religiöse Erziehung konnte er nicht verleugnen.

»Pa-*pa«,* flüsterte Jesabel verzweifelt.

»Du musst noch ein bisschen anhalten, mein Schatz«, flüsterte Nathan zurück. »Wir können jetzt nicht auf Toilette!«

»Ich muss doch gar nicht!« Jesabel sah wütend aus. »Ich will wissen, was der Mann sagt!«

»Er rezitiert die *schewa b'rachot.* Das sind die Segenssprüche für Tante Henriette und Onkel David. Damit sie es auch immer gut zusammen haben. Aber jetzt psst!«

Was nun folgte, konnten selbst die Zwillinge verstehen. Der Rabbiner erkundigte sich bei Henny und David, ob sie einander auch wirklich aus freien Stücken heirateten. Nachdem beide bejaht hatten, reichte er ihnen ein Becher Wein.

»Ich habe schrecklichen Durst!«, jammerte Jesabel.

»Augenblick noch, Schatz.« Aline strich Jesabel begütigend über den Kopf und blickte zu Judith hinüber. Judith hatte sich den Daumen in den Mund gesteckt und lauschte verzückt. Der Rabbi las den Ehevertrag vor und reichte dem jungen Paar einen Becher Wein. Dann sagte er: »Möge der Kelch des Lebens, den sie von nun an teilen werden, wie sie jetzt den Hochzeitsbecher teilen, von Gott zutiefst gesegnet sein.«

Aline schrak zusammen, als das Glas zerbrochen wurde.

»Warum tut der Mann das?«, fragte Jesabel.

Nathan blickte seine Tochter an, aber als er antwortete, wandte er sich an Aline. »Um zu zeigen, wie leicht die Liebe wieder zerbrechen kann.«

Daraufhin schwieg Jesabel. Auch Aline sagte kein Wort, als sie die Synagoge verließen. Sie fühlte sich auf eine unerklärliche Weise ergriffen; doch als der Jubel der Verwandten losbrach, jubelte sie mit, obwohl ihr der Sinn nach Stille stand.

Die Weihnachtsvorbereitungen begannen in diesem Jahr früh im Haus des Kapitäns, wie es von den Oevelgönner Nachbarn immer noch genannt wurde. Bertha machte sich über die Menüfolge schon im November Gedanken. Aline und Nathan hatten beschlossen, in ganz großem Stil zu feiern, und luden Valeska, Max, Henny, David und natürlich auch Käthe dazu ein. Aline war drauf und dran, auch Onkel Jean-Baptiste und Tante Heike zum Essen zu bitten, aber Madeleine hielt dagegen, dass sie ein *entspanntes* Weihnachtsfest wünsche, und somit war das Thema erledigt.

Das Einzige, das zur vorweihnachtlichen Zeit nicht so recht passen wollte, war das Wetter, das für einen Dezember ungewöhnlich regnerisch war. Auch am vierundzwanzigsten war immer noch nichts von der ersehnten weißen Pracht zu sehen.

Bertha hatte an diesem Morgen den Frühstückstisch im Engelsraum gedeckt. Judith und Jesabel betrachteten mit glänzenden Augen die lange Tafel, auf die Madeleine einen Kandelaber mit langen weißen Kerzen gestellt hatte, und die Platten voll mit Fleischpasteten, gekochten Eiern, gewürzten Broten, Rosinenkuchen und selbst gekochten Marmeladen. Madeleine schloss die Zwillinge in die Arme. »Frohe Weihnachten, meine Lieblinge!«, sagte sie. Dann drückte sie ihre Tochter.

»Frohe Weihnachten, Maman«, sagte Aline. »Wo ist Nathan?«

Madeleine brauchte nicht zu antworten. Nathan betrat den Raum in diesem Augenblick, mit einer silbernen Teekanne beladen und einem Kännchen frischer Sahne. Er küsste Aline so auf den Mund, dass die Teekanne in eine gefährliche Schräglage geriet. Madeleine blickte derweil diskret aus dem Fenster. Sie konnte sich immer noch nicht daran gewöhnen, dass die Eheleute ihre Gefühle vor der ganzen Welt offenbarten, aber anscheinend gehörte dies zur neuen Zeit.

»Mami«, Jesabel zerrte Aline am Ärmel. »Warum lässt Papi Tee auf den Teppich laufen, und warum heißt das Zimmer Engelsraum?«

»Weil hier Engel drin wohnen«, erklärte Bertha und ließ sich auf einen der Stühle fallen. Der Stuhl ächzte hörbar.

»Ist das wahr?« Jesabel sperrte Augen und Mund auf. »Aber

ich kann gar keine sehen! Sind Engel unsichtbar? Ich dachte, Engel wären weiß!«

»Setz dich neben deine Schwester, mein Schatz«, lächelte Aline, die sich von Nathan endlich losgerissen hatte. »Engel kommen von einem anderen Stern. Als sie durch den Himmel geflogen sind, wurde ihnen so kalt, dass alle Farben in ihnen erfroren sind. Zitiere ich dich richtig, Bertha?«

»Weiß nicht«, brummte Bertha. »Hab mit Fremdwörtern nichts am Hut.«

Aline lachte. »Na dann. Gesegneten Appetit, euch allen!«

Den brauchten sie auch, denn nach dem Frühstück kam das Mittagessen, ein Rehbraten mit Preiselbeeren, Kartoffeln und einer Soße, von der Madeleine behauptete, dass Bertha sich damit im französischen Gourmetrestaurant Louis C. Jacob oben an der Chaussee bewerben könne, die Anstellung dort sei ihr sicher, und nach dem Mittagessen der Sahnekaffee mit selbst gebackenem Schokoladenkuchen und Vanillekeksen. Zwischendurch gingen sie spazieren, »um zu verdauen und Platz für Neues zu schaffen«, wie Madeleine lächelnd bemerkte. Nach dem Mittagessen zog Bertha sich zurück, um an ihrem Abendmenü zu feilen, das für alle eine Überraschung sein sollte.

Als gegen vier die Sonne unterging, fielen endlich die ersten Flocken. Aline nahm die Zwillinge mit ins Klavierzimmer und spielte ihnen »Schneeflöckchen, Weißröckchen« vor. Die Zwillinge sangen laut und falsch dazu mit, und es nützte rein gar nichts, dass Aline ihr Spiel regelmäßig unterbrach und Dinge sagte wie: »Hört mal, das ist ein A. Könnt ihr ein A intonieren? Hier: Aaaaaaa!«

»Aah!«, brüllte Judith. Und Jesabel setzte noch eins drauf: »Aaaaaah, welch eine Freude, dass Weihnachten ist!!«

Woraufhin Aline etwas von Vererbungslehre murmelte, und dass Musikalität offenbar nicht biologischen Ursprungs sei.

Dann wurde es Zeit für die Kirche. Sie gingen zu fünft: Aline, Nathan, Judith, Jesabel und Madeleine, aber sie kamen nur langsam voran, weil die Zwillinge sich beim Gehen, oder vielmehr beim Laufen, Hinschmeißen, Auf-Eispfützen-Glitschen und Herumhüpfen, Schneebälle an den Kopf schleuderten.

Auf dem Friedhof blieben sie stehen. Judith und Jesabel rannten los, um hinter den Gräbern Verstecken zu spielen. Als Jesabel begann, in den Schnee auf Dichter Klopstocks Grab ein Himmel-und-Hölle-Spiel zu zeichnen, nahm Nathan sie fest an die Hand. »Ich gehe mit den Zwillingen schon mal vor«, erklärte er in Richtung Alines, die mit Madeleine zum anderen Ende des Friedhofs hinübergewandert war. Beim Klang seiner Stimme drehte sie sich kurz um, aber er konnte ihren Gesichtsausdruck nicht erkennen.

Aline blieb stehen und nahm ihre Mutter an die Hand. Stumm betrachteten sie den Grabstein, der ihnen alles auf diesem Friedhof bedeutete. Ohne Madeleine anzusehen, wusste Aline, dass ihr die Tränen die Wangen hinabliefen. Sie beugte sich vor, um die Inschrift freizulegen.

Christian Jacoby
1877 – 1920
Wir werden dich immer lieben
Madeleine und Aline

Aline legte den Arm um Madeleines Schultern und fühlte, wie ihre Mutter bebte. Sie weinte, ohne einen Ton von sich zu geben.

»Er fehlt mir so«, flüsterte Madeleine.

»Ich weiß«, sagte Aline. »Mir auch.«

In diesem Moment begannen die Glocken zu läuten. »Komm«, wisperte Aline. »Lass uns hineingehen.«

Als sie das Kirchenschiff durchschritten, fühlte Aline eine Art Schwindel, eine Mischung von extremem Glück und tiefer Trauer, etwas, das sie nicht benennen konnte. Sie betrachtete Pastor Weidemann, der auf seiner Kanzel stand und geduldig darauf wartete, dass seine Schäfchen endlich Platz nahmen, und sie dachte daran, wie sie ihn früher für Gott gehalten hatte. Dann dachte sie an ihre Konfirmation, und es schien ihr unmöglich, dass sie einmal dreizehn gewesen war. Ihre erste Hochzeit kam ihr in den Sinn, und Nathan, der draußen auf sie gewartet und sie mit Carlsens Droschke einfach entführt hatte. Sie drehte sich zu ihm um und betrachtete ihn, wie er stumm nach vorne blickte.

»Was ist?«, flüsterte Nathan.

Aline schüttelte den Kopf. »Ich habe mich gerade gefragt, was du eigentlich damals gemacht hast, bei meiner ersten Hochzeit, da draußen zwischen den Gräbern.«

Nathan grinste. »Ich habe gebetet.«

»Ist das wahr?«

»Na ja. Ja.« Nathan holte tief Luft. »Eigentlich hatte ich vorgehabt, dich vorher noch mal zu treffen und dich zu bitten, mich statt Friedrich zu heiraten.«

»Und dann?« Aline riss die Augen auf.

»Ja, und dann … hat mich der Mut verlassen. Ich hab mich nicht getraut.«

»Also hast du dich vor die Kirche gestellt und gewartet.«

»Ich habe Gott angefleht. Obwohl ich nicht mehr an ihn geglaubt habe.«

»Du bist verrückt.«

»Danke. Ich weiß.« Ein spöttisches Lächeln huschte über sein Gesicht. »Danach habe ich überlegt, ob ich katholisch werden sollte. Die treiben es mit den Wundern ja noch viel ärger als wir Juden. Und irgendwie haben sie auch mehr davon.«

Aline blieb ihr Lachen im Hals stecken, als sie in der Reihe vor sich den gesamten Meyerdink-Clan gewahr wurde. Madame, die ihrem Gespräch offenbar schon eine Weile gefolgt war, drehte sich um. Ihr Lächeln war ebenso breit wie falsch. »Guten Abend, Doktor Sandstein«, sagte sie.

Aline gab sich einen Ruck. »Frohe Weihnachten, Ihnen allen«, sagte sie. »Wie ist Ihr Husten, Herr Marquardt?«

Marquardt nickte. »Bin vollkommen genesen. Alles wieder in bester Ordnung.«

»Ich habe Nachricht von Friedrich von Alvesloh.« Gertrude Meyerdinks Stimme war in Alines Ohren noch immer ein sonorer Albtraum.

»Ich hoffe, es geht ihm gut.«

Jetzt war Madames Lächen geradezu triumphierend. »Er hat sich vergangenen Monat verlobt. Mit einem hübschen jungen Mädchen aus sehr wohlhabenden Verhältnissen und *wirklich* guter Familie.«

»Das freut mich für ihn«, erwiderte Aline. Träumte sie, oder zwinkerte Marcus Antonius ihr zu? Sie lächelte ihn an. In diesem Moment räusperte sich Pastor Weidemann. Der Chor setzte ein, und Aline und Madeleine sangen aus vollem Halse mit.

Als sie am Ende des Gottesdienstes ins Freie traten, bestürmten die Zwillinge sie mit tausend Fragen. Ob sie sich das Kostüm von dem Mann auf der Kanzel einmal ausleihen dürften. Ob sie im Kinderzimmer – bitte, bitte, *bitte* Papi! – auch so eine Kanzel haben dürften. Und ob der Weihnachtsmann in diesem Jahr viele Geschenke mitgebracht habe.

Noch bevor sie zu Hause die Tür öffneten, schlug ihnen der köstliche Duft von Lauch und erhitztem Portwein entgegen. Seitdem sie die Küche im Haus hatten, waren die Essensgerüche viel präsenter, aber um nichts in der Welt hätte Aline auf die kleine Badeanstalt im Hinterhof verzichtet. Es war eine Einrichtung, auf die Aline sehr stolz war, wenngleich Nathan nicht das Gefühl hatte, dass sie sich für sie rentierte. Die Krankenkasse verweigerte Zuschüsse für die Behandlungen, und die halbe Nachbarschaft schien die Bäder für einen gesunden Elbwasser-Ersatz zu missbrauchen.

Aline und Nathan verständigten sich mit einem Blick. Jetzt mussten sie den Weihnachtsbaum aus dem Hinterhof in den Engelsraum im zweiten Stock tragen. In einer Stunde würden die Gäste kommen. *»Maman?«* Aline legte ihrer Mutter lächelnd eine Hand auf den Arm. »*Tu peux emmener Judith et Jesabel dans leur chambre?*«

»Mami!« Jesabel stampfte mit dem Fuß auf. »Ich hasse es, wenn du mit Omi die ausgedachte Sprache sprichst!«

»Das ist nicht ausgedacht, das ist Französisch!«, erklärte Madeleine und nahm ihren Liebling Judith sanft an die Hand. Jesabel blieb trotzig stehen. »Sehr wohl ausgedacht! Gibt ja hier sonst niemanden, der das versteht!«

Endlich war es so weit. Die Tanne stand sicher an ihrem Platz in der Ecke neben dem Marmorkamin. Aline stellte die hölzerne Kiste mit dem Christbaumschmuck auf den Tisch. »Es ist so seltsam«, sagte sie und musterte einen der Engel, der in seiner Hand eine Fanfare hielt. Es war eine zierliche Schnitzarbeit in Weiß und Gold. »Ich weiß noch genau, wie dieser Engel im Baum hing, als ich klein war. Ich sehe richtig Papa vor mir.« Sie spürte, wie Nathan sie von hinten umarmte. Er war so ganz anders, seit er seinen Frieden mit Max gemacht hatte. Mit der Vergangenheit. Mit sich selbst.

»Ich bin sehr glücklich mit dir«, flüsterte sie in seine Umarmung. »Habe ich dir das schon mal gesagt?«

Nathan schüttelte bedauernd den Kopf.

Aline lachte. »Wie *schlecht* du immer lügst!«

Bertha hatte sich selbst übertroffen. Consommé Olga, pochierter Lachs auf Gurken und Lammkeule in Minzsoße waren *ihre* Antwort auf Weihnachten. Valeska kam aus dem Staunen nicht mehr heraus. »Wie haben Sie diese Gemüsestreifen nur so steif bekommen?«, fragte sie gleich beim ersten Gang. Die Kerzen warfen einen rötlichen Schimmer auf ihr immer noch dunkles, dichtes Haar, und Nathan bemerkte, dass seine Mutter schon lang nicht mehr so jung und zufrieden gewirkt hatte.

Bertha, die in ihrer weiß gestärkten Kittelschürze über dem dicken blauen Kleid neben Madeleine Platz genommen hatte, glühte vor Stolz. »Mit Eiweiß und gehacktem magerem Rindfleisch vermischen und so lange in den Schnee stellen, bis das Gemüse hart ist«, erklärte sie.

»Ah, Sie nutzen die Witterungsverhältnisse«, murmelte Max anerkennend. »Interessant. Aber ist das Fleisch auch koscher?«

»Kenn mich mit Fremdwörtern nich aus«, erklärte Bertha, zu ihrem Ärger nun schon zum zweiten Mal an diesem Tag. Sollte sie sich langsam mal ein Buch zulegen? Immerhin hatte sie Lesen gelernt.

Valeska legte eine Hand auf den Arm ihres Ältesten. »Ist schon gut, Max. Als dein Vater noch am Leben war, haben wir auch nicht immer koscher gegessen.«

»Aber ich …« Max schwieg verblüfft. Seine Mutter schien sich in letzter Zeit etwas verändert zu haben. Die ganze Welt hatte sich irgendwie verändert, wenn man es genau betrachtete. Er seufzte und musterte die weißblonde Frau, die ihm schräg gegenüber saß, seiner Mutter zur Linken. Eine Albina offenbar, und eine ausgehungerte und halb verdurstete obendrein. Er beobachtete, wie sie Nathan ihr Glas reichte, das der ihr grinsend mit Chardonnay nachfüllte. Als sie seinen Blick bemerkte, zwinkerte sie ihm zu. Er fühlte, wie er rot wurde, und lächelte zurück.

»Und Sie, meine Liebe«, bemerkte Valeska und wandte sich in diesem Moment Käthe zu. »Feiern Sie denn gar nicht mit Ihrer Familie?«

»Hab ich schon«, murmelte Käthe mit vollem Mund. »Wir haben heute Nachmittag gefeiert. Meine Eltern sind Atheisten und gehen nicht in die Kirche. Das hier ist nur der zweite Teil der *Party*.«

»Haben Sie denn gar keinen Verlobten?«, fragte Valeska. »Ein hübsches Mädchen wie Sie?«

»Mama!« Nathan verdrehte die Augen. »Wie indiskret du immer bist!«

Aline, der der Chardonnay schon etwas zu Kopf gestiegen war, kicherte. »Für meine Freundin Käthe ist eine Verlobungszeit schon lang, wenn der Betreffende noch seinen Nachtisch aufessen darf.«

»Was gibt Tante Käthe denn dem Mann zum Nachtisch?«, wollte Jesabel wissen.

»Um Himmels willen, wechseln wir das Thema, ja?« Käthe langte über den Tisch nach dem Brotkorb. »Schließlich heißt dieser Abend nicht umsonst heilig, *okay*?«

Aline lachte schallend.

»Jetzt geht das wieder los.« Madeleine warf Valeska einen entschuldigenden Blick zu. »Meine Tochter und Käthe albern herum, als wären sie immer noch fünf. Schlimmer als Judith und Jesabel mitunter, offen gestanden.«

Aber die muntere Stimmung in Verbindung mit dem Chardonnay wirkte schließlich auch auf die Älteren ansteckend.

Als sie beim Dessert angelangt waren – Eclairs mit Schokoladencreme und Mocca – wurde sogar das Thema Politik mit einigem Lachen begrüßt.

»Ich denke, wir haben Grund zur Freude«, bemerkte Max, während er Zucker in seine Tasse rührte. »Die verfluchten Nationalsozialisten haben bei der letzten Reichstagswahl im November schon vier Prozent Wählerstimmen weniger erhalten als bei der davor. Das ist doch immerhin ein Anfang, oder?«

Nathan nickte zustimmend. »Ich stimme dir zu, dass die Leute langsam Vernunft annehmen. Die Talfahrt ist zu Ende. Ich meine, es kann ja eigentlich nur noch besser werden.«

»Das sehe ich anders«, ließ sich Henny plötzlich vernehmen. Es war das erste Mal überhaupt an diesem Abend, dass sie ihre Stimme erhob. Alle blickten überrascht auf.

»Und wieso?« Nathan fiel sein aufgespießtes Stück Schokoladen-Eclair wieder von der Gabel.

»Weil die NSDAP stärkste Fraktion im Reichstag ist.«

»Seit wann interessierst du dich für Politik?«, fragte Max.

Henny lächelte dünn und wandte sich David zu. Der schien etwas sagen zu wollen, wurde aber von Berthas Händeklatschen unterbrochen. »Kinder, es is Weihnachten, da wüllt wi doch nich über so 'n Kram schnacken!«

Das sahen die anderen genauso. »Also gut!«, rief Aline. »Berthas Wort in Gottes Ohr! Damit kommen wir zum Hauptteil des Abends: Geschenke auspacken!«

Die Weihnachtsfeiertage vergingen viel zu schnell. Patienten kamen und gingen, die meisten mit verdorbenem Magen. Außerdem gab es leichte Verbrennungen, ein eingerissenes Ohrläppchen, eine Halsentzündung und einen Liebeskummer, den Aline an Bertha weiterleitete, die in solchen Fällen einen Tee von Eukalyptus und Salbei verschrieb und ein paar Geschichten erzählte.

Als Aline am Silvestermorgen aus dem Fenster blickte, stieß sie einen Jubelschrei aus. In der Nacht war so viel Schnee gefallen, dass sie nicht einmal mehr die Bank im Garten erkennen konnte. »Judith! Jesabel!«, schrie sie. »Warm anziehen! Wir bauen einen Schneemann!«

Die Mädchen kreischten vor Entzücken. Wenig später stieß Nathan zu ihnen. Nachdem sie den halben Garten in eine Skulpturenausstellung aus Schneemännern, Schneefrauen und Schneekindern verwandelt hatten, schleppten sie unter großem Gebrüll ein paar Eisschollen vom Fluss herauf. Nathan holte seine Werkzeugkiste vom Dachboden. »Und Feuerzeuge!«, lachte Aline. Gemeinsam schmolzen und sägten sie, was das Zeug hielt, aber die Materie Eis machte ihnen weitaus mehr Schwierigkeiten als der Schnee.

»Ich finde, es sieht dadaistisch aus«, bemerkte Aline tröstend, während sie Nathan einen Arm um die Schulter legte. Nathan betrachtete das Werk. Es sah nach gar nichts aus, streng genommen, aber dies war ja auch nur ihr erster Versuch. »Ich werde ab jetzt jeden Winter üben«, erklärte er. »Es ist ja nicht so, dass das unser letzter Schnee wäre.«

In diesem Moment dröhnte Berthas Stimme durch den Garten. »Judith! Jesabel! Hände waschen! Euer Essen ist fertig!«

Die Zwillinge rannten davon.

»Ist es nicht herrlich?« Aline kuschelte sich tiefer in Nathans Wollmantel, den er geöffnet hatte, so dass sie mit hineinschlüpfen konnte. »Zu wissen, dass wir noch so vieles vor uns haben?« Sie spürte, wie Nathan ihr von oben einen Kuss auf den Kopf drückte.

»Aline?«

»Ja?« Sie versuchte sich umzudrehen, aber er hielt sie so fest, dass sie weiterhin geradeaus auf den Fluss sehen musste.

»Findest du es sehr anstrengend mit den beiden Mädchen?«

»Nun ja.« Aline versuchte, ihre Gedanken ehrlich in Worte zu fassen. »Sie sind kleine Teufelsbraten. Aber ich würde sie um nichts in der Welt vermissen wollen. Warum fragst du?«

»Weil … ich denke manchmal daran … ich würde gern noch ein Kind haben. Einen kleinen Jungen vielleicht.«

Aline starrte auf die Platten aus gefrorenem Wasser, die langsam über den Fluss trieben. Auf einmal fühlte sie, wie ihr Herz schneller schlug. Sie versuchte, sich ihre Aufregung nicht anmerken zu lassen. »Warum nicht?«, hauchte sie.

Nathan lockerte seinen Griff, und sie fuhr herum und umarmte ihn. »Ich kann es dir nicht versprechen«, flüsterte sie ihm ins Ohr. »Aber wir haben ja noch so viel Zeit.«

»Unser halbes Leben«, flüsterte Nathan zurück. »Und jetzt lass uns reingehen. Ich glaube, die Gäste kommen bald.«

Es war spät abends, als sie wieder in den Garten wanderten. An den Landungsbrücken sollte ein großes Feuerwerk steigen, das wollte keiner von ihnen verpassen, nicht einmal Madeleine.

Aline hielt sich den Bauch. »Ich bin so satt, ich fall gleich vornüber. Das sind die dekadentesten Feiertage meines Lebens, fürchte ich. Und du, Käthe, bist dabei!«

Käthe holte eine Schnapsflasche aus ihrem Strumpfhalter. »*Swing high*!«

Aline brauchte nur kurz zu überlegen. »*Swing low*!«

Sie nahm die Flasche entgegen, setzte an und fühlte, wie das Zeug die Kehle hinunter brannte.

Käthe beobachtete, wie Aline sich schüttelte. »Du bist und bleibst eine Mimose, was das anbelangt«, grinste sie. »Apropos, habe ich dir schon erzählt, dass ich nächstes Jahr mit den ›Wilden Rosen‹ auf Tournee gehe?«

»Schätze, da wird den Zuschauern was blühen.« Aline kicherte.

»Den Zuschauerinnen«, verbesserte Käthe. »Wir tingeln durch die Damenclubs. Anspruchsvolles Publikum, ich kann dir sagen! Lauter Jungesellinnen mit von zermürbenden Jahren der Ehe noch ungetrübtem Blick.«

Aline schnalzte missbilligend mit der Zunge und sagte leicht tadelnd: »Wie du diesen Spaß am Austeilen von Seitenhieben aufrechterhältst. Kannst du nicht ab und zu ein bisschen sanfter sein in deinem Urteil?«

»Wie meinen?« Käthe kratzte ein paar Eiskristalle von ihrer Schnapsflasche. »Ebenso gut könntest du von mir verlangen, die Welt in sieben Tagen zu erschaffen. Was glaubst du, wer ich bin? Der liebe Gott?«

Aline brachte sich in Läuferstellung. Gleich würde es um Sekunden gehen. »Bestimmt nicht«, grinste sie und fuhr mit dem Zeigefinder über Käthes Lachfalten. »Der liebe Gott sieht jünger aus.«

»Das«, hechelte Käthe, während sie einen Sprung über die Bank tat, um Aline schneller einzuholen, »war unter die Gürtellinie!«

Aline lachte dermaßen, dass sie sich über der Lehne zusammenkrümmte. In diesem Moment hatte Käthe sie am Wickel. Aline blickte auf. Zu ihrer Überraschung war alles Lachen aus Käthes Gesicht verschwunden.

»Habe ich dir eigentlich schon mal gesagt, wie froh ich bin, dass du damals nicht Schlittschuh laufen konntest?«, hörte sie die Freundin sagen. »Dass du neben mir standest, damals vor siebenundzwanzig Jahren? Und dass unsere Eltern so schlau waren, uns später auf dieselbe Schule zu schicken?«

Aline erwiderte die Umarmung der Freundin. Mehrere Minuten standen sie regungslos, hielten sich einfach nur fest.

»Nein, das hast du mir noch nicht gesagt.« Aline hatte auf einmal das Gefühl, dass ihr die Stimme versagte. »Aber ich bin diejenige, die sich glücklich schätzen muss. Wer außer mir kann sich schon rühmen, eine Frau zu kennen, die bereit wäre, sich im Nachthemd vors Rathaus zu stellen und die schauderhafteste Frau der Welt auf den Mund zu küssen, nur um ein Versprechen einzulösen? Und jetzt hör auf, mich zu quetschen, mir wird ganz blümerant.«

Plötzlich fühlte Aline, dass Madeleine hinter ihr stand. Sie sah, dass ihre Mutter lächelte. In ihren Augen erkannte sie etwas, das wie Stolz aussah. »Danke«, hörte sie sie sagen. »Danke, dass du das damals getan hast. Dass wir wieder hier wohnen können. Ich genieße jeden Tag.« Ihr Blick wanderte die Fassade empor, am verglasten Vorbau vorbei zu den Fenstern im ersten Stock. »Ich danke dir auch«, sagte Aline und fühlte sich auf einmal schrecklich rührselig. Was war nur los heute Abend? Alle waren so feierlich. »Du hast mich auf die Welt gebracht.«

»Ich war auch dabei!« Eine raue Stimme drang von backbord zu ihnen. Bertha trug ein Tablett mit Sektgläsern. »Nur noch drei Minuten. Dann geht das neue Jahr los.« Und mit einem Blick in den sternklaren Himmel: »Nicht, dass das irgendetwas ändern würde, so wahr ich Bertha Homann heiße.« Aline schlang die Arme um Berthas Hals. »Natürlich warst du auch dabei, Berthachen. Und dafür bin ich dir ganz schrecklich dankbar! Obwohl du mich bei meiner Geburt beleidigt hast. Du hast behauptet, ich würde wie Kaiser Wilhelm aussehen.«

Bertha brummte. »Das halte ich für ein Gerücht.«

In einer Ecke des Gartens, zwischen einem Schneemann und einer Schneefrau, sah Aline Nathan und Max in ein lebhaftes Gespräch vertieft. Nathan machte weit ausholende Bewegungen, und Max hatte den Kopf in den Nacken geworfen und lachte schallend. Valeska stand hinter ihren Söhnen. Sie blickte von einem zum anderen und sah glücklich aus. Jetzt legte Nathan den Arm um seine Mutter und sagte etwas, das Aline nicht verstand und das Max schon wieder losprusten ließ. Auch Valeska lachte jetzt. Henny, die ein bisschen abseits neben David gestanden hatte, drehte sich um und wandte ihnen ihr Gesicht zu. Aline trat neben sie, um den beiden ein Glas in die Hand zu drücken. Henny öffnete den Mund, um etwas zu sagen, aber in diesem Moment blitzten die Lichter in den Himmel. Aline sah, wie Nathan auf sie zustürzte. Sie breitete die Arme aus. Als sie versuchten, sich zu küssen, stießen sie aus Versehen mit den Nasen an. Sie brachen in Gelächter aus.

»Wir haben es geschafft«, flüsterte Nathan. »Wir haben alles bekommen, was wir uns gewünscht haben.«

»Ja«, lächelte Aline.

Irgendwo am Strand knallte es laut.

»Frohes neues Jahr, mein Schatz! Frohes 1933!«

Aline fühlte, wie ihr schon wieder die Tränen kamen. »Das wünsche ich dir auch.«